伯爵家から落ちた月

キャンディス・キャンプ
佐野 晶 訳

A ROGUE AT STONECLIFFE
by Candace Camp
Translation by Akira Sano

mira

A ROGUE AT STONECLIFFE

by Candace Camp

Published by K.K. HarperCollins Japan, 2024

アナスタシアのすてきなお友達であるアレクザンドラと、
アナスタシアと一緒にリージェンシー小説にはまっている
ベスお祖母《ばあ》さまに特別の感謝を。
おふたりの幸せと、新たに読者に加わった
家族のひとりであるノラが、長じてどんな本を好きになろうと、
その幸せを心から祈っています。
みなさんの人生がいつまでも
幸せに満ち満ちたものでありますように。

伯爵家から落ちた月

人物相関図

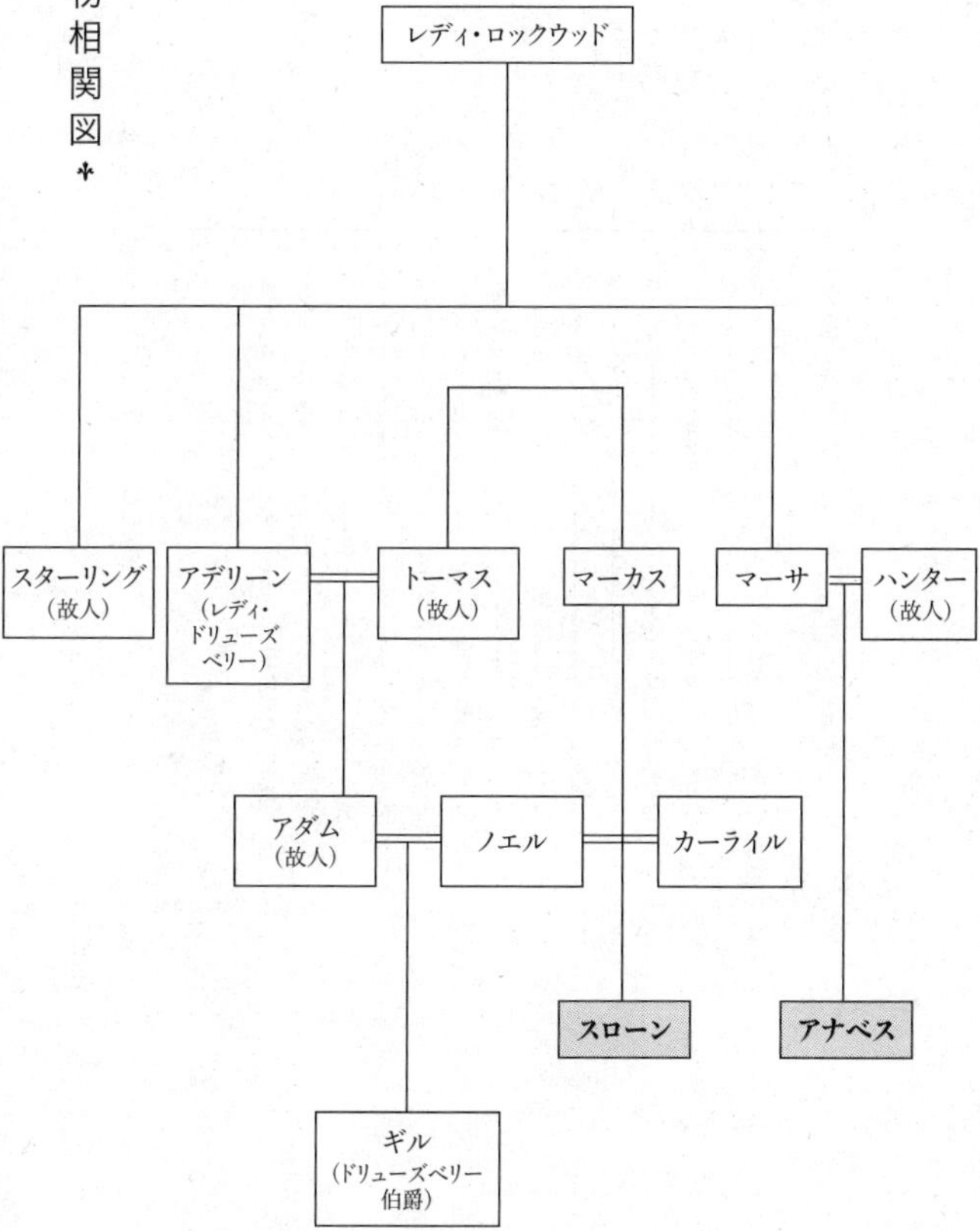
レディ・ロックウッド
スターリング
（故人）
アデリーン
（レディ・ドリューズベリー）
トーマス
（故人）
マーカス
マーサ
ハンター
（故人）
アダム
（故人）
ノエル
カーライル
スローン
アナベス
ギル
（ドリューズベリー伯爵）

おもな登場人物

アナベス・ウィンフィールド――伯爵家の令嬢
レディ・ロックウッド――アナベスの祖母
ハンター――アナベスの父親
マーサ――アナベスの母親。レディ・ロックウッドの娘
エジャートン卿――マーサの再婚相手
レディ・ドリューズベリー――アナベスの伯母。レディ・ロックウッドの娘
ネイサン・ダンブリッジ――アナベスの友人
ラッセル・フェリンガム――ハンターの友人
ジュディ――アナベスのメイド
スローン・ラザフォード――経営者
マーカス――スローンの父親
ハロルド・アスキス――スローンの知人
パーカー――スローンのライバル

プロローグ

一八一〇年

スローンは風上へと針路を定め、方向舵《ほうこうだ》に片手をかけて肩の力を抜くと、ひとときの幸せに心をゆだねた。明るい陽射《ひざ》しが海面をきらめかせ、潮風がほてる肌を冷やしていく。青い空を流れる雲は、まるで綿菓子のようだった。父のマーカスは邸《やしき》に戻っているから、ロンドンで邸を形《かた》にギャンブルに興じていないか、まだツケが利くほど愚かな店で借金を増やしていないかと気を揉《も》む必要もない。

だが、この日を完璧にしているのは、向かいのベンチに座っているアナベスだ。明るい栗色《くりいろ》の髪をなぶる潮風が、ほつれた巻き毛を顔のまわりで躍らせ、無帽で過ごした日々を語る金色の筋が陽光にきらめく。新しくできた頬のそばかすを母に叱られ、刻んだ胡瓜《きゅうり》でパックさせられたとこぼすたびに、スローンはそのそばかすのひとつひとつにキスしたくなった。

いや、キスしたいのはそばかすだけではない。アナベスのすべてだ。この女性《ひと》に愛されているのと思うたびに、喜びが胸を満たす。もちろん、スローンのほうがもっと愛しているが。自分ほどアナベスを愛せる者などどこにもいない。だが、アナベスも心のありったけでスローンを愛してくれていた。

「初めてきみを見たときから愛してる」スローンは囁《ささや》いた。アナベスにはなんでも、どんな弱みも、欠点すらも隠さず話すことができる。十三年かけてそれらを知っても、アナベスの愛は少しも変わらなかった。

海を見ていたアナベスが、笑いながらスローンに目を移す。「さんざん髪を引っ張ったくせに」

「きみもすねを蹴飛ばしたじゃないか」

「あなたがネイサンを突き飛ばしたからよ。それも、なんの理由もなく」

「あいつがネイサンだというだけで、じゅうぶんな理由になるだろ」

アナベスは顔をしかめたものの、答えた声は優しかった。「あなたはネイサンにきつくあたりすぎるわ」

スローンは鼻を鳴らした。「あの紳士気取りが鼻につくんだ。いつも非の打ち所がない装いで、髪にはひと筋の乱れもない。おまけに口を開けば、正しいことばかりだ」

「たいていの人は、それを美徳だと思うのよ」

「それに、あいつはきみを愛してる」

「わたしもネイサンを愛しているわ」無邪気な口調に、スローンは妬《や》いていると言えなくなった。「あなたを愛するのとは違う意味でよ」アナベスが甘い笑みを浮かべて付け加える。

その微笑《ほほえ》みが愛撫《あいぶ》のような効果をもたらした。アナベスのほんのちょっとした仕草で欲望が燃えあがる。こうして見ているだけでも体が熱くなり、キスするたびに耐えがたいほどの歓《よろこ》びに満たされる。抱きしめたときは……どう感じるか、言葉ではとうてい言い表せない。アナベスの優しさ、善良さ、美しさが自分に注ぎ込まれ、日頃の怒りと反発、孤独のすべてを追い払ってくれるように思えた。

白い額に手をかざし、アナベスが空を見上げてため息をついた。「そろそろお茶の時間ね。戻らないと、お祖母《ばあ》さまに叱られるわ」

このままいつまでもふたりきりで過ごしていたい気持ちを抑え、スローンはボートの舳先《へさき》を岸に向けた。「お祖母さんは、あとどれくらい滞在するの？」

アナベスが喉の奥で笑う。「お父さまにも今朝、同じことを訊《き》かれたわ。かわいそうに、お祖母さまが来てから、ほとんど仕事場にこもっているの。その質問の答えは〝誰にもわからない〟よ。お祖母さまが帰られるのは、そうしたくなったとき。来るときだっていきなりだもの。そしてある日突然、今日帰る、とおっしゃるの。きっとみんなが慌てるのを見て楽しんでいるのね」

「だろうな。ぼくは会うたびに、ティーテーブルの下に隠れたくなるよ。あなたは図々《ずうずう》しすぎる、髪が長すぎる、マナーがなっていない、と小言ばかりなんだから。このままなんか、あなたの瞳は青すぎる、と言われた」スローンは考えるような顔で続けた。「そんなことを言われても、どうすればいいんだ?」

レディ・ロックウッドが会うたびに父の欠点をあげつらうのも、敬遠する理由のひとつだった。たしかに父はレディ・ロックウッドが言うとおりの男だが、身内の悪口を他人に言われるのは面白くない。ギャンブルで身を持ち崩した父を間近で見て、自分もそうなるのではないかと恐れているスローンにとって、あなたも早晩ああなるわ、と決めつけられるのは耐えがたかった。

「〝恐ろしい人だ〟と父はいつも言ってるわ。でも、もちろん、気の毒な母はお祖母さまの前では縮こまってしまうの。いやだと断るどころか、言い返すこともできないのよ。お祖母さまに口答えするのはわたしだけ」

「でも、いくら口答えしても、きみはお仕置きされないさ。あの人のお気に入りだから。きみとあの愚かでいまいましいペチュニアは」

「あら、お祖母さまは自分の子どもたちも愛していると思うわ」スローンが再び鼻を鳴らすと、アナベスは力説した。「ほんとよ。アデリーン伯母さまもお母さまのことも愛しているし、スターリング伯父さまのことは目に入れても痛くないほどだと思う」

「だとしたら、ずいぶん変わった愛情表現をするんだな」

「まあね」

小さなボートが岸に近づくと、スローンは錨《いかり》を落とし、アナベスを抱きあげて浅瀬を砂浜に向かった。

「運んでくれなくてもいいのに」アナベスはそう言ったものの、おりようとはしなかった。

「スカートを結べば、自分で水のなかを歩けるわ」

「その姿も見たいけど、このほうがもっといい」

アナベスはにっこり笑い、スローンの胸に身を寄せた。「わたしも」

砂浜にアナベスをおろすと、しなやかな体が自分の体を滑っていく感触が五感を刺激した。アナベスが離れようとせず、首に両腕をまわしてきて顔を上げる。スローンは目をそらすことができなかった。たとえできたとしても、そらす気はない。澄んだ緑色の瞳のなかに、いっそ溺れてしまいたいくらいだ。

スローンはうつむいて唇を重ねた。柔らかい唇を開き、アナベスがもたれてくる。スローンは大胆なキスに溺れ、アナベスのなかに溺れた。本当はキスや愛撫よりもはるかに多くが欲しかった。アナベスのなかに自分をうずめ、そのすべてを味わい尽くしたい。アナベスのものになり、アナベスを自分のものにしたい。

「きみと永遠に」つぶやきながら、喉へと唇を這《は》わせる。

アナベスに触れるたびに、肌のすぐ下に潜む飢えが燃えあがる。だが、もちろん、その飢えを満足させることはできない。スローンが求めれば、アナベスはきっと拒まず、心のおもむくまま情熱的に応えてくれるだろうが、それはこちらが決して行きすぎたことはしないと信じているからだ。愛はあらゆる障害に打ち勝ち、すべての傷を癒やすとアナベスは信じている。世界は自分に優しく、心から願えばどんな望みもかなう、と。

だが、世間はそんなに甘くない。だからスローンはアナベスを傷つけるようなことをするつもりはなかった。どれほど熱く血がたぎろうと、思いを遂げるのは適切な時が来るまで待たなくてはならない。

アナベスが両手で黒髪をつかみ、スローンの顔を引き寄せた瞬間、自制心が吹き飛びそうになり、スローンは顔を上げた。が、アナベスが爪先立って再び激しく唇を重ねてきた。体を貫く欲望を抑えきれず、片手で胸の膨らみを包むと、服の下で頂が尖《とが》った。アナベスがもらした小さな声に、ますます興奮が募る。

スローンは息を乱しながら顔を上げ、わずかに体を離して見下ろした。アナベスがうっとりと見上げてくる。いまのキスでかすかに腫れた赤い唇が、キスを誘っている。このまま地面に横たえ、アナベスのすべてを貪ることができたら……。

スローンは代わりに鋭く息を吐き、彼女と額を合わせた。「結婚できるまで、本当に四年もかかるの？」

スローンの気も知らず、アナベスがいたずらっぽく笑う。「わたしはいつでもグレトナ・グリーンへ行けるけど」

「駆け落ちはしない」

「ええ。あなたは教会でちゃんと公示してから結婚したいんですものね」アナベスはスローンの胸を優しく叩《たた》いた。「からかっただけよ」

「意地悪だな」笑みを浮かべ、愛情のこもった声で言う。

「それでも結婚したい？」

「ああ、したい」

「わたしが二十一歳になるまで、正確にはあと三年と十カ月よ」

「まあ……四年よりはだいぶましだな」スローンは皮肉たっぷりに言い返し、手を取って小道を登りはじめた。

「でも、お父さまはきっと結婚に同意してくれるわ。だから、そんなに長く待たずにすむはずよ」

「どうかな。きみのお父さんはいい人だけど、ぼくを娘の夫に相応《ふさわ》しいとみなす父親はどこにもいないと思う。いずれにしろ、きみを養えるだけの収入を確保しないと」

「密輸はあまり儲《もう》からないの？」

「なんだって？」スローンはとぼけ、横目でアナベスを見た。

「あら、わたしが知らないと思った？　召使いから聞いたの。わたしがその話をとっくに知っているとと思っていたみたいだったから、叱らないでやって。どうやら、彼も同じ商売をしているようね」

スローンはどっちつかずに肩をすくめた。「ときどきさっきのボートで海に出て、船から樽《たる》をいくつか引きとってくることはある。でも、その程度の稼ぎじゃ、きみに相応しい暮らしをさせるのは無理だ」

「それに、新婚早々、夫が密輪で捕まったりしたら、目も当てられないわ」

「捕まるようなへまをするもんか」スローンは自惚《うぬぼ》れたっぷりの笑みを投げた。「いずれにしろ、もうすぐやめるよ。船を手に入れる金を貯《た》めているだけだから」そう言って、肩をすくめる。「この話は何度もしたが、船を買ったら輸送会社を作るんだ。何隻も船を持てるようになれば、きみに真珠でもダイヤでも、好きなものを好きなだけ買ってやれる」

アナベスは微笑んで、繋《つな》いでいる手に力をこめた。「真珠もダイヤもいらないわ。あなたがいてくれればいいの。だから……」

「いや、伯父に船を買う金を出してくれと頼むつもりはない」

「ドリューズベリー伯爵はきっと喜んで手助けしてくれるわ。もらうのがいやなら、借りればいいのよ」

「伯父はぼくをオックスフォードに行かせたがっている。弁護士にして、伯爵領の仕事を手伝わせたいんだ」

「頭が切れるのを知っているからよ。それに、あなたのことを助けたがっているから」

「きみはいつも相手のいいところしか見ないんだね。でも、ぼくはドリューズベリーから金をもらうのはごめんだ」

どんな答えが返ってくるかわかっているらしく、アナベスはそれっきり黙り込んだ。ふたりは指をからめ、ときどき立ちどまってはキスをしながら小道を歩いていった。やがてアナベスの馬を繋いだ木立に着くと、スローンはその牝馬《ひんば》に鞍《くら》をつけた。少しのあいだ、ふたりは別れがたい気持ちでそこに立っていた。

「明日の夜、庭に出てこられるなら、そこで待っているよ」

「パーティに来ればいいのに」アナベスは言った。「わたしに会うのに、隠れて庭で待つ必要なんてないわ」

「レディ・ロックウッドがいるのに？　どうかな」

「祖母はあなたが嫌いなわけじゃないのよ」信じられないという顔をするスローンに、アナベスは笑った。「まあ、ほかの人たちと同じくらいには好きね」

「レディ・ロックウッドが、もっとましな男に孫娘を嫁がせたいと思うのは仕方がない。でも、あの人に手厳しく批判されるのはごめんなんだ」

「頑固な人ね。わかった、お祖母さまがホイストを始めたら、踊りの輪を抜けだして庭に出ていくわ」

爪先立って軽く唇を合わせたアナベスを引き寄せ、スローンは深く、長いキスを貪った。それからアナベスが馬に乗るのを手伝い、走り去る姿を見送りながら、別れるときにいつも感じる虚《むな》しさに襲われた。


スローンが帰宅すると、玄関ホールで待っていた男が立ちあがった。せっかく楽しかった一日を、父の借金取りのせいで台無しにされるのがいやで、足が止まりかける。だが、こういう連中がおとなしく帰ることはありえない。スローンはそのまま男に近づいた。

「スローン・ラザフォード?」男は言った。

「ええ」スローンはそっけなく言った。石のように黙りこくるのは昔から得意だ。

「わたしはハロルド・アスキスという」

アスキスと名乗った男はあまり債権者らしくなかった。父の借金を取り立てに来る商人やならず者とは違い、紳士の雰囲気がある。とはいえ、父の友人にも見えない。父にはこんな地味な格好の、生真面目な顔をした友人はひとりもいなかった。かといって、自分の知り合いでもない。いったい誰なのか?

「どこかふたりで話せる場所があるかな?」アスキスが尋ねた。

スローンは顔をしかめたものの、好奇心に負け、先に立って小さな客間へ案内した。椅子のひとつを片手で勧めてからドアを閉め、自分はソファに座ってだらしなく脚を伸ばし、腕を組んだ。これで説教をするつもりの相手はたいてい考え直す。

「きみはサム・レディングとちょっとしたビジネスをしているようだね」

「なんの話です？」

「率直に言わせてもらうよ、ミスター・ラザフォード。きみが地元の密輸業者をときどき手伝っているのはわかっている。それを踏まえ、きみはリスクを恐れない若者で、金を手に入れるためなら危険をおかすと判断したわけだ」

「何が言いたいんです？」

「実は、頼みたいことがあってね」アスキスは取り澄ました顔をかすかに紅潮させ、少し身を乗りだした。「承知してくれれば、船を一隻提供できる」

「あなたのために密輸をしろというんですか？」見るからに地味で真面目で、紳士然とした男から、まさかこんな申し出をされるとは。

「いや」アスキスはきっぱり首を振った。「もっとも、密輸は素晴らしい偽装になるうえに金も儲かるが。それにレディングを手伝っているきみのことだから、その程度の違法行為で良心が咎《とが》めることもなさそうだな」アスキスは言葉を切り、語調を改めた。「実は、ひそかにわが国とフランスを往復できる人間が必要でね。きみにはメッセージや人間を運んでもらいたいんだ。ついでにフランスで二、三仕事をしてもらえれば、なおありがたい」

「ぼくにスパイになれ、というんですか？」

「ひと言でいえばそうなるな。個人的には諜報員《ちょうほういん》と呼ぶほうが好きだが」

「お断りします」スローンはきっぱり首を振った。

「きみには愛国心がないのかね？　この国と国王に対する忠誠心が？」

「国王のことなんか、頭の隅にもありませんよ。この国が好きかどうかもわからない。しかもスパイは捕まれば縛り首だ」

「捕まればな」アスキスが挑むような目を向ける。

「挑発しても無駄ですよ。そういう気晴らしは、分別を持つ歳《とし》になると同時にやめたんです」

「言うまでもなく、きみに提供する船は、仕事が終わればきみのものだ。それを使って得た利益も当然きみのものだし、外務省からも相応の報酬が払われる」

これは大きな誘惑だった。金と船があれば、ずっと望んできた富への道が開ける。妻を養うことも、望む人生をアナベスに与えることもできる。アナベスとの結婚を、思ったよりはるかに早く実現できるのだ。

「金がいくらあっても、死んだらなんの役にも立たない」

「きみには想い人《おもびと》がいるそうじゃないか。その女性と結婚したいのだろう？　だが、ミス・ウィンフィールドは――」

スローンはぱっと立ちあがり、男を見下ろした。「汚《けが》れた唇でその名前を口にするな。彼女を密輸業者の妻にするのはごめんだ。スパイの未亡人にするのも」

「きみが何をして稼いでいるか、誰も知る必要はない。密輸のことは伏せておけばいい」

「本気でそう思うほど世間知らずなら、この国の行く末が心配になるな。セント・ジェームズ宮殿も、遠からずナポレオンに蹂躙《じゅうりん》されることになりそうだ。世間は好き勝手に噂《うわさ》し、疑いを抱くんですよ。ぼくが急に船を持てば、間違いなくスキャンダルになる。〝あの男が急に金回りがよくなったのはどういうわけだ？　どうやって船を買った？　だいたい、あいつは昔からやりたい放題だった。ドリューズベリー卿《きょう》が愛想をつかすくらいだからな〟とね。そしてアナベスとその家族も巻き込まれる。ぼくが捕まって絞首刑になれば、もっとひどいことになる」

「収税吏には話をつけておく」

スローンは鼻を鳴らした。「そうなると、秘密を保つのはさらに困難になる。それに、ぼくがスパイ容疑で逮捕され、フランスで処刑されても、アナベスには何が起こったかさえわからない。彼女を心配させ、悲しませるのはごめんです。ぼくが消えたあとの口さがない噂や詮索にアナベスをさらすなんて、冗談じゃない」

「しかし、もしも彼女が――」

「アナベスを巻き込むなと言ったはずだぞ！」スローンは大声を出した。

アスキスはお茶を勧められたかのように落ち着き払った表情を変えず、ややあって穏やかな声で続けた。「それは少し難しいかもしれないな」

スローンは目の前の男をにらみつけた。氷のような不安の蔓《つる》が、背筋を這いあがってくる。「どういう意味だ？」

「父親が逮捕されたら、家族がスキャンダルを免れるのは難しいだろう」

「逮捕だって⁉」スローンはソファに腰を落とした。思いがけない話に、腕とうなじの毛が逆立って危険を知らせる。苛立《いらだ》ちを抑え、落ち着きを保とうとした。「なんの話です？ミスター・ウィンフィールドは――」

「敵のスパイだ」

「なんですって？」

「彼はフランスのために働いている」

スローンはあんぐり口を開け、再び立ちあがっていた。「ばかな。何かの間違いですよ」

「残念ながら本当なんだ。ウィンフィールドが官庁に勤めていることは知っているね」

「もちろん。でも、そんな……国家機密を知る仕事には就いていないはずです」

「毎日、さまざまな書類が彼の目に触れる。大半の人間には大して意味もないものばかりだが、なかには補給物資やその動きを特定できるような、敵にとって非常に価値ある情報も含まれている。しかも、あの男は多くの政府高官に信頼されているとあって、彼らのオフィスにも自由に出入りできる。誰にでも好かれているとあって、噂話をする相手も多い」

「しかし……まさか……」スローンは片手で髪をかきあげ、ソファの前を歩きはじめた。この男の話はとうてい信じられない。だが、だったらなぜこの男はここにいるんだ？

「どうしてハンターが敵のために情報を盗むんです？」

「彼は常に金に困っているそうじゃないか」

「でも、急に羽振りがよくなった様子はありませんよ」

「たしかに。となると、脅迫されているのだろうな」

「脅迫？　何を種に？」

「ウィンフィールドが最初にスパイ行為に同意した理由は知らないが、それはこのさいどうでもいい。問題は、あの男が盗んだ書類がパリにあることだ。敵はそれを種にあの男を脅し、重要な情報を引きだしてきた。要するに、ウィンフィールドはこの国にとって脅威なのだよ」

「アナベスは……そんなことが公になれば、ひどいスキャンダルになる。それは公にしなくてはならないんですか？　ハンターに偽の情報をつかませることはできないんですか？」

「反逆行為が明らかになってからは、そうしているとも。しかし、フランス側が偽の情報だと見破れば、いったいどんな報復措置を――」

「だったら、ハンターを止めればいい！」スローンは怒鳴った。「辞職させればいい」

「それはできるはずだ……フランス政府が脅迫の種に使っている書類さえ取り戻せれば。どこかの大胆な男がフランスに潜入し、その書類を盗みだしてくれれば……」アスキスは思わせぶりにスローンを見た。

スローンは眉を上げた。「ぼくにそうしろと言うんですか？」

「きみがどれほど大胆かによるだろうな。どれほどウィンフィールド一家をスキャンダルから救いたがっているかに……」

「まるで脅迫じゃないですか。ぼくがハンターをフランスの魔の手から救いだせば、これまでのスパイ行為は不問に付すんですね」

「証拠の書類を取り戻せば、暴露する必要はなくなる」

「ひどい人だ。あなたはぼくに、フランスがハンターにしたのと同じことをしているんですよ」

冷ややかなグレーの瞳に初めて怒りをきらめかせ、アスキスは立ちあがった。「わたしはこの国の人間だ。祖国を守るために必要なら、なんでもするとも。きみに罵倒されようと、憎まれようと、自分の義務を果たす。ミス・ウィンフィールドのためにきみも同じことをする覚悟があるかどうか――わたしが知りたいのはそれだけだ」

「あるのはわかっているくせに」スローンはつぶやいた。「その書類を取り戻してみせます」

「そののちも国のために働いてもらえるかね？」アスキスが付け加えた。

「ええ。ただ、ひとつだけ条件があります。ハンター・ウィンフィールドを辞職させてください」

「いいとも。では、また連絡する」

スローンは怒りに燃え、部屋を出ていく男の背中をにらみつけた。アスキスも国への義務もくそくらえ。アナベスをひどいスキャンダルにさらしかねないハンター・ウィンフィールドもくそくらえだ。何年も抱いていた夢が、目の前で崩れ落ちていく。本当に欲しいのは船会社でも金でもない。アナベスだけだ。

心の底の底では、こうなることはわかっていた。運命がこの手からアナベスを奪い去ることは。アナベスは昔もいまも、自分には手の届かない存在。伯爵家の文無し次男の跡継ぎと結婚するのではなく、立派な紳士と快適な生活を手に入れて当然の女性なのだ。

この罠《わな》を逃れるすべはなかった。父親の反逆罪が公になり、アナベスが知り合いに背を向けられ、社交界から葬り去られるのはなんとしても防がなくてはならない。だが、そのためには、アナベスと結婚する資格のない男——密輸業者、犯罪者——に、周囲の誰もがいつかそうなると言い続けてきたたぐいのろくでなしになるしかない。

しかも、そのわけを愛《いと》しい人に告げることすらできない。アスキスの下で働く決心をした理由をわかってもらうには、愛する父親が反逆者だったことを知らせる必要がある。だが、そんな父親でも、アナベスは心から愛し、尊敬している。その父がフランスのスパイだと知ったら、どれほどショックを受けることか。たとえ危険をおかして証拠の書類を取り戻し、ハンターを窮地から救いだすことができても、アスキスに事実を公にされ、アナベスを絶望に突き落としたのではなんの意味もない。

スローンは胸を満たす深い悲しみに溺れていくような気がした。愛しい人を救うために、その人と結ばれるのをあきらめなくてはならないのだ。

1

一八二二年

スローン・ラザフォードは何事においてもためらう男ではなかった。良くも悪《あ》しくも決断をくだし、その結果に責任をとる——それが彼の生き方だ。だが、今日は朝食を前にして、心を決められずに手のなかのメモをもてあそんでいた。この結婚式に出席すべきか否か。

実のところ、行くべきでないのは明らかだ。問題は行きたいかどうかだった。スローンがためらっているのは、式自体とはまったく関係のない理由なのだ。ノエルが結婚式に招待してくれたことには驚いたし、悪い気はしなかった。だが、ラザフォード一族の結婚などスローンにとってはどうでもいいことだ。一族のほうもこちらが彼らを嫌うより、もっとこちらを嫌っている。彼らとスローンの関係はたんなる疎遠というより、互いに避けている、というのに近い。

だから、結婚式自体にはなんの関心もないし、わざわざ出席すべき理由もない。ふつうなら、この招待状もとっくにごみ箱に放り込んでいる。だが、胸が痛むほど出席したくなる理由が、ひとつだけあった。それはまた、同じくらい強く出席を渋る理由でもある。

この結婚式には、彼女も出席する。

「アナベスか？」父のマーカスが戸口から言った。

スローンはぎょっとして目を上げ、顔をしかめた。「ふん、最近は人の心が読めるんですか？ そんなトリックができるなら、カードの勝負にもっと勝てるはずだが」

「ところがさにあらず」マーカスは機嫌よく相槌《あいづち》を打ちながら、部屋に入ってきた。「勝負のときはからっきしでな。それに、おまえの悩みを読みとるのに、とくに直感は必要ないぞ。顔中に書いてある」

マーカスは向かいに腰をおろした。化粧着に柔らかい室内履きといういでたちは、どこから見ても放蕩《ほうとう》貴族そのものだ。そして実際、スローンの父はそのとおりの男だった。豊かな白髪をすっきりと後ろに撫《な》でつけ、従者に髭《ひげ》をあたらせた顎はつるりとして、極上の錦織を使った化粧着はぴたりと体に合っている。長きにわたる放蕩生活がたたり、実際の年齢より少しばかりやつれてはいるものの、往年の魅力はまだ健在だ。

どこかの裕福な未亡人が見初めてくれれば、重荷がひとつ減るのだが……それは望めそうもない。社交界から締めだされているのはスローンだけでなく、マーカスも同じだった。それも、数多い自身の悪徳のせいというより、息子であるスローンの悪評のせいで。

「今朝はまた、ずいぶんと早いですね」スローンは父の言葉を無視して尋ねた。「いつもなら、十時か十一時までおりてこないのに」

「不幸にして、ハリマンの予定が午前九時というとんでもない時間しかあいていなかったんだ。あの男の約束を間際で取りつけるのは、かなり難しいのだよ」

「ああ、仕立屋ね。服を作るためなら早起きも仕方がない」スローンは皮肉たっぷりの笑みを浮かべた。この歳《とし》になっても、父はまだ着るものにこだわっている。しばらくしたら、目の玉が飛びでるような額の請求書が送られてくるだろう。だが、それはべつにかまわない。着るものに金を使うほうが、ほかの道楽に費やされるよりはるかにましだ。

「ああ、文句は言わんよ。早朝とはいえ、わたしのために時間をとってくれたのだからな」

「ハリマンを贔屓《ひいき》にしている貴族の大半と違って、ぼくは仕立て代を期日どおりに払いますからね」

「それに、午後いっぱい結婚式のことをあれこれ考えて楽しめる」

「結婚式？」スローンはけげんそうに尋ねた。「結婚式に出席するのが楽しみなんですか？」

「誰もがおまえのような引きこもりではないぞ。社交的な集まりを楽しむ者もいるんだ」

「ぼくは引きこもりじゃありませんよ」

「うむ……どうかな。いつも暗い顔で、ひとりで過ごしているじゃないか。コーンウォールの陰気な城は、おまえにぴったりだ」マーカスは青い瞳をおかしそうにきらめかせ、従者が前に置いた紅茶のカップを手に取った。「それに、この結婚式はふつうの式よりも楽しめそうだ」

スローンは何も言わなかった。結婚式のことはできれば話題にしたくない。

だが、父には返事は必要なかったようだ。「理由のひとつはノエルだな。さぞ美しい花嫁になるだろう。スキャンダラスな過去の噂《うわさ》も楽しめそうだし」

「ソーンから逃げていたことは、スキャンダルにはならないでしょう」スローンは言い返した。「良識のある女性なら誰でもそうします。逃げるのをやめたことのほうが、はるかに不思議だ」

マーカスが低い声で笑った。「ああ、あれは退屈な男だな。だが、ノエルが活気づけてくれるにちがいない。楽しみはほかにもあるぞ。レディ・ロックウッドは厄介事をもたらす天才だからな。ただし、できればあの犬は置いてきてもらいたい。エジャートン卿《きょう》も出席するとなると、あいつをハンターより嫌っている婆《ばあ》さんのことだ、どんな嫌みをひねりだすことか」そこで言葉を切り、付け加える。「それに、おまえが姿を見せたときのみんなの反応を想像してみろ」

スローンはうなるような声をもらし、椅子を後ろに滑らせて立ちあがった。「だから欠席するんですよ」

「いいや、おまえは出席する。招待状をまだ捨てていないのがその証拠だ。わたしが入ってきたときも、ぼうっと式のことを考えていたんだろうが」

「ぼうっとなどしていません。ただ……」スローンは顔をしかめた。

「親戚連中に顔を合わせる厭《いと》わしさと、アナベス・ウィンフィールドに会える喜びを天秤《てんびん》にかけていたのか？」

「親戚連中に顔を合わせるくらい、なんでもありません」

「うむ。では、つらい思いをしてもアナベスに会う価値があるかどうか迷っていたか」

「ばかばかしい」言下に否定したものの、思いのほか気弱な声になる。そんな自分にうんざりして、スローンは父に背を向け窓辺に立った。腕組みして下の通りに目をやりながら、ややあって静かな声で付け加える。「アナベスに会うのは愚かです」

「それは明らかだな」マーカスがため息をつく。「しかし、人は常に、愚かなことをもっとも強く望むものだ」

「この十二年、アナベスに会わずに問題なく暮らしてきたんですから」

もっとも、そのほとんどは国外で過ごしてきたのだが。英国に戻ってからもずっとアナベスを避けてきた。まあ、戻ったばかりのとき、彼女をひと目見たくてロックウッド邸の外の暗がりにたたずんでいたことはある。やがてアナベスが石段をおりてきて馬車に乗り込んだ――ネイサンと一緒に。それを思い出すと、自然に顔がこわばる。

二カ月まえ、ストーンクリフで突然顔を合わせたときはひどく動揺した。アナベスとその祖母がストーンクリフを訪れていることを知らなかったのだ。知っていたら、決してあそこには行かなかっただろう。

だが、ノエルやほかの人々と廊下に立っていると、奥の扉が開き、栗色《くりいろ》の髪を少し乱し、頬をかすかに上気させて、花でいっぱいの籠を手にしたアナベスが庭から入ってきた。その瞬間スローンは言葉もなく、アナベスを見つめることしかできなかった。昔と同じように美しいアナベスを。昔と同じようにその美しさに打たれて。

それから、まるで誰かに銃を向けられたかのようにきびすを返して立ち去った。ノエルとカーライルに別れを告げたかどうかさえよく覚えていない。いまいましいネイサンにも――もちろん、ネイサンもそこにいた。あのときは無関心の仮面が剝がれ落ちた。そして狂ったように打つ鼓動が収まり、アナベスへの想《おも》いは何年もまえに断ち切ったはずだと自分に言い聞かせたあとですら、気がつくとアナベスのことを考えていた。まるで、痛む歯をつい舌で触ってしまうように。

後ろで父が言った。「どうしてこんなことを続けるんだ？　アナベスに会いに行き、自分の気持ちを正直に話したらどうだ？」

スローンは鼻を鳴らした。「会いに行っても、アナベスと話すまえに執事と、おそらくレディ・ロックウッドとも闘わなくてはならないでしょう」

「おまえが闘いを避けたことがあったか？」

「でも、アナベスとは闘えません。ずいぶん憎まれているでしょう」

「どうしてそんなことがわかる」マーカスは食いさがった。「あれから十二年になるが、誰とも結婚していないんだぞ。持参金が用意できないせいもあるだろうが、あれほどきれいで優しい娘だ、結婚の申し込みはいくらでもあったはず」

「ええ」スローンは顎をこわばらせた。「でも、だからまだぼくを想っている、ということにはなりませんよ。ぼくはひどい仕打ちでアナベスの胸を引き裂いたんです。ぼく自身もつらい思いをしたからといって、アナベスの気分がよくなるわけでも、ぼくへの憎しみが減るわけでもない」

「真実を告げたらどうだ？」ふだんは穏やかな父が、珍しく声を尖《とが》らせた。「おまえがしたことを説明すればいい。そうとも、悪党のアスキスに脅迫されて、やむなく言いなりになったことを」

スローンはくるりと振り向き、父をにらんだ。「いいえ。あのときと同じように、真実を告げればアナベスが傷つく。アスキスの申し出を承知したとき、一生憎まれるのはわかっていたんです。ただ、長く生きられるとは思わなかっただけで……」

自分の弱さにうんざりしながら部屋を出ると、誰かが玄関の扉を激しく叩《たた》いていた。スローンは眉をひそめ、玄関に目をやった。叩く音はまだ続いている。スローンの名を呼ぶ声もする。玄関ホールに達するのとほぼ同時に召使いが扉を開け、スローンは目の前にいる少年をにらみつけた。

階段の上に立っている少年は、かまわず召使いを押しのけ、またスローンの名を呼んだ。

「ミスター・ラザフォード！」

「ティミー」スローンは何事かと思いながら、扉に歩み寄った。「どうした？　いったい――」

「波止場です。ミスター・ハスケルが知らせに行けって。急いで来てください。新しい倉庫が燃えてるんです」

2

スローンは上着をつかんで家を飛びだした。ありがたいことに、ティミーが機転を利かせ、辻馬車《つじばしゃ》を待たせていた。スローンに続いて少年も飛び乗ると、馬車は車輪の音をさせて走りだした。急いで行ってくれれば倍の料金を払うというスローンの約束に、御者が鞭《むち》を振るう。

「何があった？」スローンは改めてティミーに尋ねた。

「さあ……おれが着いたときはもう燃えてて、ミスター・ハスケルに言われて急いで知らせに来たんです」

波止場に到着すると、倉庫はすでに炎に包まれ、盛大に煙を吐きだしていた。消防員にスローンが雇っている男たちが加わり、必死に延焼を食いとめようとしている。倉庫自体はもう手の打ちようがなかった。この見立てを証明するかのように、大音響とともに奥の部分が崩れ落ちる。前半分はまだ立っているが、それほど長くはもたないだろう。

消火に手を貸そうと倉庫に向かうと、ハスケルが走ってきた。「出火の原因は不明です。

今朝、出勤してきたときには、もう――」

「昨夜の警備員は誰だ？　どこにいる？」

ハスケルはこの質問に一瞬面食らったあと、恐怖に顔をゆがめた。「ベイカーだ！　忘れてました」そう言って周囲を見まわす。「どこにいるのか……そういえば、今朝は一度も姿を見てません」倉庫のほうに顔を向けてつぶやいた。「まさか――」

「まだなかにいるのか？」スローンは厳しい顔で尋ねた。

「たぶん。失念してました……真っ先に確認すべきだったのに」ハスケルがぞっとしたように振り返ったときには、スローンはすでに燃える倉庫へと走っていた。ハスケルが叫びながらあとを追ってくる。「待ってください！　危険すぎます！」

スローンは最寄りの扉に達した。奥から噴きだす炎とともに、熱が押し寄せてくる。勢いよく扉を開け、なかに飛び込んだ。なかも煙が充満し、ほんの数メートル先では炎が荷箱と壁を舐《な》めている。

ハンカチで口と鼻を覆い、咳《せ》き込みながら周囲に目を配り歩きだした。濃い煙で視界がほとんど利かなかったが、荷箱のひとつにつまずき、床に膝をついたとき、少し先にある荷箱の陰から突きだしている脚が見えた。

スローンはよろめくようにそちらに向かい、両脚をつかんで荷箱の陰から引っ張りだした。警備員のベイカーだ。なんとかその上半身を起こして、脇に腕を差し込み、入ってきた扉へと後ろ向きに引きずっていった。力は強いほうだし、体も鍛えているものの、ベイカーは大柄なうえに意識を失っているせいで二倍も重く感じられる。炎からはできるだけ距離をとるようにしたが、それでも肌が煮えるように熱い。と、突然、砲弾が炸裂《さくれつ》するような音とともに天井沿いに炎がほとばしり、壁を伝った。

またしても何かが焼け落ち、さらに大きな音とともに右手に梁《はり》が落下した。飛び散った火花が上着とシャツに穴をあけ、その下の皮膚を焦がす。またしても轟音《ごうおん》がして壁が倒れ、よろめきながら戸口から出た直後、炎に包まれた倉庫が背後で完全に崩れ落ちた。

ハスケルとティミーが駆け寄り、ごうごうと燃える炎からベイカーを遠ざけるスローンに手を貸す。

「まだ息はあると思う」スローンはベイカーにかがみ込んで、そっと頭を横にした。側頭部と首に血が固まっているのを確認し、傷口から煤《すす》と灰を払いながらつぶやいた。「傷がある」

「何かが倒れてきたんでしょうか？」ハスケルは疑わしげな声で言った。

「いや、傷は耳のすぐ上だ」スローンは険しい顔で答えた。「おそらく誰かが横から殴りつけたんだ。ティミー、ボーデン先生を呼んできてくれ。ぼくの使いだと言うんだ」

医者の住所を聞いたティミーは、すぐさま走り去った。

「この話はあとだ」スローンは立ちあがった。「消火を手伝おう」

二時間後、努力の甲斐《かい》あって、隣の建物の壁が焦げただけで炎は収まった。倉庫がくすぶる燃えさしになるころには、バケツを運んでいた腕が痛くなり、全身が煤と灰に覆われ、服は火の粉があけた穴だらけになっていた。スローンは燃えさしから再び発火するのを警戒し、何人か現場に残して、火事を見るために集まった野次馬から少し離れたところに職長のハスケルを引っ張っていった。

「ベイカーはどうだ？」

「気がつきました。頭が割れそうだと言ってますが、意識ははっきりしてます。医者に傷をきれいにしてもらい、頭に包帯を巻いてもらってから、家で横になるよう命じてティミーに送らせました」

「よかった」スローンは腕を組んで、焼け落ちた倉庫を眺めた。「なかにあった荷は？」

「絹と紅茶、麻、ブランデーです。昨日、船からおろしたばかりですよ」

「格好の薪《まき》代わりになったな」苦々しい思いで言った。

「ええ、たしかに」

「ベイカーが頭を殴られたとなると、たんなる事故ではないな。パーカーの仕業だろう。ぼくに脅しをかければ、波止場の実権を握れると思っているにちがいない」

「きっとそうですよ」ハスケルがうなずく。「いまいましい野郎です。マリー・クレア号が密輸品を積んでいるのを収税吏に密告したのも、やつに決まってます。そのまえにも、古いほうの倉庫から何度か品物を盗みだしてるし、クラブでもパブでもうちのやつらに喧《けん》嘩《か》を売ってテーブルや椅子を壊してます」

「ああ、どうしても波止場のこのあたりを自分の〝保護下〟に置きたいようだな。だが、ベイカーを襲って倉庫に火をつけたのは、これまでの小競り合いよりはるかに悪質な行為だ。悪くすると、ベイカーは焼け死んでいたかもしれない」

ハスケルはうなずいた。「今度の嫌がらせには、社長個人への悪意が感じられます。社長が新しい倉庫を誇りにしてたことは、みんなが知ってるんですから。社長がオフィスをそっちに移すつもりだったのを、パーカーは知っていたんでしょうか？」

「探りだすのは難しくなかっただろうな。損害を与えるだけでなく、ぼくを侮辱したかったんだろう。これまでのようないやがらせはまだ無視できる。そのために警備員も増やしたばかりだが、これは……たんなる脅しとは言えない」

「社長を取り込めれば、波止場のほかの連中も従うのがわかってるんですよ。社長があいつを止められなけりゃ、ほかの連中がパーカーに立ち向かえる望みはないですから」

「では、ぼくがあの男に屈するつもりがなくてよかった」スローンは不敵な笑いを浮かべた。「警備員をもっと増やし、巡回をまめにしよう。コール商会に連絡を入れてくれ。それと、パーカーに関する情報がもっと欲しい」

「商会にはさっき連絡したんですが、誰もいませんでした。仕事で出払ってるんでしょう」

「連絡を入れ続けてくれ。ここと材木置き場の警備員を大幅に増やしたい。信頼の置ける、有能な男たちを。ほかの連中がパーカーに屈しないように、ついでに波止場全体に目を配るとしよう」

「アイ、社長。しかし、気をつけてくださいよ。パーカーは社長を目の敵にしてます。社長が怪我《けが》をしたんじゃ、元も子もないですから」

「わかっている。じゅうぶん用心するよ」

スローンは自宅へ戻る馬車のなかで、選択肢を慎重に考慮し、今後の計画を立てた。このままいけば、遠からずパーカーと真っ向からぶつかることになる。パーカーが縄張りを広げ、この地域に進出してきたときから、いずれそうなることはわかっていた。あの男は盗みばかりか、売春宿からいかさまの横行する賭博場まで、ありとあらゆる違法な商売をしている。だが、いちばん実入りがいいのは、彼らが来るまで必要なかった〝保護〟と引き換えに、業者たちから取り立てる保護料だろう。

だが、スローンはパーカーの脅しにもいやがらせにも屈しなかった。この波止場はスローンの縄張りであり、ビジネスに直結する場所でもある。そのため警備員を定期的に巡回させ、波止場全体の安全を保ってきた。パーカーのような悪党に好き勝手させるつもりはない。そして、自分の商売にどんな形であれ手を出されるのはごめんだ。スローン・ラザフォードはろくでなしかもしれないが、自らの傘下の者は常に守る。

数分後、玄関扉を勢いよく閉め、足早に階段へ向かうと、客間の戸口に現れた父があんぐり口を開けた。

「なんて格好だ」マーカスは息子の煤だらけの顔と服を見つめた。「煙突掃除でも始めたのか？」

スローンは顔をしかめた。「建てたばかりの倉庫が焼け落ちたんです」

「なんてことだ」

スローンはそのまま階段に向かおうとしたが、ふと思いついて父を振り返った。「父さんはコーンウォールに戻ったほうがいいかもしれない」

「なんだと？　なぜだ？　わたしが火事に関わっていると疑っているわけではあるまいな」

「まさか。ただ、この一件は、ある男が裏で糸を引いているんです。そいつはこれまでもいろいろちょっかいを出してきて……ぼくから金を引きだし、波止場の支配権を握ろうとしているんですが、言いなりになるつもりはありません」

「それがわたしとどんな関係がある？　わたしはスキャンダルになるようなことはしていないし、誰にも借金を作っていないぞ。ロンドンに来てもう二週間になるが、今回は賭博場さえ顔を出していない」

「ええ、わかってます」スローンは皮肉な調子にならぬように気をつけた。父の性分を考えると、二週間はおそらく驚くほど長い時間なのだろう。「ただ……」

「おまえに約束したからな。その約束を守るつもりだ。だから、今後もそいつがおまえを脅迫するのに利用できるようなことをするつもりはない」

「わかってます」父がこの先ずっと品行方正にしているとは思えないが、スローンは繰り返した。「それは感謝していますが、そういう話をしているわけじゃないんです。父さんのことが心配なんですよ」

「心配？　わたしを？」マーカスは驚いて目をみはった。

「ええ。今度の攻撃は悪質だ。新しい倉庫に火をつけたのは、ぼくが誇りに思っている場所だったからでしょう。それでもぼくが要求を呑《の》まないとわかったら、もっとあくどい手を使ってくるかもしれない。ぼくの……大切な人間を傷つけるとか。だから、父さんにはロンドンにいてもらいたくないんです。いくらパーカーでも、コーンウォールまで行く気になるとは思えませんから」

「そうか」マーカスはほんの少し眉を上げた。「少し意外だったな。大切だなんて言われると、くすぐったいような気がするよ」

「父親ですからね」スローンはしぶしぶ言った。「怪我をしてほしくないのは当然でしょう」

マーカスは笑うように口の端をひくつかせた。「まあ、家族の絆《きずな》が必ずしも愛情と結びつくわけではないが」

　スローンは顔をしかめた。「ぼくが伯爵みたいな人間だと言っているんですか？」

「とんでもない。おまえはあんな厳格な男ではないさ。いずれにしろ、それはこのさい、どうでもいい」マーカスはこの話はおしまいだというように片手を振った。「しかし、相手がそういう男なら、よく考える必要があるぞ。ロンドンにはわたしよりはるかに大切な人がいるだろう」

　父の言葉の意味に気づき、スローンは胸をわしづかみされたような気がした。「アナベスのことですか？　アナベスは……べつに……」父が何も言わずに片方の眉を上げる。

「だいたい、パーカーがアナベスは……べつに……」


マーカスは肩をすくめた。「ゴシップとなると、ずいぶん昔の話まで覚えている連中は多いぞ。おまえがアナベスとの婚約を破棄したときは、街中の噂《うわさ》になったものだ」

　スローンは父を見つめた。反論したかった、否定したかった――でも、できなかった。

アナベスは危険なのか？

　仕方がない。今夜の結婚式には出席するとしよう。

3

アナベスは花婿の反対側に立っているネイサンに目をやり、彼が微笑《ほほえ》むのを見て、お馴《な》染《じ》みの痛みに胸を衝《つ》かれた。誰にも認めるつもりはないが、ときどき自分の決断が正しかったのかどうかわからなくなる。もちろん、だからといって何が変わるわけでもない。約束を破ることなどありえないのだから。

祭壇の前では、ノエルとカーライルがあふれる愛に顔を輝かせていた。ふたりの気持ちはよくわかる。昔は自分も同じ気持ちだった。おそらく、二度とあのときの気持ちにはなれないだろうが、それを考えるのはよそう。過去の思い出に鍵をかけ、頭から締めだすのは、この十二年でずいぶん上手になった。ただ、幸せそうなふたりを目にして、昔の記憶が戻っただけだ。

それと、二カ月ほどまえにストーンクリフでスローンに会ったから。

なんて惨めな再会だっただろう。庭から邸《やしき》に入ったとたん、廊下に立っている彼の姿が目に入った。こちらを見たときの石のような表情……スローンは挨拶の言葉さえ口にせず、さっさと背を向けて立ち去った。

愛されていないことはわかっていた。もちろんこちらも、もう彼を愛してはいない。彼に焦がれるのはとうの昔にやめたのだから。でも、あの不躾《ぶしつけ》であからさまな拒絶には、なぜかとても傷ついた。最近、気がつくとスローンのことを考えているのはそのせいだ。

式に参列している人々が衣擦《きぬず》れの音をさせて身じろぎし、抑えたつぶやきが広がる。何があったの？　不思議に思って振り向くと、まるで自分の思いが紡ぎだしたかのように、スローン・ラザフォードが教会の戸口に立っていた。

アナベスは急いで前に顔を戻した。スローンはここで何をしているの？　自分の一族は大嫌いだと、公言してはばからなかったのに。どうりでゲストが騒ぐわけだ。

自分の表情が変わらなかったことにひそかな満足を覚えながら、アナベスはそれから式が終わるまで、前にいる花嫁と花婿だけを見ていた。激怒しているにちがいないネイサンのほうすら見なかった。

ノエルとカーライルが誓いの言葉をおえ、向きを変えて通路を戻るころには、スローンの姿は戸口から消えていた。それを確かめ、小さく安堵《あんど》の息を吐く。少なくともスローンは必要最小限度しか留《とど》まらなかった。

ところが、ネイサンの腕を取ってほかの人々と教会の正面に向かおうとすると、残っていた参列者が立ちあがり、急いで扉へ向かった。誰もが悪名高いスローン・ラザフォードを見たくてたまらないらしい。
「あいつは、ここで何をしているんだ？」ネイサンがつぶやく。
「ノエルが招待したのよ」アナベスは穏やかに告げた。
「ああ。だが、のこのこ顔を出すとは誰も思っていなかったぞ」
アナベスは扉の外に出て周囲を見まわした。階段のいちばん上からは、参列者が広がっていく様子がよく見える。「でも、もう帰ったみたい」
「清々するよ」
「こんなところにいたの」すぐ後ろから大きな声がして、ふたりは振り返った。
まるでアナベスとネイサンが生け垣の陰に隠れていたと言わんばかりの口調だったが、
アナベスはにこやかに応じた。「お祖母《ばあ》さま」もっとも、ネイサンはできれば隠れたかっ
たかもしれない。アナベスは祖母に付き添っている紳士に微笑んだ。「ラッセル叔父さま」
ラッセル・フェリンガムは本当の叔父ではない。でも、亡き父の親友でウィンフィール
ド家の隣人でもあったから、家族のようなものだった。おおらかで礼儀正しい、独身のラ
ッセルは、パーティや芝居に出かける祖母のエスコート役を仰せつかることが多い。
「アナベス、相変わらずまばゆいばかりの美しさだね。花嫁を霞《かす》ませるのは失礼だぞ」ラ
ッセルはそう言ってアナベスの手を取り、優雅にお辞儀をした。
「お世辞が上手ね」アナベスは笑った。「ノエルがロンドン一の美女だということは周知

の事実よ」

「そうかな」フェリンガムはにこやかに続けた。「わたしがその点にいささか異議があるとしても、許してもらいたいな。若きダンブリッジも同意してくれると思うが」

「ええ、心から」ネイサンはうなずいて、アナベスの祖母に顔を向けた。「今夜はお顔の色がとてもいいですね」

「ばかを言うもんじゃありません」祖母が石の階段を杖《つえ》でコツンと叩《たた》く。「ひと晩中ぐっすり眠ったことなど、もう何年もないわ。毎晩猫がうるさく鳴いてペチュニアを悩ませるのよ。ペットの躾《しつ》けには気を遣うのがマナーでしょうに、メイフェア中を歩きまわらせるなんて、無作法にもほどがあるわ」

「うむ」ネイサンはしっかりと口を閉じた。

「まったくですな」フェリンガムがいたずらっぽい目で同意する。「近ごろは礼儀をわきまえない猫が多いようだ」

祖母がじろりと彼をにらむ。「わたしをばかにしているの？　軽口を叩いていないで、馬車を呼んでらっしゃい。こんな年寄りをいつまでここに立たせておくつもり？」

「おや、ちょうど馬車が来ましたよ」ラッセルがそう言って腕を差しだす。

「あなたたちも乗りなさい」祖母がアナベスに自分のバッグを手渡した。「杖をつくのに、両手をあけておかないとね」

四人は教会の前で停《と》まったフェリンガムの優美な馬車へと、階段をおりていった。そのあいだも、アナベスはまわりの通りにさりげなく目を配り続けた。スローンの姿はどこにも見当たらない。どうやら、まだアナベスを避けているようだ。

馬車に乗るときのいつもの手順を踏み、まもなく祖母が満足して座席に収まった。少なくとも今日は、犬も〝必需品が入った〟大きなバッグもないだけましだ。流行遅れにならないようにと、祖母は特効薬や治療薬のほとんどを家に残し、小さなバッグに万一気絶したときに備えて——そんなことはまだ一度もないのに——気付け薬だけを入れてきたのだった。それと、オペラグラスを。これは何があっても欠かせない。いつ何時それを目に当てて、成りあがり者に身のほどをわきまえさせる必要が生じるかもしれないのだ。

祖母が落ち着くと、ネイサンはアナベスに手を差しだした。スローンが行ってしまったことはわかっていたが、アナベスは最後にもう一度まわりを見てからネイサンの手を取り、馬車に乗った。

伯母のレディ・ドリューズベリーは、ラザフォード家のタウンハウスで催す披露宴の準備時間が短すぎることを嘆いていたが、アナベスには欠けているものがあるようには見えなかった。目の届くかぎり、芳《かぐわ》しい香りを放つ花が階段の支柱を飾り、玄関ホールにもあふれるほど花を活《い》けた大きな花瓶がいくつも置かれている。そこではノエルとカーライルがゲストを迎えていた。家の裏手にあるめったに使われない大広間は、家具をほかに移し、瑞々《みずみず》しい緑やリボンやたくさんの花で飾られて、ちょっとした舞踏室になっている。

「お母さま」レディ・ドリューズベリーがこわばった笑みを浮かべ、少しばかり用心深い目でレディ・ロックウッドに挨拶した。ネイサンと違って、健康の話をするような愚かな真似《まね》はしない。「舞踏室の壁際に椅子を並べてありますわ。そちらでお座りになって。ネイサン、レディ・ロックウッドを舞踏室へ案内してくださる？」

「ふん」祖母は長女をじろりとにらんだ。「舞踏室がある場所ぐらい知ってますよ、アデリーン。まだ耄碌《もうろく》はしていないわ。それに一時間も座りどおしだったのよ」

「もちろん、そうでしたわね。わたしはべつに……」祖母が先に進むのを見て、伯母はほっとした顔で言葉を切った。「アナベス、それにネイサン。とてもすてきなお式だったわね？」

「アデリーン伯母さま。ええ、素晴らしいお式でしたわ」

　誰にでも好かれる姉に嫉妬する母へ認める気はないが、アデリーンは昔からこの伯母が大好きだった。実際、優しく寛大なアデリーンを嫌う親戚はほとんどいない。

　伯母の一人息子アダムはノエルと結婚してまもなく悲しい事故で命を落とし、アダムの忘れ形見であるギルと未亡人のノエルはラザフォードの邸であるストーンクリフで暮らすことになった。孫のギルを生きがいにしている伯母は、ノエルとカーライルが結婚後もストーンクリフに住み続けると決めたことを心から喜んでいた。

「あなたとネイサンも祭壇の前に立ったら、同じくらいすてきに見えるわ」伯母がそう言ってにっこり笑い、愛らしいえくぼを浮かべた。「もうすぐそうなるのね。日取りはもう決まったの?」

「いいえ。お祖母さまが、もう少し婚約したことを伏せておくべきだとおっしゃるの。ノエルたちの結婚がもたらした興奮が落ち着くまで待つべきだ、と」

「レディ・ロックウッドは、アナベスがぼくと結婚する愚かさに気づいて、取りやめるのを願っているんですよ」ネイサンが口をはさむ。

「違うわ、ただ……」アナベスはネイサンが片方の眉を上げるのを見て、あきらめた。

「ええ、そのとおりよ」

「でも、ふたりはとてもお似合いよ」伯母が繰り返す。

「ぼくの領地が抵当に入っているのが気に入らないんでしょう」

「ああ、お金のこと」伯母は肩をすくめ、気に入らない話題を受け流した。「大切なのは愛があるかどうかよ。あなたたちの人生だもの、母に指図させてはだめよ」それから、ふたりを見て小さく笑った。「ええ、ええ、わかっているわ。自分ではできないのに、こんな助言はおこがましいわね。でも、あなたたちはわたしより意志が強いし、人生はまだこれからなんですもの」

「一、二カ月、祖母の言うとおりにしても、大した違いはありませんわ。そのうちわたしの気が変わらないことに気づくでしょう。気づかなければ、祖母の祝福なしに話を進めればいいだけですもの。そんなことをしたら、祖母は生きているかぎりネイサンに腹を立て続けるでしょうけど」

「いまでも、とくに好きというわけではないが」ネイサンがおおらかな笑みを浮かべる。

「あら、母はあなたがとても好きよ」伯母は断言した。

「だったら、嫌いな人間にはどういう態度をとるのか、考えるのも怖いですね」ネイサンは肩をすくめた。「レディ・ロックウッドと暮らしてたいへんな思いをしているアナベスが待つ気なら……何年も待ったんですから、あと少しぐらい待てますよ」

ふたりはノエルとカーライルの前へと進み、お祝いを述べた。ノエルは喜びに顔を輝かせ、カーライルはとても得意そうだ。ほかのみんながあっと驚くような、素晴らしい女性を手に入れたと感じているのがありありとわかる。彼が自慢したくなるのも無理はない。大きな青い瞳に金色の髪、薔薇《ばら》の花びらのような肌のノエルは、本当に美しかった。しかも知識が豊富で、人一倍頭の回転が速い。何しろ、誰よりもしつこいカーライルの追跡を、五年もかわし続けたのだから。

新婚のふたりに挨拶しおえると、祖母はネイサンに向かって尊大に顎をしゃくった。ネイサンが小さなうめき声をもらしてつぶやく。「ぼくの助けなんかいらないと言わなかったかな。フェリンガムはどこに消えたんだ？」

笑いがこぼれそうになって、アナベスは口元を引きしめた。「ラッセル叔父さまはお祖母さまのエスコートを数えきれないほどしてきたから、手の抜き方を心得ているのよ」

それでも、ネイサンはすぐに進みでてアナベスの祖母に腕を差しだした。アナベスはゆっくり舞踏室に向かうふたりのあとに従った。あちこちで足を止め、知り合いと言葉を交わしながらさらにゆっくり進み、ようやく舞踏室へと続く廊下にたどり着いて……立ち尽くした。

彼がそこにいた。

昔と同じように、息が止まるほどハンサムなスローン・ラザフォードが。舞踏室のドアのそばで壁に肩をあずけ、胸の前で腕を組んで立っている。貴族らしくない危険な雰囲気を漂わせ、周囲の囁《ささや》きや視線をまったく無視している。不意を衝かれ、アナベスは鼓動が速くなるのを感じた。教会ならともかく、まさかここにいるとは。鳩《はと》の群れに紛れこんだ鷹《たか》のように、じろじろ見られ、噂《うわさ》の的になることがわかっているのに。

でも、スローンは昔から誰になんと思われようと平気だった。アナベスの姿に目を留めると、物憂い表情をふいに鋭くして壁から体を起こし、近づいてきた。アナベスはきびすを返して逃げだしたくなった。こんなにたくさんの人たちの前で、スローンと話すことなどできない。でも、同じ理由で逃げることもできなかった。逃げだせば噂の種を増やすだけだ。

スローンは適切な距離を置いて足を止めた。「アナベス」

昔と同じ、ほんの少しかすれた低い声。この声で話しかけられるたびに、どれほど心がときめいたことか。あざやかな青い瞳や流行よりも少しだけ長い漆黒の髪、彫ったような顎と頬の線もほとんど変わっていない。昔から野性味のある顔だったが、以前はなかった顎の小さな傷と、少し増えた目尻の細かいしわがさらにその印象を強めている。

「ミスター・ラザフォード」アナベスはわずかに顎を上げ、冷ややかで堅苦しい声で返した。

「いまのぼくはミスター・ラザフォードか」スローンの唇の端が上がり、笑みに近いものが浮かぶ。

「ほかにどういう呼び方があって？」

「まあ、ないだろうな」咳払《せきばら》いをひとつ。「例によって、きみのそばにはダンブリッジが張りついているんだな。まだ結婚していないのが不思議なくらいだ」

スローンがわたしに結婚の話をするの？　怒りがこみあげ、アナベスは固い声で嫌みを言っていた。「わたしは誰かさんより、愛に関して誠実なようね。たとえ誰かさんには誠実さを示される資格がないとしても」

「おっと、一本取られたな」そう言った声にはかすかに笑いが含まれていたが、青い瞳が翳《かげ》るのを見て少し溜飲《りゅういん》がさがった。少なくとも彼を苛立《いらだ》たせることができたようだ。

アナベスはさらに顎を上げ、目を細めて付け加えた。「さいわい、その弱点は乗り越えたわ」

「そうよ。まだ公表はしていないけれど……」

スローンの眼差《まなざ》しが鋭くなった。「婚約したのか。相手はダンブリッジ？」

「驚いたな、アナ、もう少しましな相手がいるだろうに」

「そういう言い方はやめて。ネイサンはいい人だし、義理堅くて優しい人よ」

「まあ、優れた猟犬もそうだぞ」

「蛇よりはずっとまし」かっとなって言い返す。

スローンは目を見開き、短い笑い声をあげた。「きみは気が短いことを忘れていたよ。ぼくにしか見せたことがなかったが」

「あなたほどわたしを怒らせた人はほかにいなかったもの。どうしてここにいるの？　いったい何を――」

「ラザフォード」ネイサンが声に怒りをにじませ、スローンの横に立った。「アナベス、大丈夫か？」

「もちろん」アナベスは周囲の人々が黙り込み、自分たちを見ているのを痛いほど感じた。

ネイサンはスローンと向き合った。ふだんは優しい目に怒りが燃えている。「よくもここに姿を見せられたものだ」

「これよりはるかにひどいこともできるさ」スローンが笑いと軽蔑を含んだ口調になる。ネイサンとカーライルのそばでは、昔からこういう話し方をしたものだった。

「そうだろうな。だが、アナベスを悩ませるのは許さない」

「悩ませる？　ぼくはきみを悩ませているのか、アナ」スローンは親しみと愛情、そして親密さを仄《ほの》めかすように、自分しか使ったことのない愛称を口にした。

アナベスは目を細めた。「いいえ、ミスター・ラザフォードには、もう私を悩ませる力なんてない」アナベスはネイサンに顔を向けた。「彼にはかまわないで。わたしたち、注目の的になっているわ」

「そうだね」ネイサンは声を落とし、スローンをにらんだ。「ゴシップの種にされるのは、ぼくもごめんだ」

「きみは紳士だからな」スローンはネイサンに言い、アナベスに小さく頭をさげた。「ぼくも完璧な紳士として振る舞おう」再びネイサンに向き直る。「それにしても、きみは望ましくないゲストに会って、ずいぶん動揺しているように見えるぞ、ダンブリッジ」相手を間違いなく苛立たせる笑みを浮かべ、付け加えた。「まるで婚約者を信頼していないようだ」

ネイサンはかすかに眉を上げ、スローンの笑みに対抗するような作り笑いを浮かべた。

「アナベスのことは心から信頼しているとも。だが、きみは信頼できない」

「少なくとも、その直感の一部は当たっているな」

アナベスが辛辣な言葉を返そうとすると、息子を連れたノエルが割って入った。「ミスター・ラザフォード、来てくださってとても嬉《うれ》しいわ。ギルがあなたにご挨拶したいそうなの」

スローンは少し表情を和らげ、ノエルに顔を向けた。「ご招待ありがとう、ソーン夫人」そして、母の手から自分の手を引き抜こうとしている少年に目をやった。「やあ、ドリューズベリー卿《きょう》」

ギルがくすぐったそうに笑ってスローンに片手を差しだす。「あなたのこと、覚えてるよ。ぼくのいとこでしょ。ママンが、ぼくのいとこはあなただけだって」

「そうらしいな」スローンは少年の横にしゃがみ込んで、差しだされた手を握った。「きみもぼくの唯一のいとこだから、ぼくらは何かと助け合う必要がありそうだ」

ギルがにっこり笑い、大きくうなずく。「ねえ、ぼくの新しい馬を見たい？　二階にいるんだ」

スローンは口元に笑みを浮かべ、驚いたように目をみはった。「きみの部屋に！　それはすごい。ぼくはポニーさえ家のなかに入れさせてもらえなかった」

ギルが嬉しそうに笑う。「違うよ、本物じゃないったら。サンダーはストーンクリフにいるもの。二階にいるのは、ええと……シュヴァラ・バスキュール。英語ではなんて言うの？」母に尋ねた。

だが、そのまえにスローンが言った。「揺り木馬かい？　ああ、ぜひとも見たいな」

「フランス語を話せるの？」ギルが目を丸くする。

「多少ね。だが、長いこと使っていない。たぶん、きみにはかなわないな」

ギルがほかの人たちに顔を向けた。「みんなも来ていいよ」

「アナベスとネイサンは、わたしとここに残ると思うわ」ノエルがにっこり笑って告げる。

スローンは心得顔でノエルを見たあと、笑顔のまま少年の手を取って歩み去った。

「きみの披露宴で殴り合いをするつもりはなかったよ、ノエル」ネイサンが抗議した。

「ええ、でも、彼も同じ考えかどうか確信がなかったの。それに、ギルは自分にいとこがいるのが嬉しくて仕方ないのよ」ノエルはアナベスの腕を取った。「アナベスとゆっくり話したかったし」

「つまり、ぼくはお邪魔虫ってことだね。では、またあとで」ネイサンはふたりに笑って頭をさげ、離れていった。

アナベスはネイサンに微笑みかけたものの、その先の階段に目をやらずにはいられなかった。ギルと手を繋《つな》いだスローンが、頭を少年のほうに傾け、階段を上がっていく。ギルが勢い込んで話しながら立ちどまると、スローンがその手を引いて、何段か飛び越すのを手伝った。嬉しそうな笑い声が人々の話し声に交じって聞こえてくる。

胸を突き刺す痛みをこらえて、アナベスは笑みを張りつけ急いでノエルに顔を戻した。

「助け船を出してくださってありがとう」

ノエルは額に小さなしわを寄せ、じっとアナベスを見た。「大丈夫?」

「ええ、もちろん。あの人への愛は、ずっと昔にあの人自身が壊してしまったわ。もう顔を合わせても心は痛まない」

今夜スローンを見てどんな気持ちになったのか、自分でもよくわからなかった。怒りがこみあげた? 身構えた? 懐かしさを覚えた? いずれにしろ、これは十二年まえに捨てられたときの、身を切り裂かれるような痛みとは違う。

「本当に?」ノエルは少し心配そうだった。「あなたの気持ちを乱すつもりはなかったのよ。ただ、彼はギルを守るのに手を貸してくれたから、招待すべきだと思ったの。正直言って、実際に来るとは思っていなかったし」

「だから来たのよ、きっと」アナベスは皮肉たっぷりに言った。「わたしのことはご心配なく。それより、スローンがせっかくの喜びに水を差してしまったのではなくて?」

ノエルは顔を輝かせた。「わたしの喜びはそんなことではびくともしないわ。まるで夢を見ているようよ。愚かに聞こえるかもしれないけれど、今日は完璧な一日」

「ええ、当然ね。祭壇の前に立っていたあなたは、それはそれは美しかったわ」

「もうすぐあなたもあそこに立つことになる」

「ええ。アデリーン伯母さまにもそう言われたわ」ノエルの輝くような笑みにはおよばないが、アナベスは微笑んだ。

ノエルはまたしても額に小さなしわを寄せ、探るようにアナベスを見た。「アナベス……どうかしたの？」そう言ってアナベスの腕を取り、ほかのゲストから離れると、小さな客間に入ってドアを閉めた。「あなたとネイサンは……いいえ、あなたは婚約したことを悔やんでいるの？　スローンに会って――」

「いいえ」アナベスはきっぱりと首を振った。「スローンは関係ないわ。ネイサンとわたしは大丈夫。すべて順調よ。ただ……祖母に少し待てと言われて、がっかりしているのね、きっと」

ノエルはこの説明に納得した様子もなく腕を組んだ。「いいえ、お祖母さまは関係ないと思う。ねえ、ネイサンが死にかけているときにした約束に縛られる必要はないのよ。あのときは助かるかどうか心配で、きちんと考えられなかったんですもの」

ネイサンがいまにも死んでしまうのではないかと不安に駆られ、泣きながら彼の手を握りしめていたあの数時間の気持ちは、とてもそんな表現では足りなかった。何年もまえにネイサンの求婚を受け入れていたら、せめて最後の数年だけでも幸せにしてあげられたのに、と。断り続けていた罪悪感から、ネイサンを助けてくれたらなんでもします、という祈りが自然と口を衝いて出ていた。ネイサンがようやく目を開け、アナベスの名前をつぶやくのを聞いたときは、天にも昇る心地がしたものだ。

だから、彼の手を頬にあてて泣き笑いしながら、もう一度求婚して、と告げた。その瞬間はネイサンと幸せになれる確信があったのに。

「いいえ」自分が何を否定しているのかよくわからないまま、アナベスは首を振った。「あれで目が覚めたのよ。ネイサンと自分の人生をどれほど無駄にしていたかに気づいたの」

「もしもネイサンを愛していないなら――」

「もちろん、愛しているわ！」アナベスは言い張った。「ネイサンのことは大好きよ。何年もずっと」

「でも、それは正しい形の愛かしら？」

「愛に間違った形などあるの？」アナベスは向きを変え、ふいに寒さを感じて両腕をこすった。「スローンを愛したようにネイサンを愛しているかと訊《き》いているなら、たしかに違う。何もかも忘れるほど、ネイサンに夢中になっているわけではないもの。あのころはとても若くて、あふれるほどの愛があった。もちろん、いまでも自分が望む人生はわかっているし、愛があればなんでも可能だと思っているわ。ただ、昔はすべてがただ素晴らしくて、歓喜に満ちていたの。そのぶん絶望も深かったけれど」

「素晴らしい愛に、必ずしも苦痛が伴うわけではないわ」

「でも、そういう愛を感じるのは一生に一度だけではないかしら？　生涯の愛、とよく言うでしょう？　それが間違いだったからといって、もう一度同じ愛を経験できるとは思えない。でも、幸せな人生を送ることはできるわ。昔とまったく同じ気持ちではなくても、わたしはネイサンが大好き。失いかけて初めて、どれほど大切な人だったか気づいたの。ネイサンは素晴らしい人よ。優しくて、思慮深くて、頭がよくて、ユーモアもわかる。彼のすべてがとても……正しいの。ネイサンよりましな夫、ましな父親になれる人はどこにもいないわ」

「ええ、ネイサンはとてもいい夫になるし、父親にもなるでしょうね」ノエルはうなずいた。

「これまでは、求愛を断ればほかの人を見つけてくれると思ったけれど、わたしの拒絶は彼を苦しめただけだった。いまのネイサンはとても幸せそう。そんな彼を見ているだけで、わたしも幸せになれるの。わたしはよい妻になるし、彼を幸せにする。わたしたちはよい夫婦になれるわ」

「あなたも幸せならね。わたしが望むのはそれだけ」

「わたしは幸せよ」アナベスはほんの少し力をこめて言った。「きっと幸せになるわ」

4

ノエルとのやりとりを思い返しながら、アナベスは舞踏室に戻り、部屋のなかをぐるりと見まわした。ありがたいことにスローンの姿は見えない。おそらくノエルの息子と過ごしたあと、立ち去ったのだろう。スローンがギルに話しかけるためにしゃがみ込み、まるで大人と話すように真摯な声で答えていたのを思い出すと、自然に口元がほころんだ。

レディ・ロックウッドとラッセル・フェリンガムは、アナベスの母マーサとエジャートン卿《きょう》と話していた。母の再婚相手が大嫌いなアナベスは、できれば彼とはひと言も交わしたくなかったが、ひと晩中母を避けているわけにはいかない。作り笑いを浮かべて母たちのほうに歩きはじめたとき、ネイサンが隣に来た。

「その笑みはぼくのためだといいが」彼は冗談めかして言った。

「もちろんそうよ」答えながら、彼を忘れていたことにちくりとうしろめたさを覚えた。でも、婚約者のことを四六時中考えている必要はないはずよ。ノエルは間違っている。

「本当にあなたを心から愛しているんですもの」

ネイサンは少し驚いたような顔をしたが、こう言っただけだった。「うむ……ぼくもだよ」

自分の言い方が奇妙だったことに気づき、アナベスは急いで付け加えた。「あなたがどんなに素晴らしい人か、ノエルと話していたところだったの。どんなに優しくて思慮深いかを」

「優しくて思慮深い、ね」ネイサンは大げさなため息をついた。「粋でチャーミングだと言われたかったな」

アナベスは笑った。「あら、粋でチャーミングなのは言うまでもないわ」

ネイサンがにやっと笑う。「だったら、ハンサムは？」

「もちろんよ」ネイサンと話すのは、とても楽だった。「エジャートンと話さずにすむようにダンスに誘ってくれれば、もっと好き」

「なるほど」ネイサンはちらっと四人のほうに目をやった。

「ひどい娘だと思うでしょうけれど、あそこに行ったら、メイドをひとりしか連れずにタウンハウスに行くなんてもってのほかだ、とまたお説教をされるに決まっているんですもの。そうしたらラッセル叔父さまが心配して、きみの負担になってはいけない、喜んで自分が代わる、とまた言いだすわ」

「ぼくだってそう言うよ。つまり、みんながきみを愛しているってことさ」

「ええ、感謝してはいるの。本当よ。でも、お父さまの古いトランクの中身に目を通すのはちっとも苦にならない。父が亡くなってあそこを貸しに出すまえのことをいろいろと思い出すのも楽しいし」

ロンドンのタウンハウスは、祖父のはからいでアナベスの信託財産になっていた。父が大きな負債を残して死んだあと、アナベスと母は暮らしを立てるお金にも困り、祖母のところに身を寄せる必要に迫られた。その後、アナベスが多少とも収入を得られるように、と管財人たちが一家のタウンハウスを貸家にしたのだった。とはいえ、アナベスの結婚と同時に信託は終了する。そこで結婚後は、ネイサンとふたりで昔の家に引っ越す計画を立てていた。

「でも、ぼくも一緒に行ったほうがいいかもしれないな」

「ありがたいけれど、何を残し、何を捨てるか決められるのはわたしだけよ。あなたは退屈すると思うわ」正直に言えば、アナベスは誰にも気を遣わず、自分ひとりで過ごすのを楽しんでいるのだった。「わたしが片付けているあいだ、メイドと顔を突き合わせるはめになるのよ」

「ジュディか」ネイサンは顔をしかめた。「あの人はどこかおかしいよ。ふつうのメイドとは違う。ときどき奇妙なことを言うし……」

「祖母に言わせると、メイドにしては〝生意気〟すぎるそうよ。でも、実際は気に入っているみたい」

「似た者どうしだな。ジュディはぼくがレディ・ロックウッドの陶器人形をこっそりポケットに入れるんじゃないかと目を光らせているんだ。あんがい、きみのお祖母《ばあ》さんにそうしろと言われたのかもしれない」

「ジュディを嫌いなのは、ほかのメイドと違ってあなたに色目を使わないからでしょう？」

「そんなことあるもんか」ネイサンは抗議した。「でも、ほかのメイドは……ほんとにぼくに色目を使ってるの？」

アナベスは笑った。「あら、カドリーユが始まるわ」

ふたりでダンスの輪に加わったあとは、煩わしい思いを忘れることができた。ネイサンとはそのあとでもう一度踊り、以降も踊る相手に不自由することはなかった。婚期を大幅に過ぎているとはいえ、アナベスは、紳士が本人からもその母親からも結婚を迫られる心配なしに安心して踊れる、きれいで楽しいパートナーなのだ。

踊り疲れると、ほてった肌を冷やすために家の裏手にある小さなテラスに出た。ひんやりした空気と静けさと、ロンドンのような大都会ではめったに味わえない、ひとりの時間を楽しんでいると、端の影のなかで何かが動いた。

だが、驚きはしなかった。なぜか、それは彼だとわかっていた。

「スローン。そんなところで何をしているの？」

「きみが外に出てくるのを待っていた」

「まあ、調子がいいこと！　わたしが来るとどうしてわかったの？」

「きみを知っているからね」


舞踏室からもれてくる光を浴びたアナベスは、とても美しかった。いや、アナベスはどこにいても美しい。ほとんどの出席者が、今日、教会にいた女性のなかでいちばん美しかったのはノエルだと言うだろう。だが、教会のなかに入り、祭壇のそばに立っているアナベスを見た瞬間、スローンは胸を撃ち抜かれた気がした。花嫁も、ほかの誰もまったく目に入らなかった。式が終わったあとアナベスに近づかずに教会を立ち去るには、意志の力を総動員しなくてはならなかったくらいだ。


「きみはいつも息が切れ、体がほてるまで踊る」スローンはアナベスに近づきながらそう言った。「そのあとで必ず人の多い舞踏室を逃れ、静かな場所でひとりになりたくなる」少し手前で足を止める。近づきすぎるのは危険だ。「集会場の舞踏会でも、ほかの人々の目を逃れてテラスで落ち合ったじゃないか。ふたりきりで話せるように――」

「話したあと何をしたかも、ちゃんと覚えているわ」アナベスは鋭く遮った。

もちろんだ。あの情熱的なキス、かろうじて自制心を保ちながら、貪るように味わったキスのことを忘れるわけがない。スローンはアナベスに触れたくてたまらず、ともすれば伸びそうになる手をポケットに突っ込み――

また一歩近づいた。舞踏室ではワルツが始まっていた。アナベスは顔をそむけたが、その直前に表情が変わるのが見てとれた。美しい瞳に懐かしさと悔いが混じり合う。このワルツはふたりがよく踊った曲だった。

「覚えてる？　ワルツのステップはきみが教えてくれた」スローンはさらに近づいた。「この曲を口ずさみながら」

まだ顔をそむけているものの、アナベスがかすかにうなずく。

スローンは両手をポケットから出した。アナベスがそばにいるときは、ポケットなど役に立たない。この手をおとなしくさせておくには手錠が必要だ。その手を差し伸べ、言った。「踊ってくれないか、アナ？　あのころを思い出して」

するとアナベスが彼を見上げた。大きな瞳に涙がきらめいているのを見て、スローンは胸を絞られるような痛みに襲われた。彼の手に片手をのせたアナベスの腰を抱き、ワルツのステップを踏む。まるでふたりだけの世界にいるかのように、静かな夜のなか、ふたりはテラスをまわった。とうに失われた過去の美しさと甘美な夢と悔いに満たされて。その過去は二度と戻らないが、心にぽっかりあいた穴を埋めるには、いまはこれでじゅうぶんだ。

あっという間に曲が終わり、ふたりは最後のターンをして足を止めた。ほんの数センチしか離れていないアナベスの熱がスローンを焦がし、この世界に彼女しか見えなくなる。よく知っているほのかな香りが鼻孔をくすぐり、心を酔わせた。うつむいて身を乗りだすと、アナベスも爪先立つようにして顔を近づけてくる。

それから鋭く息を呑《の》み、ぱっと離れてすばやく距離をとった。「どういうつもり？　なぜここにいるの？　どうしてわたしが行く先々に姿を現すの？」

たしかにこんなことは間違っている。昔からアナベスは正しかった。いつもスローンより用心深くて理性的で、跳ぶまえにじっくり見るタイプだった。反対にスローンが感情よりも理性を優先させたことは、これまでたった一度しかない。体中の細胞が距離をつめ、もう一度この腕にアナベスを抱けと叫んでいたが、彼はその場から動かず、こわばった声で言った。

「すまない。いまのはぼくが悪かった」うずく体もそう思ってくれたら。「ここに来たのは、きみが危険にさらされているからだ」

アナベスは驚いてかすかに口を開けた。「危険にさらされている？　どんな？　ネイサンと結婚すべきではないと言うつもりなら――」

「いや」スローンは首を振った。「ネイサンといても危険はないよ……退屈で死ぬ可能性はあるだろうが」

「スローン」アナベスが目を細め、腕を組む。

「誰かがきみを傷つけるか、誘拐するかもしれない——そういう危険だ。レディ・ロックウッドと一緒にしばらくロンドンを離れていたほうがいい。少なくとも、これから二週間ぐらいは。バースへ行ったらどうだ？　レディ・ロックウッドは喜ぶんじゃないか」

「バースには行きません」

「だったら、ほかのどこかに。どこでもいい。この街にいては危ない。ロンドンから離れなくてはだめだ」

「あなたに指図されるのはごめんよ。わたしは自分が好きなようにします」

「ぼくに逆らうためだけに、あえて危険に身をさらすつもりなのか？　くそ、アナベス、この街では、きみをちゃんと守ることができないんだ」

「わたしを守る？　その権利はずっと昔、逃げだしたときに手放したのよ」

「逃げたわけじゃない」

「ええ、そうね。わたしを捨てて立ち去ったときに、と言うべきだったわ」

　スローンは歯を食いしばり、口を衝いて出そうになる怒りの言葉を抑えた。アナベスにはなんの罪もない。彼女をあきらめるのは胸を引き裂かれるような思いだったとはいえ、アナベスにはいっさい責任がなかったのだ。スローンは虚《むな》しい怒りを自分のなかに押し込めた。何を言われても冷静でいられるつもりだったが、心を守る壁は思ったほど厚くなかったらしい。

心を落ち着かせ、もう一度訴える。「きみをおびやかすのがぼくの敵だから、ぼくにはきみを守る責任がある。波止場を牛耳ろうと企《たくら》む男が、邪魔なぼくを脅しているんだ。これまでも嫌がらせはしてきたが、今日はぼくの倉庫に火をつけた。警備員がひとり、あやうく焼け死ぬところだった。やり口が悪辣になっている。早急に阻止する手立てを講じるつもりだが、今日、明日には無理だ。だから、きみにロンドンを離れてもらいたい。父にもコーンウォールに戻るよう言ったところだ」

アナベスは顔をしかめた。「ずいぶんひどい男のようね。でも、まだよくわからない。なぜその男がわたしに危害を加えようとするの?」

「ぼくがなんとしても危険な目に遭わせたくない女性だからさ」スローンは鋭く言い返した。

アナベスがスローンを見つめた。ふたりのあいだの空気が突然張り詰めたのを感じながら、スローンは両手を握りしめて一歩近づいた。

「何がしたいの、スローン? なぜわたしのことを気にかけているようなふりをするの? わたしに何が起ころうとあなたには関係ないはずよ」

「ふりなんかじゃない。きみのことはずっと気にかけてきた」またしても怒りがこみあげてきた。「ぼくがどんな気持ちで――」

「わたしを愛しているなら、捨てたりしなかったはずよ！」

「捨てたわけじゃない！　ああするしかなかったんだ！」口にすべきではないことをうっかり口走ってしまいそうで、スローンは慌てて続けた。「きみを密輸業者の妻にするわけにはいかなかった。そんなことになったら、きみは破滅、きみの家族もつまはじきにされて、惨めな人生を歩むことになっただろう。きみにはもっとましな人生を歩んでほしかったんだ」

「あなたが決めたのね。あなたが、それを最善だと思った。自分がどうしたいかしか考えなかった。わたしがどうしたいか訊《き》いてもくれなかった」

「どうしたかったんだ？　ラザフォード一族の貧しい親戚として、家に留《とど》まり、教育費も何もかもを伯父に出してもらって、ぼくを憐《あわ》れむ一族のために働く――それがきみの望みだったのか？」

「わたしが望んだのはあなたよ！」

　アナベスの叫びがふたりのあいだの空気を震わせた。つかのま、どちらも動くことはおろか、声を出すこともできず見つめ合った。

　それからアナベスが首を振りながらあとずさり、多少とも落ち着いた声で続けた。「あのころは世間知らずで、とても愚かだった。誰の警告も聞かなかった。でも、あなたに関しては、じゅうぶんすぎるほど学んだわ。あなたへの愛はとっくに死んだの。何をしようとしているのか知らないけれど、いっさい関わりたくない。だから……わたしに近寄らないで。もう二度と会いたくないわ」

アナベスはくるりときびすを返し、急いで舞踏室に戻った。

5

ラッセル・フェリンガムの馬車がロックウッド邸の前で停《と》まると、アナベスは安堵《あんど》のため息をもらした。スローンと話したあとで披露宴に留《とど》まるのは苦痛でしかなかった。それで頭が痛いと祖母に訴え、早めに披露宴を辞去してきたのだった。

いつものように、祖母がぐちをこぼしながら馬車を降りるまでに、ひどく時間がかかった。先に降りたアナベスが、フェリンガムの手を借りて馬車から降りる祖母を道路脇で待っていると、誰かが暗がりから出てくるのが見えた。人影はそのまま半地下にある召使いや商人用の扉へと階段をおりていく。マントを着てフードを目深にかぶっているので顔は見えないが、女性だった。大方、恋人との逢瀬《おうせ》を楽しんだあと、こっそり戻るところなのだろう。でも、どのメイドかしら?

フェリンガムは祖母とアナベスを玄関扉の前まで送り、あからさまな安堵を浮かべて急ぎ足で馬車に戻っていった。玄関ホールでも、召使いが祖母の杖《つえ》に打たれないよう警戒しながらマントの紐《ひも》をほどき、それを脱がすのに時間がかかった。潰れた顔の癇癪《かんしゃく》持ちの愛犬ペチュニアが出迎え、祖母が尊大な口調で矛盾する指示を与えるたびに吠《ほ》えるので、召使いはいっそうあたふたするはめになった。

ついさっき見たマント姿の女性が、召使い用の廊下からホールの反対側に入ってきた。アナベスと祖母に気づいて足を止めたが、ためらったのは一瞬だけで、すばやくマントを脱いで丸め、優美な装飾入りチェストの後ろに突っ込んだ。

許可なく外出していたのは、アナベスのメイドだった。考えてみれば、これは少しも意外ではない。ジュディは大胆なばかりか、地味な召使いのお仕着せにぶかぶかの綿帽子という冴《さ》えない格好でもきれいに見える。ほっそりした顔に柔らかい白い肌。大きな琥珀色《こはくいろ》の瞳がとりわけ美しい。

主人の帰りを玄関ホールでずっと待っていたような顔でジュディが近づいてくるのを見て、アナベスは笑みを隠した。祖母の手伝いが終わり、マントを手にした召使いがほっとしてさがる。その瞬間、誰かが玄関の扉を叩《たた》き、全員がぎょっとして飛びあがった。

「こんな時間にいったい誰なの？」

「さあ、誰かしら？」アナベスはそう答えながらも、なぜかスローンの顔が頭に浮かんだ。

ジュディが勢いよく扉を開け、石段に立っている男を見て顔をしかめた。「あら、あなただったの」

「ネイサン？」アナベスは驚いた。「こんなところで何をしているの？」言ってしまってから、ひどい言い方だと気づいた。婚約者に会えたのを喜ぶべきなのに、まるで迷惑がっているようではないか。

「ええ、ほんとに」小さな体を震わせてけたたましく吠えるペチュニアに負けじと、祖母が声を張りあげる。「こんな時間に。しかも、ついさっきまで一緒だったというのに。あなたのせいで寝る時間が遅くなってしまうわ、ダンブリッジ」

「お祖母《ばあ》さまは、どうぞお休みになって。ネイサンとは長い付き合いですもの、信用できるでしょう？」

「まあね」祖母は目を細め、脅すような声で言った。「駆け落ちでもしないかぎりは」

「お約束します、レディ・ロックウッド」ネイサンが厳かに言った。「駆け落ちはもちろん、どこへも出かけません」

「わたしが付き添いますから」ジュディがそう言って、メイドというより門番のように腕を組んだ。

それを聞いて祖母はようやくうなずき、階段を上がりはじめた。ペチュニアがスカートにじゃれつきながら追いかけていく。

「すまない」ネイサンが言った。「騒ぎを起こすつもりはなかったんだ」笑みを浮かべ、優しい目になる。一緒に歳《とし》をとりたくなるような気持ちのいい微笑だわ、とアナベスは自分に言って聞かせた。

「だったら、こんな夜更けに人さまの家に押しかけるのをやめないと」ジュディが言い返す。「不適切このうえないわ」

ネイサンはぽかんと口を開け、慌てて閉じた。

「いいのよ、ジュディ。廊下の椅子に座ったら？　そこからでも部屋のなかは見えるから、ふたりだけで過ごすことにはならないもの」

「お嬢さまがそうおっしゃるなら」ジュディはネイサンにこくんとひとつうなずき、数メートル離れた。

「いまのを聞いた？」ネイサンが廊下に目をやりながら低い声で言う。「まったくおかしなメイドだ」

「ほかの人の奇妙な振る舞いを咎《とが》める資格があって？」アナベスは笑みを浮かべてたしなめた。「どうしてこんなに遅く訪ねてきたの？」

「きみが扇子を忘れたことに気づいたものだから、今夜のうちに届けたほうがいいと思って」ネイサンは上着のポケットから扇子を取りだし、少しばかりおずおずとアナベスに差しだした。

鷹《たか》のような目でふたりを見張っているジュディが鼻を鳴らし、ネイサンがそちらをにらみつけた。振り返ると、ジュディは廊下のテーブルに置いてある燭台《しょくだい》の位置を直していた。

「それに、今夜は取り乱しているように見えたから」ネイサンが言葉を続けた。「頭痛がすると言っていたが、何かあったんじゃないかと心配だったんだ」

「何もなかったわ」

答えたとたん、罪悪感が胸を刺した。スローンとの言い争いが尾を引き、ネイサンの夜も台無しにしてしまったらしい。かといって、テラスでスローンに待ち伏せされたことを説明すれば、いらざる誤解を招くことになる。

「ただ頭が痛かっただけ。これを忘れてきたのもそのせいだわ」そう言って扇子を掲げてみせる。

ネイサンは納得したようには見えなかったが、ジュディのわざとらしい大きなあくびの音を聞いて、あきれたように目玉をまわした。「だったら、そろそろ失礼しよう。おやすみ、アナベス」

「おやすみなさい、ネイサン」アナベスは彼が出ていくまで、笑みを張りつけていた。それから向きを変え、ジュディを従えて階段を上がりはじめた。

「お疲れのようですね」寝室のドアを閉めながらジュディが言った。

「疲れているというより……そうね……腹立たしいというか……ただ……頭にきているの！　どうして今夜、のこのこやってきたの？」

ジュディはけげんな顔で背中のボタンをはずしはじめた。「ミスター・ダンブリッジがですか？　たしかに、ちょっと厚かましいですよね、こんなに遅く訪ねてくるなんて。でも……」

「違うわ、スローン・ラザフォードが、よ」アナベスはうんざりした声で言い、化粧台に扇子を落とすと、脱いだ長手袋もそこに落とした。

「スローン・ラザフォードが、ですか？」ジュディの指がボタンの上で止まり、再び動きはじめる。

「そうよ。彼を知っているの？」

「ええと、わたしには関係のないことだってわかってます。けど……ほかのメイドが……すみません、お嬢さま、でも、耳に入ってしまうので……」

「スローンとわたしのことね」

「すみません、お嬢さま」

「謝る必要はないわ。スローンがわたしを捨てて家を飛びだし、密輸に手を染めたことは周知の事実だもの。彼はわたしとの結婚よりも、犯罪者とスパイになる道を選んだの。つまり、わたしはそれほど魅力のない娘だったということ」アナベスは小さなため息をついてドレスを脱ぐと、夜着に袖を通して化粧台の前に座り、ヘアピンをはずしはじめた。

ジュディが手際よくこの仕事を引き継ぐ。「でも、その人は一族の鼻つまみ者じゃないんですか？　なぜ結婚式にいたんです？」

「出席する口実があったのよ。わたしが〝危険〟なんですって。だから祖母とバースへ行けというの」アナベスはレディらしくもなく鼻を鳴らした。「スローンを狙っている相手がわたしを傷つけるかもしれない、だなんて。ばかばかしいにもほどがあるわ。もう十年以上も音信不通だったというのに」

「誰が狙ってるか聞きました？」

「いいえ。〝波止場を支配したがっている〟誰かよ。それがどんな意味かすらわからない。犯罪がからんでいるのかしら？　みんなの話では、スローンはまだ密輸や何かの違法行為に従事しているらしいけれど、もうお金には不自由していないのだから違法なことはやめたと思っていたのに」アナベスは顔をしかめた。「ばかだったわ。明らかにわたしの考えが甘かったようね」

　ジュディが手を止め、鏡のなかでアナベスと目を合わせた。「そうでしょうか。いま片付けている家に、このまえ空き巣が入ったじゃありませんか」

　二日まえ、アナベスとジュディはタウンハウスを訪れ、荒らされているのを見てショックを受けたのだった。

「でも、危険などなかったわ。誰も怪我《けが》をしなかったし、脅されもしなかった。あの家は空き家ですもの。たしかにひどく荒らされていたけれど、それだけよ」

「ミスター・ラザフォードにその話をしたんですか？」

「まさか」ジュディの心配そうな顔を見て、アナベスは不安になった。「お祖母さまにも言わないでね。みんなわたしのことを、それは心配しているんだから。スローンに捨てられてからというもの、ずっと……腫れ物に触るように扱われてきたの。いまにもばらばらに砕けてしまうみたいに。愛されているからだということはわかっているのよ。でも、ときどき息苦しくなるの。みんなを心配させ、あれこれ世話を焼かれるのがいやで、ノエル以外の誰にも思ったことを話せないんですもの」

「わたしにはなんでも言っていいですよ」

ジュディの言葉にアナベスは微笑した。「ありがとう。タウンハウスを片付けに行くのは、いい気分転換になるの。あそこなら好きなことを言えるし、好きなように振る舞える。祖母が強盗のことを知ったら、もう二度と行かせてもらえないわ」

「奥さまに言いつけたりはしませんけど、ミスター・ラザフォードなら危険がないように手配できるんじゃないですか」

「ええ、できるでしょうね」アナベスはまた顔をしかめた。「それが今夜テラスで待ち伏せしていた理由だったのかもしれない。危険を口実にして、わたしの人生になし崩しに戻ってくることができるとでも思ったのかしら。もちろん、そんなことを許すつもりはないわ。スローンは厄介の種よ。ずっとひとりでやってきたんですもの、彼の助けなんていらない」

「もちろんですとも。ただ……ミスター・ラザフォードは何かを企《たくら》んでるわけじゃなく、お嬢さまのことが心配なだけかもしれませんよ。まだ、お嬢さまのことが好きで、昔のことを悔やんでるとか」

アナベスは嘲るような口調で言った。「ありえないわ。わたしを捨てたことを悔やんでなんかいるものですか。自分の望みどおりにしただけよ」

「ミスター・ラザフォードが姿を消したのには、理由があったのかも——」

「まあ、ジュディ」アナベスは口の片端を持ちあげた。「あなたがそんなにロマンティストだとは知らなかったわ」

「やだ、お嬢さま、そんなこと言って、わたしの評判を台無しにしないでください」ジュディはにっと笑った。「せっかく努力して勝ち得たんですから」

「ええ、そうみたいね」

スローンと危険の話はそれでおしまいになり、ジュディは脱ぎ捨てられたドレスを片付け、化粧台のまわりを片付けてベッドの上掛けをめくった。が、部屋を出ていく寸前に振り向いて尋ねた。「念のために、今夜はここで眠りましょうか」

アナベスは微笑した。「ありがとう、ジュディ。でも、その必要はないわ。わたしは安全よ」

6

翌日はスローンと交わした会話のことを何度も考え、そのたび、彼に投げつけるべきだった言葉があれこれ思い浮かんだ。彼の立場を思い知らせる、機智《きち》に富んだ辛辣な皮肉――何年もまえにぶつけるべきだった怒りの言葉が。そのすべてが、どうやらずっと胸の奥で煮えたぎっていたらしい。ただ、腹が立つにもかかわらず、ふたりが一緒に過ごしたときのことも思い出さずにはいられなかった。スローンとのキスや抱擁、姿を見たときのときめき、一緒に笑ったときのこと、未来への夢、ふたりの愛が永遠に続くのを疑いもしなかった幸せな日々を。

いつまでも同じことを考えている自分に愛想がつきて、アナベスは外出することにした。借りている本を返し、新しい本を借りてくるとしよう。祖母がついていくよう言い張ったため、ジュディが本を抱え、二、三歩遅れて従ってくる。

アナベスは足を止め、振り返った。「退屈なパレードみたいに、ずっと後ろをついてくるつもりではないといいけれど」

「でも、友達みたいに並んで歩くのはまずいですよ」ジュディはかすかに苦々しさの混じる口調で軽口を叩《たた》いた。

「でも、あなたはお友達でもあるわ、違う？」

「もちろん」ジュディはにっこり笑った。「でも、このほうが奥さまのご機嫌がいいんです。いまんとこ、あの人には嫌われてますから」

アナベスがその理由を尋ねようとすると、古い馬車が通りを走ってきて、ふたりの後ろで止まった。お茶を飲みながら噂話《うわさばなし》をするために、祖母の友人がやってきたにちがいない。今日は誰が来たんだろう？　そう思いながら肩越しに振り向くと、馬車の扉が勢いよく開き、驚いたことに男がふたり飛びおりた。

ジュディがアナベスの前に出て、叫んだ。「家に戻ってください！」

そして手にした本を大柄な男の股めがけて投げつけた。苦痛の声をあげた男がまだ膝をつかないうちに、ジュディはどこからかナイフを取りだし、もうひとりに向かって身構えた。相手も上着の下からナイフを取りだす。

わたし以外、みんなナイフを持ち歩いているの？　アナベスが目をみはってそう思っていると、小柄な男がジュディにひたと目を据え、用心深く前に出てきた。

「逃げてってば！」ジュディが叫ぶ。

突然襲われたことや、ジュディが見るからに恐ろしげなナイフを構えるのを見た驚きで固まっていたアナベスは、その声でわれに返った。「そしてあなたひとりを残していくの？　そんなことできない」

アナベスはジュディの前にまわって、落ちている本をつかんだ。急所に本をぶつけられた男がなんとか立ちあがり、ナイフを持った仲間の応援に向かおうとする。アナベスのことは眼中になさそうだ。そこで力いっぱい本を振りまわし、男の側頭部にぶつけた。苦痛の叫びとともに繰りだされた拳を、腰を落として避ける。

最初の一、二分は声をたてることすら忘れていたが、ようやく助けを呼ぶことを思いついた。さきほど頭に本をぶつけた男が突進してくる。アナベスは脚を蹴りだし、殴り、悲鳴をあげて精いっぱい反撃し、男とつかみ合うようにして歩道をよろよろと移動した。

その後ろでは、ジュディと男が互いのナイフをかわしながら、ゆっくり円を描いている。

「そのナイフをおろせ、あまっこ。怪我《けが》をさせたくねえんだ」男が息を切らしながら言う。

「ふん、だ。こっちはあんたに怪我をさせたいね」

ジュディはふだんとはまるで違う口調で言い返すと、目にも留まらぬ速さで片足を蹴りだし、相手の膝にぶつけた。男がよろめき、蹴られた足をかばってもう片方の足に体重を移す。ジュディはその背中に飛びついて両脚を腰にからめ、片腕を首にまわして肩にナイフを突き立てた。男は悲鳴をあげ、ジュディの手首をつかんでナイフをもぎとった。ふたりは奇怪なダンスを踊るようにぐるぐるまわりながら歩道に倒れ、転がって側溝に落ちた。

驚いた馬が神経質に脚を踏みかえる。

　アナベスは大柄な男に馬車のなかに投げ込まれ、開いている扉の側面にぶつかりながら馬車の床に転がった。遠くで誰かが叫んでいる。あれはネイサンの声？　夢中で馬車を出ると、ネイサンが走ってくるのが見えた。「ネイサン！」

　だが、男たちはふたりがかりでジュディを倒し、ぐったりした体を馬車へ引きずっていく。アナベスが前に飛びだし行く手をはばむと、大柄なほうが再びアナベスを担ぎあげ、馬車に放り込んだ。ジュディの体がその上に重なる。

　ネイサンが叫ぶ声が聞こえた。だが、あの距離では間に合いそうもない。御者台の男に急《せ》かされてふたりの男は馬車に飛び乗り、馬車は開いたままの扉を激しく揺らしながら走りだした。

　ついにネイサンが到着し、速度を上げる馬車の扉の縁をつかんだ。だが、小柄な男に胸を蹴られ、通りを転がっていく。

「ネイサン！」アナベスは起きあがろうとしながら叫んだ。

「黙れ！」男のひとりがその頬を叩く。

　疾走する馬車のなかでアナベスは床に倒れ、壁に頭をぶつけて気を失った。

　スローンは机に向かい、開いた帳簿を前にして考え込んでいた。今日は心が波立って、目の前に並ぶ数字に集中することができない。頭に浮かぶのはアナベスのことばかり。自分が告げたかったこと、アナベスがとったかもしれない行動……現在と過去、現実と想像のなかの出来事が消えては浮かぶ。

彼女の人生に戻ろうとするのは、考えるだけでも愚かだ。それはわかっている。アナベスが住むロックウッド邸にはすでに見張りをつけた。二度と姿を現すな、と言われては、自分にできるのはそれくらいしかない。ため息をついて乱れる思いを胸の奥へと押し戻し、再び帳簿に目をやった。

波止場を頻繁に巡回するために警備員を増やさざるをえず、その経費が利潤をかなり圧迫していた。パーカーがわざわざスコットランドに部下を差し向けるとは思えないから、醸造所はいまのところ安全だろう。だが、賭博場とパブは今後の標的になる可能性が高い。そちらも警備員を増やす必要がある。

と、誰かがオフィスの外にある金属製の階段を駆けあがってくる音がした。また何か起こったのか？　そう思いながら腰を上げると、ドアが勢いよく開いてネイサン・ダンブリッジが駆け込んできた。スローンは驚いて彼を見つめた。

「彼女に何をした、この悪党が！」ネイサンが大声でわめきながら机の向こうから飛びかかってきて、スローンを椅子もろとも床に押し倒す。

そして馬乗りになり、スローンの顎を殴りつけた。スローンはどうにか椅子から体を離し、相手の腹にパンチを見舞った。ネイサンがたじろぎ、殴られた側をかばう。スローンは彼をなぎ払って立ちあがった。

「どういうつもりだ？」

「殺してやる！」ネイサンが急いで立ちあがりながら叫ぶ。「彼女を傷つけたら、きさまを殺す！」

再びネイサンが飛びかかってきたが、その攻撃を予期していたスローンは身を引いて、彼の上着の襟をつかんだ。そのまま、相手の勢いを借りて横に投げ飛ばす。ネイサンは電気スタンドを倒して、割れた電球のかけらをばらまきながら椅子の上に落ちた。

ようやく駆けつけたスローンの部下が両側からネイサンの腕をつかみ、彼を立たせた。

「どうします？」ひとりが尋ねる。

「テムズ河に放り込め、と言いたいところだが」スローンはハンカチを取りだし、切れた唇から滴る血を拭った。「やめておこう」ネイサンに向かって目を細め、怒りのにじむ冷たい声で言った。「筋違いの理由とはいえ、アナベスはきみを愛している。だから今回は大目に見てやるが、また同じことをしたら、それが最後になると思え」

ネイサンはさきほどより少し落ち着いたものの、まだ怒りに燃える目で顎をこわばらせ、背筋を伸ばしながら男たちの手を振りほどこうとした。スローンがうなずくのを見て、男たちが手を放す。

「彼女に何をした？　彼女を返してくれれば、判事のところに引きずっていくのも、警官をよこすのもやめてやる」

怒りが消え、冷たい恐怖が背筋を這《は》いあがった。「誰を返せだと？」

「とぼけるな」ネイサンがわめいた。「アナベスに決まってる。きさまの頭にどんな蛆虫《うじむし》が湧いたのか知らんが、アナベスを誘拐して――」

「アナベス？　アナベスが誘拐されたのか？」スローンは大きく一歩前に出て、ネイサンのコートの襟をつかんだ。「御託はいいから、何が起こったか話せ。誰がアナベスを連れ去った？　どこに？　いつのことだ？」

「きさまが連れ去ったくせに！　ほかの誰がそんなことをする？」

「頼むから」スローンはネイサンを揺すぶった。「誰が彼女を連れ去ったか言うんだ。もう一度〝きさま〟と言ったら、その役立たずの頭をぼこぼこにするぞ！」

ネイサンは見る間に青ざめた。「だが、きみ以外に誰が……少なくとも、きみなら彼女を傷つけたりはしないと思っていたが……きみでなければ、誰があんなことをした？」

「心当たりはある」スローンは固い声で答え、ネイサンの襟を離すと、コート掛けの上着に袖を通しながら部下に目をやった。「おまえたちは仕事に戻れ」

「そいつは誰だ？　なぜアナベスを誘拐した？」

「ぼくを脅迫するためだ」スローンは立ち尽くすネイサンをまわり込み、オフィスを出た。

ネイサンも階段をおりてきた。「ぼくも一緒に行く」

「断る」

「ばかなことを言うな。手助けが必要なはずだぞ」

スローンは肩越しに振り向いてせせら笑った。「きみの？　何を手伝うつもりだ？　ワルツでも教えるのか？　物事の優先順位を説明するのか？　伯爵夫人に対する口のきき方を？　ついてこられても邪魔になるだけだ」

「きみがどう思おうと、ぼくだって多少の役には立つ。これでも頭の回転は速いんだ」

スローンは階段の下で足を止め、仕立てのよい服に身を包んだ細い体を頭のてっぺんから爪先まで見まわした。「ああ、たしかに、悪党の心に恐怖を呼び起こしそうに見える」そして向きを変え、早足で倉庫を横切り、外に出た。

ネイサンが怒って言い返しながらついてくる。「ぼくだって闘える。毎週クリブのところでボクシングをしているし――」

スローンは鼻を鳴らした。「ふん、上流階級の若い男の半分はそうしているさ。安物のジンを飲みながら誰かが闘うのを観《み》ているだけで強くなれるものか」

「だが、さっきはきみを倒した」ネイサンは言い返した。

「あれは不意を衝《つ》かれたからだ」

「だったら、不意打ちする」

スローンはつかのま足を止めたものの、また歩きだした。

ネイサンはあきらめなかった。「これでも、イートンの射撃クラスでは誰よりも成績がよかったんだぞ」

「銃を持っているのか?」

「いや。午後の訪問に、決闘用の拳銃を携えていく習慣はないんでね」ネイサンは言葉を切った。「まあ、レディ・ロックウッドのところに行くときは、携えていくのも悪くないかもしれないな」

この発言に、スローンはつい笑っていた。

「きみも銃は持っていないくせに」

「ぼくの場合は評判が武器代わりになる」そう言いながらも、かがみ込んでブーツの内側に差した鞘《さや》からナイフを引き抜き、次いで腰の後ろに差した鞘から短剣を引き抜いて、最後に内ポケットから小型拳銃を取りだした。

ネイサンは目を丸くして武器の数々を見つめた。「きみを殺したい男は、ぼく以外にも大勢いるらしいな」

「ついてくるのを止めることはできないが、邪魔だけはするなよ」スローンはまたしても笑い、武器をそれぞれの場所に戻して走りだした。

7

走りながら、倉庫のそばで立っている警備員に向かって口笛を吹く。ついてこいという合図だ。警備員はふたりのあとに従いながら、自分でも鋭く口笛を吹いた。

「どこへ行くんだ？」ネイサンは遅れずに走りながら尋ねた。

「辻馬車《つじばしや》を捕まえる」スローンはそっけなく返したものの、これではあまりにそっけないと思い直し、付け足した。「パーカーの本拠地は、テムズ河を渡ったサザークにあるんだ」

走っていると倉庫のあいだからいくつも口笛が聞こえ、辻馬車を止めるころには、後ろを走ってくる男は四人になっていた。スローンは振り向いて彼らに叫んだ。「パーカーの根城だ！」

そしてネイサンとともに辻馬車に飛び乗った。ほかの男たちがもう一台止める。

「きみが雇っている男たちか？」ネイサンが息を切らしながら尋ねる。

スローンはうなずいた。「倉庫の警備員だ。残した者もいる。これは倉庫の周辺を手薄にするための陽動作戦かもしれないからな」

ネイサンは目を丸くした。「まるで戦争だな」

スローンは肩をすくめた。「パーカーのような連中は、そういうやり方をするのさ。で、正確には何が起こったんだ。最初から話してくれ」

「ロックウッド邸に到着したら、突然、邸《やしき》の前に馬車が止まり、ふたりのならず者が飛びおりて、歩道にいたアナベスとメイドを連れ去ったんだ」

「止めようとしなかったのか？」

「もちろん、したさ！」ネイサンが怒って言い返す。「だが、遠すぎて……全力で走ったんだが、たどり着くまえに馬車が走りだした。慌てて開いている扉をつかんだんだが、蹴り落とされてしまった。きみの仕業だとばかり……」

「ああ、当然だな」スローンは皮肉たっぷりに答え、苛々《いらいら》と指で太腿を叩《たた》きながら窓の外を見つめた。どうしてこの馬車はこんなに遅い？「見張りのやつ、いったいどこにいたんだ？」

「見張り？　どの見張りだ？」

「アナベスを守るために送った。ロックウッド邸を見張り、アナベスが出かけるときは悟られないようについていけと命じてあった。アナベスはぼくの警告には耳を貸さなかったから」

「警告って、何を？」

「危険かもしれない、と。パーカーは腕ずくで波止場の利権を手に入れようとしている。そのために何をするかわからなかったから警告した。本気でアナベスに手を出すとは思わなかったが、話をつけるまでは、念のためアナベスにはロンドンを離れて安全な場所にいてもらいたかったんだ。ウィリアムズは腕利きなのに、なぜアナベスの救出に動かなかったのか――」

「誰の姿も見かけなかったぞ。といっても、賊と闘っているアナベスとメイドしか目に入らなかったんだが」

「メイドも連れ去られたと言ったな。だが、なぜメイドまでさらう必要がある？」

「あのメイドが闘っているところを見たら、そんな疑問は持たないだろうね。メイドをおとなしくさせずに、アナベスを連れ去ることはできなかった。胸のすくような闘いぶりだったよ。よほど喧嘩《けんか》慣れしているにちがいない。賊はふたりがかりでようやく倒したくらいだ」ネイサンはそのときのことを思い出したのか、かすかにたじろいだ。「おかしなメイドなんだ。でも、いまはアナベスと一緒にいてくれてありがたい。きっと手を尽くしてアナベスを守ってくれるだろう。あのメイドも一緒に助けなくては」

「もちろんだ」アナベスが怪我《けが》をしたか、死にかけているかもしれないと思うと、骨の髄まで冷たくなる。「ふたりが運ばれた場所は、なんとしてもパーカーから訊《き》きだす。たとえそのために、八つ裂きにしなくてはならないとしても」

ネイサンは目を見開き、かすかに青ざめた。

スローンは苦笑した。「まだ一緒に来る気か、ダンブリッジ？」

ネイサンは即座にうなずいた。「アナベスを助けるためなら、なんでもする」

スローンは鋭くうなずいた。「だったら一緒にやるとしよう」

馬車が速度を落とすと、スローンは扉を開けて飛びおりた。すぐあとに続いたネイサンが周囲を見まわす。見るからに古い、もう使われていない波止場だ。「ここには何もないぞ」

「パーカーは向こうだ」スローンは東を指さした。「ここからは歩こう。二台の辻馬車で乗り込めば気づかれるからな。来ていることをぎりぎりまで知られたくない」

二台めの辻馬車がふたりの後ろで止まる。スローンは振り向いて指を三本立ててから、歩きだした。

「彼らを待たなくていいのか？　指示を出すんだろう？」

「何をすればいいかは四人ともわかってる」

「こういう事態を想定していた、ってことか？」

「ああ、これは検討した作戦のひとつだ。この事態は想定外だが、パーカーとはいずれ事を構えることになったはずだ」

音をたてそうなものを注意深くよけ、罠《わな》に用心しながら足を速めると、まもなく前方に建物が見えてきた。荒れ果てた建物に達すると、スローンは速度を落とし、足音や板がきしむ音、合図の口笛に耳をそばだてながら、見張りや警備員を捜してあたりを見まわした。だが、誰もいないようだ。こちらが使っている波止場からは距離があるため、パーカーは自分の根城が襲われるとは思っていないらしい。

スローンは使われていない倉庫の陰で足を止めた。細い路地を隔てて向かいにある煉瓦《れんが》の建物の入り口に、男がひとり壁に背中をあずけて腕を組み、馬車を降りた場所よりは新しい、荷降ろし中の波止場に目を向けている。その腰には棍棒《こんぼう》がさがっていた。

スローンはちらっと背後に目をやり、すぐ後ろにいる四人の部下に警備員が立っている扉を示して、鋭くうなずいた。四人が音もなくふたりを追い越していくと、上着の内側から拳銃を取りだし、ネイサンに向かって投げた。「ほら、さっきの自慢が嘘じゃないといいが」

前方では四人の男が走りだしていた。ネイサンを従え、スローンもそのあとを追う。扉を守っていた男がひと声叫び、棍棒を振りあげて身構える。スローンの部下が路地を渡り、怒号をあげながら階段を駆けあがった。

だが、スローン自身はネイサンについてこいと合図をしながら横にそれ、建物沿いに進んで裏にまわった。そこにも扉がある。取っ手をまわしたが、鍵がかかっていた。スローンはポケットから鍵を開ける道具を取りだし、仕事にかかった。

「何をしているんだ？」ネイサンが囁《ささや》いた。

「相手を倒すには、正面から攻撃する以外にも方法があるのさ」そう囁き返す。まもなくカチリという音がした。スローンは取っ手をまわしながら、人差し指を唇に当てて静かにするよう合図し、音もなくなかに入った。すぐあとに、思ったよりずっと静かにネイサンが続く。扉がかすかな音をたてて閉まった。

壁沿いを進み、廊下に光がもれている開いた戸口を目指す。表で男たちが闘うくぐもった音に、部屋のなかの怒鳴り声が重なった。「いったい何を騒いでるんだ？」

椅子の脚が床にこすれる音がして、がっしりした男がしかめ面で戸口から顔を出す。スローンは体当たりして男をなかに押し戻し、そのまま壁に押しつけた。後ろでネイサンがドアを閉め、鍵をまわす音がした。

片方の腕で男を壁に釘付《くぎづ》けにしたまま、鋭い細身のナイフをブーツから引き抜き、先端を男の喉に突きつける。「彼女はどこだ、パーカー」

「誰のことだ？」パーカーが目に恐怖を浮かべながらしゃがれ声で訊き返す。「誰が、どこにいるって？」

「無駄にしている時間はないんだ。アナベスがどこかさっさと吐け。さもないと、これで喉を突き刺すぞ」

「なんの話だ？」

「こういうナイフのことは、よく知っているだろう？」気の置けない口調とは裏腹の、血が凍るほど冷たい声だ。「ニューオーリンズにいたときに、イタリア人から買ったんだ。イタリアの暗殺者はこういう道具が好きでね。気持ちはわかる。こいつはなんでも貫けるからな。とくに、この――」ナイフの先でパーカーの首の横を軽く押す。「――頭と背骨のあいだには簡単に滑り込み、一瞬で相手を絶命させるか首から下を麻痺《まひ》させる」

「おれは知らん！」パーカーの額に玉のような汗が浮く。「誓ってなんの話か見当もつかん。その女がどこにいるかも、どこの誰かも知らん！」

「そろそろ我慢の限界に達しそうだ」脅しながらも、スローンのみぞおちを恐怖が掻《か》きまわし、冷たい指のように頭の後ろに伸びてくる。パーカーが犯人でないとしたら……。

「なんでも言うとおりにする。ノースサイドからは手を引く――全部あんたにやるよ」

「そいつは朗報だな。あとは彼女がどこにいるか言うだけでいい」

「知らんのだ！」パーカーは最後に残っていた落ち着きを失い、悲鳴のような声になった。

「誰のことを言ってるのか、見当もつかん！」

「スローン……」低い声で呼びかけてきたネイサンの目にも、スローンと同じ疑いが浮かんでいた。「嘘じゃなさそうだ」

　スローンはパーカーに顔を戻した。「嘘だったら許しはしない。もしもこの件に関わっているとわかったら、どこに逃げても見つけだす。何をしようと、どこへ行こうと、必ず見つけて息の根を止める」

　スローンはナイフの柄をパーカーの頭に叩きつけた。パーカーがその場に崩れ落ちる。それを確かめもせずに部屋を飛びだすと、廊下にはまだ誰もいなかった。表の闘いの音が聞こえてくる。スローンは裏口から出て、建物の横にまわった。

　どうやら間違った相手を追いかけていたようだ。ここに来たのは、まったくの無駄足だった。誘拐犯がパーカーだとしたら、アナベスを誘拐したのは交渉に使うため。殺すことも、怪我をさせることもありえない。いくらスローンが怒りに駆られていても、それくらいの判断はできる。だが、誘拐したのがパーカーではないとすると……アナベスが無事だと信じる根拠はどこにもない。誰が、どこにアナベスを連れ去ったのか、どうやって捜せばいいのか、まったく見当がつかなかった。怪我をして震えているアナベスの姿が頭を占領して、絶望が怒りに取って代わり、スローンは毒づきながら壁にもたれた。

　これほど無力だと感じたのは初めてだ。罠にかけられたことも、捕まって監獄に放り込まれたこともある。だが、どんな場合でも必ず窮地を脱する自信があった。闘うか、はったりをかますか、こっそり抜けだせる、と。だが、いまは……何もない。

　いや、違う。自分自身がいるではないか。部下もいるし、金もある。なんの役に立つかわからないが、愚かなネイサンもいる。認めるのは癪《しゃく》だが、ネイサンが思ったより役に立ってくれそうだ。それに、侮りがたいレディ・ロックウッドもいる。政府には友人が、少なくとも元同僚がいる——驚くほどの情報を短期間で集めることができる男たちが。そのすべてを利用して、必ずアナベスを見つけてみせる。

スローンはアナベスを失う恐怖をきっぱり退け、壁から離れた。アナベスのいない世界など考えられない。受け入れることもできない。

軽く頭を振り、唇に指を二本当て長い口笛を二度吹いてから、辻馬車が待つ場所に歩きだす。しだいに歩調が速くなり、小走りになって、最後は全力で走っていた。

背後の建物から四人の部下が出てきた。パーカーの手の者がふたり、戸口から出てきて大声で罵っている。だが、建物を離れて追ってこようとはしなかった。

スローンとネイサンは待っている馬車にたどり着き、飛び乗った。ふたりとも意気消沈して、しばらくは声も出なかった。

「あの男は嘘をついていなかったと思う」しばらくしてネイサンが言った。

スローンはうなずいた。

「しかし、誘拐があの男の仕業ではないとすると……」ネイサンの声が途切れた。

「どうやってアナベスを見つければいいんだ?」

ネイサンはしばらく黙っていた。「どこから捜せばいいのか見当もつかない。こんな大きな街で一台の古い馬車の行方を突きとめるのは、不可能にひとしい」

「ああ。とにかく、ロックウッド邸に行ってみよう。召使いや隣人から手がかりになる情報が手に入る可能性もある。望みは薄いが、あらゆる可能性をしらみつぶしに調べるしかない。アナベスを連れ去ったのがぼくの敵でなければ、身の代金目当ての誘拐だろう。いずれレディ・ロックウッドのところに使いが来るはずだ。そこから犯人をたどるしかない」

ネイサンがうなずき、しばらく黙って馬車に揺られてからこう尋ねた。「さっきは本当にあの男を殺すつもりだったのか？」

「いや」スローンは首を振り、ほっとした様子のネイサンを見てにやっと笑った。「死んだ男からは情報を引きだせないからな」

「すると、あの男を殺さなかったのは道徳観念ゆえではないわけか」

「ふん、ぼくは一族きっての問題児、ラザフォードの家系図のよじれた枝だぞ」

「ぼくを説得する必要はない」ネイサンは言い返した。「きみがろくでなしだということは、昔からわかっていた。間違いなくアナベスには相応《ふさわ》しくない」

スローンは笑うような低い声をもらし、窓の外に目をやった。「すぐにわかると思うが、アナベスの安全がかかっていれば、ぼくはどんな卑劣な真似《まね》も辞さない。パーカーがアナベスを殺していたら、いまごろあの男も死んでいた。それはたしかだ」そこでネイサンを見た。「きみはアナベスのためにあの男を殺したか？」

ネイサンは顔をしかめた。「もちろんだ、それでアナベスを救えるなら。だが……そこまで冷血にはなれないと思いたいね。そこまで非情にはなりたくない」

「驚いたな、ネイサン、それくらい知っていると思ったが」スローンは軽い調子で言い返した。「ぼくには情などないんだ」

ネイサンは苛立《いらだ》たしげな声をもらした。「ああ、昔からそういう冗談を平気で言う男だったな。だが、ぼくはよちよち歩きのころからきみを知っているんだ。いつも何かに腹を立てている、苛立たしくて無礼きわまりない男だったが――」

「気をつけろ、そんなに褒められると調子に乗るぞ」

ネイサンはスローンの言葉を無視した。「平気で人を殺せる男ではなかった。ぼくが知っているスローンは、冷たくもなければ無情でもなかったよ。敵の手先になる男でも、ならず者を率いるような男でもなかった」

スローンは投げやりに片方の肩をすくめた。「ああ、そのスローンはとうの昔に死んだのさ」

8

アナベスが最初に気づいたのは、自分が硬いものの上に横たわっていることだった。それからしだいに意識がはっきりしてきて、目を開けると、白いペンキが剥げている薄汚い壁が見えた。どういうこと？　なぜ床に寝ているの？　体を起こそうとしたとたん、ひどいめまいに襲われた。壁に寄りかかると、少しはいいようだ。吐き気がおさまり、ひどいめまいも鈍い頭痛に変わっていく。

ゆっくり頭を動かしながら、周囲を見まわす。片隅にバケツがひとつ置いてあるだけで、ほかには何もない。少し離れた床の上に誰かが……ジュディが倒れているのを見つけ、アナベスはメイドに這《は》い寄った。頬が赤くなり腫れている。腕にもいくつか赤い箇所があり、浅いとはいえ長い切り傷もあった。

あの男たち……。目を閉じると、切れ切れの記憶がよみがえった。廊下伝いに運ばれていく自分。ちらつくランタンの灯《あか》り。傷のある木の床と狭い廊下。肩に担がれて運ばれながら、血が集まり頭が爆発しそうな気がしたのも思い出した。それから男が向きを変えて部屋に入るとき、ドアの取っ手に頭がぶつかった。わざとぶつけたわけではないだろうが、アナベスはそのせいで気を失ったのだった。

馬車のなかでも、たしか同じようなことが起こった。古ぼけた馬車がすぐ後ろで止まったことや、飛びおりてきた男たちと、ジュディとふたりで闘ったことも思い出した。腕を見ると、ジュディと同じようにところどころ赤くなっている。ジュディは驚くほど強かったが、馬車に乗せられたときはぐったりして……。

「ジュディ」誰かが廊下にいても聞こえないように、小さな声で呼びかける。「ジュディ、目を覚まして」祖母がバッグに常備している気付け用の芳香塩があればよかったのに。そう思いながら頬を軽く叩《たた》く。

それからネイサンのことを思った。ひどい怪我《けが》をしていないといいけれど。男に胸を蹴られ、ネイサンが道路に落ちたときのことを思い出すと、鋭い怒りがこみあげてくる。ネイサンが無事かどうか、なんとかして突きとめなくては。

名前を呼びながら、頬を叩き、体を軽く揺すぶっていると、ようやくジュディが目を開け、ぼんやりした顔でアナベスを見た。「ジュディ、目を覚まして。怪我をしているのはわかっているけど、しっかりして」

「ちくしょう」ジュディが毒づいて頭に手をやる。少しだけ目に光が戻ってきた。「お嬢さま」少し驚いたような声で言い、何かつぶやいた。これまで聞いたことのない単語だが、たぶん罵倒のたぐいだ。それから低くうめいて再び目を閉じた。「頭が……」

「ええ。かわいそうに、あの男たちに殴られたのよ。頬も腫れて赤くなっているわ。もうすぐひどいあざになると思う」

「頬より、後頭部が……」ジュディが横を向く。

アナベスは目を凝らした。「たいへん、大きなこぶができているわ。でも、血は出ていないみたい」

「いまいましいったら」ジュディは顔をしかめた。

「起きあがりたい？」アナベスは手伝おうと片手を差しだした。

「いいえ」ジュディはため息をつき、アナベスの手に自分の手をのせた。「でも、起きないとね」

握った手に引かれ、ジュディは起きあがった。顔が真っ青だが、再び横になろうとはしなかった。袖のひとつが半分ちぎれ、白いメイドの帽子も争ったときに脱げたらしく、髪が肩に落ちている。そのせいで、いつもと違って見えた。

アナベス自身もふだんとは違って見えるにちがいない。帽子は飛ばされ、まとめてあった髪がほつれて、スカートは埃《ほこり》だらけ。叩かれた頬が痛む。自分の顔もジュディのように腫れて、あざになるのだろうか。

ジュディは部屋を見まわした。「なんにもない部屋ですね」

「ええ。早くここから出たいわ」

「だったら、出ていけるようになんとかしなきゃ」

ふたりは助け合って立ちあがった。ジュディがドアに歩み寄り、膝をついて鍵穴から外をのぞく。それから頭のてっぺんに手を伸ばした。「ちっ」

「どうしたの？　わたしにも手伝える？」

「いいえ」ジュディは髪に手を突っ込んだ。「鍵を開けるピンを捜してるだけです。あった！」そう言って、服の首のところから細い金属の棒をふたつ取りだした。「まげのなかに入れておいたんです。落としてきたと思って焦ったけど、服のなかに落ちてました。運がよかった」

ネイサンの言うとおり、ジュディはかなり変わったメイドだ。アナベスはそう思いながらジュディの作業を見守った。「ずいぶん上手ね」

ジュディはほぼいつもどおりの笑みを浮かべた。「アイ」

「いったい――メイドになるまえは泥棒だったの？」

ジュディは肩越しに振り向いた。「何度か盗んだことはありますけど、昔の話ですよ。いまはすっかり足を洗って、まっとうに働いてます」

「よかった」

ジュディはにっこり笑った。「ご心配なく。お宅では何も盗《と》ってません」

「うちのものを盗ったとは思っていないわ」アナベスはうなずいた。

鍵穴に差し込んであった鍵が落ちたらしく、ドアの外でカシャッと音がした。ジュディが取っ手をまわし、ドアを細く開ける。アナベスも近づいて隙間から部屋の外を見た。運ばれたときの記憶にあるのと同じ、粗削りの床材が敷かれた狭い廊下だ。がらんとして、墓地のように静かだった。

反対側も見えるように、ジュディは慎重にドアの隙間を広げた。「誰もいませんね」もう少し大きく開け、こっそり廊下に出て注意深く左右を確かめ、それからようやく片方に顎をしゃくった。「こっちです」

突然かがみ込み、床に落ちている鍵を拾いあげた。

「何をしているの?」アナベスは小声で尋ねた。

「あとで役に立つかもしれませんからね。静かに」そう言うと、壁に張りつくようにして、ほとんど音をたてずに廊下を歩きだした。

アナベスもできるだけ音をたてないようにして、そのあとに従った。踊り場のある階段に達し、おりはじめる。段のひとつがきしむと、ジュディはのせた足をいったん戻して少しのあいだ様子を見た。だが、何も起こらない。そこできしんだ箇所を注意深く避け、階段をおりて、さきほどと似たような廊下に立った。突きあたりにドアがある。

ふたりが顔を見合わせ、そちらに向かおうとすると、前方の部屋のひとつから男たちの声が聞こえた。言い争っているらしく、声が大きくなる。

「――ふたりだ。あの人に殺されるぞ。頼まれたのはひとりだけなのに。どうして、もうひとりも連れてきたんだ？」

「おれのせいじゃねえぜ！　あの女、おとなしく引っ込んでりゃいいのに……」

アナベスとジュディはあとずさりはじめた。男たちがいる部屋はドアが開いている。姿を見られずにその前を通過するのは無理だ。ジュディはいま来たほうを指さした。階段の反対側の先には、べつの廊下が見えた。ふたりは静かに後戻りして、それまでとは逆方向へ進み、廊下の角を曲がった。その先はもっと長い廊下だった。右手にあるドアはみな開いているが、最後のドアだけは閉まっている。左側にはドアはひとつもない。

ときおり肩越しに振り向いて追ってくる者がいないのを確かめながら、ふたりとも音をたてず、できるかぎりの速さで閉まっているドアのところまで走った。ほかよりも頑丈なそのドアには鍵がかかっていた。もちろん、それを開けたらべつの部屋で、行き止まりかもしれない。だが、左側にドアがひとつもないのは、それが建物の外壁だということを示している。鍵がかかっているのは、このドアが外に面しているからでは？　そもそも、このドアを試してみるほかに方法はないのだ。

「この鍵も開けられる？」アナベスは囁《ささや》いた。まさかこんなことを訊《き》く日がこようとは思ったこともなかった。

「はい。でも、これを使ったほうが早いかも」ジュディはスカートのポケットからさきほど拾った鍵を取りだし、鍵穴に挿し込んでひねった。まわすのに少してこずり、錆《さ》びついた部分がきしむような音がしたものの、まもなく鍵が開いた。

ジュディが細い隙間から外をのぞき、すぐに勢いよく開ける。そこは細い路地で、すぐ向かいにべつの建物の壁があった。念のためにもう一度後ろを確認してから、アナベスも外に出て静かにドアを閉めた。ジュディが再び鍵をかけ、その鍵をポケットに滑り込ませる。

「その鍵で開けられることがよくわかったわね」アナベスは路地を走りながら囁いた。

ジュディは首を振った。「わかってたわけじゃないです。ただ、人間ってのはしみったれで、いいかげんなうえに、浅はかときてる。ひとつの鍵で全部の鍵が開けば、お金も手間もかからない、って考えるわけです」小さく肩をすくめ、交差路に近づくと速度を落とした。

ふたりは慎重に左右に目をやった。そこも細い通りだった。見渡すかぎり荒廃した雰囲気が漂っていた。両脇の建物も古びて汚れている。ここがメイフェアでないことはたしかだ。ジュディは右に曲がり、まっすぐ前だけを見て足早に歩きはじめた。

「どうしてこちらに行くの?」アナベスは尋ねた。このメイドはずいぶん変わった知識をたくさん持っている。かどわかされてからまだ数時間しか経《た》たないが、レディのように歩く練習に費やした途方もなく長い時間より、間違いなく有益だった。

ジュディは肩をすくめた。「あの場所から一刻も早く、一メートルでもよけいに遠ざからないと。あいつらは必ずわたしたちを捜しに来ますからね」

「こんなひどい格好じゃ、みんなの記憶に残ってしまうわ」

ジュディは埃だらけ、かぎ裂きだらけの自分の服を見下ろした。「アイ。けど、ここに住んでる人たちは、きっとたいていのことには驚きません。訊かれもしないことをしゃべる心配もないと思いますよ……小遣いを稼げるならべつですけど」

頻繁にべつの通りに曲がっているうちに、アナベスは自分たちがどこをどう歩いているのか、さっぱりわからなくなった。追いかけてくる男たちが、このでたらめな道筋に惑わされるといいけれど。てのひらが汗ばみ、胸が痛くなってきたが、ジュディは息も乱していない。落ち着き払って、さりげなく周囲の人々に目を配っている。

いったいどんな人生を歩んできたのだろう？　どういう成り行きでメイドの仕事に就《つ》いたの？　長いことロンドンで過ごしてきたアナベスさえ、一度も目にしたことのない地域だというのに、ジュディはいかにも慣れた足取りで歩いていく。

ようやく、それまでよりも広い通りに出た。周囲にも少しずつまともな建物が増えている。やがて遠くにセント・ポール寺院のドーム屋根が見えてくると、少し心が軽くなった。そしてジュディが呼びとめた辻馬車《つじばしゃ》が止まったときには、窮地を脱した実感が湧いた。

「どうしてわたしたちを誘拐したのかしら？」走りだした馬車のなかで、アナベスは頭に浮かんだ疑問を口にした。

「見当もつきません。でも、さっきの話だと、お嬢さまだけを誘拐するつもりだったようですね。奥さまから身の代金をせしめようとしたか、それとも……」ジュディはアナベスを見た。

「スローンが正しかったか」アナベスはため息をついてそう結んだ。「彼の忠告に耳を傾けるべきだったわね。でも、いきなり突拍子もないこと言いだすものだから……それに……彼のことはもう信用できないの」窓の外に目をやり、こう付け加えた。「このあいだタウンハウスに入った泥棒もあの男たちだったのかしら」

「どうでしょう。盗みに入るのとレディを誘拐するのは、まったくべつの犯罪ですから」

「でも、偶然にしてはずいぶん奇妙だわ。続けざまにこんなことが起こるなんて」

「ええ」ジュディは顔をしかめてうなずいた。「たしかにへんですね」

ロックウッド邸の前で辻馬車が速度を落とすと、安堵《あんど》のあまり涙がこみあげた。アナベスは馬車が止まるとすぐに飛びおり、階段を駆けあがって家のなかに走り込んだ。ジュディもすぐあとに続く。背後で怒った御者が怒鳴っている。

玄関の扉が開く音に、召使いが振り向いた。「お嬢さま！　よかった、ご無事でしたか！」

「もちろんよ、ハリス。辻馬車の御者に料金を払ってあげて」

怒って追いかけてくる御者を慌てて遮るハリスをあとにして、アナベスとジュディは大きな声が聞こえるほうへと急いだ。

「ぼうっと突っ立ってないで、何かなさい！」祖母が叱りつける声が響く。

「ぼくだってそうしたいんです！」鋭く言い返したのはスローンの声だ。

アナベスは急に速度を落とし、落ち着いた足取りで客間に近づいた。

「レディ・ロックウッド、どうか座ってください」ネイサンが促す。

「居所がわかれば、とっくにそこに向かってます。ぼくが話した――」

「ぼ、ぼくたちが話した――」ネイサンが訂正する。

「ぼくたちが話した、くそったれ召使いや隣人や通行人は、誰ひとり何も見ていなかったんです」

アナベスとジュディは戸口で足を止めた。言い争う声が足音を消したとみえて、ふたりがそこにいることに誰も気づかない。祖母はいつも座る椅子の前でスローンとにらみ合っている。ネイサンは祖母の腕を取って座らせようとしていた。ペチュニアは賢くも、遠い隅にあるローテーブルの下に退却している。

「あなたは荒くれやならず者と懇意にしているんでしょうに」祖母が杖《つえ》の先端をスローンに向ける。「そういうお友達に、わたしの孫娘がどこにいるか訊いてまわったらどうなの？」口ぶりは尊大だが、しゃがれた声はかすかに震えていた。「まわりをうろうろするのはやめてちょうだい、ネイサン。わたしは座りたくなんかありません」祖母はこの言葉を強調するように杖で床を叩いた。

スローンの様子にアナベスは目をみはった。上着と装飾用のネクタイ《ネッククロス》がよじれ、髪も両手でかきむしったように突っ立っている。整った顔には……まさか、恐怖が浮かんでいるの？

アナベスは声をかけようとしたが、祖母とスローンの大声にかき消されてしまった。と、ジュディが唇に指を二本当て、かん高い口笛を吹いた。部屋にいる全員が飛びあがって戸口を振り向く。

「アナベス……」スローンが安堵を浮かべ、全身から力が抜けたように二、三歩近づく。だが、ネイサンが駆け寄るほうが早かった。

「アナベス、ダーリン、大丈夫か？」ネイサンはアナベスをひしと抱きしめた。「ありがたい。心配で頭がへんになりそうだった」

祖母が大きな咳払《せきばら》いをして、たしなめた。「ダンブリッジ、落ち着きなさい」

ネイサンはアナベスにまわした手をおろし、片手を握ったまま心配そうに全身を見まわした。そのあとしぶしぶ手を放したものの、はっと息を吸い込んだ。「その顔」赤くなった頬に手を近づけ、触れようとする。「どうした？　誰かに殴られたのか？」

「大丈夫よ、ネイサン、なんともないわ」アナベスはその後ろにいるスローンに目をやった。「あなたはここで何をしているの？」

「きみが誘拐されたと聞いて……」

「そうですよ。いったいどこにいたの？」祖母が叱った。

「わからないの。いきなり襲われて馬車に放り込まれ、気がついたら鍵のかかった部屋にいたのよ。でも、首尾よく逃げだすことができた。わたしにわかっているのはそれだけよ」

祖母は顔をしかめた。「なんておかしな話でしょう。この街はいったいどうなってしまったのかしら。泥棒や誘拐犯が大手を振って歩いているなんて」そして杖の先をジュディに向けた。「あなたは何をしていたの？　アナベスが連れ去られるのをむざむざ許すなんて」

ふたりの男はそのとき初めて、戸口で静かに立っているジュディに気づいた。

スローンが驚いて目を見開く。「ヴェリティ？」

9

アナベスは混乱して彼を見つめた。真実《ヴエリテイ》？　何が真実だというの？

ジュディはため息をつき、なかに入ってきた。「ええ、スローン、わたしよ」その声には、ふだんのヨークシャー訛《なま》りは跡形もない。

ネイサンがあんぐり口を開けた。「驚いたな。きみは何者なんだ？」

アナベスのメイドはネイサンを見て片方の拳を腰に当てると、目いっぱい気取った声で「ボンジュール、ムッシュ」と挨拶し、声を変えて英語で付け加えた。

「パリではアンジェリーク、マサチューセッツではマーシー。だけどサウスカロライナでは、ただの可愛《かわい》いクララ・アン。ここじゃジュディって名乗ってる」最後にヨークシャー訛りで付け加えると、背筋を伸ばして、完璧な淑女の発音で結んだ。「でも、母につけられた名はヴェリティですの」

全員がつかのま、ぽかんとアナベスのメイドを見つめた。

やがてネイサンが鼻を鳴らした。「真実《ヴエリテイ》だなんて、これほどそぐわない名前はないな」

「あなたにはミス・コールと呼んでいただきたいわね、ミスター・ダンブリッジ」ジュディが言い返す。

アナベスはすっかり混乱し、ただ見つめることしかできなかった。ジュディはメイドになった泥棒ではなく、いったい……なんなの？

スローンは怒りをたぎらせ、ヴェリティと呼んだ女性に近づいた。

「だからきみのオフィスは閉まっていたのか。アナベスをスパイしていたんだな？　どういうことだ？　誰に雇われた？」

「あなたはわたしをスパイしていたの？」アナベスは裏切られたような気持ちでつぶやいた。もちろん、そんなふうに感じるのはばかげている。何年もまえから友人だったわけではなく、ジュディがメイドになってからまだほんの二週間にしかならないのだから。

「いいえ！」ジュディはアナベスを見た。「信じてください。あなたをスパイしていたわけではないんです。ただ……」

スローンが力まかせにジュディの腕をつかんだ。ほかの人間なら怖気《おぞけ》を振るってあとずさるような剣幕《けんまく》だったが、ジュディは顎を上げ、彼をにらみ返した。「その手を失いたくなければ、放すのね」

「いくつか訊《き》きたいことがある」スローンは怒りのにじむ声で言い返したものの、ジュディの腕を放し、一歩さがった。「長いこと一緒にいた仲なんだ。多少は正直に話してくれてもいいだろう」

一緒にいた？　ふいに吐き気がして、アナベスは片手で胃を押さえた。ジュディとスローンは……どういう関係だったの？　結婚していた？　恋人どうしだった？　もちろん、スローンに付き合っていた女性がいたとしてもなんの不思議もない。自分たちが別れてから十二年になるのだ。だが、頭ではわかっていても、いきなりその事実を突きつけられるとショックを隠せなかった。

「誰に雇われた？　そいつはなぜアナベスを誘拐したんだ？」スローンは口をゆがめた。

「しかし、まさかきみが罪もない女性の誘拐に同意するとはな」

「わたしはこの人の髪を結う以外は何もしていないわ」ジュディ、いや、ヴェリティは両拳を腰に当て、喧嘩腰《けんかごし》で言い返した。

ネイサンが口をはさんだ。「アナベスが襲われたとき、メイドに化けたきみがその場に居合わせたという話を信じろというのか？　きみはあの男たちの仲間なんだろう？　あいつらにいつ、どこで――」

「ふん！」ヴェリティはぱっとネイサンに向き直り、嘲りをこめて言い返した。「あの男たちは仲間の顔や頭を殴り、腕を切ったわけ？」そう言って、切れた袖をこれみよがしに示す。裂け目からのぞく腕には、血の固まった細い切り傷が見えた。「ミス・ウィンフィールドには、まったく危害を加えていないわ。それどころか、助けようとして必死に闘った。そして、役立たずのあなたたちが隣人に話を聞いたあと、ここに座って誘拐犯からの連絡を待っているあいだに、悪党どもから彼女を助けだした」

「そのとおりよ」アナベスはうなずいた。「ジュディは誘拐を阻止しようと闘ってくれたの。それだけでなく、こうして逃げだせたのも彼女のおかげよ。ジュディが、いえ、ヴェリティが誘拐に加担していたとは思えない。ありえそうにないことだけれど、この件にはべつべつのグループが……関わっているにちがいないわ」

「あなたをスパイしていたわけじゃないの。信じて」ヴェリティはアナベスに向かって繰り返した。「でも、嘘をついていたことは謝るわ」

「だったらこの邸《やしき》で何をしていた？」

ヴェリティはスローンに顔を戻した。「探し物をしていたの」

「何を？　ヴェリティ、小出しにしないで全部話したらどうだ」

「それは言えない」ヴェリティは苛立《いらだ》って言い返し、意味ありげにスローンを見た。「でも、依頼人はわたしたちの昔のボスよ」

スローンが目を見開く。「アス――」言いかけて口をつぐみ、ヴェリティに食ってかかった。「冗談だろう？」

「こんな冗談を言うと思う？」

「どういうこと？　あなたは何を探していたの？　その理由は？　昔のボスというのは誰

のこと？」アナベスは矢継ぎ早に尋ねた。

「戦争中にわたしたちを雇っていた人物」

「ヴェリティ……」スローンが警告するように名を呼ぶ。

「何よ？　もう隠す理由なんかないでしょ」ヴェリティは鋭く言い返し、アナベスを見た。

「スローンとわたしの上司だった、スパイの親玉よ」

「スパイの親玉ですって！」アナベスはヴェリティを見つめた。

「きみもフランスのスパイだったのか？」ネイサンが驚きのあまり裏返った声で叫ぶ。

ヴェリティは軽蔑するような目を向けた。「フランスじゃないわ、ばかね。英国の諜報《ちょうほう》員《いん》よ。わたしたちは外務省のために働いていたの」

「なんとまあ」珍しくずっと黙っていた祖母が、大声をあげて椅子に座り込み、祖母がそこにいたことすら忘れていたアナベスを驚かせた。が、誰よりも早くショックから立ち直ると、スローンの脚に突き刺さんばかりに杖《つえ》を突きだした。「どういうつもり？　なんだってわたしたちに本当のことを話さなかったの？」

「敵をスパイしていると触れまわっては、仕事になりませんからね」スローンは杖の先が届かないところに移動しながら答えた。

祖母は鼻を鳴らした。「言い訳がましく聞こえるのはプライドが許さないってことでしょ」

アナベスは胸にナイフを突き立てられたような痛みを感じ、近くのオットマンに崩れるように座り込んだ。スローンは何も言ってくれなかった。真実を告げるほどわたしを信頼してくれなかったのだ。ちらっとネイサンを見ると、同じようにショックを受け、混乱しているようだ。少なくとも、こちらのように苦痛を感じていないだけましだろう。

「まだ、何を探しているのか聞いていないわ」いつもの調子が戻ったらしく、祖母がヴェリティを問いただす。「戦争が終わってからもう何年も経《た》つのよ。それに、ここにはスパイ活動に関連するものは何もない。この家で探りを入れていた本当の理由は何なの？」

「それはお話しできません、レディ・ロックウッド」ヴェリティはまたしても意味ありげにスローンを見た。いまやスローンは完全に表情を消していた。「口止めされているんです。これは政府の仕事なので、誰にも話せません」

「待って」アナベスは立ちあがり、疑わしげに言った。「ふたりとも、さっきから目を見交わして、あやしいわ。何か隠しているのね。なんなの？　話してちょうだい。わたしには知る権利があるはずよ。殴られたあげく、小麦粉の袋みたいに扱われ、埃《ほこり》だらけの部屋に監禁されたんですもの。どういうことなの？」

「ああ、いまからそれを突きとめる」スローンが不機嫌な声で言った。「ヴェリティ、一緒に来てくれ。彼と話がしたい」

「待って、わたしも一緒に行くわ」

「ぼくも行く」ネイサンが宣言した。

「いや」スローンはきっぱり断り、アナベスを指さした。「きみはここにいるんだ――」次いでネイサンに人差し指を突きつける。「――きみはここでアナベスを守れ」

全員がわめき立てたが、スローンは一顧だにせずヴェリティに合図して部屋を出ていった。

「尊大な男」低い声でつぶやいたものの、ヴェリティもきびすを返してスローンのあとを追った。

スローンは辻馬車《つじばしゃ》を呼びとめようと通りを大股に歩いていった。後ろからヴェリティの足音が聞こえたが、さきほどの怒りが収まらず、何も言う気になれない。それにしても、辻馬車はどこだ？　必要なときにかぎって一台も通りかからない。

「スローン、頼むから落ち着いて」ヴェリティが追いつこうと小走りになりながらこぼす。

「わたしの脚はあなたの脚より短いの。それに今日の午後はずっと、あなたの愛するレディを救うために闘ったり走ったりしていたのよ」

「アナベスはべつにぼくの……くそ、勝手にしろ」スローンは足を止め、振り向いた。

「どうして話してくれなかったんだ？」

「あなたの気持ちを乱したくなかったからよ！」ヴェリティは鋭く言い返した。「わたしの話を聞けば、昔の記憶や苦悩が全部よみがえると思ったから」胸の前で腕を組み、スローンをにらみつける。「こんな態度をとる男をどうして守ろうとしたのか、自分でもわからないわ」

「ああ、こっちも同様さ」スローンは言い返した。「そんな思いやりを見せたことなどないくせに」

ヴェリティはこの言葉に驚いて目を見開き、怒ってスローンを追い越すと、角を曲がってきた辻馬車に手を振った。

スローンはためていた息を吐きだし、ヴェリティに追いついた。「待てよ。いまのひと言はよけいだった。ただの八つ当たりだ、本気じゃなかった。きみはあのスパイ網のなかで唯一心ある人間だった」

「そういう噂《うわさ》を広めるのはやめてね」ヴェリティは顔をしかめ、軽口を叩《たた》いた。「せっかくの評判が台無しになるもの」

スローンはかすかに笑った。すっかり機嫌が直ったわけではないが、さきほどの侮辱は許してくれたらしい。「きみに腹を立てているわけじゃないんだ。だが、アスキスのことは絞め殺してやりたい。あいつは何を企《たくら》んでいるんだ？　しかも、アナベスを巻き込むとは。彼女はぼくのことも、父親のことも、何ひとつ知らないのに」

「わかってる。だけど、これはアナベスとは関係ないの。父親のことなのよ」

「当然だな」

「アスキスはハンターが持っていた書類を欲しがってるの。わたしはほんとにアナベスから情報を引きだそうとしていたわけでも、彼女をスパイしていたわけでもない。その書類を探していただけ」

「なんのために？　こんなに何年も経ってから、その書類がなんの役に立つんだ？」

「アスキスに訊いてよ。この話は漠然としていて、わたしにはうまく説明できそうもないわ」

ヴェリティが呼びとめた辻馬車が、ふたりのすぐ横で止まった。アスキスのオフィスがある建物の住所をスローンが告げると、ヴェリティが驚いて彼を見た。「あそこには行けないわよ。まず伝言を届けましょう。そのあと、いつも落ち合っているパブで待てばいい」

スローンは渋るヴェリティを馬車に押し込んだ。「いや、今日はだめだ。アスキスがその気になって足を運ぶまで、忠犬よろしく待つ気はない。あいつの縄張りで問いただそう」

ヴェリティが肩をすくめ、座席に腰をおろす。

スローンは隣に座り、馬車が走りだしてからつぶやいた。「あいつの仕事を引き受けるなんて驚いたな。喧嘩別れしたんじゃなかったのか？」

「そうよ。喉を切り裂く、という脅しを、礼儀正しい会話と考えるならべつだけど」

スローンが薄く笑った。「だったらなぜこの仕事を引き受けた？　ついでに訊くが、あいつはなぜきみに話を持ち込んだんだ？」

「直接頼まれたわけじゃないの。アスキスが頼んだのは違う男。リチャード・フォレスターよ。で、リチャードがわたしに振ってきたわけ。彼も筋は悪くないんだけど、ロックウッド邸に潜り込むのは少し荷が重すぎたのね。貴族の身辺を嗅ぎまわるのがいやだったんじゃないかしら。わたしが違う人間に化けるのが特別うまいってことは、周知の事実だし」

「たしかに。さっきもその髪のせいでごまかされるところだった」

「そもそも、召使いなんて誰もちゃんと見ていないのよ。地味なお仕着せにひっつめた髪、まともに目を合わせることなんてまずない」ヴェリティは自分の髪を何本かつまんで顔の前に持ってくると、じっと見た。「この色はそのうち褪《あ》せるわ」ため息をついて髪を放す。

「せめて着替えるあいだだけでも待っててくれればよかったのに。ひどい格好なんだから」

「いや、それで問題ないさ」スローンはまるで無関心に言った。

ヴェリティは鼻を鳴らした。「服は土と埃だらけ、片方の袖は裂けているし、腕には血がついてる。髪だってくしゃくしゃで鼠《ねずみ》の巣みたいに見えるはずよ」スローンをじっと見て続けた。「あなたの格好も似たりよったりね。どこにいたのよ？　泥のなかを転げまわっていたの？」

スローンは片方の肩をすくめた。「アナベスを捜していたんだ。きみたちを連れ去ったのは誰だ？」

ヴェリティは驚いてスローンを見た。「あなたの商売の競争相手が命じたんじゃなかったの？　昨夜そう警告したとアナベスから聞いたけど？」

「ああ、今日パーカーに直接問いただすまではぼくもそう思っていた。だが、彼は否定した。ぼくの質問にどれほど説得力があるか、きみもよく知ってるだろう？」

「まあ、そういう言い方もあるわね」

「とにかく、ぼくはパーカーが嘘をついていないと判断した。アスキスが関わっているとすれば、犯人はまったく違う男かもしれないな」

「スパイダーは、ほかにもその書類を狙っている人間がいるとは言わなかった」ヴェリティは、アスキスが昔使っていたコードネームを口にした。暗がりに潜み、巣を張り巡らす蜘蛛《スパイダー》のイメージは、ハロルド・アスキスにぴったりだ。「それに、わたしが首尾よくメイドになりすまし、書類を探しているのに、なぜアナベスを誘拐する必要があるの？　わたしまで誘拐するなんてもっとおかしい」

「なんの書類だ？」

「ハンター・ウィンフィールドが書いたかもしれない告白。手紙のなかで告白しているのかもしれないし、メモに書いてどこかに隠したかもしれない」

「ずいぶん曖昧だな」

ヴェリティが口の片端を持ちあげた。「ええ、雲をつかむような話。リチャード自身もよくわかっていないから、わたしにちゃんと説明できなかったの。そのあと依頼人と引き合わされ……アスキスだとわかってびっくりしたわ。リチャードはアスキスが誰か、何をしている男か、まったく知らないのよ。それもこの仕事の指示が曖昧になった理由のひとつ。スパイダーはあのとおり秘密主義で、どうしても必要なこと以外は教えようとしないから」

「相手がきみだとわかったときの、アスキスの顔が見たかったな」

ヴェリティは笑い声をあげた。「ものすごくいやそうな顔をしたわ。その場で依頼を引っ込めるんじゃないかと思ったくらい。でも、リチャードやほかの連中より、わたしのほうがうまくやれると気づいたんでしょうね。それに、わたしになら率直に話せるし——まあ、あの男に可能なかぎり、だけど。依頼主があいつだとわかったとき、わたしは手を引きたかったの。でも、アナベスに関わりがあると知って、できなかった。あなたもきっと、知らない人間よりわたしが彼女のそばにいてほしいだろうと思ったし」

「たしかに」スローンはうなずいた。「さっきはひどい言い方をして悪かった。きみの気持ちはありがたいし、今日アナベスと一緒にいたのがきみで本当によかったよ。黒幕がパーカーではないとわかったあと、アナベスがどこにいるか、どうやって捜せばいいか見当もつかなかったんだ」

ふたりはそれっきり黙り込んで馬車に揺られていった。

10

ヴェリティの外見に眉をひそめる者や、ふたりを止めようとする者を無視して、スローンたちはアスキスのオフィスに続く廊下を急いだ。ヴェリティとは和解したが、アスキスに対するスローンの怒りは少しも収まっていなかった。

オフィスのドアは開いていた。アスキスは机に向かって、せっせと書き物をしている。年のころは五十代、明るい茶色の髪とグレーの瞳の持ち主で、魅力的でも醜くもない中肉中背のごく平凡な男だ。とくに威厳があるわけではないが、相手に目を据えたときの威圧力は半端ではない。

スローンは大股に入っていき、勢いよくドアを閉めた。びくっとしたアスキスが顔を上げ、目を細める。「ラザフォード。ここで何をしている？　用事があれば、こちらから連絡した場所で会うと決めてあるはずだぞ。ここに来てもらっては困る」

「もう来ている」

アスキスはヴェリティの格好に気づき、かすかに目を見開いた。「何があった？」

「ミス・ウィンフィールドと誘拐されて、監禁されたの」

アスキスの眉が上がった。「なんだと？　なぜだ？」

ヴェリティは肩をすくめた。「それを訊《き》きに来たのよ」

「ふむ」アスキスは考え込むような顔で、椅子の背に背中をあずけた。「すると……ほかにもあれを欲しがっている者がいるわけか」

「言うことはそれだけか？」

「ほかに何を言えというんだ？」アスキスはスローンを見た。「ミス・コールが無事なのは明らかだ。ミス・ウィンフィールドも無事だったのだろう？　となると、問題は誰がなぜそんなことをしたかだが、考えられる唯一の理由は、その連中もミス・コールが探しているものを欲しがっていることだ。ミス・コールかミス・ウィンフィールドがそれを持っていると思ったのだろう。そしてどちらかから情報を引きだそうとしたにちがいない」

「アナベスは秘密の書類のことなど何も知らない」スローンは鋭く言い返した。「ヴェリティをあの邸《やしき》に潜入させて、アナベスを巻き込んだのはあんただ。あんたがアナベスを危険にさらしたんだ」

「誓ってそんなつもりはなかった。むしろ、ミス・コールはミス・ウィンフィールドを守ったのではないかな。誘拐犯の手から逃げだせたのは、ミス・コールのおかげだと思うが」

「とにかく、アナベスを巻き込むのはやめてもらう。ぼくが諜報員《ちょうほういん》になることに同意したのは、あんたがウィンフィールド一家の安全を守ると誓ったからだ」

「親愛なるラザフォード、わたしはちゃんとその約束を果たしてきたぞ」

「だったら、ヴェリティはアナベスのところで何をしていた？」

「彼女から聞いたと思うが」アスキスは穏やかに言った。

「ああ、聞いた。だが、わけがわからない。ハンターが書いたかもしれない告白？　何年も経《た》ったあとで、そんなものがどうして必要なんだ？　ハンターが自分の罪を手紙で告白するとは思えないが、百歩譲ってそんなものを書いたとしたら、なぜ誰にも送らなかった？　あの男はとっくに死んでいるし、戦争はもっとまえに終わっている。なぜいまになって告白が必要なんだ？　ハンターがしたことはわかっているのに」

「彼がそういう文書を残しているとは、わたしも思っていなかった」アスキスが落ち着き払って答えた。「自責の念に駆られるような男には見えなかったからな。ついでに言うと、あの男が自殺したという噂《うわさ》も信じていない」

「自殺だと！」スローンは鼻で笑った。「ハンターが？　ありえないな」

「わたしもそう思う。だから、あの男が死んだあと、告白のようなものが残されているとは思わず、自宅の捜索にほとんど手間をかけなかったのだ」

「ほとんど？　アナベスの家に部下を忍び込ませ、家捜ししたのか？」スローンは脅すように言った。

「まあ、座らないか。爆発寸前の爆弾みたいな顔をするな」アスキスは机の向かいにある椅子のひとつを示した。「きみも座りなさい、ミス・コール。長い話になる」

「わたしには言わなかったことを、スローンには話すわけ？」ヴェリティが突っかかった。「不十分な情報しか与えずに送り込むなんて、どういうつもり？　おかげでひどい目に遭ったわ」

「きみの任務に関わる情報はすべて告げてある」アスキスは答えた。「だが、誘拐事件が起きたとなると、あの男の話にも多少の真実はあったのかもしれんな」

「あの男とは誰のことだ？」スローンはしぶしぶ腰をおろしながら尋ねた。

「さきほども言ったように、ハンターが死んだときには何も見つからなかった。そしてわたしもそれっきり忘れていたんだ。ところが数週間まえ、われわれはフランスのスパイを捕らえた」

「戦争が終わってこんなに経ってからか？」

「ああ。まあ、その男はこの国の人間で、まだこの国に住んでいたんだ。もう安全だと思っていたにちがいないな。だが、わたしは捜査の手を緩めなかった。敵国がわが国に作りあげたスパイ組織の親玉は、英国人にちがいないと以前から確信を持っていた。ウィンフィールドのことを知っている人間――彼を脅迫し、スパイ行為を働かせることのできる人間だ、と。ウィンフィールドは、自ら政府の機密情報を盗もうと企《たくら》むような男ではない。誰かにそそのかされたのだよ」

「ああ、よくある手口だ」スローンは苦い声で言った。

「きみがわたしに腹を立てているのはよくわかっているとも」アスキスはぞんざいな口調で応じた。「しかし、わたしは個人的な感情で動いているわけではない。国のために最善を尽くすにあたっては、難しい判断を迫られることもある」

「するとハンター・ウィンフィールドをそそのかし、情報を引きだしていたのは敵国のスパイ網の親玉で、あんたはそいつを捕まえたのか？」

「残念ながら違う。しかし、捕まえた男はウィンフィールドが告白文のようなものを残していると確信していた。わたしはそこに敵のスパイ網の親玉の名前が書かれていることを期待しているんだ。それがヴェリティの探している書類なのだよ」

「ハンターがそんなものを残しているとすれば、娘のアナベスが気づかないはずがない。しかし、アナベスは何も知らないぞ」

「ミス・コールからもそう聞いている。ミス・ウィンフィールドは父親が罪を告白した文書のことは何も知らない、と。しかし、だからといって、彼女がそれを持っていないことにはならない。あるいは、ウィンフィールドの妻が」

「アナベスの母親が？」スローンは鼻を鳴らした。「どうやらあんたはマーサを知らないらしいな。重要な書類をマーサに託す者などいるものか。ハンターですらそんなことはしなかったはずだ。アナベスがいる邸を探すのもお門違いだ。ハンターはロックウッド邸に住んだことなど一度もないからな」

「探してるのはあの邸じゃないの」ヴェリティが口をはさんだ。「貸家にしていたタウンハウス。アナベスに遺《のこ》された家のほうよ」

「アナベスの祖父が賢明にもハンター名義にせず、アナベスに遺した家のことか？」

「そういう経緯があったの？　それは知らなかった。アナベスからはただ、これまでは貸家にして家賃も受けとっていたけれど、結婚後はそこに住むつもりだ、と聞いただけ」

スローンは顎をこわばらせたが、何も言わなかった。

「ミス・ウィンフィールドは、屋根裏をすっかり片付けるつもりらしいのだよ。つまり、そこにあった父親のものを。それを聞くまで、ウィンフィールドの私物がべつの場所に残っているとは思いもしなかった」

「アナベスが屋根裏のものを整理していることを、どうやって知った？」

アスキスは意味ありげな目を向けた。「親愛なる――」

スローンは首を振った。「忘れていたよ。あんたは何もかも知っているんだった」

「情報は力だからな。これはハンターが告白している文書を探す願ってもない機会だ。そこでロックウッド邸のメイドのひとりに金を払って辞めてもらい、立派な推薦状とともに

〝ジュディ〟を送り込んだわけだ」

「これまでの経緯をまったく知らない探偵、フォレスターに依頼したのはどういうわけだ？　なぜヴェリティに直接頼まなかった？　さもなければぼくに」

アスキスは片方の眉を上げた。「きみとミス・コールは、二度とわたしのために働く気はないと言わなかったか？　正直な話、この捜索で何かが見つかるとそこまで期待していたわけではないんだ。苦労してミス・コールを説得する価値があるとは思えなかった。だが、もちろん、フォレスターがミス・コールを雇ったと知ったときは嬉《うれ》しかったよ。それに今日の出来事からすると、ほかの人間も同じものを探しているようだ」穏やかな声にかすかな興奮がにじんだ。「そんなことをするのは、スパイ網の中心にいる人物以外に誰がいる？　そうとも、ハンターの告白文によって反逆者であることが明るみに出る人物しかありえない。たとえそんな文書などなかったとしても、今日ミス・ウィンフィールドを誘拐しようとした人物を突きとめれば、その親玉を捕まえることができる」

「アスキス……」スローンは身を乗りだし、机に両手をついて、アスキスを見据えた。「そんな文書などどうでもいい。スパイの親玉もどうでもいい。とにかく、アナベスを危険にさらすことだけはやめろ」

「しかし、ミス・ウィンフィールドの安全を確保するいちばんの近道は、襲撃者を突きとめることだぞ」アスキスは冷静に指摘した。「そうなると、きみは喜んで犯人を狩りだするんだから」

「ちょっと」ヴェリティが食ってかかった。「それはわたしがやるわ。すでに関わっているのではないかな」

アスキスはグレーの瞳をヴェリティに向けた。「いや、きみにはミス・ウィンフィールドを守ってもらわねばならない。ラザフォードが四六時中そばにいるのは無理だからな。襲撃者を探すのはラザフォードに任せよう。今後は何かあれば彼に報告するように」

スローンは顎をこわばらせた。アスキスのために働くのは二度とごめんだと誓ったのに、ヴェリティと同じように、この男が紡ぐ蜘蛛《くも》の巣にまんまとからめとられるとは。「あんたが情報を得たスパイと話がしたい」

「残念ながら、それは不可能だ」アスキスはため息をついた。「そいつは独房で首を吊《つ》った」

「死人に口なしか。都合のいい話だ」

「時間をかければ、もっと情報を引きだせると思っていたのだが。おそらくスキャンダルに直面できなかったか、これ以上話したくなかったか」アスキスは考え込むような顔になった。「あるいは……親玉が監獄に手をまわしたのかもしれない」

スローンはため息をついた。「いいだろう、それがアナベスの安全を確保する唯一の方法なら、あんたの望みに従うとしよう。だが、父親が反逆者だったことをアナベスに話すつもりはない。あんたにもほかの人間にも、それは守ってもらう。アナベスをあきらめたのは、いまになって真実を知らせるためじゃないんだ」

「いいとも」アスキスは機嫌よく同意した。「しかし、ミス・ウィンフィールドにはどう説明するつもりだね？」

「何か考えるさ」スローンは吐き捨てるように言い返した。

11

スローンが急に出ていってからずっと、アナベスはじっとしていられずに歩きまわっていた。最初のうちはペチュニアがあとをついてまわっていたが、いくら歩いても褒美をもらえないことに気づくと興味を失い、祖母の足元に置いてあるクッションに戻った。

「いいかげんに座りなさい」祖母が叱った。「あなたのせいで目がまわるわ。いくら歩きまわっても、スローンが早く戻ってくるわけではありませんよ。窓から表通りをちらちら見ても同じ。心配したって、時間はいつもと同じようにしか流れないんだから」

「心配などしていないわ。ただ……すっかり混乱して……」

スローンがひそかに祖国のために働いていたと聞いてショックを受けたあと、最初に感じたのは裏切られたという思いだった。十二年まえ、彼は最悪の噂《うわさ》を一度も否定しなかった。敵のスパイだというみんなの思い込みを一度も正そうとしなかったのだ。まるでアナベスなど彼にとってなんの意味もないかのように。元婚約者がフランスのスパイだという噂にアナベスがどれほど傷ついたかなど、彼にはどうでもよかったのだろう。そしてアナベスのもとを去ったとき……あのとき言ったことも嘘だったの？　真実を話さなかったのは、わたしを信頼していなかったから？　本当のことを説明して、わたしのつらさを多少とも和らげてくれるだけの思いやりも彼にはなかったの？

それに比べれば、メイドの裏切りから受けた傷など些細《ささい》なものだ。それでも、アナベスはジュディを好きになり、信頼していた。ところが、ジュディなど実在していなかったのだ。本当はヴェリティという名で、アナベスを利用していただけだった。ばかげているのだろうが、友達になれたような気がしていたというのに。

慰めようとするネイサンの優しさにも耐えられずに、アナベスは客間を逃れ、二階の自室で落ち着きを取り戻そうと努めた。服を着替えて汚れを洗い落とし、髪を整えたあとで気持ちを整理しようとしたが、座っていると頭が勝手にあれこれ考えはじめ、裏切られたという思いは怒りに変わっていった。スローンとヴェリティは、人に不当な仕打ちをしておきながら、何が起こっているのかひと言も説明せずにさっさと立ち去ってしまったのだ。

何もかも、まったくわけがわからない。スローンのことだ、戻って釈明する気などいっさいないにちがいない。だとしたら、こちらにも考えがある。まわりの人たちには従順で穏やかな性格だと思われているが、この体には祖母の血も流れているのだ。ふたりがここに戻らないつもりなら、スローンの居所を突きとめて、説明を引きだしてみせる。

さいわい、居所を突きとめるのにあちこち聞いてまわる必要はなかった。ネイサンが午おろした。

後のスローンとの冒険談を話していると、表で馬車が止まる音がした。窓辺に駆け寄り、スローンとヴェリティが辻馬車《つじばしゃ》から降りてくるのを見たアナベスは、ソファに戻り、この二時間ずっとそわそわしていたことを見抜かれないように、ネイサンの隣にすまして腰をおろした。

スローンが愚かな決まりを無視するタイプだと知っている執事は、ふたりの到着を知らせに来る手間もかけなかった。あれほど腹を立てていたのに、スローンの姿が目に入ったとたん、なぜか気分が高揚し、胸のなかの怒りに興奮が混じる。彼への想《おも》いはとうの昔に断ち切ったはずなのに、まだこんな気持ちになるなんて……。無造作にかきあげた黒髪とあざやかな青い瞳に、どうしてこんなにもときめくの？

ヴェリティの不機嫌そうな顔を見て、アナベスはかすかな満足を覚えた。が、切れて腫れた唇が目に入ると、そんな自分を恥じた。髪を編み、うなじに大雑把《おおざっぱ》にまとめているせいで、頰の腫れとあざがよけいに目立つ。

アナベスはよく考えもせずに、こう言っていた。「傷の手当をしたほうがいいわ。アーチャー夫人を呼びましょう。あの人は手当が上手なの」

ヴェリティは驚いたような顔になり、かすかな笑みを浮かべかけて痛みに顔をしかめた。

「ありがとう。話が終わったら手当してもらうわね」

ヴェリティの口から上流階級の言葉遣いを聞くのは、とても奇妙な気分だった。

スローンが黙っていると、祖母が催促するように杖《つえ》で床を叩《たた》いた。「そこに突っ立ってないで、さっさと用件をおっしゃい」

「どこから始めればいいか……」

「手伝ってあげるわ」アナベスはぱっと立ちあがった。この二時間、胸のなかでたぎっていた怒りと裏切られた思い、それに部屋に入ってきたスローンを見てつい胸をときめかせた自分への苛立《いらだ》ちで声が尖《とが》る。「なぜ〝ジュディ〟は、ここのメイドになったの？」ヴェリティに指を突きつけ、それからスローンに向き合った。「何を探しているの？　もう嘘をつくのはやめてちょうだい」

「嘘などついていない」スローンは即座に言い返した。「ぼくも何が起こっているか知らなかったんだ」

「でも、真相を突きとめに行くのに、わたしを連れていこうとしなかったわ。誘拐された当人として誰よりも聞く権利があるのに。知らない人たちにあれこれ詮索されたのは、あなたではなく、このわたしよ。通りでさらわれたのはわたしなのよ！　あなたがでっちあげた説明ではなく、真実を聞く権利があるわ」

「何もでっちあげていないさ」スローンは顎をこわばらせ、一歩踏みだした。

「それも嘘かもしれない。ずいぶん長いこと嘘をついてきたんですもの」

「ぼくは嘘など――」

「黙っているのも嘘のうちよ。本当はこの国のために働いていたのに、わたしには違うことを言った。偽りの理由を言ったのは嘘だわ」

ヴェリティが咳払《せきばら》いして、ふたりのあいだに割って入った。「その質問にはわたしが答えるわ。わたしがメイドとして住み込んだのは、ここに重要な書類があるという情報を依頼人が受けとったからなの」

「祖母の家に？」アナベスはつかのま怒りを忘れ、驚いて訊《き》き返した。

「この家とはかぎらない。むしろ、ふたりでこの二週間片付けてきたタウンハウスにある可能性が高いわね」ヴェリティは説明した。「あなたのお父さんが書いたものだから」

「ばかばかしい！」祖母が鼻を鳴らした。「ハンター・ウィンフィールドは重要なことなど何ひとつしなかったわ。その情報は誤りですよ」

「お父さまを尊敬している人たちもいるのよ、お祖母《ばあ》さま」

祖母はまたしても鼻を鳴らしたが、口を開くまえに、いつものようにネイサンが仲裁した。「きみたちはミスター・ウィンフィールドが何を書いたと思っているんだ？」

「それは言えない」ヴェリティは三人の懐疑的な表情を見て付け加えた。「本当なのよ。依頼人から禁じられているの。政府に関することだから」

「戦争に関する極秘事項は、市民には伏せられている」スローンが口を添えた。「終戦後何年も経《た》っているが、いまだに公表できない関係者の名前や事実があるんだ」

「でも、お父さまはその種の仕事にはいっさい関わっていなかったわ」アナベスは混乱して言った。「たしかに政府で働いてはいた。でも、勤めていたのは外務省とも戦争ともまったく関係のない内務省よ。わたしたち家族にとっては大切な人だったけれど、政府にとって重要な人物だったとは思えないわ」

「ハンターがしていたのは毒にも薬にもならないこと」祖母が決めつけた。「紳士には適切だったにせよ、実際にはなんの能力も必要ない仕事ですよ。ドリューズベリーが妻のアデリーンに頼まれて、ハンターと結婚していた義妹のマーサを助けるためにその仕事を世話したの」

アナベスは父をけなされてむっとしたが、祖母の言うとおりだ。父が就いていたのは、紳士が立場を失わずにできるたぐいの閑職だった。

「だとしても、わたしたちが探している書類の詳細についてはお話しできません」ヴェリティがきっぱりと言った。

「そもそも、なぜハンターのものがここにあるの？」祖母が尋ねた。

「さきほども言いましたが、わたしたちが関心を持っているのは、昔ミスター・ウィンフイールドが住んでいらしたお宅のほうですの」

「ああ」アナベスはうなずいた。「だからメイドになりすましたのね。あそこの片付けを手伝えるように。でも、何も見つからなかったのでしょう？　さもなければ、あなたがまだここにいるはずがないもの」

「ええ。片付けはほぼ終わったのに、見つかりませんでした。でも、ゆっくり中身に目を通せるように、ここに持ってきたトランクがまだ残っていますわ」

「あら、まだなかを見ていないの？」アナベスは意地悪くそう言って、片方の眉を上げた。

「とっくに鍵を開けて、なかを確かめているんじゃないかと思った」

ヴェリティはかすかに赤くなったものの、こう言っただけだった。「いいえ、見ていません」

「それより、きみを襲った人間を突きとめる必要がある」スローンが口をはさみ、会話の主導権を取り戻した。「誘拐犯はその書類が欲しかったにちがいない。きみが持っているか、ありかを知っていると思ったんだろう。つまり、黒幕の男を突きとめる手っ取り早い方法は、その書類を探すことだ」

「黒幕が男だと信じる根拠は？」ヴェリティが尋ねた。

「その確率が高いと思っただけさ」

「すべての女性が信頼できるわけではないわ」アナベスはそう言って、あてつけがましく〝ジュディ〟を見た。

「それに、あなたが疑う人間がすべて悪党というわけでもない」ヴェリティが負けずに言い返す。

「男か女かは、このさい関係ないんじゃないか」ネイサンがうんざりして口をはさんだ。

アナベスはうなずいた。「いいでしょう。さっそく今晩から探しはじめるわ」

「いや」スローンが首を振る。「そのトランクはヴェリティかぼくが目を通す。きみは街を離れるべきだ。レディ・ロックウッドと一緒に、バースかブライトンあたりに行ったほうがいい」

「行き先を選ばせてもらえるなんて、ありがたいこと」アナベスは皮肉たっぷりに応じた。が、スローンはこれを完全に無視した。「ダンブリッジを連れていくといい。射撃の腕はいいそうだからな。それにパンチもなかなかのものだ」

「わたしはどこへも行きません」

スローンは口を引き結んだ。「いや、行くんだ。きみは誘拐されたんだぞ。ロンドンに留《とど》まるのがどんなに危険か、わかっているはずだ」

「でも、襲われる理由がわかったんですもの。二度とさらわれないように、家を出るときはまわりの状況にもっと気を配るわ」

「馬車を使うのね」祖母が言う。

「ええ、外出するときは馬車を使う」

「ぼくも同行する」ネイサンはそう言ってスローンを見た。「銃も携帯するよ」

「家のなかはどうする？」

「家のなかですって！」祖母が叫んだ。「ばかばかしい。安全に決まっているでしょうに。扉も窓もきちんと戸締まりしてあるし、召使いも大勢いるんですよ。押し入る勇気のある者などいるものですか。それに、あの娘がいるわ」祖母はヴェリティを指さした。「夜はアナベスの部屋で眠ればいいし、昼間も目を光らせておいてもらいましょうよ」

「待ってください」ヴェリティが言った。「わたしは実際にはメイドではないんですよ。ここには泊まりません」

「いいえ、泊まるのよ」「いや、泊まってくれ」祖母とスローンの言葉が重なった。

「アナベスの安全が最優先だ」スローンはヴェリティに言った。「わかってるはずだぞ。ぼくが留まってアナベスを守ることはできない。だから、きみに頼むんだ」

「でも、わたしは――」

「指揮をとるのはぼくだ。きみも同意したぞ、ヴェリティ」

ヴェリティはスローンをにらんだものの、何も言わず壁にもたれて腕を組んだ。

「ほら、これで申しぶんなく安全」祖母がスローンをじろりと見た。「バースみたいな活気のない街へ逃げだすなんてとんでもない。来週はレディ・ビターシャムの誕生日の舞踏会があるし、木曜日はオペラに行く予定なのよ」

スローンは眉を上げた。「孫娘の命を危険にさらしても、パーティに出席したいんですか？」

「ただのパーティではありませんよ。レディ・ビターシャムの大舞踏会はオフシーズンの一大イベントです」

スローンの苦虫を噛《か》みつぶしたような顔に、アナベスは笑みを隠した。どうやら祖母は、少なくともいまのところはスローンを黙らせることができたようだ。

スローンはアナベスに目を戻した。「どうしてきみは良識に耳をふさぐんだ？　自分の命がかかっているんだぞ」

「大げさね」アナベスはぴしゃりと言い返した。「犯人の狙いが情報なら、わたしを殺すはずがないわ」

「殺す以外にも方法はいろいろある」スローンが脅すように言った。「ぼくの言うことを意地でも聞きたくないらしいが、ぼくを困らせるために自分の身を危険にさらすのは愚かだぞ」

「あなたときたら、いつも自分中心なのね。自分が決断をくだしたら、誰がなんと言おうと、何を望もうと関係ないんだわ」話しているうちに、昔の怒りまでこみあげてきた。

「それは違う。ぼくはきみを守ろうとしているだけだ」

「あなたに守ってもらう必要はありません。守ってもらいたくもない」

「だったら失望することになるな。ぼくは誰かがきみに危害を加えるのを許すつもりはない」

「ほかの誰か、という意味ね？」

スローンは怒りに顔を赤くし、出かかった言葉を呑《の》み込むように顎をこわばらせた。

「それに、その書類を探すためにも、ここに残らなくては」アナベスは続けた。

「きみは探さない。これは政府の案件だ。きみには関係ない」

「わたしには関係ないですって？」怒りで声が大きくなる。「あるに決まっているでしょう。実際、いちばんの関係者はわたしよ。わたしの父が書いたのですもの。そのせいで誘拐されたのもわたし。だから探すのに手を貸すのは当然だわ」

「くそ。きみがこんなに頑固だとは知らなかった」スローンが言い返す。

「わたしは昔からずっとこうよ。船の操り方を教えてほしいと頼んだときも、絶対にあきらめなかったでしょう」

一瞬スローンの眼差《まなざ》しが和らぎ、口元にかすかな笑みが浮かんだ。「頼んだ？　せがみ続けた、の間違いだろう？」

「だったら、この件も絶対にあきらめないと気づくべきね」

「アナ……」

「何を言っても無駄よ」アナベスは言い張った。「守らなくてはならないか弱い女だと思われるのはうんざりなの。書類を探す手伝いくらいできるわ」

「か弱いと思ったことはないさ。きみがどれほど強いかはよくわかっている」スローンは一歩近づいた。「だが、危ない目に遭わせたくないんだ」

　ふいに、まわりが静まり返っていることに気づいた。部屋を見まわすと、全員が自分とスローンを見ている。ネイサンの顔には奇妙な表情が浮かび、ヴェリティが意味ありげに眉を上げてネイサンに目をやった。アナベスは頬に血がのぼるのを感じながら慌てて一歩さがった。いつのまにスローンとわたしはこんなに近づいていたの？

「あなたの指示は受けない。自分の好きなようにするわ」冷ややかな声でそう告げる。

　スローンの顔から優しさが消えた。「よけいな手出しはするな。きみの助けは必要ない。邪魔になるだけだ」

「結構よ」アナベスは肩をすくめた。「あなたが手探りでやりたいなら、わたしはかまわないわ。でも、わたしは自分がやりたいようにします。父が何かを隠したとしたら、その場所を知っているのはわたしだけですもの」

12

スローンは体をこわばらせた。「なんだって？　どういう意味だ？」

アナベスは首を傾け、満足そうに言った。「あら、わたしの助けはいらないんじゃなかったの？」

スローンは恐《こわ》い顔になった。「くそ、アナ、これは遊びじゃないんだぞ」

「そんなことはわかっているわ。だから手伝いがしたいの。それを拒んでいるのはあなたのほうよ」

「いいだろう」スローンは歯を食いしばり、無理やり言葉を押しだした。「書類を探すのは手伝ってもいい。それで……どうしてその場所を知っているんだ？　お父さんから聞いたのか？」

「いいえ、父からは何も聞いていないわ。それに、正確な場所はわからない。でも、どこを探せばいいか見当はつく。おそらく父が持っていた小箱のひとつに入っていると思うの」

「小箱？」

「忘れたの？　領地にいるとき、父はいつも作業場にいた」

「ああ。ときどきパズルみたいなものを作っていたのは知ってる」

「ぼくはよく覚えているよ」スローンをにらみながら、ネイサンが口をはさんだ。「知恵《パズル》の箱を作っていた」

「あのばかげた開かない箱のことじゃないでしょうね」祖母が口をはさんだ。

「あら、ちゃんと開くのよ、お祖母《ばあ》さま。どうすれば開くかを突きとめればいいだけ。仕組みがわからないとまったく開かない箱もあったけれど、実際に箱として使えるものもあったの。ほら、お祖母さまが宝石を入れている箱みたいに。そういう箱には、たいてい秘密の仕切りがついていたわ」

「驚いたな」スローンは青い瞳を輝かせてつぶやいた。

「で、その箱はいくつあるの？」どうやら謎に挑むことが好きらしく、ヴェリティも目をきらめかせて、ネイサンとともに身を乗りだしている。

「さあ。父はたくさん作っていたから。でも、手元には置かなかった。作るのが楽しかったのね。ほとんど人にあげていたわ」

「何人くらいに？」ヴェリティが尋ねた。

アナベスは首を振った。「見当もつかないわ」

「誰に渡したかが、どうして問題になるんだ?」ネイサンがけげんそうな顔をした。「ミスター・ウィンフィールドからもらった箱を見せてくれ、と友人や親戚を訪ねてまわるわけにはいかないと思うが」

「頼むつもりはなかったわ」ヴェリティが答える。

「そうだな、頼む必要などどこにある? 押し入るほうがよほど簡単なのに」ネイサンがあてこする。

「あら、見かけほど鈍くないこともあるのね」ヴェリティはにっこり笑う。

「いまのは皮肉だぞ」

「でも、正しい指摘には変わりないでしょ」

「ミスター・ウィンフィールドが、人に贈る箱に極秘書類を入れたとは考えにくい」スローンは指摘した。「手元に置いてある箱か、さもなければ、家族のような、いつでも回収できる身近な人間に贈るんじゃないか?」

アナベスはうなずいた。「わたしもひとつ持っているわ。タウンハウスから持ってきたトランクにも、ひとつ入っているはずよ。祖母は宝石箱とパズルの箱をひとつずつ持っている。ほかにもあるかしら、お祖母さま」珍しくうしろめたそうな顔をしている祖母に尋ねた。

「いいえ。実を言うと、パズルの箱は捨ててしまったの。さもなければ、誰かにあげたか。

よく覚えていないのよ」

「ほかに秘密の隠し場所はなかったのか？」スローンは尋ねた。「箱以外に？」

「タウンハウスにいくつかあったと思うわ。父はそこにいろいろなものをしまっていたの。作業場にはそういう場所がもっとたくさんあった。たいていは作りかけのものを入れていたみたい。もちろん、秘密だったわけだから、わたしも全部を知っているわけではないけれど」

「作業場はまだそのままなのかな？　邸《やしき》は貸しに出したんだろう？　住人が作業場をそのままにしてあるだろうか？」

「どうかしら。母屋からは少し離れているし、木立のなかにぽつんとあるから。トッド家がわざわざ取り壊す手間をかけたとは思えないけれど。もしかしたら物置に使っているかもしれない」

「すると母屋のほうは、そのトッド一家が住んでいるんだな」

「ミス・コールなら問題なく忍び込めそうだ」ネイサンがちくりといびる。

「わかっている」スローンはあっさり相槌《あいづち》を打った。まるで人の家に忍び込むのが日常茶飯事のように。「だが、暗がりでこそこそ物を探すのはあまり好ましくないな」

「その書類は、お父さまがそれを書いたとき作っていた箱に隠してあるにちがいないわ。だとしたら、探す箱の数はだいぶ減ると思うの」

「ああ、お父さんがそれをいつ書いたのかがわかれば、だいぶ絞り込める」

「そうね。死ぬ少しまえじゃないかと思ったのだけれど、むしろ、その何年もまえ、戦争中だった可能性が高いのかしら?」

「もらった相手はすでに箱を開けているんじゃないか?」ネイサンが指摘した。「とうに発見されているかもしれない」

「もしも、誰かにその箱を贈っていればね。それは、わたしにはわからないわ。パズルの箱を開けられなかった人や——」アナベスはため息をついた。「捨ててしまった人もいるかもしれない」

「箱をもらったときは、重要な書類が入っている可能性があることなど知らなかったもの」祖母がそう言って顔をしかめた。

「ええ。秘密の仕切りに気づかなかったのは、きっとお祖母さまだけではないわ。お父さまは、贈った人たちが自分でそれを見つけるのを楽しみにしていたの」

「だとすると、よけい本人の箱か、アナベスの手元にある箱に入っている確率が高いな。重要な情報を知人の手にゆだね、それが見つかるのを運任せにしたとは思えない」スローンはアナベスを見た。「きみが持っている箱を見せてくれないか。どうやって開けるのかも見てみたい」

アナベスは自分の宝箱を取りに行きかけ、足を止めた。中身をここにいるみんなに見せたくない。「お祖母さまの宝石箱を見てみましょうか」そう言って、祖母に問いかけるような目を向けた。

レディ・ロックウッドは片手を振った。「それでひとつを捨ててしまった罪滅ぼしになるなら、いいわ。わたしの宝石を引っかきまわすのを許してあげます。持っていらっしゃい、アナベス」

数分後、アナベスは大きな宝石箱を手にして戻り、蓋を開けた。「宝石は取りだしてきたわ。そのほうが留め金を見つけやすいの」箱のなかには、宝石を置くトレーがふたつ入っていた。どちらも空っぽだ。アナベスは箱をスローンに差しだした。「べつの仕切りを開く方法がわかる？」

スローンとヴェリティはじっくり箱を調べた。それからスローンが首を振り、箱をアナベスに返した。「いや、秘密の仕切りがあるとしたら、かなりよく隠されているな」

「あるのよ。これはまえに開けたことがある。お父さまは箱ができあがると、人にあげてしまうまえに、いつもわたしに開けさせてくれたの」

アナベスは祖母の横のローテーブルに宝石箱を置き、その前に膝をついた。つかのま目を閉じて記憶をたどってから、蓋を開けてトレーを外に出し、箱の隅のひとつに爪を滑り込ませて中敷きのフェルトをめくる。次いで左側の奥の角を押しながら、そこをつかんで引っ張った。角の木が手前に二、三センチ動き、その下にある木が見えた。右奥の角も同じようにして、奥の縁の真ん中、動いた角ふたつのあいだを押し、カチリと音がしてから底板を引っ張る。すると深さ二、三センチ、長さ十五センチほどのトレーが滑りでてきた。

「見て、紙が入っているわ」アナベスは祖母に言い、それを手に取った。その後ろでスローンとヴェリティが体をこわばらせ、前ににじり寄る。ふたりは折りたたまれた小さな紙片を見て肩の力を抜いた。

「なんて書いてあるの？」祖母が言った。

「ええと……」アナベスは喉をふさぐ熱い塊を呑《の》みくだし、涙ぐみながら読みあげた。

「〝マイ・レディ、わたしの生涯の愛であるあなたの美しいお嬢さんをくださったことを永遠に感謝します〟」

「まあ」祖母は瞬《まばた》きして膝に置いた手を見下ろし、咳払《せきばら》いした。「ハンターは欠点ばかりの人だったけど、あなたのお母さんを愛していたわ」そう言うと、出し抜けに立ちあがり、スローンとヴェリティを非難するように見た。「今日はこれくらいにしましょう。あまりにもいろいろなことがありすぎて、うっかり昼寝をし忘れてしまったわ。アナベスも誘拐騒ぎで疲れたでしょう」

「レディ・ロックウッド――」スローンが抗議しかけたが、祖母にじろりとにらまれて口をつぐんだ。

「いいえ、もうたくさん。このばかげた騒ぎの続きは明日になさい。わたしたちはこれから少し休んで、早めに夕食をとり、休むことにします。あなたもですよ、ダンブリッジ」

杖《つえ》をさっとひと振りしてネイサンを指してから、ヴェリティを見た。「あなたは帰らないで。今夜はアナベスの部屋で寝てもらいます」


「わたしの部屋で寝るのはお断りよ」アナベスはその夜、寝室の戸口に立ち、腕組みして言い渡した。あざだらけの腫れた顔を見ると少し気の毒になったが、元メイドの裏切りを完全に忘れることはできなかった。

「わたしに腹を立てているんですね」ヴェリティはため息をつき、アナベスが小さく鼻を鳴らしたのを無視して続けた。「でも、打ち明けるわけにはいかなかったんです。極秘の仕事でしたから。うっかり口を滑らせたら、わたしの命だけではなく、ほかの人たちの命を危険にさらすことにもなりかねなくて」

「ええ、わたしの命もね。あなたの〝秘密〟のせいでわたしがどれだけ安全か、今日の出来事でよくわかったわ」

「あれは……あなたが襲われたのは番狂わせでした。予測していなかったのはこちらのミスでしたけど。あの誘拐で、あなたを警護する必要があることもはっきりしました」

「ドアには鍵をかけるし、窓にも鍵がかかっている。それにこの部屋は二階にあるのよ。垂直の煉瓦《れんが》の壁を登ってこられる人などいないわ。わたしはひとりになりたいの。少なくとも、それくらいのわがままは聞いてくれてもいいはずよ」

ヴェリティはため息をついた。「いいでしょう。いくら守りたくても、無理強いするわけにはいきません。せめて寝る支度を手伝わせてくださいな」

「髪をおろしてブラシをかけるくらいは、わたしにもできるわ」

「背中のかぎホックも全部はずせるんですか?」

アナベスはヴェリティをにらみつけ、しぶしぶ一歩さがった。「仕方がないわね」

ヴェリティは部屋に入ってドアを閉め、アナベスが背を向けると、かぎホックをはずしはじめた。「今日の午後は、わたしが一緒でよかったじゃありませんか。わたしはあなたを精いっぱい守った。これからもそうするつもりです」

アナベスはくるりと振り向いてヴェリティをにらんだ。「でも、あなたは嘘をついたわ。しかも友達のふりまでした」

「ふりじゃありません。わたしは友達ですよ」

「やめて」アナベスは再び背中を向けた。「情報が欲しかっただけのくせに。父のことを知りたかったんでしょう? 信用して秘密を打ち明けてもらいたかったのね。スローンのことを何もかも話すんじゃなかった」思い出すと、屈辱がこみあげてきた。「ばかにされるのが好きな人間はいないのよ」

「あなたが話してくれたのは、ちっともばかにするようなことじゃありません。それに、情報を引きだすために話し相手になったわけでもありませんわ。お父さんとあなたとスローンについて知る必要のあることは、最初から知っていましたもの。わたしが話し相手になったのは、あなたのことが好きだったからです」

「わたしもあなたが好きだったわ」アナベスは小さな声で認めた。「でも、どうやら好きになった相手には裏切られる運命みたい」涙がこぼれないよう祈りながら、つぶやいた。

「あとは自分でできる」

ヴェリティは何か言いたそうだったが、黙ってドアに向かい、まるで最初からいなかったかのように音をたてずに寝室を出ていった。

13

アナベスはその夜、スローンの夢を見た。昔の、まだ愛しているころのスローンの夢を。ふたりは手を繋《つな》いで歩いていて、アナベスはとても幸せだった。どこにもたどり着かぬまま歩き続けるうち、甘い雰囲気がぴりぴりしたものに代わった。立ちどまろうとしないスローンを見ると……そこにいるのはもうスローンではなく、顔の見えない男だった。スローンはどこへ行ってしまったの？　アナベスは不安に駆られてあたりを見まわし、必死になって捜した。すると何かがどすんと落ちて……。

アナベスは胸を波打たせ、ぱっと目を開けた。これは夢の続き？　それとも現実なの？　ぼんやりそう考えていると、暖炉のそばでかすかな衣擦《きぬず》れの音がした。誰かが部屋にいるのだ。がばっと起きあがり、暗がりに目を凝らす。暖炉のそばに立っている黒い影が振り向いた。

アナベスは悲鳴をあげ、ベッドから飛びおりて、武器になるものを探してベッド脇の小卓に手を這《は》わせた。低いしゃがれ声でつぶやきながら黒い影が突進してくる。片手が本に触れ、アナベスはそれを影に向かって投げつけた。息を吸い込み、再び悲鳴をあげながら、次に投げるものを探す。目についたのは燭台《しょくだい》だけだったから、それも投げた。

本は侵入者の腕に当たったが、燭台は足までしか届かなかった。賊が大声で毒づき、燭台の当たったくるぶしをつかむと、きびすを返して逃げだした。

アナベスは唯一投げられそうなもの――枕を手にあとを追った。廊下に出れば、もっとましなものが見つかるはずだ。そう思った直後、ヴェリティが窓辺のベンチから飛びだしてきて、階段へ向かう男に飛びついた。

男が後ろによろめき、壁際の小卓にぶつかって跳ね返り、膝で着地した。ヴェリティが組んだ手を力いっぱいそのうなじに振りおろす。それでも立ちあがろうとする相手を追い、膝の裏を蹴って、またしても床に膝をつかせた。

男が吼《ほ》えるような声をあげて跳ねあがり、拳を振った。ヴェリティは巧みに避けながら、夜着の裾を膝まで持ちあげて男の腹を蹴る。男は息を吐き、体をふたつに折った。

廊下の反対側から、あひるの群れのような声をあげ、小さな犬が突進してきた。ペチュニアだ。男に飛びつき、ふくらはぎに噛《か》みついたが、その脚を振られて吹き飛び、床に落ちた。が、少しもひるまず弾むように立ちあがり、隙あらばまた噛みつこうと、うなり、吠《ほ》えながら男のくるぶしのまわりをぐるぐるまわった。召使いが廊下を走ってくる。

「身のほど知らずが！」突然、威厳に満ちた声が廊下に響き渡った。

全員が手や足を止めて声のほうを振り向き、帽子をかぶり化粧着に身を包んで、蝋燭《ろうそく》を片手に杖《つえ》を振りまわしているレディ・ロックウッドの姿にあんぐり口を開けた。アナベスの祖母は復讐《ふくしゅう》に燃える天使のように勢いよく廊下を歩いてくる。

あっけにとられていた侵入者が慌てて走りだし、ペチュニアにつまずいた。ふらふらと立ちあがり、階段をおりはじめたとき、ようやく追いついた祖母の杖にぴしりと背中を叩《たた》かれる。男はその勢いで階段を転がり落ちたが、踊り場でどうにか立ちあがり、足を引きずりながら、大きく開いている玄関の扉から外に出ていった。ヴェリティがそのあとを追っていく。

「どういうこと！」祖母は非難の目でぐるりと見まわし、音をたてて小卓に燭台を置いた。「いったいどうなっているの？　孫が誘拐されたかと思えば、あやしい男が好き勝手に邸《やしき》を出入りするなんて」それからかがみ込んで、息を弾ませている愛犬を安心させるように耳の下を掻《か》いてやりながら、人間相手には使ったことのない優しい声でなだめた。「もう大丈夫よ、ペチュニア。怖がらなくていいのよ。あの男はもう行ってしまったわ」

「ええ、きっともう戻ってきませんわ」アナベスは緩みそうになる口元を引きしめて皮肉った。

「もちろんですとも」祖母の鋭い目が夜着とおろした髪、裸足《はだし》をねめつける。「まあ、アナベス、そんな格好で走りまわるなんてはしたない。スリッパを履いて化粧着を着ていらっしゃい」

「はい、お祖母《ばあ》さま」アナベスは首を縮めて自分の部屋に戻り、化粧着をつかんだ。

廊下に戻ると、ペチュニアと同じくらい息を弾ませたヴェリティが、祖母から適切な格好に関してお説教されていた。ヴェリティはお辞儀をして、謝罪の言葉をつぶやき、召使い用の階段へと戻りはじめたが、アナベスの姿を見て足を止め、メイドの口調で言った。

「すみませんねえ、お嬢さま、賊を捕まえられなくて。お怪我《けが》はないですか?」

「ええ、わたしは大丈夫よ」

「あの男はあなたを襲ってきたの、アナベス?」祖母が尋ねる。

「いいえ、あれは泥棒だと思います。わたしの部屋を漁《あさ》っていたの。で、何かを落としたのね。その音で目が覚めました。わたしが悲鳴をあげ、手近なものを投げると、逃げだしましたわ」最初に自分に突進してきたことは、言わないことに決めた。

「それにしても、どうやって入り込んだのかしら?」祖母は執事をにらみつけた。「この邸は玄関の扉に鍵をかけないの?」

「とんでもないことです、奥さま」寝帽をかぶり、寝間着の裾から白く貧弱なふくらはぎをのぞかせているとはいえ、カートウェルはいつもとまったく同じく、厳《いか》めしい口調で言った。「間違いなく、わたし自身が鍵をかけました」

「玄関扉の錠を開けて入ってきたんですよ」ヴェリティが説明した。

「なるほど」祖母は嘲るような声で言った。「わたしは寝室に戻りますよ。少なくともあと何時間かは眠りたいものね」

祖母は低い声でペチュニアに話しかけながら、杖の音を響かせて自分の部屋に向かった。

アナベスも自室に戻り、折れた蝋燭と燭台を拾いあげ、いちばん大きな蝋燭を燭台に刺して灯《あか》りをつけてから暖炉に歩み寄った。その前に置いた、古い小さなトランクの蓋が開いている。何日かまえにタウンハウスから持ち帰ったものだ。

ドアが開く音にびくっとして振り向くと、ヴェリティが入ってくるところだった。祖母のお眼鏡にかなうように青いフランネルの化粧着を着て、折りたたみ寝台を引きずってくる。

「お嬢さまがなんとおっしゃろうと、今夜はここで眠らせてもらいます」ヴェリティは寝台をおろすと、挑むように腕を組んだ。「奥さまのご命令です。わたしがここにいるのが気に入らないなら、廊下のドアの前で眠りますわ」

アナベスは承知した。正直に言うと、さきほどの騒ぎのあとでは、ヴェリティに同じ部屋で寝てもらいたかったのだ。少しばかり固い声で言った。「助けに来てくれてありがとう。窓辺のベンチで寝ていたの？」

「寝ようとしていたんです」ヴェリティは思わずこちらも微笑《ほほえ》み返したくなるような人懐っこい笑みを浮かべ、拳を腰に当ててトランクを見下ろした。「どうしてそれを見ているんです?」

「さっきの男は、このトランクの中身をかきまわしていたの。紙を床に散らかしたまま寝た覚えはないんですもの。たぶん、あれが――」アナベスはガラスの文鎮を示した。「落ちた音で目が覚めたのね」

「何か盗んだのかしら?」

　アナベスはなかに入っている小物類や書類をざっと見て、父が作った小箱に指を走らせた。「何もなくなっていないようだわ」

「お父さん、編み物をあきらめて正解でしたね」ヴェリティが口元を緩める。

「いえ、それはわたしが最初に編み物に挑戦したときの作品」父がこんなものまで取っておいたのだと思うと涙がこみあげ、アナベスはそれを握りしめた。

「わかってます。笑わせようとしたんだけど、どうやら失敗だったみたい」

「父が死んでから五年も経《た》つことはわかっているのよ。でも、ときどき、つい昨日のことのような気がして……。たしかに欠点のある人だったけれど、とても思いやりのある、優しい父だったの。わたしをとても愛してくれた。わたしも父が大好きだったわ」

「ええ、愛情はたくさんの欠点を補ってくれますよね」

「父は浅はかで無責任だったかもしれない。お祖母さまがよく言うように、ちっとも現実を見ないで、空想や夢を追いかけていたかもしれない。でも、わたしが覚えている父は、いつも笑顔で、心が広くて、好奇心いっぱいで、楽しいことが大好きな人だった」

「わたしには、よい父親との経験はあまりありませんけど」ヴェリティは寝台に行き、枕の下にナイフを滑り込ませた。「ミスター・ウィンフィールドはよい父親だったようですね」

アナベスはナイフに気づいた。「あなたはわたしよりも寝相がいいのね。わたしがそんなところにナイフを置いたら、起きたときには片目がなくなっているわ」

「たぶんもう眠れませんよ。この邸には誰も入れないと奥さまは思っているようですけど、さきほどの男があきらめずにまた忍び込むかもしれない。たぶん、スローンもそう思うでしょうね」

スローンの名前を聞いてちくりと胸がうずき、ヴェリティと彼の関係が知りたくなった。愚かなことだ。ふたりの仲がどうあれ、自分にはまったく関係ないのだから。そう思っても、ぽろりとこう言っていた。「スローンのことをよく知っているみたいね」

「ええ」ヴェリティの声には好ましさがあふれていた。「一緒にいろんな仕事をしましたから」

「その……一緒だったというのは、つまり――」アナベスは言いよどんだ。

「わたしたちが……ロマンティックな関係だったことがあるか、ですか？」ヴェリティが片方の眉を上げる。

アナベスは赤くなってうなずいた。「ごめんなさい。立ち入ったことを訊《き》いたわ。そんな――」

「いいえ、そういう関係じゃありませんでした」ヴェリティはあっさり答えた。「まあ、最初のころは、そうなるといいなと思いましたよ。あの人、とてもハンサムですものね。でも、彼はまだあなたを愛してて、あなたの話ばかり。ほかの女性に思いを寄せている男はごめんですから。そもそも、仕事仲間と深い仲になるのはまずいんです。わたしたちは友人で同僚、それだけでした。スローンには命を助けられたことがあるし、わたしも彼が脱獄するのを助けたことがあるんですよ」

「まあ」アナベスは目をみはった。「どうやって？」

ヴェリティは顎の下で祈るように手を組み、必死の思いをこめた眼差《まなざ》しで宙を見上げた。

「お願い、あの人はわたしの兄さんなんです。どうか、せめて最後にもう一度会わせてください」それから、涙を拭うかのように両手を目の縁に当てて鼻をすすり……にやりと笑ってこう言った。「フランス語だと、もう少しましに聞こえるんだけど」

アナベスはつい吹きだしていた。「あなたは……好きにならずにはいられない人ね」

「あなたのいい人は、そう思ってないと思いますけど」ヴェリティはとくに悲しそうでもなくそう言った。

「べつに、スローンはわたしの――ああ、ネイサンのこと？　あなたがもう少し不躾《ぶしつけ》な態度を控えれば、彼の意見も変わるんじゃないかしら」

「わたしが？　不躾？」ヴェリティが流し目をくれながら皮肉たっぷりに訊き返す。

「ネイサンみたいな人たちにはね」

「いい人ですよね。少しよすぎるくらい」

「善良すぎるなんてことがあるかしら？」

ヴェリティは鼻を鳴らしただけだった。

「まあ、スローンとは違う。これはいいことだわ」

「そうでしょうか？」

アナベスはこの問いには答えられなかった。

14

翌朝、スローンはずいぶん早く、アナベスがまだ朝食をとっているときにロックウッド邸にやってきた。執事のカートウェルが彼の訪れを告げようと急ぎ足で食堂にやってきたが、スローンはいつものようにすぐあとについてきて、執事が名前を口にするまえに食堂の戸口に立っていた。

「申し訳ありません、お嬢さま」カートウェルはそう言って、スローンに非難の目を向けた。「ですが、玄関ホールで待つ気はないとおっしゃって」

「かまわないわ、カートウェル。仕事に戻ってちょうだい」アナベスは立ちあがった。

「何年も経《た》つのに、あなたのマナーはまったく向上していないようね」

「そうだな」スローンはちらっと食堂を見まわした。「いつもの取り巻きはいないのか？」

「祖母は十一時まえにはめったにおりてこないわ。それに、もちろん、ネイサンは紳士だから、午後の適切な時間まで訪れない」

「痛――いまのは効いたな」スローンは大げさにたじろぎ、胸に手を当てた。笑いを含んだ瞳のせいか、一瞬、昔よく知っていた若いときの彼に見えて、アナベスは不意を衝《つ》かれた。

それを隠したくて、急いで背を向け、サイドボードの上にある紅茶のポットを取りに行った。「お茶をいかが？」

スローンは答えるまえにかすかにためらったものの、結局、「ありがとう、ぜひ」と言ってテーブルの向かいに腰をおろした。

「朝食は？」アナベスは自分の席に戻り、近づきすぎないように気をつけながらテーブル越しにカップを置いた。青い瞳が愉快そうにきらめいているところをみると、アナベスの意図はお見通しなのだろう。

「そんなに離れていなくても、噛《か》みつきやしないよ」

「それくらいわかっているわ」

「つまり、ぼくに近づきすぎたら、自分が何をするのかわからないってことかな？」男らしい眉が片方きゅっと上がる。

「媚《こび》を売っているのか、苛立《いらだ》たせようとしているのかわからないけど、あなたと気安く話す気はないの」アナベスはきっぱり言い渡し、まっすぐ目を合わせた。「わたしたちの関係は昔とは違う。友達ですらないのよ。ただ共通の目的があるだけ。それを達成することだけを考えたらどう？」

スローンは何を考えているかわからない表情で肩をすくめた。「ヴェリティは？」

「さあ。今朝はまだ一度も見かけないわ。べつに親友というわけではないし」

「それはそうだろうが」スローンは考え込むような顔になった。「ヴェリティにつらくあたらないでくれるか。きみを傷つけるつもりはなかったと思う。それに、ぼくがここにいないときは、きみを守ってくれるはずだ」

でも、昨夜は賊の侵入を防げなかった。そう言いそうになり、慌てて口をつぐんだ。スローンには昨夜、賊が入ったことをなるべく知らせたくない。さもないと、また街を離れろとうるさく言われそうだ。

「邸《やしき》にある箱を調べましょうか。あなたがここにいるのはそのためでしょうから」アナベスは立ちあがった。「上から持ってくるわね」

それにしても、ヴェリティはどこへ行ったの？　スローンとふたりだけにはなりたくないのに。もっとも、ヴェリティもネイサンもいないほうが、物事がスムーズに運ぶのは間違いなかった。ふたりが加われればあてこすりや嫌みの応酬が増える。それにネイサンが傷ついてはいないか、嫉妬していないかと気にしなくてはならない。

数分後、アナベスは自分が父からもらった三つの箱を手に食堂に戻った。いちばん大きな箱の秘密の引き出しは昨夜開け、そこに入れてあった押し花を取りだした。スローンにもらった思い出の品のひとつだ。秘密の引き出しではないところに入れてあったものも取りだしてきた。

「タウンハウスから持ってきたトランクには、この箱が入っていたの」そう言って小箱を渡す。「それは一度も開けたことがないわ。このふたつはわたしの箱よ」

スローンがパズルの箱に隠されたトレーの開け方を探りはじめると、アナベスは残りのふたつの秘密の引き出しを開けた。もちろん、どちらも空っぽだ。スローンがあちこちの角や隅を正しい順序で動かしたあとで見つけた、小箱の隠し場所も空っぽだった。

「きみが持っている箱には、なさそうだな。もしもあれば、とっくにきみの目に留まっていたはずだ。それに、誰かに盗《と》られるような場所に隠したとも思えない。いちばんありそうなのは、タウンハウスにある秘密の隠し場所のひとつだろうな」

「では、そこに行きましょう」

「付き添いもなしに？」スローンが大げさな恐怖を浮かべて目を見開いた。「レディ・ロックウッドにどやしつけられるぞ」

「だったら急いだほうがいいわ。お祖母《ばあ》さまがおりてくるまえに」落ち着いた声でそう言い返したものの、胸がどきどきした。怖いせい？　それとも気持ちが高ぶっているせい？

スローンが顔をほころばせ、立ちあがって昔のようにアナベスの腕をつかもうと手を伸ばす。むきだしの肌を温かい指でつかまれ、アナベスは思わず息を呑《の》んだ。昔はごくあたりまえの仕草だったのに。スローンがちらりと視線をくれ、慌てて手をおろす。

「着替えてくるわ」

アナベスは唐突にあとずさり、急いで階段を上がって、瞳の色を引き立てる明るい緑の散歩着に着替えた……いえ、それを選んだのは瞳に映えるからではない。お気に入りだからだ。続いていちばん新しい帽子を頭にのせ、それよりもほんの少し濃い青の薄いコートを着て、階下に戻った。

外に出ると、スローンが辻馬車《つじばしゃ》に乗るのに手を貸してくれた。二人掛けの座席がひとつしかない小さな馬車だ。スローンはひとりぶん以上を占領している気がしたが、すぐ横のたくましい体に心が乱されていることを知らせるつもりはない。せいぜい冷ややかに、よそよそしく接するとしよう。スローンとはもうなんの関係もないのだから、いちいち彼に心を乱され、気持ちをかきまわされるのはごめんだ。

それでも、隣に座ったスローンが自分と同じように黙っているのは苛立たしかった。昔の行動を説明するとか、アナベスを騙《だま》したことを謝るとか、少しぐらい何か言ってもいいのでは？　もちろん、それでスローンに対する考えも気持ちも変わるわけではないけれど。

だが、馬車を降りて、かつて我が家でもあったタウンハウスに入ったとたん、過去がどっと押し寄せてきて、アナベスはもう黙っていられなくなった。

「どうしてわたしに話してくれなかったの？」

「何を？」スローンは玄関の扉を閉め、手元を見て鍵をまわしながら言った。

「わかっているくせに。どうしてフランスではなく、この国の政府のために働いていると話してくれなかったの？　反逆者ではないことをはっきりさせなかったの？」

「昨日話したはずだ。それをみんなに宣伝してまわったら、スパイの仕事ができない、と」スローンはまだアナベスを見ようとしなかった。

「わたしは、ただの〝みんな〟より、親しいつもりでいたわ」ついなじるような口調になる。

ようやく振り向いたスローンのあざやかな青い瞳には、強い感情がにじんでいた。「もちろん、きみはただの〝みんな〟じゃなかった。ぼくはきみを愛していたんだ。それはわかっているはずだぞ」

「いいえ、わからない。あなたがまるで知らない人に思える。そんなに重要なことをわたしに隠していたなら、ほかにもいろいろ隠し事があったかもしれない。あなたの言葉の、誓いの、どれが嘘でどれが本当だったのか——」

「きみに嘘はついていない」スローンは食い入るようにアナベスを見つめ、近づいた。

昔とまったく同じように、その眼差《まなざ》しはアナベスの胸に突き刺さった。あらゆる神経を刺激して、胸を満たし、口にしたかったことを忘れさせた。どんな言い争いもスローンには勝てたためしがない。こういう目で見られると、何も考えられなくなってしまうから。

でも、それは昔のこと。アナベスは突然速くなった脈と呼吸を無視し、捨てられたときの痛みを思い出した。「何も話さないのは、嘘をつくのと同じことよ。捨てられる原因になるようなどんなことをしたのか、どれほど考えたかしれないわ。わたしたちの言動をひとつひとつ思い返して、分析し、その答えを見つけようとした。あなたがしたことはとても残酷だったわ」

「すまない……それができるなら、きみを傷つけはしなかった……」スローンの顔には悔いと苦痛が浮かんでいた。彼は手を伸ばし、そっとアナベスの頬を包んだ。

スローンはキスするつもりだ。アナベスはそう思い、つかのま、そのキスを待った。

それから慌てて一歩さがった。「でも、結果的には傷つけたわ」

ためていた息を吐き、スローンも一歩さがった。まるでふたりの近さにわれを忘れていたように。整った顔に皮肉な表情が浮かび、声には焦がれと悔いがにじんでいた。「きみに真実を知らせるのは危険だったんだ。ぼくの存在自体が、秘密を保てるかどうかにかかっていた。ぼくの命だけでなく、ほかの人たちの命も」

「わたしを信用していなかったのね」

「もちろん、信頼していたとも。だが、きみが黙っていても、どれほどうまく演技しても、真実を知れば表情にも行動にもおのずとそれがにじみでる。そうしたら、疑いが芽生えていただろう」

ふいに体が冷たくなり、それから熱くなった。「つまり、あなたはスパイになるためにわたしの心を犠牲にしたのね」

つかのま青い瞳に怒りがひらめいたものの、スローンは肩をすくめた。「まあ、そういう見方をされても仕方がないな」

「わたしはどんな見方もしたくないわ」アナベスは言い返した。「一日も早くこれを片付けて、自分の人生を取り戻したいだけ。だから、その書類をできるだけ早く見つけましょう」

そう言ってくるりと向きを変え、まず父の書斎だった部屋に向かった。飾りの彫刻を弾《はじ》くように上げ、その下に隠されていた小さなボタンを押す。壁に造りつけられた書棚が開いたが、壁のなかには空っぽの戸棚があるだけだ。

「よくできてるな」スローンは感心しながら、薔薇《ばら》飾りをほかの部分と隔てている、ほとんどわからない境目を撫《な》でた。

「たぶん何も見つからないわ。最初にここを出るときに、どの隠し場所も見たんですもの」アナベスはそっけなく言い返した。

「だが、きみの知らない隠し場所があるとしたら？　お父さんがきみにも隠していた場所が」

「ないとは言わないけれど」アナベスはそう言ったものの、半信半疑だった。「そうなると、あらゆる場所を注意深く見ていかなくてはならないわね」

これは気に入らなかった。思ったよりはるかに長く、スローンとふたりきりで過ごすことになる。

ふたりは部屋をひとつひとつ見ていった。アナベスは父のさまざまな隠し場所を示したが、昔スローンからもらった手紙をしまってあった、自分の寝室の隠し場所だけは教えなかった。捨てられて涙に暮れていた時期に、手紙そのものは一通残らず暖炉に放り込んでしまったのだが、かつてそれをしまっていた場所を一緒に見ることさえ親密すぎる気がしたのだ。

階段の親柱の上にある飾りの基礎を押すと、丸い飾りをひねってはずせることに気づいたのはスローンだった。飾りの下の空間には小さな革の袋が入っていた。見つかったのはそれだけだったから、ふたりとも期待を浮かべて笑みを交わした。

「軽いわね」アナベスは小さな袋を引きだしながら、「空っぽかもしれない」とつぶやき、口を結ぶ紐《ひも》を解こうとした。

「切ったほうが早いな」スローンはブーツのなかに手を伸ばし、細いナイフを引き抜いた。

「いつも武器を持ち歩いているの？」

「持ち歩くようになったのは最近のことさ。パーカーと揉《も》めはじめてからだ。少なくとも、ここまでたくさんの武器を携帯したことはなかった。が、昔のやり方に戻すのが賢明な気がしたんだ」彼は革袋に手を伸ばした。

「待って。相変わらずせっかちなのね。もう少しで解けるわ。ほら」アナベスは袋のなかに手を入れ、革表紙の手帳を取りだした。「きっとこれね！」そう言ってスローンに差しだした。「そうでしょう？」

スローンはひったくるようにつかみ、手帳を開いて……顔をしかめた。「いったい――」なかを確かめずに渡したアナベスは、スローンの腕越しに見ようと近づいて首を伸ばした。無意識にスローンの背中に軽く手を置いて体を支えてから、自分が何をしたか、どれほど近くに立っているかに気づいた。

顔を真っ赤にして、ぱっと離れる。「ごめんなさい。うっかり――」

「何を謝っているんだ？」スローンは振り向いた。

どうやら彼は気づきもしなかったようだ。そのせいでよけいに恥ずかしくなる。「べつに。なんて書いてあるの？」

スローンはノートを差しだした。何年も親柱のなかに丸まって入っていたせいで平らにならない。アナベスはそれを伸ばすようにしながら読んだ。

どのページも同じだった。縦に二列の欄があり、左側には一行につきいくつか文字が並び、必ず丸か三角で終わっている。右側には数字の羅列。余白には小さな渦巻模様と、ところどころに疑問符か感嘆符が書き込まれている。

「何を表しているのかしら？」

「さっぱりわからない。きみならわかるかと思ったんだが」

「父が書いたことはたしかよ。自分が描いたものやメモに、よくこういう渦巻をいたずら描きしていたの。でも、数字や文字が何を意味するかは見当もつかない」

「ぼくもだ」スローンは顔をしかめてページを見下ろした。「暗号か何かかな。だが、どう見ても――」

「どう見ても？」

「これは書類には見えない。手紙のようなものだと思っていたんだが」スローンは肩をすくめ、薄い手帳を上着のポケットに滑り込ませた。「これが何にしろ、ここはもうじゅうぶんに見た。そろそろ戻ったほうがいいな」

「ええ。思ったより時間がかかったわ。お祖母さまが怒っているでしょうね。ここに来ることはカートウェルに言ってあるから、心配はしていないでしょうけれど」

「だが、間違いなく機嫌を損ねているな」

15

ロックウッド邸に戻ると、客間には祖母だけではなくネイサンもいた。その姿を見たとたん、アナベスは罪悪感に駆られた。べつに悪いことはしていないと自分に言い聞かせたが、何をしたかしないかは関係ない。スローンのそばにいるだけで心が乱れ、胸がときめくのは、誰よりも自分がいちばんわかっている。

「ここに着いたとき、スローンとミス・コールがいないので驚いたよ。でも、謎の書類を探しに行っていたんだね。ミス・コールはどうした?」ネイサンはスローンとアナベスの後ろに目をやった。

「あの偽メイドは、昔の上司に会いに行ったのよ。昨夜入った泥棒のことを報告しに」アナベスが止める間もなく祖母が言った。「あなたが本当に訊《き》きたいことを避けて、ばかげた世間話を始めなければ、最初に話してあげたのに」

「泥棒が!」ネイサンは目をむいて祖母を見た。「押し入ったんですか?」

「そんな大事なことを黙っていたのか」スローンがアナベスをにらむ。

「誰にも話すつもりはなかったわ」アナベスは顔をしかめた。「あっという間に片付いたんですもの。お祖母《ばあ》さまが杖《つえ》で叩《たた》いて追いだしたの」

「逃げだしたくなる気持ちはわかるな」スローンが皮肉る。

「それを何年もまえに言ってくれていたらね」祖母が目を細めてスローンを見た。「喜んであなたにも杖を振るったのに」

ネイサンがこらえきれずに吹きだした。「さぞ見ものだろうな」

「ペチュニアも手伝ったの。とても獰猛《どうもう》だったのよ」アナベスが微笑《ほほえ》んだ。

「ああ、それはぼくのブーツを見ればわかる」ネイサンが皮肉たっぷりに言い、アナベスに歩み寄った。「きみは大丈夫だったの？　怪我《けが》はなかった？」

「ええ、わたしは――」だが、それ以上話すまえに、祖母が杖で床を叩いて遮った。

「それで、ラザフォード、あなたはどうするつもり？」

「どうする、といいますと？」

「このすべてを、ですよ」祖母は片手を曖昧に振った。「泥棒や宿なしが好き勝手にこの邸《やしき》を出入りしていること」

アナベスはスローンが気の毒になった。「昨夜の男が宿なしかどうかはわからないわ。ロンドンにちゃんと家があるかもしれない」

「そういうことを言ってるんじゃありません。誘拐犯にならず者、詐欺師に泥棒。得体のしれない連中がわたしの邸で好き放題しているなんて、とうてい許せないわ」

「バースへ行ってはどうです？　ぼくがアナベスに勧めたように」

「バースには行きません」祖母はきっぱり宣言してため息をついた。「この件はすぐには片付きそうもないわね。まあ、せっかく来たのだから、座ってお茶でもいかが？」そう言って、カップとポットが置いてあるワゴンに手を振った。

　アナベスが紅茶を注《つ》いでいると、執事がラッセル・フェリンガムを伴い、戸口に現れた。

「ミスター・フェリンガムがお見えになりました、奥さま」

「ラッセル叔父さま！　よくいらしてくださったわ」

「昨日ひと騒動あったと聞いたんだ。きみたちの無事を確かめ、何かできることがあればと——」

「ふん」祖母が言った。「理由はどうあれ、社交的な訪問には時間が早すぎないこと？　昨夜の騒ぎでわたしたちがゆっくり休んでいたら、どうするつもりだったの？　まあ、夜明けと同時にアナベスを訪れたこの若いふたりには、そんな配慮は期待できないけれど。何しろ、スローンのマナーは鼠《ねずみ》同然で、好きなときに来て好きなときに帰るのは、周知の事実ですからね。ダンブリッジにはもう少しましなマナーを期待していたのに、残念ながら、まるでここに住んでいるかのように居座っているし」

「適切なマナーの話が終わったようなら、昨夜の泥棒の話に戻ってもらえませんか？」スローンが眉を上げた。

　そのとき、玄関ホールで話し声がした。祖母が開いている客間の戸口をにらみつける。

「今度はなんです?」話し声が近づいてくると、彼女はため息をついた。「マーサとエジャートンだわ。どうやら、今朝は誰も彼も突然押しかけることにしたようね」

　アナベスの母が大きな声をあげながら客間に駆け込んできた。「ああ、アナベス。大丈夫なの?」そして娘の腕をつかみ、目をのぞき込んだ。マーサは姉のレディ・ドリューズベリーより仕草も口調も大仰だが、なぜか姉ほど目立たず、印象も薄い。

「ええ、お母さま、わたしはなんともないわ」アナベスは安心させるように微笑んだ。

「アナベスが誘拐されたことを聞きつけてきたのね」祖母が言った。「まったくなんという一日かしら。泥棒を叩きだしたのがその皮切りになるとは」

　フェリンガムがぎょっとした顔で立ちあがった。「アナベス、本当に大丈夫なのかね?」

「もちろん」アナベスは急いで答えた。「心配することは何もないのよ」

「心配するに決まっているでしょうに!」マーサが胸に手を当てる。「誘拐されたと聞いてから、いっときも心が休まらなかったのよ」

「どうしてお母さまたちが昨日の騒ぎを知っているの?」アナベスは首を傾《かし》げた。「まだそれほど時間が経《た》っていないのに」

「もちろん、メイドから聞いたのよ」マーサが当然だというように答えた。

「わたしの従者は、卵売りから聞いたらしい」フェリンガムが言った。「あいつは情報通でね。新聞のゴシップ欄を読む必要がないほど街の出来事に詳しいんだ。まあ、ゴシップ欄も退屈しのぎにはなるが。『オンルッカー』紙の編集者は実に味のある言い回しを使うからな」

「すぐに本題からはずれるのはあなたの悪い癖ですよ、ラッセル」祖母が苦い顔でにらむ。「お菓子屋にいる子どもでも、もっと集中力があるわ」

「エジャートンとわたしは、その話を聞いてすっかり取り乱したのよ。ねえ、あなた?」

マーサは夫を振り返った。保守的な服に身を包んだ白髪のエジャートンは、常に気難しい顔をした長身の男だ。

「そうとも。当然ながら、マーサはすっかり取り乱した」エジャートンはネイサンとフェリンガムに会釈し、後者の装いが目に入ると口元をこわばらせた。

ラッセル・フェリンガムは小柄で小太りの、洋梨体形の男で、頭頂の髪がかなり薄くなったとはいえ、常に最新の流行に身を包んでいる。今朝は黄褐色のキュロットに、二列の金ボタンがひときわ目立つ濃い緑色のジャケットというでたちだった。その下のベストはあざやかな色のペイズリー柄、襟元のネッククロスはとても凝った形に結ばれている。

スローンが目に留まると、エジャートンの眉間のしわはさらに深くなった。彼は最後にアナベスの祖母に目を戻し、堅苦しくお辞儀をした。「ずいぶんと怖い思いをなさったでしょうな」

「怖い？」祖母が顔をこわばらせた。「ケチな泥棒風情が？　とんでもない」

「レディ・ロックウッドは臆病風に吹かれたことなどないんだよ、エジャートン」スローンが言った。「あんたには理解できないかもしれないが」

「わたしが臆病者だと言いたいのか？」エジャートンは怒りに顔を赤くした。「まあ、きみのような反逆者が言うことに重みなどないが」体ごと祖母に向き直って続ける。「マイ・レディ、こういうろくでなしを邸に入れるとは、何を考えておられるんです？」

それまで黙ってこのやりとりを見守っていたフェリンガムが口をはさんだ。「おっと、やらかしたな」

エジャートンは彼をじろりとにらみつけてから、スローンに目を戻した。「いますぐこの邸を立ち去れ。聞こえたか？」

「家中の者に聞こえただろうな」スローンは落ち着き払って言った。

「ひと足だって動かす必要はありませんよ、スローン。ここはわたしの家だし、わたしはまだ耄碌《もうろく》してはいません。わたしの評判は、アナベスとネイサンの古い友人を迎えたくらいで地に落ちるものですか。わたしがラザフォードを歓迎すると言えば、彼は歓迎されるの。さっさと座って、愚か者のような真似《まね》はおやめなさい、エジャートン」

エジャートン卿《きょう》は怒って頬を膨らませたが、「お願いよ、あなた」と妻につぶやかれ、口を閉じて腰をおろした。

スローンが言った。「みなさんが来るまえ、われわれはレディ・ロックウッドとアナベスがバースへ行く話をしていたんです」

「逃げても解決にはならないわ、スローン」アナベスは即座に言い返した。「お父さまが書いたものを見つけることに力を注ぐべきよ」

スローンは黙れという目でアナベスを見たが、いまのアナベスは政府の秘密などどうでもよかった。とにかく、一刻も早くこれをおしまいにしたい。

「ハンターが？」マーサが驚いて訊き返す。

アナベスは母を見た。「何か重要な書類を書いたらしいの」

マーサの横でエジャートンが鼻を鳴らす。「ハンター・ウィンフィールドは、重要なものなど何ひとつ書いたことはない」

「だが、書いたと思っている人間がいるらしいんです」ネイサンが言い返す。

「しかし、きみ」フェリンガムがけげんそうな顔になった。「ハンターは素晴らしい男だったが、文学的な才能はなかったぞ」

「小説とかそういうたぐいのものではないのよ、ラッセル叔父さま。秘密の——」

16

スローンは慌てて遮った。「アナベスは、ミスター・ウィンフィールドが残した自分宛てのメッセージを探しているんです。思いやりの言葉とか、機智《きち》に富んだ助言みたいなものを。レディ・ロックウッドの宝石箱に残したメッセージのような」

「そうだったわね。わたしにくれた箱のひとつにもすてきな詩が入っていたわ」マーサが懐かしそうな笑みを浮かべる。

「ええ、そういうもの」アナベスはスローンの言葉に便乗した。嘘をつくのは心地が悪いものの、彼が口にした理由のほうが真実よりもずっと説明しやすい。

「先日、タウンハウスの屋根裏を片付けていたときも、パズルの箱に入っていたメモを見つけたそうです」スローンが言葉を続けた。「同じようなメッセージがほかにもある、とそこに書いてあったとか」

アナベスは警告するようにスローンを見た。嘘を紡ぐのはお手の物なのだろうが、勝手に話をでっちあげられ、それに合わせるのを期待されても困る。「覚えてるかしら、お母さま。お父さまはよく、わたしと一緒にちょっとしたゲームをしていたでしょう？」

「ええ、覚えているわ。あなたもハンターもとても賢かった。わたしにはまるでわからなかったけど」

「お父さまが作った箱はまだ手元にある？　見せてもらってもいいかしら？」

「もちろんですとも」マーサがにっこり笑う。「全部目を通して、隠してあったメッセージは取りだしてしまったけど」

「ありがとう」アナベスは母に礼を言い、フェリンガムを見た。「叔父さまのところはどう？」

「ああ、いくつかある。調べてもかまわんよ。残念ながら、ロンドンではなく、領地のほうに置いてあるが」

「あら、それじゃ……」

「よかったら、取ってこよう」フェリンガムはそう言ってにっこり笑った。「二、三日戻る予定なんだ。領地の管理人から、また相談があると連絡がきてね。向こうはさぞ退屈だろうが、まあ、足を運ぶしかあるまい。あまり長くかからんといいんだが」

「ありがとう」アナベスは感謝の眼差《まなざ》しを投げた。「そうしていただけると嬉《うれ》しいわ」

エジャートンがうんざりしたように低い声をもらした。「ばかげた箱の話はたくさんだ。それより、アナベス、きみの安全を確保する必要があるな。しかし、逃げるのは答えではない。誰かさんはそれが得意かもしれないが」ちらっと意味ありげな視線をスローンに投げる。「うちに来たらいい」

「そうよ、ダーリン、戻っていらっしゃい」マーサが勧める。

「あそこはわたしの家じゃないもの」アナベスは静かに言った。

「もちろんですとも」祖母がうなずく。「あなたの家はここ。ここは申しぶんなく安全よ」

「いや、ここで二度も襲われたことを考えると、とうてい安全とは言えない」エジャートンは引きさがらなかった。「うちに来なさい、アナベス」

決めつけるような言い方にむっとしたが、アナベスが答えるまえに祖母がぴしゃりと言い返した。「わたしの孫娘に指図する権利は、あなたにはありませんよ、エジャートン。アナベスのことはわたし、わたしが決めます」

「誰にも決めてもらう必要はないわ」アナベスは鋭く言った。「わたしは三十歳で、とっくに成人しているんですもの」

「アナベス……」母が身を乗りだし、たしなめるように腕をぽんと叩《たた》く。「レディが自分の歳《とし》を口にするものではありませんよ」

この言葉にスローンが吹きだす。アナベスも笑いをこらえるために口を押さえなくてはならなかった。少なくとも母のひと言で、エジャートンと祖母の言い争いがもたらした緊張が和らいだ。

エジャートンは不服そうだったが、彼が口を開くまえにネイサンが巧みに話題を変えた。「エジャートン卿《きょう》、新しい馬車を購入されたそうですね。クラブではその噂《うわさ》でもちきりですよ」

同じく場を和らげるのが得意なフェリンガムがこれに加わる。「なかなか洒落《しゃれ》た馬車だそうだな、エジャートン。もっとも、わたしは二頭立て幌付き四輪馬車《フェートン》を買う気はないが。あれは容易《たやす》くひっくりかえる。わたしは馬を御するのがへただからな。だからハンターと二頭立て幌付き二輪馬車《カリクル》のレースをしたこともないんだ」

「おかげでロンドンの安全が保たれるというわけだ」エジャートンが鼻を鳴らした。

フェリンガムはこの嫌みをさらっと無視し、低い声で笑いながら立ちあがった。「ここにもフェートンで来たのか？　ぜひ帰りに見せてくれ」

「エジャートンは喜んで見せるでしょうよ」祖母が言い、義理の息子を振り向いた。「そろそろ引きあげるんでしょう？　適切な訪問時間でもない午前中に来て、長居をするのは不本意でしょうから」

祖母にこれだけはっきり帰れと言われては、エジャートン卿も立ちあがるほかない。

「もちろんですとも。マーサ、失礼するとしようか」

母ががっかりした顔で立ちあがったのを見て、アナベスは言った。「お祖母《ばあ》さまは、お母さまも帰れとはおっしゃらなかったわ」

「ええ、そのとおりよ」

「このまえゆっくり話してからずいぶん経《た》つんですもの」アナベスは言った。「もう少しいらしたら？」

「そうできたらいいけど」マーサは夫を見た。「どうお思いになる、あなた？」

「わたしは失礼する」引き留められたわけではないものの、エジャートンはそう言った。

「クラブでハンバラに会う約束をしているんだ。それに、きみがひとりで帰るのは感心しないな。話がしたければ、アナベスがうちに来ればいい」

「そのとおりね」マーサはまた少し暗い顔になったものの、夫を見上げて微笑《ほほえ》んだ。「あなたにこんなに大事にしてもらって、わたしは本当に幸せだわ」

「きみは世界一大切な人だからね」エジャートンはマーサの手を取り、手の甲にキスした。

祖母がうめくような声をもらし、みんなの目が自分に集まると胃を叩いた。「失礼、少し消化不良気味のようだわ」娘が出ていくとこう付け加えた。「アリステアがあれほどわたしを大切にしてくれなくて、ほんとうによかった」

穏やかで優しい亡き祖父が祖母に指図しているところを想像すると、笑いがこみあげてきた。実際、アナベスが何か相談するたび、訊《き》くたびに、祖父は「お祖母さまに尋ねてごらん」と言ったものだ。

「エジャートン卿が母に指図するのを聞くと、苛々《いらいら》するわ」アナベスは顔をしかめた。

ら？」

「母のことを子どもみたいに扱うんですもの。どうしてお母さまは言いなりになるのかしら？」

「マーサはああいう扱いが好きなの」祖母が苦い顔で言った。「だから喪が明けるとすぐにエジャートンと結婚したんですもの。寄りかかる相手がいないと耐えられないのよ」

母が結婚したのは、何よりも自分の母、レディ・ロックウッドから逃げたかったからだと思ったが、アナベスはそれを口に出すほど愚かではなかった。

「夫の言うとおりにしていれば、何ひとつ責任を取る必要がない。しかも従順な妻でいれば欲しいものはたいてい手に入る。マーサは大事にされ、甘やかされるのが嬉しいの。だからエジャートンの不愉快な面には目をつぶる。あなたのお父さんにも逆らったことなどなかったはずよ。ハンターの浪費癖と無責任な態度から目をそむけていたわ」

「でも、お父さまは優しくて、思いやりがあって、一緒にいて楽しかったわ」

「だからといって、よい夫だということにはなりませんよ。少なくともエジャートンは生活費をきちんと払ってくれるし、マーサにもたっぷり小遣いを渡す。債権者が押しかけるようなこともない。賭け事もしないし、お酒も飲まないから、夫とその奔放な友人たちが何をしでかすかと思いわずらうこともないわ。さっきフェリンガムが言った馬車のレースにしてもそうですよ。マーサがハンターと結婚したときは、あの婿は一年と経たないうちに首の骨を折るわ、と思ったものよ」

「お父さまはそんなに奔放だったの？　ドリューズベリー卿のグループのひとりだと思っていたけれど」

「そうだよ。ぼくの父のように」ネイサンが言った。

「いいえ。ハンターがふだん遊びまわっていたのはべつのグループ。あなたの父親のマーカスもそのひとりだったわ」祖母はスローンを見た。

「ええ、覚えてます。ハンターとラッセルはよく父を訪れて、飲みながらカードに興じていました」

「でも、ラッセル叔父さまはちっとも奔放じゃないわ」

「いまはね」祖母はうなずいた。「まあ、ハンターもあなたが生まれるころにはだいぶ落ち着いたのよ。愚かなレースもあきらめたし。だからラッセルも落ち着いたの。あの人はいつもハンターのあとをついてまわっていたから。ハンターにはそういう……みんなを惹《ひ》きつけるところがあった」義理の息子の魅力を語る祖母は、心なしか感心しているような声音だった。

「エジャートン卿がそういう人でないことはたしかね」

祖母が大きな声で笑った。「たしかに。でもね、当時もエジャートンはマーサに求愛していたの。もちろん、ハンターが自分を嫌うよりもっと彼を嫌っていた。あのふたりは水と油のようなものだったわ」

祖母はスローンとネイサンに目をやった。「あなたたちふたりは、あの人たちと一緒に帰るだけのマナーはなさそうだから、座ったらどう？　これからどうするか決めましょう」ふたりはそれぞれ手近な椅子に腰をおろした。「それで、ラザフォード、バースへ逃げだすより、ましな計画を思いついたかしら？」

「わたしもその計画とやらを聞きたいですね」ヴェリティが戸口から言った。メイドのお仕着せ姿で、ほかの召使いの手前、埃落《ほこり》としを手にしている。この偽メイドはドアを閉めると、埃落としをテーブルのひとつに置き、扮装《ふんそう》にはまるでそぐわない腕組みをして、つんと顎を上げた。「みんなのためにあれこれ決めるのは、スローンの役目みたいだから」

スローンはじろりとヴェリティをにらんだ。「今朝の外出まえに、ぼくの指示を待っていたとは知らなかった」

ヴェリティが肩をすくめた。「話さなくてはならない人たちがいたのよ」

ネイサンが咳払《せきばら》いした。「それで、どんな計画だって？」

「ああ」スローンはほかの人々に目を戻した。「できるだけ早く、できれば明日にでも、アナベスとレディ・ロックウッドにはストーンクリフに向かってもらう」

「ストーンクリフですって！　どこへも行かないと言ったはずよ。新婚のカーライルたちの邸《やしき》に押しかけるなんて、絶対お断り」アナベスは抗議した。

「ノエルとカーライルはストーンクリフにはいない。ふたりはカーライルの領地に滞在しているよ。いかにもカーライルが新婚旅行に選びそうな、しけた場所だ。したがって邸にいるのはレディ・ドリューズベリーだけ。その母親と姪《めい》が訪れるには申しぶんないタイミングだと思う」

「そうね」祖母は目を輝かせながら、スローンの申し出を考えた。「久しぶりに出かけて、ギルに会うのも悪くない」厳《いか》めしい表情をギルのそばにいるときのように和らげると、ついでのように付け加える。「もちろん、アデリーンにも」

「ストーンクリフがいちばん安全だと思う」スローンは言葉を続けた。「ノエルとカーライルがついこのあいだあそこで騒動に巻き込まれたばかりだから、召使いたちも非常事態に慣れている。それに中庭に入る門を閉ざしてしまえば、あとは庭に出る扉を見張ればいいだけだ。ヴェリティが同行してアナベスを守り、ネイサンがきみたちを送り届ける」

「言ったはずよ。わたしは逃げないわ」アナベスは苛立って言い返した。「それに、わたしがストーンクリフに隠れたら、誰がお父さまの書類を見つける手伝いをするの？」

「そこにずっといろとは言わなかったぞ」スローンはいたずらっぽい目で言い返した。

「邸に着いたら、ヴェリティはメイドをやめてきみになるんだ」

「なんですって？」

「きみの服を着て帽子をかぶり、頻繁に訪れるネイサンと庭を散歩し、テラスや中庭に座る。遠くから見れば、じゅうぶんきみに見えるはずだ。だから、たとえ犯人が追いかけてきても、きみはケント州のストーンクリフに滞在していると思う。そのあいだに、ぼくらはサセックス州にある、きみのお父さんの作業場を調べに行く」

「素晴らしいわ！」アナベスは興奮に胸をときめかせた。

「だめだ！」「だめよ！」ネイサンとヴェリティが同時に叫んだ。

「あなたが謎解きに出かけているあいだ、わたしがどこかのお城で暇を持て余すなんて、冗談じゃないわ」ヴェリティが首を振る。

「できることはなんでもすると言っただろう？」スローンは冷たい声でその抗議を突っぱねた。「それがきみの役割だ。作業場を探すのはふたりでじゅうぶん。そしてどこを探せばいいか知っているのはアナベスだけだからな。アナベスがストーンクリフにいるのが明らかなら、誰もサセックスには捜しに来ない。それに、きみは何もしないわけじゃない。おそらくハンター・ウィンフィールドは義理の姉にも例の箱をひとつかふたつ贈っているはずだ」

「たしかに」祖母がうなずく。「ハンターはみんなにああいう箱を配っていたわね。アデリーンは彼のお気に入りだったし、もらったものを大事にとっておくたちよ」

「きみもミスター・ウィンフィールドが作った箱を調べてみたいんじゃないか」

「ええ、パズルは好きだけど……」ヴェリティはしぶしぶ認めた。

「それに、ストーンクリフで身代わりをしているあいだに、これを解読してもらいたい」

スローンはジャケットの内ポケットから今朝見つけた手帳を取りだし、ヴェリティに渡した。

「それはなんだ？」ネイサンがヴェリティに近づき、のぞき込む。「文字や数字が書いてあるだけじゃないか。なぜこれが重要なんだ？」

「お父さまが注意深く隠していたからよ。わたしさえ知らないところに」

祖母が鼻を鳴らし、杖《つえ》で床を叩く。その音に目を覚ましたペチュニアが吠《ほ》えはじめた。

「そこに突っ立ってないで、わたしにも見せてちょうだい、ダンブリッジ」

だが、ネイサンから手帳を受けとった祖母も、やはりちんぷんかんぷんらしかった。

「暗号かもしれないと思ったんだが」スローンは祖母から手帳を受けとりながら言った。

「ぼくが知っているどの暗号とも違う」

「ええ、暗号だとしても、わたしの知らないものね」ヴェリティは興味津々でスローンの肩越しにのぞき込んだ。「もしかすると、鍵になるものがあるのかも。何かの本とか。数字はその本のページか行を指していて、文字はどの本かを示しているのかもしれない」

「そうか。だから同じ文字の組み合わせが何度か出てくるのかもしれないな」

「あるいは、鍵はここにあるのかも。見えないインクで書かれているとか……」ヴェリティは手帳をスローンから取りあげ、ランプのほやをはずすと、手帳のページを炎にかざした。だが、紙が茶色に変わりはじめても新たな文字は浮かんでこなかった。

「気をつけないと燃えてしまうぞ」ネイサンが注意する。

ヴェリティは彼をにらんだ。「ありがとう、ミスター・ダンブリッジ。紙が燃えるなんて知らなかったわ」皮肉たっぷりに言い、手帳を閉じてポケットに突っ込む。「だけど、退屈な郊外の邸に行かなくても、謎解き作業はできるわ」

ネイサンが険しい顔でヴェリティを見た。「ミス・コールが退屈するのはどうでもいいが、アナベスがきみとふたりだけで旅をするのは容認できない。アナベスの評判が台無しになる」

「だから、ぼくらはこっそりストーンクリフを発《た》つんだ」スローンは子どもに説明するように言った。

ネイサンが鼻を鳴らす。「誰にも気づかれずにストーンクリフを出ることなど、できるものか」

「ぼくにはできる」スローンはあっさり言って肩をすくめた。

「サセックスに行く途中でも、誰ひとりきみたちに気づかないと言うつもりか？」

「ぼくらはハヴァーストック家に滞在する。旧知の友を訪れるだけだ」

「プリシラとティモシーはわたしたちが行くことを知っているの？」アナベスは尋ねた。

「いや。たったいま思いついた計画だから。だが、今夜のうちに手紙を届けさせる。問題はないはずだ。スプレーグとは親しかったから」スローンの顔に翳《かげ》が差す。

「スプレーグはお気の毒だったわね」

アナベスは自分の浮かれた調子を悔やんだ。ハヴァーストック家の長男の死は、スローンにとってとてもつらい出来事だったにちがいない。アナベス自身を除けば、スプレーグとは誰よりも仲がよかったのだ。

「仕方がない。人は死ぬものだ」スローンはネイサンを見た。「これで、アナベスの評判に関するきみの心配はなくなったか？」

「ぼくも一緒に行く」ネイサンは言い返した。

「そしてミス・コールをストーンクリフに置き去りにするのか？」

「ミス・コールは守ってもらう必要などないさ」

「そのとおりよ」ヴェリティがうなずく。

「だが、ぼくの馬車は二人乗りだ。それに、ハヴァーストック家に招かれてもいないゲストを伴うのは失礼にあたると思うが」

「アナベスと一緒に行くのは、ぼくのほうが――」

「いいかげんにしなさい！」祖母が一喝して杖で床を叩き、ペチュニアがまた吠えた。「そういう無意味な言い争いはやめてちょうだい。わたしはラザフォードの計画に賛成ですよ。彼とアナベスが箱を探しにサセックスへ行く。あなたは自分の邸に留《とど》まる。言わせてもらえば、あなたはもっと頻繁にそうすべきよ、ネイサン。そしてストーンクリフをたびたび訪れる。ミス・コールに我慢するのはたしかに試練だけれど、必要なことなら仕方がないでしょう」

ネイサンは驚いて祖母を見た。「まさか、アナベスがスローンと旅をすることに賛成なんですか？」

「ふつうの状況なら、アナベスはあなたが守るのが適切なことよ。でも、わたしたちが相手にしているのはならず者です。同じならず者でなければ対処できないわ」レディ・ロックウッドは杖の先をスローンに向けた。

「待って。わたしが誰とどこへ行き、どうすべきかという議論を遮って申し訳ないけれど、自分の行動は自分で決めさせてもらいたいわ」

「ええ、そうこなきゃ」ヴェリティがにやりと笑う。

「わたしはスローンと父の仕事場に行かなくてはならないの」ネイサンの傷ついた表情に心が痛んだが、アナベスはそれを無視して彼の手を取った。「お願いだからわかってちょうだい。お祖母さまの言うとおりよ。スローンは何年も秘密や危険と渡り合ってきた。あなたのほうが立派な人物、立派な男性だけれど、この仕事にはスローンが必要なの」

ネイサンの打ちひしがれた表情に、アナベスはたったいまの言葉を撤回し、心にもないことを言ったと打ち消したくなった。でも、いったん口にした言葉を取り消すことはできない。いまのは嘘だというふりもできなかった。

ネイサンを傷つけた事実に気持ちが重くなる。でも、これが終われば、もう二度とネイサンを傷つけずにすむ。スローンのことは忘れ、いつもの暮らしに戻れる。ネイサンには一生涯かけてこの償いをしよう――そう自分に言い聞かせた。

「お願い、わたしを信頼して。これはわたしがやらなくてはならないことなの」

ネイサンは黙ってアナベスを長いこと見つめ、それから小さくうなずくと、彼女の手を握りしめた。だが、これまでとは違い、その手に軽く唇をあてることはしなかった。「もちろんだよ、アナベス。ぼくはいつだってきみを信頼している」

17

アナベスとその祖母、ヴェリティの三人は、翌朝ロックウッド家の大きくて古めかしい馬車に乗り込み、ストーンクリフに向けて出発した。ネイサンはレディたちがゆったり過ごせるようにと礼儀正しく同乗を断り、馬に乗っていくことを選んだ。祖母のぐちを避けるためか、ペチュニアにブーツを齧《かじ》られたくないためか、ヴェリティの辛辣な言葉を避けるためか……。たぶん、そのすべてだ。アナベスは無理やり自分にそう言い聞かせ、ほかの男とサセックスへ行くことに決めた婚約者の近くにいたくないからよ、と頭のなかで囁《ささや》く小さな声を押しやった。

ストーンクリフに到着した一行を、例によって喜びと恐怖の入り混じった表情のアデリーンが出迎えた。ギルがその横で、嬉《うれ》しくてじっとしていられないように飛び跳ねている。そしてアナベスをぎゅっと抱きしめ、祖母に向かって紳士のようにお辞儀をしてから、かがみ込んだ祖母の頬にキスをした。祖母は誰に対しても手厳しいが、ギルのことは目に入れても痛くないほど可愛《かわい》がっているのだ。それからギルはヴェリティのことをじっと見てにっこり笑い、新しいブリキの兵隊を見せるためにネイサンを引っ張っていった。

メイドの帽子とお仕着せを着た女性が、母や姪《めい》とともに客間の椅子に腰をおろすのを見て、アデリーンは奇妙だと思ったにちがいない。だが、何も言わず、興味深そうにアナベスの話に耳を傾けたあと、こう言った。「だったら、最初からメイドの役割は忘れたほうがいいと思うわ、ミス・コール。もちろん、家の外ではこの秘密を誰にも話さないよう召使いに言っておくけれど、できるだけ彼らを混乱させないほうがいいと思うの。ギルは大喜びであなたがアナベスだというふりをするはずよ」

ヴェリティの部屋が整うのを待つあいだ、アナベスは自分がいつも泊まる部屋にヴェリティを招き、そこで自分の服に着替えてもらった。そのあとヴェリティはネイサンとギルを伴い庭に出た。ギルはすっかりこの芝居が気に入って、声の聞こえる範囲に誰かがいるときは、何かにつけてヴェリティをアナベスと呼んだ。

アナベスはネイサンの深刻そうな様子と沈んだ表情にかすかな不安を覚えながら、夕食のまえ、ネイサンに誘われ長い回廊を一緒に歩いた。

彼は図書室の前で足を止めた。「ここに座らないか。きみに話したいことがあるんだ」

アナベスの不安は胸騒ぎに変わった。「ネイサン、なんの話？」

彼は図書室のドアを閉めた。「ここに来るあいだ、ずっと考えていたんだが、ぼくは――」声がかすれ、咳払《せきばら》いをしたのちにひと息で言った。「婚約を白紙に戻すことにした」

アナベスは呆然《ぼうぜん》とネイサンを見つめた。

「きみに求婚したのが間違いだったんだ。ぼくが死ぬのではないか、と心配のあまり動転していたきみの心の隙につけ込んで、結婚を申し込むなんて、本当に自分勝手だった。優しいきみには断れないとわかっていたのに」

「違うわ。わたしは自分の意志で承知したの。あなたに強制されたわけではなく」

とっさにそう言い返したものの、たしかにネイサンの言うとおりだった。心配で気も狂わんばかり、愛する友人を自分から取りあげないでくれと必死で祈ったあと、その祈りがかなったとき、神が祈りを聞き届けてくれたような気がしたのだ。

「だが、ぼくはきみの気持ちを利用した」ネイサンはアナベスの視線に耐えられないように目をそらした。「そして愛されていないことはわかっていたのに、ぼくは誰よりもよい夫、父親になる、と自分に言い聞かせた。いつかきみも愛してくれるようになる――少なくとも、きみはレディ・ロックウッドと暮らすより幸せになれる、と」

「あなたは素晴らしい父親になる……夫になるわ」アナベスは一歩近づき、手を差し伸べた。

ネイサンはあとずさって、両手をポケットに突っ込んだ。「アナベス、お願いだ……これ以上難しくしないでくれないか。きみと結婚できればそれだけでじゅうぶんだと思ったこともある」浮かべた悲しい笑みが、アナベスの心臓をナイフのようにえぐった。「ぼくがこれほど愛しているんだから、きみの愛がなくても埋め合わせられる、と」

「でも、わたしはあなたを愛しているわ」

ネイサンはぎこちなくうなずいた。「ただ、彼を愛しているのとは違う愛だ」

アナベスは不意を衝《つ》かれて凍りついた。「ネイサン、サセックスに行く相手にあなたではなくスローンを選んだことを言っているなら、これはただの現実的な決断よ。わたしはスローンを愛してはいないわ」

「好きなように呼べばいいが、彼を見るときのきみの目には……ぼくを見るときとは違う感情が浮かんでいる。それを無視することはできないんだ」

「お願い、こんなことをしないで。わたしとスローンとのあいだに未来はないのよ。この件が片付けば、わたしたちは幸せになれるわ」

「つらくないふりをするつもりはない。約束を楯《たて》に取って、きみをぼくのそばに留《とど》めておきたいという、ひどく自分勝手な気持ちもある。だが、それに屈服するのは卑怯《ひきょう》だと思う」

アナベスは胸が引き裂かれるような気がした。ネイサンは物心ついてからずっと友人だった。「あなたを失うなんて耐えられない」

ネイサンは涙の光る目で微笑《ほほえ》んだ。「失うことなどありえないよ。ぼくはきみに恋をするまえからきみの友人だった。これからもそれは変わらない」

アナベスはこぼれそうになる涙をこらえ、熱い塊を呑《の》み込んだ。争えば、それだけネイサンがつらくなるだけだ。根っからの紳士であるネイサンは、自分の気持ちを抑え、アナベスが承諾しやすいようにあっさり告げているが、いつも優しい目には苦痛がにじんでいる。悪いのは自分だとネイサンがどれほど力説しようと、これはアナベスが与えている苦痛なのだ。アナベスはこう言うしかなかった。「ええ、そうしてほしいわ」

「きみが善意で婚約してくれたことはわかっている。だが、長い目で見れば、どちらにとってもこのほうがいいんだ。ぼくは本物の愛を見つけたい。もっとたしかなものを。ぼくはきみの心の半分より、もっと多くに値するはずだ」

「言うまでもないわ。あなたは最高のものに値する人だもの」そしてわたしはそれを妨げていた、とアナベスは思った。

「きみもだよ」

「あなたはスローンよりもはるかに立派な人だわ」

ネイサンは少しゆがんだ笑みで応じた。「比べる相手がスローンでは基準が低すぎる」そこでため息をつき、髪をかきあげた。「スローンと結婚すべきだと言っているわけではないよ。むしろ、彼を選ばないことを願っている。だが、それはぼくが口を出すべきことではない。きみが決めることだ」そこで言葉を切り、深く息を吸い込む。「とにかく、きみに相応《ふさわ》しい男が誰にしろ……それがぼくではないことだけはたしかだ」

アナベスはできるだけ落ち着いた表情を保った。「部屋まで送ってくれる？　少し休みたいの」

「もちろんだとも」ネイサンは腕を差しだし、一緒に階段を上がった。「アナベス」ドアの前まで来ると、彼は言った。「スローンとの旅ではどうか気をつけてくれ。きみはとても大切な人なんだ」そして親指と人差し指でアナベスの顎を上げ、微笑んで目をのぞき込んだ。「それに、ぼくがいつでもきみのもとに駆けつけることを忘れないで」

ネイサンは軽く頭をさげ、歩み去った。

アナベスは胸の痛みをこらえてその後ろ姿を見送り、部屋に入ってドアを閉めた。もっと違うふうにネイサンを愛することができたなら……そう思うと涙があふれた。

18

夜が明ける何時間もまえに、スローンは庭を横切り、月の光が射《さ》さない生け垣の影の近くに立った。テラスを迂回《うかい》し、建物の角をまわって格子垣へと向かう。父の使いで伯爵邸には何度も来たことがあったから、ひそかに抜けだす方法は心得ている。

建物の横手にある格子垣を引っ張り、どこも傷んでいないことを確認した。感触からすると、頑丈さは問題なさそうだ。蔦《つた》の切れ目から、ところどころ新しく替えられた板が見える。スローンは格子と太い蔦のなかに手足を掛け、猫のように静かに格子を登りはじめた。

上まで登ってしまえば、外壁から突きだしている細い胴蛇腹《レッジ》に移るのは簡単だった。まもなく彼は、ストーンクリフ邸に到着後、少し上げておくようアナベスに指示しておいた四つめの窓の下で足を止め、その窓を押しあげてなかに入った。

部屋の周囲に目を走らせると、アナベスはランプが弱い光を投げるなか、ベッドの上掛けの上に横になっていた。眠るつもりではなかったらしく、昼間の服装のままだ。スローンはベッドに近づいた。

こみあげてくる欲求に抗《あらが》えず、しばしそこにたたずみ、アナベスの寝顔を見下ろしていた。睫毛《まつげ》が頬に影を落とし、灯《あか》りのなかで肌が金色に輝いている。わずかに開いた唇を見ると、かがみ込んでキスで起こしたいという衝動に駆られた。

だが、そんなことは絶対にできない。これから数日は、そうでなくても拷問のような日々が続くのだ。アナベスの声を聞き、笑顔を見て、馬車のなかで体が触れ合うほど近くに座らなくてはならないのだから。ふたりのあいだに何枚布があろうと、アナベスのぬくもりがじわじわと染みとおってくるにちがいない。それを考えただけで体がうずきはじめる。

おそらくヴェリティを、あるいはネイサンを伴うべきなのだろう。それでアナベスとのあいだに壁を作れる。馬車が二人乗りであることも、ハヴァーストック家に余分なゲストを押しつけるのは悪いというのも嘘ではないが、結局のところ、どちらもただの口実、同行を退けた真の理由ではなかった。スローンがどちらも連れていきたくない本当の理由は、アナベスとふたりきりで過ごしたいからだ。たとえそれがわずか数日にすぎず、昔のような親密さは望むべくもないとしても。

ふたりで過ごすのがどれほど危険かはよくわかっている。顔を合わせずにいたこの十二年は、自分の気持ちを抑えられた。思い出を胸の奥に閉じ込めて過ごすうち、愛すらも薄れたように思えたのだ。だが、再会したとたん、まるでダムにひびが入ったように、せきとめていた想《おも》いがあふれて止まらなくなった。愛らしいえくぼや笑いにきらめく瞳、花弁のようになめらかな肌に美しい髪。懐かしい思い出が一度によみがえり、とうの昔に消えたはずの焦がれが息を吹き返し、注意深く築いてきた心の壁を突き崩したのだった。

だが、どれほどアナベスに焦がれようと、ふたりのあいだに何かが生まれることはない。アナベスはネイサンと婚約しているのだ。そもそも、いまではスローンを憎んでいる。百歩譲ってアナベスの心を取り戻すことができたにせよ、破局に終わることがわかっているのにそんな真似《まね》をするのは卑劣なことだ。スローンのような男との結婚は、アナベスにはとんでもないスキャンダルになる。

だが、これから数日ともに過ごし、アナベスを見て、その声に耳を傾け、ただそばにいる喜びを感じる機会を、みすみすあきらめることはできなかった。口説こうなどと考えず、ネイサンとの結婚などやめてしまえと説得することもせず、ネイサンのように紳士として振る舞うとしよう。この数日の喜びがその後どんな苦痛をもたらすとしても、それに耐える価値はある。

「アナ」スローンは囁《ささや》いて、親指で頬を撫《な》でようと手を伸ばした。「アナ、ぼくだよ。そろそろ行く時間だ」

アナベスがすぐ近くにある顔を見て悲鳴をあげてもいいよう、もう片方の手をいつでも覆えるように口元に近づけた。だが、目を開けたアナベスは、スローンを見てとろけるような笑みを浮かべた。「スローン」

だが、夢見るような表情はすぐに消え、顔がこわばり、目のきらめきも消えた。「ごめんなさい。眠ってしまったのね。遅くなってしまった?」そう言いながら起きあがる。

「まだ四時だ。時間はたっぷりある」

アナベスは立ちあがり、椅子にかけてあった外套《がいとう》をつかんで窓を見た。「そこから出るの?」

「ぼくはね。きみが誰かに出くわしても、ぼくと一緒でなければとくに問題にはならない。いずれにしろ、召使いはもうすぐきみが消えたことに気づく。重要なのは、彼らにきみがぼくと一緒だと知られないことだ。この窓はぼくが出たら閉めて鍵をかけてくれ」

スローンは窓の外に出て、さきほどとは逆の行程をたどった。出てきた窓を見上げると、アナベスが灯りを消したらしく真っ暗になっていた。そのまま静かにすばやく庭に戻る。

そして影のなかに立ち、アナベスが邸《やしき》から出てくるのを見守った。アナベスはマントをはおり、フードをかぶってテラスを横切って、灌木《かんぼく》の影が落ちている横の階段をおりてくる。

スローンのそばに来たときには、すっかり目を覚ましているように見えた。興奮と、スローンには特定できない何かに目を輝かせている。もっとはるかに危険な状況に身を置いき立てたものだ。

い場所へと急いだときのように。見つかるかもしれないという危機感が、よけい興奮をか

を抜けだしてくるアナベスと庭で落ち合い、体をほてらせ、うずかせながら人目に触れな

たこともあるスローンだが、同じように興奮がこみあげてくるのを感じた。昔、パーティ

　アナベスはそういうスリルが大好きだった。ふたりがまだ子どもで領地の森を走りまわっていたころは、このおてんばぶりが母親との争いのもとだったのだ。物静かでおとなしそうな外見とは異なり、実際のアナベスは勇敢でどんなときも怖じ気《おけ》づかず、常にスローンを信じてくれた。スローンが自分を危険にさらすはずはない、ふたりが力を合わせれば、どんな困難も克服できる、と。いま振り返ると、これは愚かな信頼だった。アナベスを危険にさらすつもりはなかったが、スローンは自身とアナベスが信じていたほど有能ではなかった。この十二年でスローンは、相手が誰にしろまず疑ってかかることを学んでいた。

　邸から見えないところに達すると、ふたりは小道に戻り、庭のはずれへ向かった。すばやく周囲を確かめたあと、アナベスの手を取り、身を隠すものがない開けた草地を横切って、その先の森を目指す。木立の手前で、手を繋《つな》ぐなど馴《な》れ馴《な》れしすぎることに気づいたが、スローンはアナベスの手を放そうとはしなかった。

　木立のなかは暗かった。そこに残しておいたランタンに火を灯《とも》し、光が足元だけを照らすように囲いを調節していると、アナベスが囁いた。

「よく道がわかるわね。あなたがここに来たのはずいぶんまえのことでしょうに」

「小道のようなものがある。ところどころしるしを残しながら来たんだ」スローンは折れてぶらさがっている小枝を指さし、振り向いて微笑した。「まあ、それがなくても道はわかると思うが。偶然に頼るのは好きじゃないんだ」

「だったら、たしかにあなたは変わったのね」

「そうだな」

空き地に達すると、荒れ果てた小屋のポーチに馬が一頭繋がれ、おとなしく待っていた。

「あれにふたりで乗るの？」アナベスがけげんそうに尋ねた。

「馬車が待っている家までだよ。ここからそれほど遠くない。召使いに馬車をそこまで持ってこさせ、ぼくは馬に乗ってきたんだ。乗り手のいない馬を引いてくるより、そのほうが人目を引かないから」

「誰かがあとをつけてきたと思う？」

「それらしい人間の姿は見なかった」スローンは肩をすくめ、手綱を柱からはずして小屋の前の階段へと馬を引いていった。「だが――」

「偶然に頼るのは好きじゃない？」

「そのとおり」スローンはにやりと笑って言った。

アナベスはそれ以上何も言わずに階段のいちばん上に立った。昔はよくこうやって二人乗りしたものだった。まずスローンが乗り、片手を差し伸べた。アナベスはその腕をつかんで階段の上から跳び、馬上の彼の後ろに収まると、両手を腰にまわして後ろからぴたりと体を合わせた。

とたんに、胸が痛いほどの懐かしさがこみあげ、スローンの五感をかき乱した。それでもこの瞬間とこのぬくもりは、どんな心の平穏とも代えがたかった。

19

スローンに起こされてからというもの、アナベスのなかでは相反する思いが闘っていた。かつて愛した男と冒険に出かけるという興奮と苦い悲しみが。

ネイサンとの婚約があんな終わり方をしたことがつらかった。彼に与えた心の傷をきっと償ってみせる、と自分に言い聞かせることすら、もはやできない。そんな可能性はなくなってしまったのだ。この一件が解決すれば、ネイサンは自分の前から消えてしまうかもしれない。ネイサンが毎日お茶に来ることはもうないのだと思うと、胸が痛んだ。

彼が婚約を破棄したのは正しいことだった。それはよくわかっている。かつてスローンを愛したように、誰かを愛することは二度とないだろう。アナベス自身はこの事実を受け入れ、あきらめているが、ネイサンにそれで我慢しろというのは理不尽だった。ネイサンの言うとおり、彼は半分だけの愛情よりもはるかに多くに値する。彼自身と同じだけの愛で応えてくれる相手と結婚すべきだ。長年求愛してきたアナベスへの思いを断ち切ったいま、いずれ相応《ふさわ》しい女性を見つけるだろうが、いまはとても傷ついている。それを思うとアナベス自身も胸が痛んだ。

なんだか悪い夢を見ているようだった。ほんの数日まえまでは、現実的とはいえ薔薇色《ばらいろ》の未来を思い描いていたのに。祖母の課した規則のもとで生きるのではなく、アナベス自身の父親のように素晴らしい父親になるとわかっている相手、大切に思う相手と家庭を築くはずだった。

ところが、その将来に向けて足を踏みだすのではなく、信頼すべきではない男と危険な過去に戻ろうとしている。

スローンの背中に体を密着させ、こうして一頭の馬に相乗りしていると、ふたりの下でなめらかに動く馬の筋肉、熱いスローンの体、スローンの匂いと肌の感触がいやでも意識され、懐かしい思い出が怒涛《どとう》のようによみがえってくる。

まだ夜が明けてもいないが、アナベスは完全に目が覚めていた。邸《やしき》をこっそり脱出し、父がどこかに隠した重要書類を探す。まるで冒険の旅に出るようで、胸が高鳴った。本来ならレディたるもの、危険をおかすことにこれほど興奮すべきではないのだろう。でも、多少の危険はあるにせよ、未知の難題に取り組み、どこかに眠っている書類を探しだす――それが、ちょっとした危険が伴うことすらとても魅力的だという事実は否定できない。

そして、腕に触れている筋肉質の体の感触に呼吸が速くなり、五感が研ぎ澄まされるのも否定できなかった。ともすれば彼にまわした腕に力をこめ、背中に頭をあずけそうになり、自分を戒めなくてはならなかった。スローンを愛していたのは昔のこと。ふたりはかつてのような親密な間柄ではないのだ、と。

森を抜け、暗い村を走り抜けて、大昔この国を貫いていた街道のひとつである、荒れた道を進んだ。しばらくしてその街道を離れ、スローンが一軒の農家の前で馬を止めたときにも、まだ周囲は暗かった。農家に人の気配はなかったが、ほどなく、いまにも倒れそうな納屋から若い男が出てきて、帽子を取り、スローンに会釈した。

「旦那、早かったですね」

「ああ。順調に来られた」スローンは馬を降り、アナベスが降りるのに手を貸した。

両手で腰をつかまれて降ろされたアナベスは赤くなり、足が地面に触れるとすぐに離れようとしたが、久しぶりの乗馬で脚がこわばっていたらしく、よろめいた。スローンがとっさに支える。その手がつかのま留《とど》まってから、離れた。

「何か問題はあったか？」彼は馬番に尋ねた。

「いえ、何も。馬の調子も申しぶんないですよ。荷物はなかに入れてあります」

「ご苦労。キャロットの汗を拭いて、飼い葉をやってくれ」スローンは馬の首を優しく撫《な》でた。「今日一日休ませて、明日うちに乗って帰るといい」

「アイ」若者はうなずいて馬を引いていった。

「キャロット？」アナベスは笑いながら尋ねた。「強面《こわもて》の密輸業者にしてスパイが、馬にキャロットという名前をつけているの？」

スローンも唇をひくつかせた。「実はもっと立派な名前があったんだが、人参《キャロット》が大好きで、馬番たちがキャロットと呼ぶものだから」農家に向かって足を進める。「おいで。少なくとも二、三時間は眠れる。ハヴァーストック家には陽《ひ》が昇ってから出発しよう」

「日中に馬車を走らせて、人目に触れないかしら」

「肝心なのは、きみがストーンクリフをこっそり抜けだし、敵にあの邸を見張らせておくことだ。それはうまくいった。今後はきみの評判を守ることが重要になる。ぼくらが一緒に馬車に乗っているのが誰かの目を留まるとしたら、昼間より夜のほうがはるかにまずい。それに、昼間のほうがスピードを出せるし、きみは少し休むべきだ」

「ここはどういう場所？　誰が住んでいるの？」アナベスは家のなかに入りながら尋ねた。

「知り合いの家だよ」スローンは答え、扉のそばにあったランタンを取りあげて火を灯《とも》した。

「それでは答えになっていないわ」

「ぼくに借りがある者の家だ。少なくとも、彼らはそう思っている。名前を言ってもきみにはわからないと思う。貴族ではなく、ふつうの人々だから」ランタンの光がスローンの顔に影を作り、表情が読めない。

「まるでこの国には、完全にべつの世界がふたつあるような口ぶりね」アナベスは苦い声で言った。「わたしが〝ふつうの〟人たちを知らないみたい。あなたとわたしは一緒に育ったのよ」

「だが、ぼくはとうの昔にその世界を離れた。もちろん、きみだってふつうの人々を知っているさ。召使いや帽子屋の店員なんかを。たぶん医者や弁護士も。彼らはきみの世界の片隅に存在している。ぼくは彼らのあいだで生活しているんだ」

「わたしは俗物ではないつもりよ」スローンの言葉に傷ついてアナベスは言い返した。

「もちろんだ。きみは誰にでも親切で、分け隔てなく接する。ぼくが言ってるのは、きみの世界はこの国の上流階級が住むメイフェアだということさ。ぼくの世界は波止場だ」スローンはアナベスが答えるまえにきびすを返し、廊下を横切って、ドアが開いている戸口に立った。「ライトがここに折りたたみ寝台を用意してくれた」

「ここに住んでいる人たちはどうなったの？　どこにいるの？」アナベスはその小部屋に入りながら尋ねた。そこには簡易寝台と毛布、アナベス自身が昨日スローンに渡した鞄《かばん》しかなかった。

「心配はいらない」スローンはよそよそしい声で言った。「きみによからぬことをするつもりはないよ」

アナベスは眉を上げた。「そんな心配はしていないわ」どうやらスローンは、こちらの言葉すべてを曲解するつもりらしい。

「そうだな。まあ……少しは心配したほうがいいかもしれないぞ」

「あなたが望ましくない行為におよぶかもしれない、と覚悟したほうがいいってこと？」

「いや、もちろん違う。ぼくがそんなことをするわけがない」スローンは顎をこわばらせて目をそらし、静かな声で付け加えた。「だが、今朝眠っているきみを見たときはそうしたかった」

それを聞いたとたん、脈が速くなり、頭が真っ白になった。今朝、目を開けてスローンの顔が見えたとき、自分たちが誰でどこにいるか思い出すまえの一瞬、アナベスは喜びに満たされたのだった。だが、それを打ち明けるつもりはない。

スローンが一歩さがった。「ネイサンと結婚するのはとてもいいことだと思う」

「あら、昔はあんなにネイサンをけなしていたのに」スローンがついにネイサンを認めたことを喜ぶべきかもしれないが、なぜか苛々《いらいら》する。

苦い薬を呑《の》み込むような顔でスローンは言葉を続けた。「ネイサンのことを……これまでどう言ったにしろ、あいつはいまのぼくよりはるかにきみに相応しい男だ。きみは幸せになるべきだよ。ネイサンならそのためになんでもするだろう」

「でも、あなたは違う」アナベスは声が尖《とが》るのを抑えられなかった。

「それは明らかだな」

「そうね」ネイサンとの婚約がご破算になったことを告げるべきだろう。でも、いまそれを口にしたら、言い寄ってくれと誘っていると思われそうだ。それはいやだった。たとえ偽りだとしても、ネイサンという障壁をそのままにしておくほうが安全だ。

「カーライルもかなり退屈な男だが」スローンは続けた。「ネイサンはそこまでじゃない。きっとよい夫になる」そこでつかのま黙り込む。それでおしまいかと思ったが、咳払《せきばら》いして、低い声で付け加えた。「いい父親にもなると思う。実際、きみにはとても似合いの相手だ」

ほんの数時間まえまで自分でもそう思っていたのに、スローンに言われるとなぜか腹が立った。「まあ、嬉《うれ》しいこと。みんながわたしにとって何が最善かを勝手に決めてくれて。どうやら、わたしは自分で自分の人生を決められないほど愚かな女だと思われているようね。意志薄弱で、まともな良識もない、あなたが言い寄ったらたちまちその腕のなかに身を投げるような女に。あなたが自分を過大評価しているのか、わたしに対する評価がとても低いのか、どちらなのかしら」

「どっちでもないさ」スローンは食いしばった歯のあいだから言葉を押しだすように言い返した。

「どちらも正解、の間違いではないの？　あなたは昔から尊大だったもの。乗馬も操船も誰よりも上手、頭の回転も誰より速く、誰より機智《きち》に富んでいて、誰よりもハンサムだとね」

もちろん、スローンにはそう考えるもっともな理由があったのだが、それを認めるのは癪《しゃく》だった。

「いいかげんにしてくれ」スローンは音をたててランタンを置いた。「ほかのみんなにはあんなに優しくて素直なのに、どうしてぼくにはいちいち突っかかるんだ？」

「その理由は――」アナベスはどうにか自分を抑え、代わりに言った。「あなたがわたしを思いどおりにしようとするからよ」

「ぼくが？　きみを思いどおりにしようとする？　きみを思いどおりにできたことなんか一度もないし、そうしたいと思ったこともない。だが、たまには楽しく会話をしてもいいんじゃないか」スローンはしばらく目をそらしていたが、やがて付け加えた。「レディ・ロックウッドはきみの人生を思いどおりにしているが、きみはひと言も文句を言わずに従っている。ただ微笑《ほほえ》んで、柳のように自分の意志を曲げる。若いころは、そんなことはしなかったのに。きみは変わったよ」

アナベスは少し考えたあと、こう言った。「昔は自分の気持ちを隠す必要があるとは思わなかった。人の機嫌を取る必要もなかったわ」

スローンに愛されていると信じ、ふたりで未来を築くのだと信じきっていたからだ、とは付け加えなかった。スローンに婚約を破棄されたときは、足元の地面が崩れていくような気がした。だから残っているものに必死でしがみついた。心が麻痺《まひ》したまま元通りにならず、それ以来、いちばん簡単な生き方に従ってきたのだ。

「きみは誰の機嫌を取る必要もない」スローンが言った。「まして、ぼくの機嫌を取る必要などない」

「わかっているわ。そんなつもりなど、これっぽっちもありません」自分が荷物に含めた青いイブニングドレスのことを考えると、これは真っ赤な嘘かもしれない。

スローンは顔をしかめ、ため息をついて肩の力を抜いた。「ぼくらは何を言い争っているのかな?」

「さあ」

「それじゃ」スローンはつかのまためらい、言葉を継いだ。「少し休むといい」そして部屋を出ていきかけ、戸口で振り向いた。「ドアには鍵がついている」鍵穴に挿し込まれている鍵を示す。

「言ったはずよ。あなたのことは怖くないわ」アナベスは鋭く言い返した。

「ああ、そうだろうな」スローンはしばらくアナベスを見ていたが、皮肉たっぷりの笑みを浮かべた。「怖いのはぼくのほうかもしれない」

アナベスは腕を組み、スローンが部屋を出ていくのを見ながら低い声でつぶやいた。

「悪魔も恐れない人が何を言ってるの」

20

数時間後、アナベスはドアを叩《たた》く音で目が覚めた。小さな窓から明るい光が射《さ》し込んでくる。ベッドの上で体を起こすと、全身がこわばっていた。馬に乗ったのは本当に久しぶりだったのだ。狭くて固い寝台に寝たせいもある。

またしてもノックの音がして、アナベスは鋭く言った。「ええ、起きているわ。どうぞ」

ドアが開き、スローンが頭を突っ込んだ。「朝食を――」彼は残りを言わずにアナベスを一瞥《いちべつ》して表情を和らげ、口元にかすかな笑みを浮かべた。

髪は半分崩れ、服はくしゃくしゃ、ずいぶんひどい格好にちがいない。でも、疲れすぎていて夜着に着替えなかったのだけはありがたかった。

スローンは咳払《せきばら》いした。「朝食を持ってきた」

「紅茶もある？」アナベスは期待をこめて尋ねた。

「悪いな。紅茶はなしだ」スローンはドアを大きく開け、長方形の籐《とう》のバスケットを運び込んだ。「ライトに持ってこさせたものだけげだ」

彼はバスケットをアナベスの前の床に置き、膝をついて蓋を開けた。そして丸いパンをふたつと、リンゴをひとつ、チーズの塊を取りだした。

「あまり優雅とは言えないが」そう言って微笑《ほほえ》む。

「かまわないわ。お腹がぺこぺこ。昨夜は……あまり夕食を食べなかったから」

ネイサンと話したあとは、気が動転して食べるどころではなかった。婚約が解消されたことは、そのうちスローンの耳にも入るだろう。が、いまそれを話さなくてはならない理由はひとつもない。よけいなことを告げれば、そうでなくても複雑なこの旅が、もっと厄介なものになるだけだ。それに、スローンだって大事なことをたくさん隠していた。

彼は丸いパンをひとつ差しだした。受けとるときに指が触れ合うと、指先がちりちりした。アナベスは彼に触れないよう注意深くチーズを受けとり、パンをちぎって口に入れた。

スローンも同じようにひどい格好だった。シャツはしわだらけ、髪も乱れている。上着も、ベストも、襟元のネッククロスもなし。顎もうっすらと黒ずんでいたが、不幸にして、それでもとても魅力的に見えた。

急に口が渇き、アナベスは目をそらした。スローンが入ってくるまえに、せめて髪を梳《と》かし、ピンで留める時間があればよかった。もっとも、スローンにひどい格好を見られてもべつに問題はない。船に乗って風を受けているときや、馬を走らせていて帽子が飛んだときなど、乱れた髪は何度も見られている。ピンがはずれるのもかまわず、彼が髪に指をうずめてキスしたときにも……。

でも、そういうことを考えるのはよそう。アナベスはスローンに目を戻した。彼は半分食べたパンを手にアナベスを見つめていた。まるでこちらが考えていることを読んだように、ふいに眼差《まなざ》しに熱がこもる。スローンとのキスが再び頭に浮かび、アナベスの心臓は狂ったように打ちはじめた。

スローンが低い声で毒づき、パンの残りをバスケットのなかに落として立ちあがると、小窓に近づいた。ガラスが汚れていて外はほとんど見えないのに。スローンも昔のこと、ふたりが交わしたキスのことを考えていたのだろうか？

アナベスは急に張り詰めた空気を和らげる言葉を探した。「ハヴァーストック家には、わたしたちが行くことを知らせたのね？」

スローンは振り向いてうなずいた。「それに、彼らにはいつでも訪ねてくれと言われているんだ。スプレーグとぼくは特別仲がよかったから」整った顔を悲しみがよぎった。

「スプレーグのことは本当にお気の毒だったわ。とても親しかったのに」アナベスは静かに言い、スローンの腕に手を置いた。

スローンがその手をちらっと見下ろす。アナベスは急いで手を引っ込め、一歩さがった。

「その、こっちに戻ってからハヴァーストック姉弟《きょうだい》とは会ったの？」

「何度か彼らの邸《やしき》を訪ねたが、公の場で会ったことはない。彼らの評判を損ねたくないからね。スプレーグがあんなことになったあと、ハヴァーストック卿《きょう》が酒を浴びるように飲んで半分死にかけ、すでによからぬ噂《うわさ》が飛び交っていたから……社交界のはみだし者の友人というレッテルまで貼られるのは酷だと思ったんだ」

「なぜ密輸をしていたか説明すれば、はみだし者ではなくなるわ」アナベスは指摘した。

スローンは肩をすくめた。「社交界の連中にいちいち釈明する気はないな。それに彼らが信じるとも思えない。人は自分たちが信じたいことしか信じないものさ。そしてぼくには申し分ない悪党になる下地がある」

「社交界にもあなたを信じた人はいたはずよ」

スローンは冷笑を浮かべた。「披露宴でぼくが言ったことを、きみが信じたように？」

アナベスは顔をしかめた。「いやな人」

「ああ、ずっとそう言われてきたよ」スローンは窓から離れた。

朝食をすますと、アナベスはスローンがバケツに入れて運んできた水で体を拭き、服を着替え、髪をうなじのところで簡単にまとめた。

農家を出ていくと、スローンが馬車のそばで待っていた。髭《ひげ》をきれいに剃《そ》り、髪にも櫛《くし》を入れて、再び完璧な紳士になっている。でも、無精髭で手を抜いた格好をしていたときと同じくらい魅力的……アナベスはとっさに浮かんだこの思いを頭から押しやった。

スローンが荷物を後ろにくくりつけているあいだに、アナベスは馬車に乗り込んだ。座席はあまり幅が広くなかったから、スローンが隣に腰をおろすと体が触れそうになる。彼が発散する熱が感じられ、何度か腕がかすめることもあった。

スローンがすれ違う人々からアナベスの姿を隠すために馬車の幌《ほろ》をかけたせいで、狭い空間がよけい親密な雰囲気になった。今日は長い一日になるだろう。アナベスはフードを目深にかぶり、物思いに沈んだ。

二頭の美しい栗毛《くりげ》は気持ちよく走り、午後遅くにはハヴァーストック邸に到着した。笑顔のプリシラ・ハヴァーストックが、足早に出てきて両手を差しだした。「スローン、アナベス。よく来てくださったわ」

プリシラと会うのは何年ぶりだろう。若いときは親しかったが、スローンに捨てられたあとアナベスは逃げるようにストーンクリフに行き、そのあとはほとんどロンドンで過ごしてきたのだった。

ハヴァーストック家特有のグレーの瞳と明るい赤茶色の髪、頬にそばかすが散ったプリシラは、昔とほとんど変わっていなかった。

スローンはともかくとして、自分には堅苦しく、よそよそしい態度をとられるのではないかと恐れていたが、プリシラはとても喜んでふたりを迎え、いそいそと弟ティモシーのいる居間へと案内した。

暖炉で薪《まき》が勢いよく燃えている居間は、息苦しいほど暑かった。車椅子に座り、膝に毛布をかけているティモシーのためなのだろう。ティモシーは昔から体が弱かったが、気の毒なほど細くて、最後に会ったときより体調も悪化しているようだ。

それでも嬉《うれ》しそうに微笑み、ふたりを迎えると、スローンと握手した。「よく来てくれましたね。それにアナベス、きみに会えてこんな嬉しいことはないよ。相変わらずとてもきれいだ」

「お世辞が上手ね」アナベスは差しだされた手を取った。「こうしてお邪魔するのは、ずいぶん久しぶりだわ」

「どうか座ってちょうだい」プリシラが椅子を勧める。「ロンドンの話をぜひ聞かせて」

四人はしばらくのあいだ、上流階級やこのあたりに住むスローンとアナベスの知り合いの噂話《うわさばなし》を楽しんだ。

友人といるときのスローンは、驚くほど違っていた。皮肉な調子や、冷ややかな笑み、辛辣な言葉はすっかり影をひそめている。スプレーグの歳《とし》の離れた弟を邪険に追い払わず、一緒に遊んであげていた、にこやかで優しい昔のスローンのようだ。いたずらっぽい眼差しでアナベスをからかい、夢と希望を語った若者――アナベスが心から愛した若者が戻ってきたようだった。

「気を悪くしないでね。実は、今夜の夕食にはトッド夫妻とミスター・フェリンガムも招いたの」しばらくしてプリシラが言った。「みんなおふたりに会えるのを楽しみにしているのよ。何泊するつもりかわからなかったし、ほかに予定があるかどうかもわからなかったから……」

礼儀正しいプリシラは、スローンとアナベスが急いでハヴァーストック家を訪れたわけを尋ねはしなかったが、明らかにそれを知りたがっているようだ。アナベスはスローンを見た。友人に嘘をつくのは彼に任せるとしよう。

「そんなに長く、きみたちの厚意に甘えるつもりはないんだ」スローンは笑顔でプリシラに言った。「でも、アナベスが昔の邸を見たがってね。お父さんの作業場がまだそのまま残っていたら、そこを訪ねてみたいらしい」

アナベスの耳には見え透いた口実に聞こえたが、プリシラとティモシーがまったく疑いを抱かずに信じているのを見て罪悪感に駆られた。

「夕食会が楽しみだわ。トッド夫妻はすてきなご夫婦だし、ラッセル叔父さまは大好きですもの」

「ミスター・フェリンガムを呼んでくれたのはちょうどよかった。彼を訪ねるつもりでいたんだ」スローンも付け加えた。「アナベスが、お父さんが彼に贈った箱を見たがっていて」

ティモシーが目を輝かせた。「あの箱か！　具合が悪くて寝ているぼくにも、よく持ってきてくれましたよ。何もできずに寝ているぼくの気をまぎらわすために。とても優しい人だった」

「ええ、そうね」アナベスはうなずいた。

「まだいくつか手元にあるのか、ティモシー？」スローンが尋ねた。

「全部トランクに入れてしまってあります。見たいですか？」

アナベスがうなずくのを見て、プリシラは召使いに持ってくるよう指示した。

まもなく召使いがふたりがかりでトランクを運んできた。プリシラが開けると、たくさんの箱が見えた。プリシラはそれをひとつひとつ取りだし、みんなにまわした。

「開けるのに時間がかかった箱もあるけど、最後は全部、秘密の仕切りを突きとめた」ティモシーがそう言って、青白い顔を子どものように紅潮させ、ひとつずつどうやって開けるかを示した。手間をかけて箱を作り、病気の少年を少しでも楽しませようとした父の優しさに、アナベスは目を潤ませた。

だが、ハヴァーストック家にある箱には書類は入っていなかった。

アナベスの胸はざわついた。ネイサンとの苦痛に満ちた別れ、スローンとの張り詰めた関係、旧友に嘘をついているうしろめたさ……さまざまな心痛をもたらしたこの旅は、まったくの無駄骨だったの？

21

スローンに言わせれば、その夜の夕食会は退屈きわまりないものになるはずだった。だが、いざ始まってみると、襟ぐりが大きくあいた青いドレス姿のアナベスに気を散らされて、ラッセル・フェリンガムとのつまらない会話にすらついていくのが難しかった。

スローンは、トッド夫妻やプリシラと楽しそうに話すアナベスにともすれば目を奪われ、むきだしの肩にキスし、鎖骨から喉へと唇を這《は》わせることしか考えられなかった。アナベスの肌の味が感じられるような気さえした。あの柔らかい敏感な肌にキスしたときのことが、まるで昨日のことのように思い出される。

女性の白い肩に心を乱されるほど若くもなければ、未経験でもないぞ。そのたびに自分にそう言い聞かせたが無駄だった。年齢と経験が与えてくれたのは、欲望のままに行動することはできないという戒めくらいだ。

とはいえ、ここ以外の場所にいたいとは一瞬たりとも思わない。たとえフェリンガムのような退屈な相手に相槌《あいづち》を打つ努力をしなくてはならなくても、アナベスがその場にいれば努力の十倍は報われる。

ハンター・ウィンフィールドと親密だったフェリンガムのことは、とくに好きではなかったが、アナベスはフェリンガムに会えて喜んでいる。嬉《うれ》しそうに目を輝かせているアナベスは、いつもよりさらに美しかった。

アナベスから剥ぎとるように目を離し、フェリンガムに目をやるたびに、スローンはしかめ面に出くわした。案の定、食事のあと男だけになると、フェリンガムはワインを飲みながら低い声で警告した。「あの娘《こ》をまた傷つけたら承知しないぞ」

「そんなつもりはまったくありません」スローンは答えた。

「きみは昔からアナベスには相応《ふさわ》しくない男だった。ハンターはきみたちふたりの婚約が気に入らなかったんだ」

「ミスター・ウィンフィールドがぼくをどう評価していたかは、よくわかっています」

スローンが無理やりウィンフィールドを官職から退かせたことも、この評価に輪をかけた。奇妙なことに、スローンにスキャンダルと破滅から救われたという事実が、いっそうこちらを嫌う理由になったようだ。

「ハンターが正しかったな。アナベスが婚約破棄の痛手から立ち直るには何年もかかったが、いまは笑顔を取り戻し、まもなく心根の優しい男と結婚する」

「わかってます」スローンは穏やかに相槌を打った。

「だったら、またアナベスの人生に入り込むのはやめろ」

「入り込んでなどいません。アナベスを口説こうとしているわけではなく、友人としてここにいるだけです」スローンはそう言い捨て、立ちあがって部屋を出た。

そうとも、アナベスを口説こうとしているわけではない。旅のあいだは慎重に振る舞ってきた。アナベスを求めてどれほど体が燃えていようと、キスもしていないし、不適切な行動もまったくとっていない。この邸《やしき》に着いてからは、常にプリシラがふたりに付き添うように気をつけている。それどころか、ネイサンと結婚すべきだとアナベスに告げたくらいだ。この件が解決し、もうアナベスに危険がないと確信できれば、すぐに身を引き、二度と会うつもりはない。

だが、そう考えただけで、世界の終わりが待ち受けているような気分になった。

ハンター・ウィンフィールドの作業場は、馬車を乗りつけるのが難しい場所にあった。そこで翌朝、スローンとアナベスはハヴァーストック家の馬屋から馬を二頭借り、小道を通ってトッド家へと向かった。トッド夫妻には昨夜の夕食で会ったばかりとあって、邸には立ち寄らず、牧草地に入ってその先の森へ行くことにした。

周囲にあまり注意を払わず話しながら進んでいると、私道の数メートル手前でいきなり銃声がした。馬が棹立《さおだ》ちになり、アナベスが地面に投げだされる。スローンは恐怖に駆られて走りだした馬をどうにか制御し、急いでアナベスのもとに引き返した。

地面に倒れているアナベスを見て、一瞬、血の気が引いたものの、そばに戻ったときにはすでに起きあがろうとしていた。アナベスが乗っていた牝馬《ひんば》は遠く離れ、まだ走り続けている。

スローンは馬を飛びおり、片手で手綱を握ったまま、もう片方の手を差し伸べてアナベスが立ちあがるのに手を貸した。「どこか撃たれたのか?」

アナベスは首を振った。「息が……できなくて」

「おいで、犯人が弾をこめなおすまえにここを離れよう」スローンがアナベスを自分の馬に乗せ、その場を立ち去ろうとすると、何かが数メートル離れた地面に当たって砂埃《すなぼこり》が上がり、直後に遠くで銃声がした。

とっさにアナベスを鞍《くら》に投げ込み、その後ろにまたがった。急《せ》かすまでもなく、馬はスローンがもう片方の足をあぶみに置くまえに走りだしていた。馬の頭を木立のほうへと巡らせて、アナベスを片腕で抱え、全速力で牧草地を横切る。心臓が狂ったように打ち、呼吸が速くなった。アナベスの震えが伝わってくる。いや、震えているのはスローン自身かもしれない。

木立に達すると、スローンはアナベスの頭に顔を寄せた。「きみが死んだかと思った。地面に横たわっているのを見たとき……」そう言いながら抱いている腕にいっそう力をこめ、髪に唇を押しつけた。

アナベスもしがみついている手に力をこめ、うなずいた。柔らかい頬が胸に押しあてられ、うなずくアナベスの顔がこすれる。服越しであるにもかかわらず、感電したような衝撃が体を走り抜けた。

気づけばスローンは芳《かぐわ》しい髪に頬をすり寄せ、白い額にキスしていた。アナベスの感触と肌の味、荒い息遣いに、さきほどの危険ですでに脆《もろ》くなっていた自制心が消えていく。額からこめかみへ、そして頬へと唇を這わせると、アナベスが少し頭を傾け、白い顔をスローンに向けた。

抑えが利かなくなりそうになり、スローンは心のなかで毒づいた。ちくしょう、正気を失ったのか？　誰かが自分たちを殺そうとしたのに、手を出してはいけない女性と愛し合うことしか考えられないとは。意志の力をかき集めて顔を上げ、アナベスを抱きしめていた腕の力を抜いた。

馬の向きを変え、横切ってきた牧草地と私道に目をやる。「人の姿は見えないな」だが、この数分はまったく周囲に目を配っていなかったから、これはとくに意外とは言えない。

「くそ、よく見ているべきだったのに」

「逆の方向に立ち去ったのかもしれないわ」アナベスがそっけなく言って体を起こした。

体をこするようなその動きに、すでに弱っている自制心がまたしても吹き飛びそうになる。

「さもなければ、わたしたちが逃げるあいだに立ち去ったか」

スローンは周囲を警戒して、少しのあいだ木立のなかに留《とど》まっていたが、動くものは何も見えなかった。

「弾はどっちから飛んできたのかしら？」

「向こうだと思うが」スローンは低い石塀のそばのハリエニシダの茂みを指さした。「確信はない。たぶん射程距離外だったんだろう。二発ともぼくたちには届かなかった」

「でも、どきっとするほど近かったわ」

「ああ」スローンはもう少しそのままの姿勢でいた。「犯人はまだあそこにいて、ぼくらが戻るのを待っているかもしれない。確かめるために道に戻るのはごめんだ」馬の向きを変え、木立のあいだをゆっくり走りはじめる。

「作業場とは方角が違うわよ」

「きみはハヴァーストック家に帰ったほうがいい」スローンは言った。「最初から置いてくるべきだったんだ」

「いいえ、帰らない。ここから作業場までは、もうそんなに遠くないわ。銃声がしたときは、ちょうど牧草地に入ろうと思っていたの。左に行ってちょうだい。そのうち見えてくるはずよ」

「アナ……よく考えろ。乗り手のない馬が戻ったら、プリシラたちが心配するぞ」

「ちゃんと考えているわ。プリシラのところへわたしを送れば、一日無駄にすることになるのよ。何が起きたのか説明しなくてはならないし、刺激に飢えているプリシラたちの質問に延々と答えなくてはならない」

「ついさっき殺されそうになったにしては、よく舌がまわるな」スローンは不機嫌な声で言った。少なくともこの苛立《いらだ》ちは、自分に押しつけられ、馬が一歩踏みだすたびに股をこする、弾力のあるヒップを無視する助けになる。「きみを安全な場所に連れていく必要がある」

「いいえ、必要なのは、犯人が欲しがっているものを見つけることよ。さもなければ、こういう襲撃が続くことになるんですもの」

「だが、作業場を探すのはぼくひとりでもできる。隠し場所がどことどこにあるか教えてくれれば……」

「そういう具合にはいかないの。祖母の箱だって、実際に見るまでは開け方を忘れていたのよ。でも、箱を前にしたとたん、勝手に手が動いた。開け方をうまく説明できないものもあるし。隠し場所だって、ひとつ残らず覚えている自信はないわ。ただ、その場に立てば思い出すと思うの。だからわたしが必要よ。わかっているくせに」

「きみの安全が最優先だ」スローンは固い声で言い返した。「誰かが入ってきてきみを撃つかもしれないのに、書類探しに集中できるもんか」

「だったら、わたしが探すあいだ外で見張っていればいいわ」

「いや、ぼくも探す」

「そう言うと思った。わたしもあなたひとりに探させる気はないわ」アナベスは挑むような目を向けた。

もちろん、アナベスの言うとおりだ。結局、歯ぎしりして譲歩することしかできず、スローンはアナベスが指さした方角に向かった。相手を知り尽くし、無理に話さなくても不快ではない者どうしとあって、しばらくは心地よい沈黙が続いた。

まあ、少なくともアナベスは不快ではなさそうだ。が、スローン自身はとても快適とは言えなかった。体がうずき、一歩進むごとに、そのうずきに誘惑と快感が混じる。アナベスはスローンの前に横向きに乗り、その腕に抱かれていた。信頼し、すっかりくつろいで身を任せている。温かい体はとても柔らかく、香水と体臭が混じり合った悩ましい匂いが鼻孔をくすぐった。下腹部をうずかせるこの匂いは、どこで嗅いでもすぐにわかる。

最悪なことに……いや、このうえなく素晴らしいことに、絶えず動いているアナベスの体がスローンの脚のあいだに触れてくる。本人は無意識なのだろうが、かすかに下半身をこするこの動きがあまりに刺激的で、うっかりするとうめき声がもれそうだ。位置を変え、昨日の夜明けまえに相乗りしたときのように、アナベスを後ろに乗せることもできる。だが、その場合はアナベスがスローンを後ろから抱き、背中にぴたりと張りつくことになる。

どちらがより悩ましい？　アナベスを抱くほうか？　それともアナベスに抱きつかれるほうか？

言うまでもなく、こちらが降りて手綱を引くか横を歩けば、このジレンマはたちまち解消する。だが、そんなことをする気はまったくなかった。むしろこの甘い拷問をできるだけ長引かせたいくらいだ。アナベスのもとを去ってから十二年、彼女の抱き心地をすっかり忘れていた。アナベスの体がどれほど心をそそり、どれほど心を満たしてくれるかを。何があろうと、このひとときを手放すつもりはない。

「あそこに小川があるでしょう？」アナベスが指さした、「あれに沿って上流に向かうと道があるはずよ」ややあって、こう付け加える。「先ほどの襲撃者が誰にせよ、ストーンクリフから尾行してきたにちがいないわね」

「そうだな。犯人がフェリンガムかハヴァーストックならべつだが」

アナベスは笑った。「どちらも容疑者リストからははずせると思うわ」

「ぼくらが今朝、どこに行くつもりか知っているのは彼らだけだから、彼らが犯人でなければ、ハヴァーストック家からここまであとを尾けてきた者がいることになる。つまり、ストーンクリフからずっと尾行されてきたってことだ。尾行者はいないと確信していたんだが。もっと注意を払うべきだった」

アナベスがそばにいると集中できないのは昔からだが、うっかり尾行を許してしまった自分のうかつさが悔やまれる。どうやらすっかり腕がなまったようだ。アナベスが危険にさらされているとあっては、急いで勘を取り戻さなくてはならない。誘拐と不法侵入にも肝を冷やしたが、探し物を見つけたい犯人は、アナベスを生かしておく必要があるとばかり思っていた。しかし、今回は明らかにアナベスの命を狙っていた。

「犯人が銃を撃ってきたのは、わたしたちが書類に近づいたからだと思わない？」

「あるいは、ぼくらが書類を見つけるのを恐れているだけかもしれない。どこにあるかわかっていれば、すでに手に入れているはずだ」

「もう一度訊《き》くけれど、探しているのはどんな書類なの？」アナベスはかすかな苛立ちのにじむ声で尋ねた。「何を探しているかわかったほうが見つけやすいわ」

「ぼくも正確には知らないんだ。知っていたとしても、きみに話すことはできない」これは嘘とは言えなかった。アスキスは目当ての書類に何が書いてあるか口にしなかった。それに、アナベスの父親に関する真実を告げることはできない。「実際に存在しているかどうかさえはっきりしていない。きみのお父さんの作業場で見つかったら、それこそ驚きだな」

正直に言えば、これから行く作業場には、書類がないほうがありがたい。父親が罪を告白している書類など、できることならアナベスに読ませたくなかった。だが、作業場で見つかったら、アナベスがそれを読むのをどうやって防ぐ？　無理やり取りあげるのか？

頑として見せるのを拒むのか？　どちらに転んでも、アナベスが烈火のごとく怒るのは目に見えている。

いっそトッド夫妻が住む母屋にあるほうがまだましだ。それなら、誰にも知られず真夜中に忍び込み、探しだすことができる。問題は、スローンにはどこを探せばいいかわからないことだった。それにアナベスはきっと一緒に行くと言い張るだろう。まったくいやになるほど厄介な状況だ。死んだあとまでこんな揉《も》め事《ごと》をもたらすとは、いかにもハンター・ウィンフィールドらしい。

「そんなもの、最初から存在していないとしたら？　あるいは探しても見つからなかったら？　犯人が誰にせよ、それを知るすべはない。わたしはいつまでも狙われることになるわ」

「その場合は、なんとかして犯人を突きとめるしかないな。もしも書類が見つかれば、犯人を示唆する手がかりが書かれているかもしれない。そうしたら、ぼくが必ず犯人を突きとめる」

「どうやって？　そしてそのあとはどうするの？」

「信じてくれ。きみはもう二度と彼らに煩わされなくなる」スローンは厳しい顔で答えた。

22

アナベスは作業場のある建物を見つけるのに少し手間取った。最後に訪れてから何年も経《た》っているため、新しい灌木《かんぼく》でいくらか景色が変わっていたせいだ。この方角から訪れるのは初めてだったし、スローンに抱かれていて集中するのが難しかったのだ。ともすれば、背中に押しつけられたたくましい体と、まわされた腕、しだいに熱くなる下腹部へと思いが向かってしまう。

さまよう心を何度も白昼夢から引き剥がし、脚のあいだのうずきを無視して、アナベスはどうにか目印になるものを見つけた。

父の作業場は小屋と呼ぶには大きく、納屋と呼ぶには小さすぎる、木造の四角い建物だった。長年のあいだにペンキの色が褪《あ》せて薄茶色になり、木立のなかではほとんど目につかない。スローンが建物の前に馬をつけて飛びおりても、アナベスは涙ぐんでただそれを見つめることしかできなかった。

スローンは振り向いてアナベスを降ろそうと両手を伸ばしたが、泣いているのを見てこう言った。「アナ、無理する必要はない。今日はこのまま帰って、日を改めようか？　きみがちょっとしたヒントをくれれば、ぼくがひとりで探してもいい」

ごくりと唾を呑《の》み、瞬《まばた》きして涙を払うと、アナベスは首を振った。「いいえ、なかを見たいわ。父が死んでからは一度も入ったことがないの。ここに来て、なかのものを整理し、遺品を荷造りすべきだったけれど、どうしても父が死んだ場所に入ることができなくて……」

「わかった」スローンは腰をつかんで、アナベスが滑りおりるあいだ支えていた。「馬を繋《つな》いでくる」そう言うと馬に水を飲ませ、草に囲まれた木に繋ぐために小川へと引いていった。

アナベスは作業場の前でスローンが戻るのを待った。意気地のない話だが、ひとりで思い出と悲しみに直面したくない。ここまで来たのだから、スローンがいなくても大丈夫なはずだが、彼がそばにいてくれると安心できるのだ。彼に触れていると気持ちが落ち着き、勇気が湧いてくる。

こんな気持ちになる相手が、どうしてスローンだけなの？　なぜ彼だけにこんなに惹《ひ》かれ、心が揺れるの？　なぜネイサンではだめだったの？　あんなに優しくて、善良で、愛情深い人なのに。なぜこの心を引き裂き、捨てた男がいいのだろう？

スローンが戻り、この憂鬱な物思いを破った。作業場のなかは、あらゆるものに埃《ほこり》が積もっていた。裏の窓ガラスが割れ、吹き込んだ雨のせいですぐ下の床がたわみ、床には木の葉や小枝が散らばっている。見慣れた作業台や道具、戸棚は昔のままだが、なぜかとてもがらんとして見える。使われた形跡がまったくないせいか、もうこことの繋がりをほとんど感じられない。

階段を見上げると、てっぺんに近い手すりが欠けている。父の死の物言わぬ証拠だ。その下の床に血の染みがあるのではないかと恐れたが、もちろん、そんなものはなかった。父が死んだのは首の骨が折れたためで、血は流れなかったのだ。アナベスは小さく息を吸い込み、思い出を振り切るようにすばやく前に出た。

プリシラが貸してくれた、柔らかい革の乗馬用手袋がありがたかった。それがなければ、作業台にある本や道具類を見ていくうちに手が汚れてしまっただろう。部屋の反対側では、スローンが引き出しやドアを開けては閉め、書棚の本を確認している。

アナベスがいるほうへと徐々に戻りながら、スローンは本を一冊ずつ引きだしては壁に秘密の隠し場所がないことを確認し、本を振り、折りたたまれた紙がはさまっていないことを確かめていた。アナベスは父の秘密の隠し場所を次々に開けていった。

父が死ぬ少しまえに作りはじめていた箱を見つけると、またしても涙がこみあげた。さまざまな大きさや形の木片、ネジや釘《くぎ》、針金、弦、バネなども大小取り交ぜて揃《そろ》っている。失敗作か、それともただ使われなかっただけか、父がティモシーやほかの人々に贈ったネジ巻き人形もあった。

設計図や製図、手紙も何通か残っている。それを見つけるたびに鼓動が跳ねあがったが、目を通すと、どれもみな部品に関する返事や情報交換、友人からのメモといった、ふつうの手紙だった。

あまり筆まめなほうではなかった父が、この作業場でしかめ面で手紙を読み、返事を書こうとしているところを想像すると、自然に口元がほころんだ。自分が作った持ち運びできる書き物机を前に、羽根ペンを手にして……それだわ！

アナベスが鋭く息を呑む音を聞いてスローンが振り向いた。「なんだ？　何か見つけたのか？」

「父の机よ！　どうして思いつかなかったのかしら？」

「どの机だ？」スローンが作業場を見まわしながら近づいてきた。

「旅行用の、持ち運びできる書き物机。ここで手紙を書くときにもよく使っていたわ。羽根ペンとインク壺《つぼ》と紙をしまえる場所があって、表面で書き物ができるの。両脇をたたむと、こぶりの箱になるのよ。およそ三十センチ四方、深さが二十五センチぐらいの箱」アナベスは両手でおおまかな大きさを示した。「父が作ったの。とても美しい仕上がりだった。艶やかなマホガニー材の優美な箱で、すっかり気に入った父は旅行するときに必ず持っていったものよ。ここにも持ってきて、邸《やしき》の書斎にある机よりそちらを好んで使っていたくらい。探している書類は、あのなかにあるにちがいないわ」得意満面で断言する。

スローンが笑い声をあげ、アナベスを抱きあげた。アナベスはまだ笑みを浮かべながら、作業場をくるくるまわる彼の首に両腕をまわした。床におろされると、自分の体がスローンの体を滑りおりる感触が痛いほど意識され、笑いも得意な気持ちも消えた。実際、スローンを見上げたときには、頭のなかからあらゆる思いが消えていた。

そのとき存在していたのは、触れんばかりに近いスローンの体と、自分を見下ろす燃えるような眼差《まなざ》しだけだった。切ない焦がれと熱い欲望がこみあげ、アナベスは広い胸に置いていた両手を彼の肩へと滑らせ、スローンに歩み寄った。

「アナ……」スローンが囁《ささや》き、爪先立つアナベスへと顔を近づける。

アナベスは彼の首に両腕を巻きつけた。永遠にも思えるほど長いためらいのあと、スローンの熱い唇が近づき、重なってゆっくりと貪る。アナベスは欲望の嵐のなかで唯一頼れるもののように、スローンにしがみついた。馬に相乗りしているあいだ――いや、正直に言えば、この数日高まり続けていた渇望が、自制心と理性を流し去っていた。

スローンが片手で愛撫《あいぶ》しながら何度もキスを繰り返す。荒い息と熱い体、はっきりとわかる欲望のしるしがアナベスの焦がれを高めていく。唇が喉《いと》へとおりていくと、思わず小さなうめきがもれた。アナベスは愛しい男をそこに留《とど》めようとするように、上着の前に両手を食い込ませた。

スローンは明らかにどこへ行くつもりもないらしく、片方の腕をヒップの下に滑らせてアナベスを床から持ちあげた。とっさに両脚をからめるアナベスを抱え、前が見えないまま進み、突き当たった作業台にアナベスをおろす。アナベスはきつくからめた脚をほどかず、激しくうずく源を焦《じ》れたように彼に押しつけた。

もっと彼に近づきたい。この手でじかに触れたい。アナベスは両手を上着の下に滑り込ませた。唇を重ねながらスローンが胴衣のボタンをどうにかはずす。その下に指を滑らせて柔らかい胸を包み、うめくような声をもらして体を震わせた。

「レディ・プリシラ?　ミス・ウィンフィールド?」突然、誰かが外から呼んだ。「ミスター・ラザフォード?」

アナベスとスローンはぱっと離れ、扉を振り向いた。

23

同じ声が、先ほどより近くで再び問いかけてくる。「誰かそこにいるの?」

スローンが低い声で毒づき、大股に部屋の奥にある窓に向かう。アナベスは震える指で胴衣のボタンをはめながら扉に急いだ。髪が乱れているにちがいないが、それは探し物をしていたせいにできるだろう。でも、自分の顔がどうなっているのかわからない。頬が燃えるように熱いことだけはたしかだ。とはいえ、スローンよりはまだ人前に出られる状態だった。

アナベスはてのひらを頬にあて、深く息を吸い込んでから扉を開けた。「トッド夫人、わざわざいらしてくださったの?」

「ミス・ウィンフィールド。少し心配になったものだから」夫人の後ろでは、アナベスが今朝乗ってきた馬の頭を召使いが押さえていた。「馬番がこの牝馬《ひんば》を見つけたの。レディ・プリシラの馬だと言うものだから、事故にでも遭ったのかと心配になって。それから、あなたとプリシラがここに来たのかもしれないと思いついて……大丈夫なの?」

「ええ。お手数をおかけしてごめんなさい。どうぞ、入ってください」アナベスは後ろにさがってトッド夫人を通した。「プリシラの馬を借りてきたのだけれど、この近くで振り落とされてしまったの」

トッド夫人は息を呑《の》んだ。「まあ、怪我《けが》はなかったの?」

「傷ついたのはプライドだけ」アナベスは微笑した。「ミスター・ラザフォードが一緒で助かったわ」

「ああ……そうね、ええ」

スローンが振り向き、礼儀正しく頭をさげる。「トッド夫人。またお会いできましたね」

「ミスター・ラザフォード」トッド夫人は好奇心もあらわにスローンを見まわした。

「きみの馬を繋《つな》いでこよう。失礼しますよ、トッド夫人」スローンはそう言って、作業場を出ていった。

母屋からかなり離れた小屋に、スローンとふたりだけでいるわけを尋ねられるまえに、アナベスは言った。「何も言わずにここに来てごめんなさい。事前に許可を得るべきだったけれど、昨夜は思いつかなくて。たまたまこの近くまで来て、父の作業場のことを急に思い出したの。気になさらないと思ったものだから」

「もちろんですとも。いつでもいらしてくださっていいのよ」夫人は捜索のせいでいっそう散らかっている埃《ほこり》だらけの部屋を見まわした。

「ここには幸せな思い出がたくさんあるの」アナベスは説明のつもりで言った。「父はこの作業場がとても気に入っていたのよ。まだそのまま残っていて本当に嬉《うれ》しかったわ」

「壊すのはもったいない気がして……主人がそのうち何かに使えるだろうと言うものだから」トッド夫人は、夫の判断には半信半疑といった顔で再び部屋を見まわした。

「二、三持っていきたいものがあるんだけれど、かまわないかしら？」

「ええ、もちろん」この小屋に持っていきたいものがあるのかしら？　そう言いたそうに、夫人はまたしても懐疑的な表情を浮かべた。「ええと……あまりお邪魔をしては悪いわね。ここの用事がすんだら、お茶でもいかが？」

「お招きはとても嬉しいけれど、ごらんのとおり、埃だらけですもの。お宅にお邪魔するのは気が引けるわ」

服が埃だらけなのを示すため片手で服の前を撫《な》でたとき、恐ろしいことに、ボタンのひとつがはずれているのに気づいた。頬が赤くなり、いくらかこわばったとはいえ、どうにか笑みを保った。

「そうね、また近々お会いしたいわ」

アナベスは微笑《ほほえ》み続けて夫人を戸口まで送り、彼女が馬番を従え、母屋へと向かうのを見守った。それから、安堵《あんど》のため息をついて戸柱にもたれた。

トッド夫人がここで何が行われていたかまだ気づいていないとしても、遠からず正しい結論に達するにちがいない。そして知り合いに触れてまわるだろう。とはいえ、まもなくロンドンに戻るアナベスの耳にその噂《うわさ》が入ることはない。このあたりの知り合いはハヴァーストック姉弟《きょうだい》とラッセル・フェリンガムだけだから、彼らが悪意のある噂を広めることはありえない。

だが、本当の問題は、トッド夫人がどう思うか、どんな噂話を広めるかではなく、自分がついさっきここでしたことだ。アナベスは低くうめいて階段に座り込むと、両手で頭を抱えた。

どうしてあんな振る舞いができたの？　もう愛していないとあれほどスローンに力説したあと、辛辣な怒りの言葉を投げつけたあとに、彼の胸に飛び込むとは。スローンはどう思うだろう？　嘘つき？　偽善者、尻軽女だ、と？　しかも、わたしはまだネイサンと婚約していることになっているのだ。ネイサンを最悪の形で裏切ったと思うにちがいない。

いいえ、スローンがどう思おうと関係ないわ——アナベスは自分にそう言い聞かせた。彼も同罪だもの。本当に確かめなくてはいけないのは、自分がどう思うかだ。報われない愛が十二年も続くわけがないのだから、スローンのことはもう愛していないはず。いきなり姿を見せたからといって、再び恋に落ちることなどありえない。再会して以来、口を開けば言い争いになるのがその証拠だ。

さきほどスローンが見せた情熱は、ただの欲望に過ぎない。とはいえ、彼だけに非があるとは言えなかった。自分の振る舞いも決して褒められたものではない。十二年まえに満たされなかった思いが目覚めた、と弁解することはできる。撃たれそうになったときの恐怖と興奮が相まって官能に火をつけたと言うこともできるだろう。

だが、いくら自分にそう言い聞かせても不安は消えなかった。わたしは知りすぎるほど知っている情熱に、この身をゆだねようとしているの？　でも、身も心も与えたあとで、また絶望を味わうはめになったら、今度こそ立ち直れない。心を奮い立たせ、自制心を取り戻して、スローンとは距離を置かなくては。

扉が開き、スローンが入ってきた。顎をこわばらせ、表情を消して、アナベスと目を合わせようとしない。

「すまない、あんなことをすべきではなかった。キスをしたのは間違いだった。ぼくは――」スローンは燃えるような目でちらっとアナベスを見た。「後悔はしていない。後悔などできない。だが、ぼくはきみにした約束を破った。決してきみを悩ませないと言ったのに、その約束を守れなかった。それは心から謝る。もう二度とあんな事態は起こらない。以前も同じことを言ったが、これからはもっと気をつける。自分を抑えてみせる」

「謝罪は受け入れたわ」アナベスは泣きたい気持ちをこらえ、愚かな自分を叱りつけた。本来ならば、安堵すべき、喜ぶべきなのに。「わたしも悪かったの。さっきの出来事は忘れて、いまやらなければならないことに集中しましょう」

「そうだな。その箱……机は、どこにあるかわかっているのか？」

「もう何年も思い出したことがなかったの。わたしのところにはないし、ラッセル叔父さまのところにもないと思う。きっと母のところね。捨ててはいないはずよ。父がとても気に入っていたものだから」

「ここにある可能性は？」スローンは階段を見上げた。「二階はまだ見ていない」

「その可能性はあるけれど……」アナベスは階段に目をやったものの、父が転落死した場所に行くのはためらわれた。

「ぼくが見てこよう」スローンが階段を上がりはじめる。

「いいえ。わたしが行く。怖《お》じ気《け》づいてはいられないわ」

スローンが脇に寄り、先に行けと促す。アナベスは壊れた手すりを見ないようにして壁際のほうを上がりはじめた。だが、手すりと支柱が欠け、あいている穴がいやでも目の隅に入る。その横を通り過ぎるとき少し体がふらついた。

父もこんなふうにふらついたにちがいない。スローンに支えられながらアナベスは思った。階段の板のひとつが緩んでいたせいでつまずき、手すりを突き破って階下に落下した。

……アナベスはこみあげる悲しみを押しやり、階段を上がり続けた。

狭いロフトには、わずかな家具しかなかった。戸棚と座り心地のよい椅子、テーブルとランプ。丸窓の前に置かれた台に望遠鏡が鎮座している。ロフトには密の隠し場所はひとつもないのを知っていたから、あっという間に探しおえた。父の愛用していた机は、そこにはなかった。

スローンがきびすを返し、階段をおりはじめる。アナベスは窓辺に行き、父を思い出して望遠鏡にそっと手をのせ、外に目をやった。

「アナベス……」

低い、こわばった声に振り向くと、スローンは父が転落した場所の数段下で足を止めていた。「どうかしたの？」

「こっちに来て」

ふつうなら命令口調にむっとするところだが、緊迫した様子に胸騒ぎがして、アナベスは彼のところに急いだ。

「この板は釘《くぎ》が何本か抜いてある。そのせいで体重をのせると動くんだ」スローンが言った。「きみのお父さんはここでよろめき、欠けている手すりにぶつかったにちがいない」

「そうよ」だから何、と無言で問いかける。父がそこでよろめいたのは明らかなのに。

スローンは残っている手すりの端を指さした。「これは折れた跡じゃない。のこぎりで切り込みが入れてある」

24

「誰かが細工して、父を死に追いやったというの？」アナベスが目を見開き、見る間に青ざめた。

スローンは階段を落ちそうになるアナベスの腕を取り、引き寄せた。そのままずっと抱きしめていたかったが、注意深く段のひとつに座らせる。すぐ横に座って、アナベスが落ちないようにするためだと自分に言い聞かせ、片方の腕をまわした。「すまない。いきなりあんなことを言うべきじゃなかった」

だが、スローン自身もショックを受け、つい口走っていたのだ。ハンター・ウィンフィールドは事故死ではなく、殺されていた。どうしてこれまで、その可能性を考えなかったのか？　アナベスの父がうっかり階段から落ちたという話に疑いを抱かなかったのか？

ハンターが死んだときには、戦争はとうに終わっていたからだ。それにフランスが脅迫の種に使っていた書類をスローンが奪い返し、ハンターが官庁を辞任したあとは、フランスにとってハンターはなんの役にも立たなかったはずだ。彼が死んだときにこの国にいなかったとはいえ、帰国後に事故を調べなかった口実にはならない。調べようとしなかったのは、アナベスとその父親のことを、できるだけ考えないようにしてきたからだ。

「でも、どうして？」アナベスはスローンを見た。「父には敵などいなかった。誰からも好かれる優しい人だったのよ。そんな父を殺したいなんて、誰が思うの？」

その理由は明白だった。もしもアスキスが言ったように、ハンターが罪を告白するつもりだったとしたら、自分の正体が暴露されるのを防ごうとしたはずだ。そして死人に口なしの例えどおり、ハンターが死ねば反逆者の名を誰にも明かすことはできない。だが、アナベスにはそうは言えなかった。

スローンは慎重に言葉を選んだ。「お父さんを死に至らしめたのは、いまきみを狙っているのと同一人物である可能性が高いと思う」

「父が死んでから何年も経《た》っているのに？　今回の一連の事件と父の死に、どんな繋《つな》がりがあるというの？」

「誰かがお父さんを殺したのは何年もまえだ。いまきみをつけ狙い、殺そうとしている犯人とは異なる動機を持つ、異なる人物であるように一見見える。きみは、なぜお父さんを殺したがるのかと言ったね？　きみの場合も同じことが言えるぞ。犯人はなぜきみを殺そうとするんだ？　だが、実際に、誰かが事故に見せかけてお父さんを殺し、今日きみを撃ち殺そうとした」

「何もかも、あなたが言う書類のためね。いったいどんな書類なの？」アナベスは目を細めた。「話せないと言うのはやめて。なぜ狙われるのか、わたしには知る権利があるわ」

「何が書かれているのか、正確にはわからない」スローンはごまかした。「実際にあるのかどうかすらわからない。アスキスですら半信半疑なんだ」

「ありもしないものを、誰がこんなに熱心に手に入れたがるの？」

「犯人はあると信じているにちがいないな」

「繰り返すようだけど、父が死んでから何年も経つのよ。なぜ犯人はいまになってその書類を探そうとするの？」

「犯人がいまになって探しはじめた理由も、ぼくにはわからない。昔ぼくの上司だったアスキスは、きみのお父さんが書いた文書を誰かが探していることを知った。そこで、自分でもそれを探しはじめた。お父さんは誰かを破滅させる情報を握っていたのかもしれない。そいつを仮にX卿《きょう》と呼ぼうか。X卿は自分の秘密が暴露されるのを防ぐためにお父さんを殺した。その後、この作業場や、おそらく邸《やしき》も探したが何も見つからなかった。で、そんな文書など存在しない、あるいは誰にも見つからない場所に隠されていると判断し、自分は安全だと信じた」

「ところが、わたしがタウンハウスの屋根裏にあった父のものを片付けはじめたので、わたしがそれを見つけるかもしれないと思ったのね」

スローンはうなずいた。「あるいは、アスキスがその文書に関する情報をもとに、ロックウッド邸にヴェリティを忍び込ませたのを聞きつけたのかもしれない」

「だったら、なぜ犯人はヴェリティを殺そうとしなかったの？」

「ヴェリティを殺すのはそう簡単じゃないからな」スローンは肩をすくめた。「それに、誘拐犯はきみとヴェリティのふたりを連れ去った。あんがい、最初からヴェリティもさらうつもりだったのかもしれない。まあ、真の狙いはヴェリティではなく、きみだった可能性が高いが。お父さんの秘密の隠し場所を見つけられる可能性がいちばん高いのはきみだからね。お父さんはきみに隠し場所を話していたかもしれない、そう思ったX卿は訊《き》きだすためにきみを誘拐した。そしてその目論見《もくろみ》が失敗に終わると、今度はその文書が発見されるのを防ぐために、きみを殺そうとした」

「でも、父はその人の秘密をどうして知ったの？　その秘密をなぜ文書にしたの？　わたしにとっては素晴らしい父親だったけれど、世間的にはとくに重要人物というわけではなかったわ」

「重要人物でなくても、重要な秘密を知ることはできたさ」

スローンはまたしても危険な領域に足を踏み入れていた。アナベスに嘘をつくのは胸が痛むが、父親の思い出を台無しにすることはできない。真実の一部を話すだけで納得してもらわなくては。

「アスキスはこの国の誰かが、フランスのためにスパイの元締めをしていたと考えているんだ。きみのお父さんはその反逆者の名前を暴露する文書を書いた、と」

アナベスは驚いてスローンを見つめた。「父がスパイを突きとめたというの？　いったいどうやって？」

「お父さんには友人がたくさんいた」

「ええ、父はみんなにとても好かれていたわ。でも、友人のほとんどがふつうの人たちで、とくに権力のある人たちではなかった」

「重要人物が政府の高官とはかぎらない。それに、一見無害な情報が危険をもたらすこともある」

アナベスがうなずき、父の命を奪った、手すりの折れた箇所に目をやる。「ああ、スローン……」そして涙ぐむと、スローンの肩に顔をうずめた。「信じたくないわ。お父さまが殺されたなんて。お父さまのことをそんなに憎んでいる人がいたなんて」

スローンはつらそうに泣くアナベスを抱きしめた。こうして愛《いと》しい人に頼られ、慰めを与えられるのが嬉《うれ》しかった。だが、自分にはアナベスを慰める資格はないのだ。

アナベスが欲しい、スローンは改めてそう思った。こうして慰めるだけでなく、アナベスを守り、アナベスを傷つけようとする者に報復したい。ついさきほどのように、互いの情熱のおもむくまま体を重ねたい。

だが、二度とあんなことがあってはならない。

やがて泣き声は収まった。しばらくするとアナベスは体を起こし、ハンカチで涙を拭いた。「すると、その文書を見つければ、お父さまを殺した人物もわかるのね」

「だと思う」

「だったら、必ず見つけるわ」アナベスは固い決意のにじむ目で言った。「犯人を突きとめる。そして、お父さまを殺した報いを受けさせるわ」

25

ほかには何も見つからず、その後まもなくふたりは作業場をあとにした。帰路は開けた道を避け、森を抜ける遠回りの道を選んだ。ハヴァーストック家に到着したアナベスは、借りた馬に何が起こったかプリシラとティモシーに説明するのはスローンに任せ、そのまま二階に上がった。

そして夕食も自分の部屋でとった。スローンが真実をどこまでハヴァーストック姉弟《きょうだい》に話したか見当もつかないが、ふたりと顔を合わせ、何も起こっていないふりをすることができなかったのだ。

食事が終わるころ、誰かがドアをノックした。プリシラが様子を見に来たのだろうか？　恐る恐るドアを開けると、ありがたいことに廊下に立っていたのはスローンだった。このときばかりはマナーを気にする余裕もなく、なかに入るよう合図して、再び窓辺の椅子に腰をおろした。スローンは化粧台の前から華奢《きゃしゃ》な造りの椅子を運んでくると、おっかなびっくり腰をおろした。

「大丈夫か、とは訊《き》かないよ。きみが悲しんでいるのはわかっている」

アナベスはうなずいた。「お父さまのために流す涙は、とうに流し尽くしたと思っていたのに。今回のことですべてがよみがえったの。誰かに殺されたなんて、ひどすぎるわ。これまでも、あんな事故で命を落とすなんてあんまりだと思っていたのよ。でも、誰かに殺されたなんて……。殺した人間はお父さまの人生を何十年も盗んだ——わたしたちから奪ったの、あんなに素晴らしいお父さまを。ネイサンがなっていたにちがいない、優しくて、公平で、寛大な父親を」

部屋に沈黙が落ち、ややあってスローンがためらいがちに尋ねた。「なっていたにちがいない、というのはどういう意味なんだ?」

アナベスはため息をついた。「ネイサンに婚約を解消されたの。どうやら、わたしには婚約者を繋《つな》ぎとめるほどの魅力がないようね」

スローンは目を見開いた。「だが、なぜ? あいつはきみを愛しているぞ。昔からずっと。きみがこの旅の相手にぼくを選んだからか?」

「いいえ、そのせいではないと言ったわ。ただ……この婚約はどちらにとっても間違いだった、と言っただけ。そのとおりよ。わたしは結婚には向いていないのだと思う。これからも夫を持つ気になるかどうか」

「ぼくのせいか。ぼくがきみを、二度と恋に落ちる気になれないほどひどく傷つけたんだな?」スローンは低い声で尋ねた。

「いいえ……いいえ、そうかもしれない。よくわからないの。ずいぶんまえのことだもの。もう当時の苦しみは乗り越えたわ。ただ……たぶん、わたしが持てる愛の量は決まっていたんでしょうね。そして、ずいぶん長いこと、あなたをとても深く、激しく愛していたから、燃え尽きてしまった。愛も怒りも苦痛も、あまりにも多く、激しく、長く感じすぎて、そのあとは深く感じることができなくなってしまったんだわ」

これは嘘だ。今日の午後スローンにキスされたときに感じた思い、突きあげてきた欲望は、昔と同じくらい強烈だった。ただ、それをもたらせるのはスローンだけらしい。燃えるような怒りや心からの笑いを引きだせるのもスローンだけ。でも、それを認めるつもりはなかった。

「アナ、本当にすまない」スローンはアナベスの手を両手で包み込んだ。「昔きみにしたことを変える方法があれば、きっとそうするのに」

「わかっているわ」アナベスは肩に力を入れ、手を引っ込めた。「それより、父を殺した犯人を見つけなくては」

アナベスが話題を変えたことを黙って受け入れると、スローンは乗りだしていた体を起こした。「必ず見つけるとも」

「ふたりで見つけるのよ」スローンが言おうとしていることを察して、アナベスは先手を打った。

「アナ。きみにはストーンクリフに戻ってもらいたい。きみが殺されかけたのに、ぼくはそれを防ぐことができなかった。誰にも気づかれずにストーンクリフを抜けだせると思ったんだ。尾行者がいれば、必ずわかると考えた。だが、わからなかった。きみを誘拐したり殺そうとしたりする相手が現れても撃退できるつもりでいたが、遠くから銃で狙ってくる相手を防ぐのは無理だ」

「どうしてストーンクリフは安全だと思うの？」アナベスは言い返した。「庭を散歩しているときに誰かが撃ってくるかもしれない。それとも、わたしにこれから一生、家のなかに閉じこもって過ごせと言うつもり？　安全を確保する唯一の方法は、犯人を突きとめて捕まえることよ」

「それはぼくがやる」スローンは厳しい顔で言った。「なんとしても突きとめる」

「ひとりでやるより、わたしもいたほうが成功する望みは高まるわ」

「ぼくらはすでに、きみが知っているあらゆる場所を探した。それにトッド夫妻の邸《やしき》には、お父さんのものはもう何もないんだろう？　昨夜フェリンガムが持ってきた箱には何も入っていなかったし」

「きっと書き物机にあるのよ。父は隠すつもりすらなかったのかもしれない。殺されたとき、書いているところだったのかもしれないわ。そして書きかけのまま机に残した。あの机がどうなったのかは知らないけれど、たぶん母のところにあるんでしょう。父が母に贈った箱もまだ確かめていないわ」

「その机とお母さんが持っている箱は、ぼくが確認する」

「母に見せてもらえればね」アナベスは眉をひとつだけ上げた。「あなたはエジャートン卿《きょう》に嫌われているもの。門前払いを食わされかねないわ」

「アナ……きみはぼくの弱点になるんだ」

「いいえ、ならない。あなたもわたしの弱点にはならないわ。どこにいても撃たれる危険があるなら、あなたのいないストーンクリフにいるより、あなたと一緒に行動するほうが安全だと思わない？」

「ストーンクリフにはヴェリティがいる。ネイサンもいる」

「婚約を破棄されたばかりの相手に、四六時中一緒にいてくれと頼むのは気が引けるわ。それにヴェリティより、あなたがいいの」これは誤解を生む表現だ。アナベスは慌てて言い直した。「ヴェリティより、あなたのほうが信頼できるの」

スローンのため息を聞いて、アナベスは自分の主張が通ったことを知った。

「いいだろう。明日ロンドンへ帰ろう」

「プリシラとティモシーには、午後のことをどう話したの？」

「本当のことを話した。誰かがきみを狙って撃ってきて、きみが落馬した、と。野放しになっている馬を召使いが見つけたことは、そのうちトッド夫人から聞くことになる。だから、何が起きたかをふたりに知らせておくべきだと思ったんだ。せっかくのプリシラの計画を無下にして滞在を切りあげる理由も必要だったし、誰かがここにぼくたちのことを訊きに来た場合に備え、ふたりには用心してもらいたいからね。細かい話はしなかったが、ふたりとも何かが起きていることはわかっている」

「明日、ここを発《た》つのね？」

「朝早く、夜が明けるまえに発つ。今日の狙撃手が不眠不休でこの邸を見張っているとしても、まだ暗いうちならうまく狙えないはずだ。ロンドンへは有料の街道を使って戻る。そこなら旅行者がたくさんいて、狙撃手もそうそうきみを狙えないだろう」

スローンが出ていくと、アナベスは荷造りした。何かすることがあるのはありがたい。今日一日の疲れは感じるが、さまざまな思いが渦巻き、じっと座っていられなかったのだ。夜明けまえに起きなくてはならないのはわかっていたが、横になったあともなかなか眠りは訪れなかった。父とその死に関する物思いが次から次へと頭をよぎる。この目で証拠を見たいまも、父が殺されたことがまだ信じられなかった。いったい誰が、なぜそんなことをしたのか？　父はその誰かにとってそれほど危険な、何を知っていたというの？

この堂々巡りから抜けだすたびに、スローンのことが頭を占領した。婚約破棄のことを黙っていたアナベスに、きっと腹を立てているにちがいない。

でも、罪悪感を覚えるのはばかげている。スローンにはわたしに何かを期待する理由はひとつもないし、権利もないのだから。あんがい、キスしてはいけない理由がなくなり、困っているかもしれない。いっときの情熱に駆られてばかな過ちをおかし、再びわたしに縛りつけられたくないと思っている可能性が高いのだから。

何時間かまえ、スローンが情熱を感じたのはたしかだった。あのキスの激しさがそれを物語っている。でも、だから彼がわたしと関係を持ちたがっているということにはならない。もちろん、こちらもお断りだ……が、午後のキスを思い出すと、自然と体の奥深くが熱くなった。トッド夫人に邪魔されなければ、道徳も理性も過去の痛みも忘れ、おそらくスローンを受け入れていただろう。

でも、あれは欲望で、愛とは違う。愛は一方通行では成り立たない。逆の立場だが、ネイサンとの破局がその証拠。ネイサンのことは大好きだったし、スローンとのキスで感じたような情熱を感じたいと願い、感じようと努力した……が、結局だめだった。

スローンに対しては、まるで息をするように情熱を感じる。あのあざやかな青い瞳で見られただけで、体が燃えようように熱くなる。物憂い笑み、撫《な》でたくてたまらなくなるような長めの黒髪、たくましい体と器用な手のことを考えただけで、彼が欲しくてたまらなくなるのに……。

でも、情熱のままに行動することはできない。この気持ちは隠さなくてはならない。自分を守るためには、そうするしかなかった。

どれほど生きているという実感が得られようと、スローンへの愛がもたらすのは、耐えがたい苦痛と傷心だけなのだから。

26

　ドアのノックで起こされたアナベスは、急いでベッドをおり、椅子の上に用意した服をつかむと、手早く着替えをすませた。荷物は昨夜のうちに馬車に運び込まれていたから、そのまま静かに階段をおりてスローンが待つ玄関へ向かった。プリシラたちに挨拶もせず、まだ暗いうちにハヴァーストック家を抜けだすのは、なんだか駆け落ちのようで気が咎《とが》める。

　だが、もちろん、そんな甘い雰囲気はこれっぽっちもなかった。スローンは抱擁もせず、挨拶代わりに軽くうなずいただけで、外で待っている馬車へとアナベスを伴った。アナベスはかすかな失望を感じたことを否定できなかった。

　空にはまだ半月がかかり、街道を照らしている。馬車は薄明かりのなか、小道をゆっくりと進んだ。周囲は静まり返り、聞こえるのは馬の蹄《ひづめ》の音と、馬車の金具がこすれる音だけ。ときおり灌木《かんぼく》や木立の葉が風に吹かれてサラサラという音をたてる。そのたびにスローンは音がしたほうに鋭い視線を向けた。

　彼は空が明るみはじめたあとも警戒を怠らず、たえずまわりを探るように見ていた。ロンドンに至る有料の街道にたどり着くと、ようやく少し肩の力を抜いたものの、そのあとも油断なく目を配り続けた。

「ロンドンでは辻馬車《つじばしゃ》を使おう」スローンは言った。「歩くのはもちろん、幌《ほろ》だけの馬車もまずい」

「犯人がまた襲ってくると思うの？　街中で隠れた場所から狙撃するのは、はるかに難しいと思うけれど。そもそも、昨日の銃声はわたしを狙ったものではなく、たんなる事故だったのかもしれない」スローンの懐疑的な目に、アナベスはため息をついた。「ええ、わかってる。偶然などありえないわね」

「そのとおり。あの道は見通しがよかったから、狩猟中の人間がぼくらを獲物と間違えるはずがない」

「でも、わたしが狙われたとはかぎらないわ」アナベスは指摘した。「あなたの敵が追ってきた可能性もあるでしょう？」

「パーカーが？」スローンは低い笑い声をもらした。「パーカーかその手下がロンドンから離れるとは思えないな。あいつらは都会の人間だ。しかも、これまで至近距離からナイフで刺す機会はいくらでもあった。狙撃手を雇う必要などないさ。信じたくない気持ちはわかるが、間違いなく狙いはきみだ」

「わたしを殺しても、あなたがその文書を探し続けるのは犯人もわかっているはずよ」

「ああ。昨日の午後きみが死んでいたら、そいつの運命も決まっていたな」声が険しくなった。ちらっと見ると、どんな悪党でも震えあがりそうなほど恐《こわ》い顔をしている。「だが、犯人がそれに気づいているかどうか」スローンは考え込むような顔になった。「きみはロックウッド邸ではなく、お母さんのところに滞在すべきだろうな」

「いやよ。着替えが必要だし」

「まずロックウッド邸へ送るから、手早く荷造りすればいい」スローンは言った。「エジャートンを嫌っているのはわかるが、ロックウッド邸は犯人が真っ先に捜す場所だぞ。だがヴェリティはストーンクリフにいるから、きみを守れない」

「ええ、お祖母《ばあ》さまもペチュニアもストーンクリフにいるわね」アナベスはそう言って顔をほころばせた。スローンが笑いを含んだ目を向ける。「召使いもいるし、先日のことがあるから、みんな油断はしないはずよ。エジャートン家の召使いはそうはいかないわ。それにエジャートン卿《きよう》も喧嘩《けんか》が強そうには見えない。祖母の家にわたしがいないことを犯人が知れば、母のところを捜すでしょうね」

スローンはため息をつき、少しのあいだ黙り込んだ。「いちばん安全なのはぼくの家だな」

そう言ったとたん、馬車のなかの空気が変わった。スローンは前方を見つめたままだ。

アナベスは言い返そうにも声が出なかった。頭が働かず何も思い浮かばなかったから、ちょうどよかったかもしれない。

ようやく声をしぼりだした。「あなたの家？　スローン、そんなことをしたら……世間がどう思うか……ハヴァーストック家にふたりで出かけるのならまだしも、あなたの家に滞在したりしたら、わたしの評判は地に落ちるわ」

「誰にもわからないさ」スローンは言った。「ロンドンの知り合いは、きみが祖母とストーンクリフに行ったと思っている。ぼくの家に着くころには暗くなっているから、フードを目深にかぶって急いでなかに入ればいい。前にある生け垣と灌木で、玄関は表の通りからは見えない。馬車から降りて二歩も進めば、昼間でさえ人目にはつかないよ」

「でも、召使いに知られるわ」

「いいや」スローンはあっさり首を振った。「ぼくのいわくつきの過去を忘れたのか？　ひそかに行動するのは仕事の一部なんだ。二階の居室には、ぼくか執事の許可がなければ誰も近づかない。住み込みで働いているのはその執事だけで、彼はこの命を託せるほど信頼できる男だ。実際に命を託したこともある。通いのメイドと料理人には、この旅に出るまえに休みを与えてある。きみがいるあいだはそのままにしておくよ。マーカスもコーンウォールに戻っている」

アナベスが抗議した本当の理由は召使いではなかった。スローンの父親でもなければ、スキャンダルを恐れたからでもない。スローンとふたりきりになると思っただけで、喉がからからになり、体中の神経が目覚めたような気がするから――下腹部の奥がじっとりと熱を持ってくるからだった。実際、召使いやスローンの父親がいたほうがまだましだったろう。

「きみの純潔のことなら、汚《けが》すつもりはないよ」スローンは皮肉交じりに言った。

「いいえ、それは心配していないわ」

問題はスローンでも、彼の抗《あらが》いがたい魅力でもない。アナベスが恐れているのは自分自身、スローンといるときに体のなかで燃えあがる炎だった。昨日、もう少しでスローンと愛し合いそうになった欲望が怖い。新たに手にした、なんでも好きなことができるというめまいがするほどの自由が怖いのだ。スローンが最初に勧めたように、母の邸《やしき》に行くのが最善なのだろう。誘惑から自分を遠ざけるべきだ。

「いいわ。では、あなたの家に行きましょう……でも、そのまえに祖母の家に寄って、着替えを何着か持っていきたい」アナベスはことさらきっぱりした口調で言った。

そのあとはロンドンまで気まずい雰囲気が続いた。アナベスの頭に浮かぶのは、やってくる夜のことばかり。なぜこんな非常識な申し出に同意したのだろう。スローンに迫られても拒否できることを証明したいから？　それとも、誘惑に身をゆだねたいから？

スローンも黙り込んでいた。とくに気まずそうな表情ではないが、目を合わせようとしないことが内心の思いを語っている。

ロックウッド邸には黄昏時《たそがれどき》に到着し、アナベスが着替えをまとめて再び馬車に乗るころには、すっかり暗くなっていた。

「ここがぼくの家だ」やがてスローンがそう言って馬車を止めた。

自分がどんな家を想像していたのかわからないが、ごくふつうの地域にある、茶色い煉《れん》瓦《が》造りの細長い建物でないことはたしかだ。その家は大きくもなければ、装飾もなかった。名門一族に名を連ねる、大金持ちの家にはまるで見えない。家の正面を横切って柊《ひいらぎ》の生け垣が植わり、一階だけでなく二階の窓にまで緑の葉や花であふれた花箱が飾られているのも意外だった。

造りこそみな違うものの、通り沿いの家はどれも通りから数メートル引っ込んで、建物の前に芝生の前庭か花壇がある。家の敷地と通りの境にある黒い鋳鉄製の門は開き、玄関前の石段に至る短い小道が見えた。

たしかにスローンの説明どおり、その小道は人目につかなかった。門を入ってすぐ右手に植わっている灌木が影を落とし、隣家と接する左手は生け垣に遮られている。

アナベスはフードを目深にかぶって顔を隠し、スローンに腕を取られてすばやく小道を玄関へと向かった。

「下へ行って、アントワンに帰ってきたことを知らせ、それから馬車を馬屋に入れてくる。

意味に気づいた。

そう尋ねたとたん、スローンの目が急に熱を持ち、アナベスは自分の質問が仄《ほの》めかした
「あなたはどこで寝てほしいの？」

遠慮せず家のなかを見てまわって、滞在する部屋を選ぶといい」

「いえ、つまり――」

端整な顔にかすかな笑みが浮かぶ。「わかっているよ。好きな部屋を選んでかまわない」

スローンは召使い用の階段がある、家の裏手に向かった。アナベスはその場で足を止め、周囲を見まわした。スローンの家にいると思うと奇妙な気持ちだった。まるで禁じられた場所にいるかのようだ。実際、ある意味ではそのとおりだった。が、社交界のルールから逸脱している、という意味ではない。

これはスローンの世界に属する家で、アナベスとはまったく関わりのない場所。すべてが物珍しく、両親の家やハヴァーストック家のような思い出はひとつもない。ここはアナベスの知らないスローン――危険な任務であちこち飛びまわったあと、ビジネスを立ちあげ、莫大《ばくだい》な財産を作った男――の一部なのだ。

アナベスは客間や食堂、家の裏手にあるオフィスを見ていった。覗《のぞ》き見《み》するのは少し気が咎めたが、遠慮せずに見てかまわないとスローンが言ったのだ。家のなかは、スローン自身が買った家具や美術品、絵で飾られていたが、生活感はあまりなかった。ふだんはど

れくらいここで過ごしているのだろう?

　アナベスは二階に上がり、廊下沿いのドアをひとつひとつ開けていった。最初にのぞいた部屋は、マーカスがロンドンに滞在するときに使っているようだ。あちこちに彼の所有物らしきものが置いてある。次の部屋は誰も使っていないのか、寝台と椅子、化粧台しか置かれていなかった。

　その隣は明らかに居間のようだ。きちんと片付き、暖炉のそばに座り心地のよさそうな椅子がいくつか置いてある。壁のひとつにドアがあり、それを開くとべつの寝室があった。そこがスローンの部屋なのだろう。無造作に椅子に放りだされた上着、化粧台にはヘアブラシと一対のカフリンク。椅子のひとつには開いたままの本が置いてある。スローンの香りと混じり合った、髭剃《ひげそ》り用石鹸《せっけん》の匂いが、部屋全体にかすかに漂っていた。

「馬車を裏にまわしてきた」スローンが後ろから言った。

　アナベスはびくっとして振り向いた。顔が熱くなる。ちょうどここをのぞいているときに来るなんて。これではまるで、スローンのことを詮索しているみたいだ。あの大きなベッドの寝心地を考えていたりして。もちろん、そのとおりなのだが……スローンにそれを気づかれるなんて恥ずかしすぎる。

「あの、お言葉に甘えて、あちこち見させてもらっていたの」アナベスは曖昧な身振りでスローンの部屋を示した。

スローンは微笑した。「よかった。ここにいるきみが見られて嬉《うれ》しいよ」それから足を踏みかえ、こう続けた。「つまり、きみを歓迎するってことさ。この家のどこでも」

これほど緊張し、恥ずかしい思いをしていなければ、アナベスも微笑《ほほえ》んでいたにちがいない。自信がなさそうなスローンなど、めったに見られないのだから。胡桃《くるみ》材のベッドととても柔らかそうなマットレスは、部屋のほとんどを占領するほど大きい。同じことを考えているらしく、スローンもベッドから急いで目をそらし、うっすらと頬を染めた。が、スローンがそうなったのは、自分の思いを恥じたからではないかもしれない。

「これで」アナベスは結論づけるように言い、廊下に出るドアを見た。「どの部屋も……のぞいたみたい」

アナベスがドアへ向かうと、スローンは礼儀正しく横に寄り、自分も廊下に出てきた。

「使いたい部屋は選んだか？」

「どの部屋でもいいわ。どれも居心地がよさそうだもの。でも、階段を上がってすぐの部屋はあなたのお父さまが使っているのね？」

「ああ。父さんはたいていあの部屋に泊まる」スローンは廊下をはさんだ反対側の部屋を指さした。「その部屋がいちばん快適だと思う。裏手にあるから通りの喧騒《けんそう》は聞こえないし、ぼくの部屋にいちばん近い。つまり……危険が生じれば、ひと声叫ぶだけで聞こえる」

「ええ、もちろん。だったらそこがいいわね」廊下を隔てた部屋にスローンが寝ていたら不埒《ふらち》な想像で心が乱されるだろうが、そうは言えない。

「さてと……ひとりにしてあげよう。旅の埃《ほこり》を落とし、少し休みたいだろうから。お湯を届けさせる」

「ありがとう。ええ、ぜひそうしたいわ」

「ぼくは階下《した》にいる。間に合わせだが、アントワンが夕食を用意してくれるそうだ」

アナベスはうなずき、スローンが示した部屋に入った。しばらくしてそこを出たときには、顔と手を洗い、服を着替えてさっぱりした気分になっていた。が、疲れているとはいえ神経が高ぶりすぎて、スローンに勧められたように休むことはできなかった。

アントワンが用意した夕食は、冷たい肉とチーズとパンだけという簡単なものだったが、とても美味《おい》しかった。もっとも、お腹がぺこぺこだったから、どんな味でも気にせず食べていただろう。空腹が満たされたあと、ふたりはコーヒーとケーキをゆっくり味わった。

「この家は想像とは違っていたわ」アナベスは言った。

スローンは眉を上げた。「もっとけばけばしいと思っていた?」

「いいえ」口元がほころぶ。「でも、もっと……意表を衝《つ》く家だと思っていたかもしれない。ノエルから、〝亡霊が住み着いていそうな〟お城のことを聞いていたから」

「ああ」スローンの口元にも笑みが浮かんだ。「コーンウォールの邸だな。あれはそこが気に入ったんだ。あそこのまわりには何もないが、ロンドンでは……」肩をすくめた。

「ひっそりとしたたたずまいのほうがいいことを学んだのさ。ここはオフィスがある波止場に近いし、治安も悪くない。表から入れる扉はひとつだけ。窓も少ないし、雨樋《あまどい》は窓から離れている。そのうえ、よじ登れる格子飾りも飛び移れるような高い木もない。通りに面した生け垣が階下の窓の半分を覆っているとあって、外から鍵をこじ開けるのも難しい。簡単に押し入ることはできないんだ。二階の茂りすぎている大きな花箱は窓隠し。屋根裏の窓は開かない。開いたとしても小さすぎるから、入れるのは子どもぐらいだろう」

アナベスはスローンを見つめた。「植木も花箱も、みんな用心のためなの？」

「いや、もちろん装飾も兼ねているよ。だが、できるかぎり危険を避けるのが習慣になっているんだ」

「ときどき、あなたという人をまるで知らないような気がするわ」あきれて首を振る。

「昔は用心とは無縁だったのに」

「何度か痛い目を見て、用心深くなったのさ。大胆なのも悪くないが、脇腹にナイフを突き立てられたあとはいやでも慎重になる」

アナベスは息を呑《の》んだ。「まあ……」

スローンは肩をすくめた。「さいわい、肋骨《ろっこつ》に当たり、少々血を流しただけですんだ」

「そういうことがしょっちゅうあったの？」

「最初のうちはね。おかげで背後に気を配り、誰も信じず、落ち合う場所は事前に偵察するようになったよ」

「ずいぶん恐ろしい人生に聞こえるわ」

「悪いことばかりじゃなかったよ。スリル満点だし、敵を出し抜くのも楽しかった。アメリカではあまりいい思い出はないが、あの国にいる敵をよく知るようになると、ほとんどが好ましい連中だとわかった。安全な距離からフランスの栄光をよみがえらせたいと願う、愚かな連中だったんだ。で、アスキスの仕事を辞《や》め、金儲《かねもう》けに鞍替《くらが》えした」

「そして成功を収めたのね」

「まあね」スローンはスプーンをもてあそんだ。「ぼくはそれしか向いていないんじゃないかと思うこともあるよ」

「家族は？　自分の子どもが欲しくないの？」

「結婚など考えたこともない」スローンはそっけなく答えた。「子どもも欲しくない」

「でも、昔はよく話していたじゃないの。自分の家と家族が欲しい、と」

「若かったのさ。いまはそういう気はまったくない」

「でも――」

　あざやかな青い目に怒りがひらめいた。「昔、結婚したかったのは、きみがいたからだ」スローンは身を乗りだした。「きみと家族を作りたかった。きみと住む家が欲しかった。

きみをぼくのベッドに迎えたかった」

アナベスは息を止め、熱くきらめく目を見つめた。たちまち周囲の空気が張り詰める。スローンに引き寄せられ、キスされるにちがいない——アナベスはそう思い、スローンのキスを待ち受けた。抵抗するどころか、こちらは喜んでそのキスを受けるだろう。スローンに触れてほしくてたまらなかった。

だが、スローンは椅子を押しやり、立ちあがった。「くそ」毒づいて食堂の入り口に行き、長いこと腕組みして、目の前にある戸棚のなかの陶器を見つめていた。

どうすればいいかわからず、アナベスは席に留《とど》まった。スローンのあとを追い、たくましい腕に手を置いて、告げるべきだろうか？　でも、何を？　彼に見られただけで体のなかが震える、と？　いまの言葉が下腹部の奥に火をつけた、と？　若かった昔に戻り、すべてをやり直すことができたらいいのに、と？

スローンは息を吸い込んで肩の力を抜き、アナベスを見た。「悪かった。あんなことは言うべきではなかった。何もかも昔のこと、とうに過ぎ去ったことだ」その顔はすでに落ち着きを取り戻していた。「今夜のぼくは、あまりよい話し相手にはなれそうもない。部屋に戻って横になるといい。今朝は早かったから」

アナベスは立ちあがった。二階になど行きたくないと拒否したかったが、それがどれほど愚かかはわかっている。スローンが少しでも誘うようなそぶりを見せれば、一歩でもこちらに踏みだせば、理性も良識もかなぐり捨てて彼の腕に飛び込むにちがいない。だが、スローンは身じろぎひとつせず、アナベスのほうも衝動に身を任せるには賢すぎた。

そこでアナベスはきびすを返し、食堂を出ると、階段を上がって自分の部屋に戻った。そのあいだもずっと、呼びとめる声か、追いかけて階段を上がってくる足音に耳をすませたが、何も聞こえなかった。

部屋に入ってドアを閉めると、ためていた息がもれた。これは安堵《あんど》のため息だと思いたい。誘惑に身をゆだねるか、正気と安全を保つかを決断せずにすんでほっとしたのだ、と。

スローンが欲しいことは否定できない。心を与えずに彼と寝ることができるなら、躊《ちゅう》躇《ちょ》せずにそうしている。でも、そんなことは不可能だ。

実際、もうすでに賢明とは言えないほどスローンへの想《おも》いが強くなっていた。正直なところ、この捜索にスローンが必要だと言い張ったのは、父の文書を見つけて事件を終息させたいからだけではなく、スローンとふたりきりになりたかったからだった。

毎朝、今日もスローンに会えるという期待に胸を弾ませ、目を覚ます。そして昔のような笑み、あの懐かしい若々しい笑み、活気と喜びに満ちた笑みを投げられるたびに、深い喜びがこみあげる。スローンがどこにいようと、誰と一緒にいようと、アナベスの目は無意識にまずスローンを捜していた。彼と一緒だと、世界はこれまでよりも明るく、きらめきと可能性に満ちているように思えて、自然に笑いがこみあげてくる。彼と話すのが楽しくてたまらなかった。彼が一緒だと、心がとても自由になり、何をしても、言っても正しい気がする。

でも、そのすべてがまやかしに過ぎないのだ。この事件が解決し、スローンがこちらの人生から消えると同時に消えてしまう幻でしかない。スローンをそばに留めておくすべはない。かつての自信も確信も、いまの自分にはかけらもなかった。スローンはわたしのもとを去るだろう。わたしはもとの暮らし——安全で安定した、仲間に囲まれた暮らしに戻り、玩具《おもちゃ》の小舟のように揺られながら、人生という川を流れていくのだ。

振り返ってみると、この十二年、自分はずっとそうやって生きてきたのだった。ほかの人々の望みに唯々諾々と従い、彼らの意に沿うように気持ちを抑え、人生のあれこれを調整し、与えられた環境から決して外に踏みださず、自分の意志を通すことなく生きてきた。祖母が行くところへ行き、祖母が引き起こす軋轢《あつれき》を和らげようと心を砕いてきた。ネイサンの求婚を受け入れたのも、彼が死なずに生き延びたことがただ嬉しくてありがたかったからだ。

わたしは昔からこうだったの？　すべてを、スローンに捨てられて絶望したせいにするのは容易《たやす》い。でも、結局は自分の優柔不断と依頼心が露呈されただけではなかっただろうか。スローンに婚約を破棄されたとき、わたしはただストーンクリフにいる伯母のもとに逃げだしただけだ。

その場に留まり、彼の言葉を跳ね返し、婚約破棄の理由を尋ねることはしなかった。別れを告げられたときに、呆然《ぼうぜん》として何ひとつ言い返せなかったのは仕方がないにせよ、そのあと彼に問いただすことはできたはずだ。スローンの邸を訪ね、自分の思いを主張することもできた。真実を話せと要求することも。でも、捨てられたという一事にこだわり、傷ついて、ただ逃げだしたのだった。

でも、もう逃げる気はない。ほかの人々が決めたことに従うのはもううんざり。スローンと何が起こるにせよ、今度はそれと正面から向き合おう。

27

翌朝の朝食で、スローンはアスキスに会いに行くと告げた。「アスキスがほかに何を知っているか知っておきたい」

「わたしも一緒に行くわ」アナベスは言った。

「だめだ。信じてくれ、あんな男のことはできるだけ知らないほうがいい。もっと重要なのは、あいつにはできるだけきみについて知らせないことだ」

アナベスは驚いてスローンを見た。「どういう意味？　あなたはその人のために働いていたんじゃないの？」

「だからあの男が好きだとはかぎらないさ。アスキスは祖国のためになると思えば、誰であろうとなんであろうと容赦なく利用する。あいつはこの国のスパイの親玉なんだよ、アナ。非情な男なんだ。〝蜘蛛《くも》〟という異名は伊達《だて》じゃない。これはと思う相手を、自分が紡いだ蜘蛛の巣にからめとるのが得意な卑劣漢だ。きみを利用する方法があると思えば、躊躇《ちゅうちょ》なくそうする男なんだ」

「でも、わたしにどんな利用価値があるというの？　重要人物でもないのに」

「きみを大切に思っている人たちがいるじゃないか」スローンは吐き捨てるように言い、目をそらして少し穏やかな声で続けた。「きみを傷つけると脅されたら、彼らはアスキスの言いなりになるだろう？　レディ・ロックウッドはきみに危害を加えられないためなら、なんでもするにちがいない。きみのお母さんも」

「あなたも？」アナベスは自分の問いにはっとして、唇を噛《か》んだ。ばかな女。そんなに気にかけていると言ってほしいの？

「ああ、ぼくもだ」スローンは強い感情をたたえた目でアナベスを見た。

彼が感じているのは後悔？　悲しみ？　スローンの考えていること、感じていることがわかればいいのに。

「きみのためなら、ぼくはなんでもする。それはわかっているはずだぞ」

わたしのそばにいてくれること以外は。だが、その言葉は口にしなかった。「だったら、わたしをその人のところへ連れていって」

スローンはため息をつき、しばらくしてから言った。「アスキスの前ではくれぐれも言葉に気をつけるんだぞ」

「まるで敵を相手にするような口ぶりね」

「敵ではないが、友でもないな」

その日の朝訪れたオフィスの主は、スローンが警告したほど恐ろしい男には見えなかった。少々肉付きのよい中背の体を包んでいる服は申し分ないものの、いかにも地味であか抜けない。どこからどう見ても危険人物ではなく、ごくふつうの、会った翌日には顔を思い出せないような男だ。たぶん、そういうところがスパイに向いているのだろう。

スローンがドアを開けると、アスキスはぱっと顔を上げ、不機嫌そうに口の端をさげた。

「ここには来るなと言ってあるはずだぞ」

「スパイごっこなどどうでもいい」スローンはドアを閉めながら言い返した。「このままもそう言ったはずだ。まあ、ぼくらが突きとめたことを聞きたくないというなら……」そのままドアへ向かおうとする。

「そういう態度はよくないぞ、ラザフォード。座ったらどうだ」アスキスはアナベスに鋭い目を向けた。「で、あなたはミス・ウィンフィールド？」

「ええ」アナベスは腰をおろした。

スローンが壁に寄りかかり、腕を組む。

アスキスはそちらに目をやり、眉を上げた。「ミス・ウィンフィールドは知って……」

「父親の書いた文書をあんたが探していることは知っている。だが、文書の内容は知らない。ヴェリティ・コールとぼくからその話を聞くまでは、文書の存在すら知らなかった。

言っておくが、レディ・ロックウッドはあんたが自分の邸《やしき》にスパイを忍び込ませたことに激怒しているぞ」

「申し訳ない、ミス・ウィンフィールド」アスキスが言った。「ミス・コールはあなたを巻き込まずに文書を探そうとしただけで、あなたをスパイするために邸にいたわけではないのですよ。レディ・ロックウッドにたいへんな迷惑をおかけしたのでなければいいが」

「真夜中に祖母の家に男が押し入ったのを迷惑だとみなすなら、たしかにたいへんな迷惑でしたわ」アナベスは落ち着き払って皮肉った。

「男が押し入った?」アスキスは驚いてスローンを見た。「そんな話は聞いていないぞ」

「あんたと話したあとのことだ」

「驚いたな。それはまずい」アスキスは顔をしかめた。「ミス・ウィンフィールド、あなたはロンドンを離れ、どこかに避難したと思っていたんですがね」

「ええ、ロンドンを離れましたわ。目的は避難ではなかったですが。父が書いたことになっている文書を探しに出かけたんです」アナベスはそっけなく返した。「何が書いてあるかわかれば、ずいぶん探す役に立つのですけれど。ただ文書と言われただけでは、見つけても正しい文書かどうかわかりませんもの」

「ラザフォードが見ればわかります。この件はラザフォードに任せたほうがいい。ミス・コールはどこにいるんだ?」最後の言葉はスローンに向けたものだった。

「敵の目をごまかすために、ミス・ウィンフィールドの親戚の邸に滞在している」スローンはくつろいでいるふりをやめ、アスキスに近づいた。「だが、そのごまかしが役に立ったとは言えないんだ。誰かがミス・ウィンフィールドの命を狙って発砲してきた」

「それはそれは」

この男は何を聞いても驚かないの？ わずかに眉を上げただけでとくに動じた様子もないアスキスを見て、アナベスは思った。

アスキスはアナベスを見た。「あなたはミス・コールが滞在している親戚のところに行かれたほうがよろしい。捜索はラザフォードに任せなさい」

「でも、その文書を見つけられるのはわたしだけですわ」

スローンは自分たちの捜索をアスキスに報告したあと、こう付け加えた。「どういうことなんだ、アスキス？ 何を隠している？」

「親愛なるラザフォード……どうしてわたしが、きみたちに隠し事をしなくてはならないのかね？」

「それがあんたのやり方だからさ」スローンが鋭く言い返す。「この一件全体が、最初から奇妙だった。なぜこの捜索に外部の者を雇った？ 何ひとつ事情を知らない、すべての事実を明らかにできないような人物を？ ぼくはあんたを知っている。あんたが理屈に合わない行動をとることはありえない。なぜ、まっすぐヴェリティのところに行かなかった？　あるいはぼくのところに来なかった？」

「このまえも言ったはずだぞ。ふたりとも、二度とわたしとは関わりたくないと断言した。だから断られると思ったのだ」

スローンは鼻を鳴らした。「それで思い留《とど》まったことなど一度もないくせに。この捜索には、ヴェリティかぼくを選ぶのが理にかなっていたはずだ。誰よりも腕が立つし、こういう仕事に慣れているんだからな」

アスキスは注意深く言葉を選んだ。「あまり慣れていない人間を雇うほうがよいこともあるのだよ。部外者なら新たな視点で物事を見られる」

スローンは体を起こした。「なんだと？　容疑者は組織の内部にいると言っているのか？　内部に反逆者がいると？」

アスキスは肩をすくめた。「内部の人間が裏切ったかもしれない、と思われるふしがある。あらゆる可能性を考慮しなくてはならないからな。リヨンの仕事を覚えているだろう？　きみは捕まり、監獄にぶち込まれた。〝積み荷〟をおろそうとしたときにきみの船が攻撃され、あやうく死にかけたこともあった。ほかにもいくつか、フランス側がきみの居所と計画を知っているように見えたことがある」

「もちろん、覚えているとも。しかし、諜報《ちょうほう》の仕事では、たしかなことは何ひとつない。それに過失や判断の誤りもよくある」スローンは顔をしかめた。「それでも、部下のなかに反逆者がいるという疑いがあるなら、なぜ裏切りを嗅ぎつけるのが誰より得意な人間を雇わなかった？　仕事を知り尽くし、関わっている全員を知る人間を――ヴェリティを使わなかったんだ？」

アスキスはふたりがオフィスに入ってから初めて、気詰まりな様子で身じろぎし、目をそらした。「まあ、それには理由が――」

スローンは驚いて叫んだ。「ヴェリティがその反逆者だと思っているのか？　ばかばかしい」

「いや、もちろん、ヴェリティだとは思っていない。しかし、この件に関してわたしがどう感じていようと、客観的な判断をくだす必要がある。あらゆる可能性を検討しなくてはならないんだ。女だという理由で、ヴェリティを除外することはできない。女も男と同じように悪党になれるのはきみも知ってのとおりだ。それに、失敗に終わった任務のほとんどにヴェリティが関わっていた。これは無視できない事実だ」

「だが、そういう任務ではヴェリティも危険をおかしてきたぞ。逮捕されたぼくを監獄から助けだしてくれたのもヴェリティだ。あの逮捕が彼女の仕組んだ罠《わな》なら、なぜそのあとぼくを助けだした？」

「きみの信頼を得るには実に効果的な方法だぞ。長い目で見れば、きみを監獄にぶち込んだままにしておくより、信頼を得るほうがずっと重要だと判断したのかもしれない。とくにきみの場合は、放っておいても早晩、自力で脱獄したにちがいないからな」

「ばかな。ヴェリティを疑うくらいなら、ぼくも疑うんだな」

　アスキスは何も言わず、スローンを見ている。

「もちろん、ぼくのことも疑っているわけだ」スローンはうんざりした声で言った。

アスキスは肩をすくめた。「真剣に疑っているわけではない。しかし、さきほども言ったように、あらゆる――」

「可能性を考慮しなくてはならない、か」スローンがあとを引きとった。「いいだろう。ほかには誰を疑っているんだ？　ぼくとヴェリティだけではないんだろう？」

「ああ。しかし、まだ特定の人間に絞ることができずにいる。証拠がないのだよ。したがって、全員に目を光らせているしかない」

「だったら、その全員の名前を教えてくれ」

「ラザフォード！」アスキスがショックを受けた顔をした。「無茶を言うな。そんなことをしたら、スパイ網全体を危険にさらすことになる。知っているはずだぞ、わたしのもっとも基本的なルールは、諜報員の身元を誰にも明かさないことだ。きみが知っているのは、ミス・コールのように一緒に組んだ人間だけ。それに、きみがミス・コールと情報を交換しなければ、わたしの命令どおり、彼女の真の身元も知ることはなかった」

「あんたのスパイ網などくそくらえだ」スローンは鋭く言い返した。「戦争はとうに終わっているんだぞ。名前を秘密にし続ける理由はもうない。いいか、その文書がありそうな場所はほぼすべてあたり、あとはレディ・エジャートンの持ち物に目を通すだけだ。探せば探すほど、ハンターが残した文書が見つかる可能性は減っていく。とうに失われてしまったか、捨てられたか、最初からなかったのかもしれない」

「ほかには可能性がないのか？　あらゆる場所を探したのか？」

「もちろん。だが、アナベスを狙っている人間は、自分の正体を突きとめられる見込みがほぼないことを知らない。あんたにとっては任務が失敗しただけですむかもしれないが、ミス・ウィンフィールドは命を狙われているんだ。どんな手段を講じても、その反逆者を突きとめなくてはならない。諜報員たちの名前を教えてもらいたい」スローンは厳しい表情でアスキスをにらんだ。

アスキスはため息をついた。「いいだろう。名前を書きだしてきみに送る。大して役に立つとは思えないがね。もう何週間も彼らをふるいにかけているが、いっこうに特定できないのだからな」

オフィスをあとにして、待たせてあった馬車に戻る途中でアナベスは尋ねた。「実際、ヴェリティが反逆者だという可能性はあるの？」

スローンは肩をすくめた。「可能性は低いと思う。ヴェリティはぼくの命を救ってくれたし、ぼくも一、二度ヴェリティを窮地から救いだしたことがある。しかし、アスキスの言うとおり、失敗に終わった任務がいくつかあったのもたしかだ。フランスから船に乗せてこっちに運ぶことになっていた諜報員が、砂浜に着いたとたんにぼくの目の前で撃たれたり、ヴェリティと落ち合う場所にフランス軍が押し寄せてきたり。ぼくが捕まったのはそのせいなんだ。が、さっきも言ったように、脱獄できたのもヴェリティのおかげだ。ぼくはヴェリティを信じているが、ただ信じるだけでは足りない。違うと証明できないかぎり、全員を疑うしかないだろうな」

「ヴェリティに嘘をつかれたとわかったときは裏切られた気がしたけれど、わたしはいまでもあの人が好きよ。それに、信頼もしているわ。いずれにしろ、彼女はストーンクリフにいるんですもの、父の作業場の近くで発砲したのはヴェリティではありえないわ」

「ああ。昔の仲間に裏切り者がいるとしたら、ほかの誰かである可能性が高い。アスキスが人一倍疑《うたぐ》り深《ぶか》いことを考えると、何もかも彼の思い過ごしかもしれない。しかし、リストが手に入れば、少なくともそこから手をつけられる」

「すると、父の文書は結局見つからないと思ってるのね？」

「見込みは薄くなってきたと思う。残っているのはきみのお母さんが持っている箱と例の書き物机だけだし、どれもみな同じ問題点がある——アスキスの言う文書がそのどれかに入っているとしたら、何年も見つからなかった説明がつかない」

「そうね」アナベスはため息をついた。「ラッセル叔父さまがその文書を目にしていたら、父の生前の願いに従って政府に提出したと思うの。母もそうしたはずよ。少なくとも、祖母には話したと思う。そう考えると、見込みは薄いわね」

「ああ。だが、反逆者はどうあっても突きとめる。思ったより長くかかるかもしれないが、絶対にあきらめるものか」

「ミスター・アスキスは、本当に名前のリストを送ってくるかしら？　あまり協力的には見えなかったわ」

スローンは低い声で笑った。「送ってくるさ。秘密、秘密とうるさい男だが、自分を裏切った男を捕まえたい気持ちのほうが強いはずだ。国家への反逆というだけでなく、アスキス個人に対する裏切りを行ったんだからな」そこで肩をすくめた。「それに、ぼくが名前を引きだすことはわかっている……どんな手を使っても」

アナベスはスローンを見た。強がりではなく、淡々と事実を話しているだけだが、それがいっそう恐ろしく思えた。

ときどきスローンは昔とほとんど変わらないように見える。くったくのない笑みや、いたずらっぽくきらめく瞳、熱いキス……父が殺されたと知ってこちらが泣いたときに見せた優しさもそうだ。

だが、ちょうどいまのように、昔自分が知っていたのと同じ男ではないことをいやでも思い出させられることもあった。このスローンのなかには、冷たく厳しい部分がある。アナベスにはのぞくことのできない深い闇が。昔のスローンは、あらゆる感情が表面のすぐ下にあり、容易《たやす》く読みとることができた。でも、いまは違う。スローンがすべてを話しているわけではないのを、アナベスは感じていた。それに、十二年のあいだに起こったこともまったく話そうとしない。ヴェリティとはとても強い絆《きずな》で結ばれているようだが、そんな相手でも平気で容疑者とみなすほど非情な部分もあるのだ。すらすらと嘘が口をついて出るし、切り裂くような鋭い眼差《まなざ》しで相手を射すくめることもできる。それでも……アナベスが無条件に信頼し、頼りにできるのはスローンだけ。欲しいと思うのもスローンだけだった。

いまのスローンは昔アナベスが愛した若者ではない。だが、自分がいまのスローンをも愛しはじめているような気がして、胸が騒いだ。

28

アスキスからリストを送る約束を取りつけて状況が多少は改善されたためか、アナベスに自宅への滞在を勧めてからというもの感じている不安が、耐えがたいほど膨れあがっていた。アナベスをこの家に泊めるなんて、いったい何を考えていたのか？　いつまでこの誘惑を退け続けることができる？　ほんの小さなきっかけで、取り返しのつかない過ちをおかしてしまいそうだ。とはいえ、やり直せるとしても、自分はまったく同じ提案をするだろう。しだいに抑えが利かなくなるのを恐れるよりも、アナベスをそばに置いておきたい気持ちのほうがはるかに強いのだ。

辻馬車《つじばしゃ》の御者にエジャートン卿《きょう》夫妻の邸《やしき》に行くよう告げ、座席に落ち着いたスローンにアナベスがもたれかかってきた。とたんに優しい香りが鼻孔をくすぐり、悩ましい想像が頭を満たす。

くそ、アナベスにキスして、思いを遂げたいという衝動を抑えつけるのがこんなに難しいとは。アナベスがまだ若く、うぶだったときも自分を抑えるのに苦労したものだが、成熟した女性となったいま、そのそばで紳士として振る舞うのは昔とは比べものにならないほど難しい。

いまのアナベスは十二年まえよりもさらに美しかった。女らしい丸みをおびた体に、すっきりと洗練された顔立ち。そこには十二年の歳月——おそらくは苦痛に満ちた歳月が刻まれていた。しかもその大半が自らがもたらした苦痛だったと思うと、もう二度とそんな思いを味わわせずにすむように守りたくてたまらなくなる。だが、自身をアナベスの守護者だと考えることなど許されない。むしろ自分がそばにいてはアナベスの評判を落とすことになりかねないのだ。

それとも、別れの苦痛を和らげようと無意識にアナベスの面影を記憶から消し去っただけで、アナベスの顔は十二年まえとほとんど変わらず、苦痛など刻まれていないのかもしれない。別れてからも、アナベスの細密画は肌身離さず持っていた。彼女の父親の書斎から盗んだものだったが、そのときはほかの罪に比べれば取るに足らない行為に思えたのだ。とはいえ、細密画がなくても、アナベスの面影はいつでも思い浮かべることができた。ふっくらした下唇や、口の片側にできるえくぼ……愛《いと》しい顔のあらゆる細部が、あざやかに目に浮かんできたものだ。

だが、しだいに自分が哀れになり、その細密画は旅行鞄《かばん》の底にしまい込んだ。やがてアナベスのことを考える回数が減り、彼女が欲しくてたまらない気持ちも薄れていった。

アナベスのそばを離れた決断を悔やむことをやめ、うずく傷に蓋をし、若さゆえの一途《いちず》な恋心を振り払って、現実を見るようになった。

再び自分の人生がアナベスの人生と絡み合うことがないように心から願っていたが、再会したいまは、何があってもこのひとときをあきらめるつもりはなかった。アナベスが欲しくてたまらないいまの状況は地獄のようだが、その地獄が喜びでもあった。要するに、スローン・ラザフォードは愚か者だということだ。


エジャートン家に到着すると、マーサは留守で、ふたりはエジャートン卿に迎えられた。

「ようこそ」エジャートンは冷ややかな目でスローンを見たものの、そう言った。「どうか座ってくれたまえ。きみがここを訪れるとは珍しいじゃないか、アナベス。よく来てくれたね」

「ありがとう」どうすれば、母と話をしたいことを礼儀正しく伝えられるだろう？　アナベスが知恵を絞っていると、礼儀などおかまいなしのスローンが口火を切った。

「ミス・ウィンフィールドがいくつか訊《き》きたいことがあるそうなんだが、レディ・エジャートンはいつ戻られるんです？」

「買い物に出かけているから、いつになるか……」エジャートンは薄い笑みを浮かべ、肩をすくめた。「わたしにできることがあるかな？　妻とはなんでも話し合うことにしているから、お役に立てるかもしれない」

「母は、父が作った箱を見せてくれると約束してくれましたの」

「また箱の話か」エジャートンの声には恩着せがましい調子と揶揄《やゆ》するような響きが混じっていた。「なぜそんなものに突然関心を示しはじめたんだね？」マーサはみな捨ててしまったと思うが」

「そうかしら。このまえの話では、いくつか持っているようでしたが。それと、父の書き物机を探していて」

「それらがとても重要になるんです」スローンが加勢する。

このまま続けてもいいかというように視線でスローンに問いかけられ、アナベスはうなずいた。エジャートンが言ったように、母は何もかも継父《ままちち》に話すから、どのみち彼も知ることになる。

「先日、ミスター・ウィンフィールドが昔使っていた作業場を訪れたんですが」スローンが続けた。「彼が亡くなった場所を」

「そんなところにわざわざ行くなんて、健全とは言えないな。しかし、それがこのあいだから騒いでいる箱と、どういう関係があるのかね？」

「父は殺されたんです」エジャートンの疑わしそうな態度に腹が立ち、アナベスはいきなりそう言った。

「なんだと？」エジャートンは眉を上げ、椅子の上で体をこわばらせた。「殺された？ばかばかしい。ウィンフィールドは階段から落ちたんだ。あれは事故だった。これは周知の事実だ」

「ええ、あのときは、みんな事故だと思った」スローンは訂正した。「しかし、実際に落ちるところは誰も見ていなかった」

「だからといって、殺されたことにはならん」エジャートンが言い返す。「なぜそんなたわごとを広めたいのか、わたしには想像もつかんね」

「広めてはいません。話したのはあなたが初めてです。それにたわごとでもないし、たんなる憶測でもない。ぼくたちは彼が落ちた階段を見たんです。段の板が一枚、釘《くぎ》を抜かれ、ぐらつくよう細工されていた。そこに足をのせたミスター・ウィンフィールドはバランスを崩してとっさに手すりをつかんだが、その手すりがのこぎりで切り離されていた。そこに体重をかけたら落ちるように」

「のこぎりで切り離されていただと？」エジャートンは立ちあがった。「何かの間違いだ。きみの勘違いだとも」

「いいえ」スローンはあっさり否定した。「工作のあとはひと目見ればわかります。ミスター・ウィンフィールドが落ちるように、誰かが仕組んだんです」

「しかし、手すりがのこぎりで切り離されていたのであれば、誰かが気づいたはずだ」

「階下に倒れているミスター・ウィンフィールドを見て、動転した従者がですか？　悲嘆に暮れる未亡人と娘が？　その状況で、階段を上がって残った手すりの端を見た者がいたとは思えませんね」

エジャートンは顔をしかめた。「しかし……そんなことはありえん。誰がウィンフィールドを殺すんだ？」

「そのために箱を見たいんです」

「箱がウィンフィールドの死と関係があるというのか？」不機嫌な顔がいっそう険しくなった。「いったいどういう……」彼は頭をはっきりさせようとするかのように首を振り、アナベスに顔を向けた。「お母さんには、その話をするんじゃないぞ」

「母も知る権利がありますわ」アナベスは抗議した。

「いや、お母さんは知りたがらない」エジャートンは鋭く言い返した。「恐ろしい記憶がよみがえり、古傷が開くだけだ。あのときの悲しみをもう一度味わわせるようなことはしたくない」エジャートンは継娘を射るようににらんだ。「お母さんをそっとしておいてあげなさい。実際、こんな話はいっさいしないほうがいい」

「父は殺されたんですよ」アナベスは訴えた。「せめて犯人に報いを受けさせなくては」

「そんなことをしても、死んでしまったウィンフィールドが生き返るわけではない」エジャートンが言い返す。「何もかもすでに終わったこと、過去のことだ。社交界に格好の噂《うわさ》の種を提供するだけで、誰の得にもならん。その〝調査〟とやらはいますぐやめるべきだ」

「重大な事実がかかっているというのに、些細《ささい》なスキャンダルや、悲しい記憶を呼び起こすことなど心配してはいられません」スローンはそう言って、アナベスをかばうようにふたりのあいだに割って入った。「ぼくには何が起こったか突きとめる義務があるんです」

「義務だと！」エジャートンは唾を飛ばした。「きみが義務について何を知っているのかね？　一族の面汚しだったくせに」

「あなたには、スローンにそんな言い方をする権利はありませんわ」アナベスはスローンの横をまわって前に出ると、再びエジャートンと向き合った。「スローンがこの国のために何をしたか、どんな危険をおかしたかを知りもしないのに。しかも称賛されるどころか、何も知らないあなたのような人たちから侮辱されてもひと言も言い返さずに」

「アナベス……」スローンは口元に笑みを浮かべた。「かばってくれるのはありがたいが、その必要はないよ。エジャートンのような男にどう思われようと、ぼくは少しも気にならない」

そのとき、玄関でレディ・エジャートンの声がした。「まあ、アナベスたちが来ているの？　嬉《うれ》しいこと」

アナベスの母が足早に部屋に入ってきた。「アナベス、驚いたわ。母とストーンクリフに行ったとばかり思っていたのに」

「行ったのよ」すぐにストーンクリフ邸から抜けだしたことを母に説明する必要はない。いまどこに滞在しているかを告げるのはもっとまずい。「お友達を訪ねていたの」

「来ることを教えてくれれば、一緒に買い物に行けたのに」マーサはその日の朝、仕立屋を訪問したときの話をしはじめた。

アナベスは微笑《ほほえ》んで相槌《あいづち》を打ったあと、立ち寄った理由を口にした。「お父さまの箱がいくつかあると言っていたでしょう？　それを見に来たの」

父が殺されたことを、エジャートンがいるこの場で母に告げるのは面倒だ。あとで、ふたりだけのときに話そう。

「ええ、ちゃんと用意してあるわ。メイドに言って屋根裏からおろしておいたの」マーサは立ちあがって、呼び鈴を鳴らした。

「お父さまのお友達で、ほかにも箱を持っていそうな人がいないかしら」父が重要な文書を入れた箱を知人に贈ったとは思えないが、彼らと話せば役立つ情報が手に入るかもしれない。「当時、誰が邸を訪れていたか覚えている？」

「そうね、ハンターには友達がたくさんいたけれど、サセックスにある邸に来る人はそれほど多くはなかったわ。ハンターの友人のほとんどは都会を好んでいたから。わたしもだけど」マーサは悲しみのにじむ声で笑った。「もちろん、ラッセルはよく訪ねてきたわ。

あの人はハンターと頻繁に行き来していたから」スローンに向かってうなずいた。「一度か二度、あなたのお父さんもいらしたわ。ロンドンに……居づらくなったあとに」

スローンは顔をしかめた。「父が進退きわまったとき、ですね」

「ラザフォード、そういう言い方は……」エジャートンが抗議した。

だが、マーサは微笑しただけだった。「そのとおりよ。いつも誰かがそんな状態だったようね。それにハンターも」ため息がもれる。「投資があまりうまくいかなかった」

エジャートンは喉の奥で小さな声を発したが、何も言わなかった。

「そういえば、あなたも一度か二度いらしたわね」マーサは夫を見た。「覚えていらっしゃる?」

「エジャートン卿がお父さまを訪ねてみえたの?」アナベスは驚いてエジャートンを見た。「あなたが……お父さまの友人だったとは知りませんでしたわ」

エジャートンは椅子の上でもぞもぞと動いた。「ウィンフィールドとわたしはたんなる知り合いにすぎなかった。しかし、相続に関することで会う必要があってね」

「ええ」マーサがうなずいた。「ハンターの遠戚の、大伯母さまが亡くなったのだったわね。どなただったかしら?」

「メアリーだ」エジャートンが短く答えた。「大した額ではなかった」

「そう、メアリーだったわ。その方のことは覚えていなかったけれど、当時、気の毒なハンターは発掘が失敗に終わった例の金鉱にずいぶん投資していたから、とてもありがたかった。あの遺産でとても助かったの。もちろん、その方が亡くなったのは悲しいことだけれど……」

「わたしは覚えていないわ」

「ずいぶん昔、戦争中のことですもの。あなたはまだとても若かった。だからお父さまも話さなかったんでしょう」

「レディ・エジャートン」スローンは身を乗りだし、穏やかな声で言った。「ミスター・ウィンフィールドが亡くなる少しまえに、彼を訪ねてきた人を覚えていますか？　事故が起きたときに、誰かが邸を訪れていませんでしたか？」

「いいえ、わたしはそのときひとりだったの。とてもつらかった。アナベスはアデリーンのところにいて……でも、知らせを聞いたラッセルが飛んできて、慰めてくれたわ。それから母が到着して、何もかも手配してくれたの」

「だろうな」エジャートンが皮肉交じりにつぶやく。

メイドが箱を三つ持って入ってくると、アナベスの前にそれを置いた。

「これがそうよ。三つとも持っていくといいわ」

「ありがとう。ねえ、お父さまの書き物机を覚えている？　折りたたむことができた机」

「旅行用の机？　ハンターがとても気に入っていたわね」

「あれはここにあるの?」尋ねる声がこわばった。処分されていたらどうしよう?「見せてもらえる?」

「ごめんなさい、ダーリン。わたしの手元にはもうないの。シンプソンにあげてしまったのよ。かわいそうに、シンプソンはお父さまに心酔していたから……」

「従者のシンプソン?」

「ええ。旅をするときは、傷がつかないようにいつもシンプソンがあれを運んでいたのよ。わたしには使い道がなかったし、シンプソンはハンターが死んでとても悲しんでいたから」

「ええ、覚えているわ。いまはどこで働いているのかしら?」

「もう従者はしていないと思うわ。わずかだったけれどハンターの遺産を受けとって、たしか田舎に引っ込んだはずよ。どこだったかしら? お姉さんのところかもしれないわね」

妻の前夫とその死にまつわる話はもうたくさんだとばかりに、エジャートンがさりげなく話題を変えた。「マーサ、今夜はレディ・アンブローズのところで夕食会があるのを覚えているかい?」

「ええ」マーサは顔をしかめた。「内務省の人たちとの夕食会は大嫌い。政治の話ばかりで眠くなるんですもの。それに、適切なドレスを選ぶのにとても時間がかかるのよ。ほかの人たちの装いから浮かないようなすてきなドレスとなると、なかなか難しいの」

エジャートンは優しい笑みを浮かべた。「そうだね。しかし、志を同じくする人々と親交を保つのは大事なことだ。それにきみはいつだってその場に相応《ふさわ》しいドレスを選んでいるよ」

「ありがとう、あなた」マーサは嬉しそうに微笑んだ。「でも、出かけるまえに少し横になるわ。スープを口に運びながら居眠りしたくないもの」

「ぼくらもそろそろ失礼しよう」スローンの言葉に、アナベスも立ちあがった。一刻も早く外に出て、たったいま仕入れた情報について話し合いたい。

通りに出ると、アナベスは馬車に向かおうとするスローンの腕を引いた。スローンは即座に周囲を見まわした。「どうした？　誰か見えたのか？」

「そうじゃないの。でも、シンプソンの居所がわかると思うわ」アナベスは召使いの住む半地下へとおりる階段へ向かった。「シンプソンがいたころ、母のメイドだったフランシスがここで働いているの。彼女なら知っているはずよ」

アナベスの勘が当たり、数分後、ふたりはシンプソンが住んでいる村の名前を聞きだして、エジャートン邸をあとにした。

「湖水地方か」スローンは通りを走りだした馬車のなかで顔をしかめた。「ロンドンからだと三日かかる。引退後の暮らしには、よく知っている場所を選びそうなものなのに」

「たったひとりの身内が結婚して湖水地方に引っ越したんですもの、仕方がないわ。フランシスもそこまで遠くに行くのは反対だったみたい。昔からシンプソンを憎からず思っていたようだから」

「幌《ほろ》しかない馬車で、片道三日もかけて湖水地方に行くのは気に入らないな。至近距離の襲撃からならきみを守れても、飛んでくる弾丸を止めることはできない。それに尾行者が誰にしろ、相当腕が立つのは明らかだ。ぼくが気づかなかったくらいだから」おしまいのほうは、自嘲するような口調になった。

「またストーンクリフに隠れていろと言うつもりなら、言うだけ無駄よ。シンプソンが知らない人間に父の遺品を調べさせるとは思えないもの」

「ぼくは知らない人間じゃない」

「あなたに関して何か聞いているとしても、よい噂だとは思えないわ」アナベスは指摘した。「わたしの助けが必要よ」

「アスキスが探している文書がそこにあるのはたしかなのか？」

「確信はない。そもそも、あなたたちが探しはじめるまで、わたしはそんな文書があることさえ知らなかったんですもの。でも、いちばん可能性があるのがあの机。こういう箱ではなく」アナベスはすでにひとつを開けて何もないことを確認し、次の箱に取りかかっていた。「ねえ……奇妙だと思わない？　母はエジャートン卿が父を訪れた、と言ったけれど、祖母の話では、父とエジャートンは犬猿の仲だったそうよ。実際、エジャートンの口からは父に対する悪口か批判しか聞いたことがないわ」

「だが、相続という実務的な用件で訪れたと言っていたぞ」

「ええ。でも、足を運ばなくても郵便で事が足りたはずよ。どうしてわざわざサセックスまで来たのかしら？」

「きみのお母さんに会いたかった、とか？」

アナベスはスローンをにらんだ。「母はエジャートンと浮気などしていなかったわ」

「もちろん、お母さんはエジャートンの気持ちに応えたりはしなかっただろう。ぼくはエジャートンの気持ちを推測しただけさ。希望がないとわかっていても、会いたいと思う気持ちを抑えられないこともある」

アナベスはふいに言葉を失い、スローンを見つめた。いまの言葉は、スローン自身の気持ちでもあるの？　会えばつらい思いをするだけだとわかっていても、自分も彼に会いたくてたまらなかったものだ。

スローンは目をそらした。

アナベスは咳払《せきばら》いした。「そうかもしれない。だとしたら、それもエジャートンがどれほど母と結婚したがっていたかを示しているのではないかしら。父が殺された理由は、探している文書とは関係がなく、動機は嫉妬だとしたら？」

スローンはアナベスを見て、馬車の天井を仰いだ。「継父が殺人犯だというつもりか？」

アナベスは顔をしかめた。「さあ。祖母はエジャートンが昔から母を愛していたと言っていたわ。そして父の喪が明けるとすぐに母と結婚した。さっきも母には父が殺されたことを話すなと釘を刺したし。世間にも殺人だったことは伏せておきたい——それは犯人だからだとも考えられるでしょう？」

「社交界であれこれ噂されるのがいやなだけかもしれないぞ」スローンは懐疑的だった。

「エジャートンがきみのお母さんと結婚するためにミスター・ウィンフィールドを殺したとしたら、きみを狙っている敵はお父さんを殺した犯人とはまるで違う人間だということになる。ぼくは偶然を信じないたちなんだ」

「すべてエジャートンの仕業だとしたら？」

「あいつがお父さんの書いた文書を探す理由は？　きみを誘拐したり、狙撃したりする理由は？　そんなことをしたら、きみのお母さんに嫌われるんじゃないか？」

「母にばれなければ関係ないわ」アナベスは言い返した。「あなたもわたしも父の文書の内容はわからない。外務省が思っているような内容ではないのかもしれないわ。エジャートンが自分を殺そうと企《たくら》んでいるのを気づいた父が、それを書き残したのかもしれない。だとしたら、エジャートンはなんとしてもその文書を手に入れたがるでしょうね」

29

スローンは帰りの馬車のなかで、アナベスの仮説を検討した。見るからに計算高そうで堅物のエジャートンが、愛のために人を殺すところは想像しがたい。だが、あの殺しが入念な計画のもとに実行されていたことを考えると、エジャートン犯人説も検討する価値がありそうだ。

馬車が家の前で止まると、スローンは次々に浮かぶ疑問を脇に押しやり、降りるまえに注意深く通りに目を走らせた。いまのところまだ、アナベスは安全とは言えない。通りの左右を再度確認し、誰もいないのを確かめて、アナベスに顔を戻した。「降りても――」

そのとき、目の隅で何かがすばやく動いた。とっさに向きを変えたとき、御者が自分に向かって飛びかかってきた。両手を振りあげて御者の肩をつかみ、そのまま開いた扉に激突する。その反動でふたりとも道路に叩《たた》きつけられ、アナベスが金切り声でスローンの名を叫んだ。馬車を降りるな、外に出るな。スローンは心のなかで必死に願った。

襲ってきた御者と取っ組み合ったまま、スローンは道路を転がった。御者はスローンよりも体重があり、押しのけることができない。殴ろうにも腕の自由が利かなかった。

アナベスがふたりのそばに駆け寄り、父親が作った箱のひとつを振りあげた。そのまま渾身《こんしん》の力をこめて、手にした箱を御者の背中に叩きつける。

御者が怒りの声をあげ、アナベスに向き直る隙に、スローンは相手を押しやって立ちあがった。「何をしてるんだ、アナ、逃げろ！」

御者も同じように立ちあがり、腰からナイフを引き抜いてスローンに切りつけた。とっさに体をひねったが、ベストを切り裂かれ、冷たい金属が腹をかすめた。スローンは相手の腕をつかみ、馬車の横に叩きつけた。

ふたりはまたしても取っ組み合った。腕を片方相手につかまれたまま、一本の腕だけでナイフを持った腕を自分から遠ざけようとしていると、もうひとり男が走ってくるのが見えた。助けが来たと安堵《あんど》したのもつかのま、ふたりめの男の手でナイフが光った。

逃げろという指示に従わなかったアナベスが、血も凍るような悲鳴をあげながら、手にした箱をふたりめの男に投げつける。箱が胸に当たった衝撃で男が驚いて立ちどまり、アナベスを振り向く。スローンは御者の上着をつかみ、片脚を軸にして御者を仲間に投げつけた。

後ろによろめいた男たちに向けて、ジャケットのポケットから取りだした銃を構える。ふたりはそれを見てぴたりと動きを止めた。

「形勢が逆転したな」ふたりが顔を見合わせ、スローンに目を戻した。「もちろん、銃弾が胸を貫通しても死ぬのはひとりだけだ。だが、さいわい、ぼくはこれも持っている」左手でベルトからナイフを引き抜き、凄《すご》みのある笑みを浮かべた。「先に死にたいのはどっちだ？　ゆっくり死にたいのは――」

ふたりとも慌ててきびすを返し、通りを走り去った。

スローンはためていた息を吐き、馬車の横にもたれて毒づいた。「辻馬車《つじばしゃ》の御者とは考えたな。思いもしなかった。そろそろ歳《とし》かな」

「ええ、そうらしいわね」落ち着きを装ってはいるが、アナベスは震える声でそう言い、スローンに歩み寄った。「とても怖か――スローン！　血が出ているわ！」

上着の内ポケットに銃を戻そうとしていたスローンは、胸に目をやった。「くそ、このベストは気に入ってたのに！」

アナベスが恐《こわ》い目でにらんだ。「上着ほどじゃないといいけれど。袖も切られているわよ」

「くそ」

「血の染みもできているわ」アナベスが皮肉たっぷりに付け加える。「まったく、どうしてそんなに平気な顔をしていられるの？　あなたは刺されたのよ。お医者さまに診ていただかなくては」

「刺されたわけじゃない。切られただけだ」

「あらそう、だったら問題ないわね」アナベスは首を振り、ぶつぶつ言いながらさきほど投げた箱を拾いに行った。

「その箱がこういう形で役に立つとは思いもしなかったよ」ほかのふたつを馬車から回収しながらつぶやく。

家に入ると、スローンは言った。「ぼくはウイスキーを少し飲むが、きみはどうする？」

「シェリーを少しいただこうかしら」

書斎で飲み物を注ぎながらぐちをこぼした。「逃げろと言ったのに、なぜ逃げなかったんだ？」

「相手はふたりだったのよ。あなたを置いて逃げるわけがないでしょう？」アナベスはシェリーのグラスを受けとった。「蜂に襲われたときのことを覚えてる？」

「蜂？」スローンはアナベスを見つめ、ふいに笑いだした。「そういえば、きみは頭がへんになったみたいにショールを振りまわしながら駆け寄ってきたっけ」ため息をつき、グラスを口に運ぶ。「たしかに、きみが逃げないことは予測すべきだったな。だが、覚えてるだろう？　あのときぼくと同じくらい何箇所も刺されたんだぞ。さっきは一歩間違えば蜂に刺されるよりずっと恐ろしい結果になっていた。あの男たちの狙いはきみだからな」

「どうかしら。御者が飛びかかったのはあなたよ。もうひとりもあなためがけて突進してきたわ」

「ぼくを片付けてから、きみを襲うつもりだったんだ」

「だとしたら、あなたが御者と取っ組み合っているあいだに、なぜふたりめがわたしを捕まえなかったの？　わたしには目もくれず、仲間を助けに行ったわ」

「ぼくを始末したかったんだろう。きみをさらうにはその必要があると思ったんだ」

「でも」アナベスは眉間にしわを寄せ、グラスを見つめた。「あなたの元上司が正しいと仮定して、この件が反逆者に関わりがあるとしたら、犯人にとってはわたしよりあなたのほうがずっと危険なはずよ。父が書いた文書がなくても、あなたは当時の状況や関係者を知っているんですもの。それに、父を殺した犯人を突きとめる可能性が高いのもあなたのほうよ」

「とにかく、ぼくがきみとぼく両方を守れることを祈るとしよう」スローンは軽い調子で答え、肩をすくめて、顔をしかめた。

「やっぱり痛むのね」アナベスはシェリーのグラスを置いた。「どうしてもお医者さまに診せるのがいやなら、せめてわたしに傷の手当をさせてちょうだい」

「その必要はない。自分でやれる」アナベスに触れられると考えただけで、息が止まりそうになった。

アナベスは拳を腰に当てて目を細めた。「わたしはそんなに役立たずかしら？　傷を消毒することもできないほど？　それとも、気弱すぎて、血を見ただけで気を失うとでも言うつもり？」

「いや。きみはどっちでもない。役立たずだなんて思ったこともないよ。ただ……その……わかるだろう？」

アナベスはスローンを見つめた。「いいえ、わからないわ。何が……ああ！　わたしの前でシャツを脱ぎたくないの？」

スローンはかすかに顔が赤らむのを感じた。くそ、内気な処女みたいに赤くなってどうする。「いや、その……ああ、そうだ。だが――」アナベスをにらみつけて観念した。「ああ、くそ。わかったよ」

スローンは書斎を出た。アナベスも階段を上がり、寝室に入ってくる。

「そこに包帯がある」小さな戸棚を指さした。「血を拭くのは、髭剃《ひげそ》り台にあるタオルを使うといい」

そう言って上着を脱ぎはじめた。アナベスがすばやく手を貸し、怪我《けが》をした腕から上着を滑らせて、脱がせた。スローンは体を固くして言った。「上着を脱ぐくらい、自分でできる」

「強がるのはやめて。傷が痛むはずよ。痛そうにしていたじゃないの」アナベスは一歩さがり、破れた袖を調べてから上着をたたみ、椅子に置いた。

「乾いた血のせいで、傷が引きつれたからだ」スローンはベストのボタンをはずしはじめたが、アナベスに見られていると思うと、ぎこちなくなった。アナベスがさらに近づき、上着と同じようにベストを肩から滑らせる。上着のときより、今度のほうがはるかに始末が悪かった。すぐ近くに立っているアナベスの指が、シャツ越しに腕を滑りおり……。

　スローンはぎこちなくネッククロスをほどこうとした。アナベスが下腹部の反応に気づかないことを願うしかない。細長いシルクのネッククロスをはずそうとしながら、それを椅子の上に投げるのにかこつけ、アナベスに背を向ける。そしてシャツの裾を引っ張りだすあいだ背を向け続けた。シャツの丈が長いおかげで、ブリーチズの膨らみは隠すことができた。

　不幸にして、シャツは傷も隠している。いちばん上の紐《ひも》をほどいても、シャツの前は胸のなかほどまでしか開かない。仕方なく裾をつかんで頭から脱ごうとすると、腕の傷がずきんと痛んだ。

「だめよ、わたしに手伝わせて」アナベスが苛立《いらだ》たしげに言う。「ほんとに素直じゃないんだから。いいから、じっとしてなさい。傷が引きつれないように上手に脱がせるわ」

　アナベスは洗面台から濡《ぬ》れた布を持ってきて、腕の傷にそれを置いて少しのあいだ押さえていた。

これでは、あまりにも近すぎる。スローンはかすかな香水の香りに鼻孔をくすぐられ、アナベスの体温を感じて、さきほどの活躍で乱れた彼女の髪を撫《な》でつけたくて指がむずむずした。

アナベスは固まっていた血を溶かした布をそっと持ちあげ、腹部を横切る傷にも同じように布を軽く押しあてた。それから濡れた布を脇に置いてシャツの裾をつかみ、それを押しあげた。「少しかがんで。このままじゃ脱がせられないわ」

シャツを脱がせてもらいたくない気持ちと、脱がせてもらいたい気持ちが胸のなかでせめぎ合う。が、結局スローンは言われたように身をかがめた。アナベスがシャツを腕から滑らせ、それを脇に投げる。

「まあ」アナベスは腕に指先を滑らせた。「ずいぶん大きな傷よ」それから腹の傷に指を走らせて心配そうに尋ねる。「本当にお医者さまを呼ばなくて大丈夫？」

スローンは鋭く息を吸い込み、柔らかい指先がもたらす快感に耐えた。「医者を呼ぶほど深くない」声がかすれているのは、痛みのせいだと思ってくれるといいが。

「これがもっと深かったら……。考えるだけで気が遠くなりそう」アナベスは心配に曇る目でスローンを見上げた。

これが昔なら不敵な笑いを浮かべ、キスでアナベスの心配を払っただろう。だが、いまは目をそらすことしかできない。「少し寒いな」本当は体が燃えるようだったが、急いで手当をすませてもらわねばならない。

「ええ、そうね」アナベスはさきほどの布をまた濡らし、腕の傷をそっと拭きはじめた。

「よかった、たしかにそれほど深くないわ。縫う必要はなさそう」腕に包帯を巻き、きちんと結ぶ。

われながら試練によく耐えた、とほっとしたのもつかのま、次の試練はぶざまな結果に終わった。アナベスが濡れた布で腹を拭きはじめると、その下で皮膚と筋肉が痙攣《けいれん》しはじめ、痛みがあったとしても快感に呑《の》み込まれた。歯を食いしばり、うめき声だけは抑え込む。だが、下腹部に欲望が激しく脈打つのを止められず、アナベスの手が止まったときは心からほっとした。とはいえ、性懲りもなく、またすぐに触れてほしくなる。

アナベスがスローンを見上げた。うっとりした表情が目に入ったとたん、スローンの自制心は砕けそうになった。さいわい、アナベスは小さなため息をついて包帯を取りに行った。それを腹に巻き、背中に手をまわして包帯の先端をつかんだときは体が触れ合いそうになって、つかのまスローンはアナベスに抱かれているような錯覚に陥った。

包帯を結びおえると、アナベスは一歩さがりながら胸を見た。「ここにも傷がある」そう言って、胸の上のほうにある小さな傷跡を指でなぞる。「何があったの？」

「マスケット銃で撃たれた」

「これは？」細い指が、脇の長い傷跡を指で撫でおろす。

「ニューオーリンズの路地でナイフにやられた。つい油断したんだ。諜報《ちょうほう》活動のさなかに、追いはぎに襲われて」

「こっちは?」アナベスはもういっぽうの腕に触れた。

「覚えていないな」

アナベスはゆっくり彼のまわりをまわった。「ずいぶんたくさんあるわ」前に戻ってそこで止まり、スローンを見上げる。「スローン……」

「だが、どの傷からも生き延びた」軽い調子で言おうとしたが、きらめく緑の瞳を見下ろすと、言葉が喉につかえそうになり、ごくりと唾を呑み込んだ。

アナベスがてのひらを胸に置く。スローンはそれが胸に焼きつけられたような気がして、思わず自分の手を重ね、胸に押しつけた。

「その価値があったの?」

「何が?」頭がまるで働かず、アナベスのこと、自分のなかで煮えたぎる欲望のことしか考えられない。

「密輸の船。あなたがアスキスのもとで働くことにした理由——わたしを捨てた理由よ。それだけの価値があったの?」

「いや。どんな船にもその価値はなかった。夢のなかで、頭のなかで、ぼくはきみの記憶に悩まされ続けたよ。きみを愛していたんだ。言葉ではとても言い表せないほど。理性も理屈も超えるほど。ぼくは全身全霊できみが欲しかった」

「だったら、なぜ――」

　スローンは首を振った。「やめてくれ……どうしようもなかったんだ。とにかく……あしなくてはならなかった」

「まだわたしが欲しい？」

「欲しいさ！　わかってるくせに。このままぼくがキスしたときに、わかったはずだ。だが、それは――」

「いいえ」アナベスはスローンの唇を指でふさいだ。「言わないで。何ができないかなんて聞きたくない。社交界のルールに従うべきだという戒めも聞きたくない」胸に当てたてのひらを滑らせ、両手で彼の胸を撫でた。「わたしが欲しいと思ったのはあなただけ。きっとこれからも、わたしにはあなただけなんだわ」

　心臓が早鐘のように打ちはじめた。体のあらゆる部分がアナベスを求めてうずいているが、スローンは理性にしがみつこうとした。「アナ、頼むから……」自分が何を懇願しているのかさえ、もうよくわからない。

「あなたは今日、死んでいたかもしれない。わたしが死んでいたかもしれない。これを知らずに」アナベスが胸に唇を押しつける。

　スローンの体に稲妻に貫かれたような衝撃が走った。再び彼を見上げたアナベスの目には、スローンの体のなかで激しく脈打っているのと同じ情熱があふれていた。

「あなたを知りたいの。昔は死ぬまで一緒だと思っていた。それは過去の話だけれど、あなたと愛し合っていたらどう感じたか知りたい。どんなふうだったか。自分が何を失ったのか」

つかのま、スローンは身じろぎもせずにアナベスを見つめ返し、それからキスをするためにかがみ込んだ。

30

理性の小さな声が頭の後ろで警告を発する。止まれ、この道は危険よ、悲しみに繋《つな》がる、と。だが、アナベスはその声を押しやり、歓《よろこ》びの波に身をゆだねた。スローンの腕のなかで彼の体を全身に受けとめ、キスがもたらす歓びのなかに溺れる――これこそ、十二年ものあいだ恋焦がれてきた瞬間だった。

アナベスはスローンのすべてを望んだ。昔――それこそ子どものころから。このひとときも、彼とのこの絆《きずな》もみすみす手放すつもりはない。たとえ、もう二度と味わえないとしてもかまわない。彼が与えてくれる歓びの記憶は、苦い怒りをくすぶらせ、無気力に生きてきた十二年よりもましだ。

アナベスは、そうすればスローンの一部になれるかのように体を押しつけ、両腕を首に巻きつけて夢中でキスした。そしてスローンが自分を持ちあげ、床から浮かすと、とっさに両脚を彼に巻きつけた。スローンがうめき声をもらし、向きを変えて、化粧台にあったものを片手で払い落としながらアナベスをそこに座らせた。

奔放にからみつきながら、アナベスはスローンの欲望が膨らむのを感じた。服という邪魔物を通してさえ、それが脈打つのが伝わってきて欲望を煽《あお》る。唇に重なっていたスローンの唇が、喉へ這《は》いおり、片手が上に滑ってきて胸を包む。その感触に少し驚いたものの、脚のあいだがたちまち潤みはじめた。体の芯がうずき、キスのたびごと、愛撫《あいぶ》のたびごとにそのうずきが高まっていく。焦がれ、求め、満たされることを願う気持ちを伝えようと、アナベスはからめた脚に力をこめた。

それがまたしてもスローンから低いうめきを引きだした。

スローンは顔を上げ、アナベスの目を食い入るように見つめた。「アナベス……本当にいいのか？　本当なら未来の夫に贈るべきだぞ」

「これはわたしの体よ。贈る相手はわたしが選ぶわ」アナベスはきっぱり言い返し、両手を黒髪にうずめて青い瞳を見返した。「いまがそのとき、あなたがその男よ、スローン。わたしと愛を交わして」そして身を乗りだし、激しく唇を重ねた。

スローンが体を押しつけるようにして、アナベスの服をつかむ。再び顔を上げたときには、息が荒くなり、青い瞳が欲望に翳《かげ》っていた。「このままじゃ不公平だ。きみはあまりにもたくさん身に着けすぎている」

そう言うなり背中に手を伸ばして、服を留めているかぎホックをはずしはじめた。その速さからすると、いくつかはちぎれて吹っ飛んだにちがいない。スローンは肩から指を滑り込ませ、アナベスを見つめて服をゆっくり引きおろしていった。そして下着だけになったアナベスを心ゆくまで見つめてから、リボンを解き、シュミーズを頭から脱がせた。

「きれいだ」スローンが吐息のようなつぶやきをもらし、両手で胸を包んで、親指で頂とその周囲を愛撫する。

アナベスは快感に貫かれ、鋭く息を呑《の》んだ。

指の動きが止まり、青い瞳が問いかけるように見上げる。「刺激が強すぎる？」

「いいえ、やめないで。ただ、こんなに……気持ちがいいとは知らなかった」

形のよい唇の端がゆっくり持ちあがった。「驚くのはまだ早いよ、愛《いと》しい人」

スローンがかがみ込んで舌で頂のまわりに円を描き、固く尖《とが》ったものを口に含む。アナベスはまたしても息を呑み、唇と舌がもたらす歓びに小さなうめき声をあげながら、スローンの髪をつかんだ。熱い唇はもういっぽうへと移ったが、器用な手が濡《ぬ》れた頂を愛撫し続けている。こわばっていた体から力が抜け、アナベスはさらに深い快楽にわれを忘れた。

顔を上気させ、柔らかい唇を赤くしてスローンが体を離す。そんな彼を見てキスをせがむと、かすれた声で名前をつぶやいた。そしてアナベスを見つめたまま化粧台から立たせ、自分の服を脱ぎはじめた。

スローンの裸体を見て、アナベスは目を見開いた。ぎょっとしたわけではない。すぐさま体を重ねたくなり、急いで自分の服とペチコートを脱ぐ。ブーツの紐《ひも》を解くのに少し手間取っていると、スローンがさっと抱きあげてベッドに座らせ、脚をつかんで紐を解きはじめた。ふくらはぎを包んでいる長い指の感触だけでもめまいがしそうだった。スローンの両手が脚を滑り、ストッキングを引きおろす。肌を撫《な》でる力強い指が、自分では存在することさえ知らなかった神経を目覚めさせていく。

下腹部についた火が燃えあがった。スローンはアナベスの下着の紐を解き、それを脱がせて、一糸まとわぬ姿でベッドに座るさまを食い入るように見つめた。欲望に煙る青い瞳に、アナベスのなかの炎は全身に広がっていった。

生まれたままの姿でスローンの前に立つのは恥ずかしくてたまらないだろう。そう思ったが、熱い視線が貪るように体を舐《な》めていくのを見ると、体の芯のうずきが強くなった。自分でもなぜだかわからぬまま、両腕を頭の上に伸ばし、スローンを見上げると、うなるような声が耳をくすぐった。

スローンがかたわらに身を横たえ、片肘をついて片手を滑らせ、胸を、お腹を、脚を撫でていく。指が腿の内側を羽のようにかすめて上がり、脚を開かせた。すぐに彼の手がそこを――あのもっとも親密な箇所を覆い、アナベスを驚かせ、いっそう欲望をかき立てた。そこが濡れそぼっていることに驚いた様子もなく、長い指がなめらかな、敏感な肉の上をさまよう。

あまりの快感に、喉をせりあがってくるうめきをこらえようとしたが、できなかった。

スローンの愛撫は、これまで想像したどんな行為よりも素晴らしかった。どこよりも敏感な箇所を強くさすっては優しく撫で、指が一本滑り込み、もう一本滑り込んだ。アナベスは言葉にできない欲求に突き動かされ、いつしか彼の手に自分を押しつけていた。

ひめやかな箇所を探り続けながら、スローンは胸に顔を近づけ、頂のひとつを再び含んだ。その瞬間、強烈な快感が体を貫き、アナベスは思わず声をあげていた。体の奥の熱が高まり、ぐるぐる渦を巻きながら、砕け散る寸前へと押しあげられていく。

それが砕け散る瞬間、アナベスは甘い歓びの声をあげ、快感の波に押し流されながら体を痙攣《けいれん》させた。

「スローン……」アナベスはぐったりして、ぼんやりした目で彼を見上げた。

スローンの目が抑えた欲望に熱くきらめき、独善的と言ってもいいほどの満足が口元に笑みを作っている。彼はアナベスの額に優しいキスを落とした。「ぼくの可愛《かわい》い人」

アナベスは、体を起こしてベッドを離れようとするスローンの手首をつかんだ。「待って、何をしているの？　もっとあるはずよ」

情熱の波にさらわれるのは素晴らしかったが、アナベスの体の奥はまだ空《むな》しくうずいている。ふたりがひとつにならなければ、愛の行為は終わりではないはずだ。

「ああ、まだある。だが、これならきみの純潔は――」

「何を言ってるの」アナベスはすばやく動いて彼に馬乗りになり、座っている場所に押しとどめた。「わたしに純潔の話などしないで。どう振る舞うべきかも言ってほしくないわ。同意はきちんとしたはずよ」

「アナ、頼むから……」

アナベスはスローンの両側で膝をついた。屹立《きつりつ》し、脈打つものが、スローンが満足したという状態とはほど遠いことを示している。

「いいえ、頼まれない。わたしが欲しくないの？　わたしとひとつになるのがそんなにいやなの？」

アナベスとひとつになるという思いに、自分のものが奮い立つのを感じ、スローンは目を閉じた。「いや、そうじゃないことはわかっているはずだ。きみはぼくをどうかさせたいのか？」

「いいえ。あなたと愛し合いたいだけよ」アナベスは片手を下に滑らせ、指先で脈打つものを撫でた。スローンが体を痙攣させ、低く毒づく。「わたしはすべてが欲しいの。あなたのすべてが」

「これはまるで拷問だぞ」スローンが苦しそうに言い返す。「少しはましな男になろうとしているのに」

「ましな男なんかいらない」アナベスは先端へと撫であげながら言い返した。「あなたが欲しいの」

うめきともうなりともつかない声をもらし、スローンは片手を腰にまわしてアナベスをベッドへ引き倒し、覆いかぶさった。ほとんど怒っているように荒々しくキスしたが、アナベスがその背中をヒップまで撫でおろすと、怒りの名残はたちまち欲望と激しい飢えに変わった。スローンはアナベスの全身を愛撫し、キスした。

そして膝で太腿を開かせ、脚のあいだに下半身を入れた。

屹立したものが自分のどこよりも敏感な、親密な箇所を突くのをアナベスは感じ、体をそらして満足を求めた。この動きにスローンがまたしてもうめき、その声でいっそう興奮が募る。

アナベスはもっと欲しかった。すべてが欲しい。スローンがひだを分け、ゆっくり奥へ、奥へと押し入ってくる。すぐに痛みに襲われ、アナベスは鋭く息を呑んだ。スローンが動きを止め、荒い息遣いで問いかけるように見つめた。

「やめないで」アナベスはたくましい肩に指を食い込ませた。「欲しいの――」スローンがさらに深く入ってきてアナベスを満たすと、息が喉に引っかかった。「ええ、これよ……わたしはこれが欲しい」

スローンがなかで動きはじめた。欲望が螺旋《らせん》を描き、あらゆる感覚が鋭くなる。スローンの荒い息遣い、自分の両手の下の熱い肌、情熱に燃える青い瞳――そのすべてが、ゆっくりと動く彼のものがもたらす快感をいやましていく。スローンはアナベスを満たし、夢に見たこともない形でアナベスの想《おも》いを成就させていた。またしても焦《じ》れるような快感が生まれ、もっと欲しいと貪欲に求めはじめる。

抗《あらが》いがたい情熱が再び爆発し、アナベスは声をあげて歓びを迎えた。今度はスローンもその快感のなかに飛び込み、ともに魂も砕ける快感に身をゆだねた。

31

熱い体に包まれているのを感じ、アナベスは目を開けた。スローンがまだ自分を抱きしめているのを見て、自然と顔がほころぶ。スローンのかたわらで目覚めたのに、違和感はまったくない。それどころか、ようやく自分がいるべき場所に戻ったような気がする。

アナベスがスローンのほうに寝返りを打つと、まわされた腕に力がこもった。それからスローンが目を開け、眠そうな笑みを浮かべた。「アナベス」

物憂い声はビロードのようになめらかで、あざやかな青い瞳は溶けるように優しい。スローンはまるで陽《ひ》だまりで伸びをする猫のように満ち足りた様子で、アナベスの腕を撫《な》でおろした。「きみは……完璧だった」

アナベスは笑った。「この次言い争ったときは、それを思い出させてあげるわ」

「言い争う?」スローンはにやっと笑って片手を取り、関節にキスを落とした。「ありえないな」

アナベスはもう片方の手をスローンの頬に当て、首を伸ばしてキスをした。温かくて深いキスが、お馴染《なじ》みのうずきをもたらす。

唇を離したとたん、スローンが髪に両手をうずめ、アナベスの顔を引き寄せ、長いこと見つめてため息をついた。「あんなことは……」

「しぃっ」アナベスは形のよい唇に人差し指を当てた。「言い争いはなし、でしょう？」

あざやかな青い瞳をきらめかせ、スローンが寝返りを打ってアナベスの上に重なる。「そうだった」そして唇を重ねた。

今朝はふたりとも時間をかけて愛し合った。互いの体を探り、長いキスやゆっくりした愛撫《あいぶ》で、昨夜のように激しい情熱の嵐へと少しずつ欲望を高めていく。

昨夜感じた歓《よろこ》びに匹敵するものは何もないと思ったが、驚いたことに、今朝のほうがさらに強烈だった。ふたりがともにめくるめく快感の渦に呑《の》み込まれ、砕け散ったとき、アナベスは自分がさらにしっかりとスローンに結ばれたのを感じた。

スローンは永遠にわたしのもの。このあと何が起ころうと、わたしが欲しいのはスローンだけ。愛せるのはスローンだけだ。

アナベスはいつまでもこの快楽の霞《かすみ》のなかを漂っていられるような気がした。外の世界が時を刻むあいだ、安全なスローンの家で繭のように包まれていられる、と。でも、もちろん、そんなことはできない。湖水地方に出かけて、父の元従者を見つけ、書き物机に問題の文書が隠されていないかを調べなくてはならないのだ。

そこで、遅い朝食をとったあと、アナベスたちは再び馬車に乗り、出発した。だが今度の旅は、前回とはまるで違っていた。まるで暗黙の了解でもあるように、どちらも自分たちが愛し合ったことは話題にせず、目の前の問題が解決したあとはどうなるかも考えなかった。スローンは尾行を警戒して目を光らせていたが、アナベスの父を殺した犯人を突きとめるという目的についてさえ、ふたりともあまり話さなかった。

馬車の旅は軽妙なやりとりや笑い声に満たされ、夜は情熱に満ちあふれていた。現実から切り離されたこのひととき、世間から守られ、隔てられ、ふたりだけが存在する世界にいるかのように。気がつくとアナベスは、この旅がもっと長く続けばいいのにと考えるようになっていた。

残念ながら、三日後、ふたりは予定どおりシンプソンが住んでいる村に到着し、小さな宿屋の前で馬車を止めた。そして、さっそく翌朝シンプソンの家がある場所を尋ね、徒歩でそこに向かった。そのために来たとはいえ、アナベスは奇妙なことにシンプソンと話す気になれなかった。話を聞いて、ロンドンに戻れば、再び現実の世界で生きなくてはならない。

ノックに応えて玄関扉を開けた娘に、〝シンプソンに会いたい〟と告げると、その娘はふたりを廊下の先にある小さな居間に案内した。

「アルフレッド叔父さん、お客さまよ」娘はそう言って、付け加えた。「貴族さまみたい」

アナベスは、窓辺で何かを縫っている、小ざっぱりした身なりの眼鏡の男に目をやった。姪《めい》の言葉にその男が顔を上げ、眼鏡をはずす。「アナベスお嬢さま！」

「こんにちは、シンプソン。お邪魔じゃなかったかしら？」

「とんでもない」小柄な男は手にした服を置き、急いでふたりを迎えた。「ときどき暇つぶしに、仕立て屋の手伝いをするんです」シンプソンは小さく頭をさげた。「わざわざおいでいただき、光栄です」姪に向き直って言った。「お客さまにお茶をお持ちしておくれ、ジェシー。ビスケットもな」

そして喜びに頬を染め、アナベスとスローンを暖炉の前にある椅子へと導いた。「どうかお座りください、お嬢さま」

「ミスター・ラザフォードのことは覚えているわね」

元従者はアナベスを見たときのように嬉《うれ》しそうではなかったものの、礼儀正しく頭をさげた。「ええ、もちろんです。ミスター・ラザフォード、どうぞお座りください」

「お願い、あなたも座って」アナベスは、ふたりが座るのを立って見ているシンプソンに言った。

「なんだか……とても奇妙な感じで」シンプソンはそう言いながらも浅く腰かけた。「お嬢さまのいる部屋で座るなんて」

「でも、あなたはもう使用人ではないのよ」アナベスは指摘した。

「ええ。遺産をくださったお父さまには、感謝してもしきれません」

それから数分は、体の調子や家族の健康について尋ね合い、全員が幸せに暮らしていることを確認し合った。やがてそうした当たり障りのない話題が途切れたころ、アナベスは用件を口にした。「ここに来たのは、父のことを訊《き》きたかったからなの」

「旦那さまのことですか」シンプソンは沈んだ笑みを浮かべた。「お優しい、善良なお方でした。旦那さまにお仕えできて、ほんとに光栄でした」感情が高ぶったせいか、言葉に少し訛《なま》りが混じる。「わずか十六の村の若造を従者に抜擢《ばってき》してくださるような方は、ほかにはおりませんです。お優しい方でした。事故のあと、わしら一家がどれほど困ってるか知っておられて……」

「事故？」

「ある晩、親父《おやじ》が道で馬車に轢《ひ》かれて死んだんです。それで家賃を払えなくなり、住んでる家から追いだされそうになったんで。旦那さまはそれを聞きつけて、奥さまとお越しになり、おふくろに当座を乗りきるお金をくださいました。そんな奇特な貴族の方は、どこにもいやしません。そしてわしを見て、従者をやりたいか、とおっしゃった。驚いたのなんのって。従者ですよ。わしは奉公したこともなきゃ、下働きの経験すらなかったのに」

シンプソンは目を潤ませた。「おまえがひとかどの人物になりたがっているのがわかったからだ、とあとでおっしゃいました。ですが、わしを従者に雇ってくれたのは、旦那さまが寛大な方だったからです」

シンプソンの話に、アナベスも涙ぐんだ。「父は優しい人だったわ。あなたもよく務めてくれたわね。父はあなたをとても頼りにしていたわ」

「もっと早くお茶をお持ちすればよかったんです。そうすれば、落ちるのを防げたでしょうに」

「きみがミスター・ウィンフィールドを発見したんだね？」スローンが尋ねた。

シンプソンはうなずいた。「まったくあのときは、一気に血の気が引きました。バスケットを持って作業場に入ると、旦那さまが床に倒れてらして……わしはバスケットを取り落とし、駆け寄ったんですが……助ける手立てがないことはひと目でわかりました」

「ミスター・ウィンフィールドは階段から落ちたんだな？　そのとき、階段の手すりを確認したかい？」

「いいえ」シンプソンはけげんな顔をした。「何が起こったかは明らかでした。わしは邸《やしき》に駆け戻ったんです。助けを呼ぶため……旦那さまを邸に運ぶための、ですよ。もう誰も旦那さまを救うことはできませんでしたから」そう言って、ため息をつく。「お昼をお持ちすればよかったのですが、朝食を召しあがるのが遅かったので、お茶の時間までは何もいらないとおっしゃって」

「作業場にいつもと違うところはなかったか？　変わったことや、いつもと違う場所に何かがあったとか？」

シンプソンはスローンを見つめた。「いいえ。あのときは……旦那さまのことしか目に入りませんでした。でも、作業場はいつもどおりだったと思います」

「お父さまはいつも散らかしていたものね」アナベスがうなずいた。

「一度か二度、少し片付けようとしたんですが、旦那さまがそのままにしておけとおっしゃって」シンプソンは愛情のこもった笑みを浮かべた。

「その日誰かを見かけなかったか？」

「作業場のまわりで、ですか？」シンプソンは顔をしかめた。「いいえ。あそこに行くのは旦那さまだけでした」

「そのころのミスター・ウィンフィールドの様子は？　ふだんと違うところはなかったか？　心配そうだとか、取り乱しているとか？」

「なんでそんなことをお訊きなさるんです？」シンプソンの顔がこわばった。「旦那さまが自死なさったと仄《ほの》めかしてるなら、そんなことはありません！」アナベスに視線を移した。「お嬢さま、誰がなんと言おうと、そんな御託に耳を傾けてはだめです。旦那さまは自殺なさったんじゃない。お嬢さまや奥さまを、そんな形で傷つけるようなことをなさる方じゃないです」

「ええ、そうね」アナベスはなだめるように相槌《あいづち》を打った。「お父さまがあの階段から身を投げたわけじゃないのはわかっているわ」

「よかった」シンプソンは大きくうなずき、スローンをじろりと見た。「本当にそうじゃないんですから」

「それは、ぼくもわかってる」スローンは穏やかに言った。「ただ、いくつか疑問が出てきたので、答えを見つけようとしているだけなんだ」

シンプソンは再びアナベスを見た。「お嬢さまがお知りになりたいので?」

「ええ。わたしが知りたいの。覚えていると思うけれど、あのときわたしは邸にいなかった。急いで戻ったあとも、つらすぎて、何があったか尋ねる気になれなかったの。だから当時のことが知りたいのよ」

シンプソンはうなずいた。「よろしゅうございます。旦那さまは、あの事故の一週間ほどまえまでロンドンにおられました。少し……心配そうな……元気がないご様子でした。旅でお疲れだっただけかもしれませんが」

「ロンドンから戻ったあとで、誰かが訪ねてこなかった? 誰かと言い争わなかった?」

「いいえ。もちろん、ミスター・フェリンガムのところにお出かけにはなりましたが、訪ねてみえた方はいらっしゃいません。言い争いなど、誰ともなさったことはございませんでしたよ」シンプソンはスローンをにらんだ。「あなた以外は。一度執務室で旦那さまに向かって大声あげてらしたのを聞いたことがあります。まあ、はっきり聞こえたのはおしまいのほうだけですが……たしか、このまま続ければ殺す、と叫んでおられた」

「なんですって？」アナベスは鋭く息を呑み、スローンを見た。

スローンはため息をつき、両手で髪をかきあげた。「ああ。それらしいことを言ったかもしれない。だが、それはきみのお父さんが死ぬずっとまえのことだ」

「たしかに」シンプソンはしぶしぶ同意した。「あれはちょうど、ミスター・ラザフォードが……」

「姿を消したときね」アナベスは言いよどむシンプソンに代わって結んだ。

「さようで。そしてお嬢さまはレディ・ドリューズベリーのお宅に行かれました」

「そうね」父とスローンが怒鳴り合っているところは簡単に想像できた。「いろいろと教えてくれてありがとう。当時を思い出すのはつらいでしょうに」

「そのとおりです。旦那さまは本当によいお方でした」

「母は、お父さまの書き物机をあなたにあげたそうね」

シンプソンはうなずいた。「ありがたいことです」

「それを見せてもらえる？　父が書いたものを探しているの。あの箱のなかにあるかもしれないわ」

「もちろんですとも。少しお待ちいただければ持ってまいります」

シンプソンは部屋を出ていき、まもなくマホガニー材で作られた長さ三十センチほどの長方形の箱を持ってきた。箱の上部には美しい模様が彫り込まれている。

父のことが思い出され、アナベスは涙をこらえた。シンプソンはアナベスの椅子の前にあるクッション入りオットマンに箱を置いた。この箱には秘密の仕掛けはひとつもない。四面を開くと、鉛筆やインク、羽根ペンを置く仕切り付きの机の部分が現れるだけだ。アナベスはなかに入っている透かし入りの紙を一枚手に取った。父の署名がしてある。二節めの文がいきなり目に飛び込んできた。

〝ある夜、痛飲したあとで馬車に乗り込み、友達と競走したのだ。勝つことに夢中で、わたしはビリングコート村を通過するときも速度を落とさず、ひとりの男が道に出てくるのが目に入らなかった。男は馬車に跳ね飛ばされて死んだ。夜更けとあって、この事故を見たものはひとりもおらず、わたしは意気地なくもそのまま帰宅し、自分がしたことを誰にも話さなかった〟

顔から血の気が引き、アナベスは鋭く息を呑んだ。

32

「アナベス？　どうしたんだ？」スローンはアナベスの手からひったくるように紙を取り、そこに書かれている内容に目を走らせた。

そして元従者に鋭く尋ねた。「きみもこれを読んだのか？」

シンプソンは赤くなった。「いいえ、その、実は……わしは教育を受けたことのない田舎者でして、字が読めないんです」

「これが……わたしたちが見つけたかった文書ね？」アナベスは囁《ささや》くように言った。

「この机をお返ししたほうがよろしいので？」シンプソンは落ち着こうとしていたが、動揺しているのは明らかだ。

「いいえ」アナベスは必死に涙をこらえながら、落ち着きを保とうとした。「お父さまはあなたに持っていてほしいと思うの。でも、これはわたしが持っていてもかまわないかしら」

「ええ、お嬢さま、もちろんですとも」シンプソンは熱心に言い、箱の蓋を閉めはじめた。

「ありがとう」アナベスは両手でシンプソンの手を包んだ。「心からお礼を言うわ」

「とんでもないです。お嬢さまがお望みなら、なんでも差しあげますとも」

ふたりは黙り込んで宿へと戻った。父の告白がもたらしたショックと苦痛で、さまざまな思いが頭を駆けめぐっている。スローンに導かれ、朝食をとった個室に入ったものの、アナベスはじっと座っていられなかった。そして、寒くて仕方がないように腕をこすりながら、部屋のなかを歩きまわった。

「アナ……」やがて見かねたようにスローンが声をかけた。

その声が心のなかの扉を開けたように、怒りの言葉がほとばしった。「父はどうしてあんなことができたの？　いつも優しくて、あんなにいい人だったのに。わたしには理解できない」

「アナ……きみがとても傷ついているのはわかっている」

アナベスは涙に濡《ぬ》れた目でスローンを見た。「考えるだけでも耐えられないわ。お父さまがあんなことをしたなんて！」

「お父さんは若かったんだ。若い男はしばしば愚かで無鉄砲なことをするものだ」

「走り去ったのよ！　止まらずに。気の毒なシンプソン！　あんなに父のことが好きだったのに、その相手が自分の父親を殺していたなんて！　しかも、何が書いてあるのか知らずに、父が罪を告白している文書をずっと持っていたのよ。真実を知らずに。ああ、スローン！」

　アナベスはわっと泣きだした。スローンはすばやく抱きしめ、背中を撫《な》でながら、低い声で慰めの言葉をつぶやき続けた。しばらくしてようやく涙が止まったあとも、アナベスはスローンのぬくもりから力をもらうかのように、そのまま抱かれていたが、やがてため息とともに彼から少し離れた。

「父が……強い人でないことはわかっていたの。衝動的に愚かな投資をすることも。祖母と暮らすあいだに、父の弱さや失敗は耳にたこができるほど聞かされたわ。でも、そういう欠点を補って余りあるほど、善良で思いやりのある人だと信じていた。わたしにとって父は、いつもわたしのために時間を作ってくれて、尋ねたことにも答えてくれる人――わたしのために、実際に動く給仕までいる人形の家を作ってくれる人だった。ふたりでその家の架空の住人たちの話をいろいろ考えだしたものよ」

「お父さんがそういう人だった事実は決して変わらない」スローンが言った。「それに残された家族が困らないように、できるだけの償いをした。その男の息子を雇ったじゃないか」

「父を弁護しているの？」

「いや。だが、さっきわかった事実でお父さんの思い出のすべてが汚《けが》されたと思う必要はないよ。こんなに傷ついているきみを見たくないんだ。あの文書を読むはめになって残念だと思っている」

「ええ、読まないほうが気持ちは楽だったでしょうね。でも、真実を知るほうがいいわ」

ようやく腰をおろし、疲れた顔でため息をついた。スローンが手を握ったまま向かい合って座る。しばらくしてアナベスは言った。「とにかく、もうここで見つかるものはないわ。ロンドンに戻りましょう」

「馬車を宿の前に持ってこさせよう」

帰路はまるで会話が弾まなかった。なかなか混乱が収まらず、父に裏切られたショックと疲れで口を開く気になれなかったが、午後も遅くになるころにはだいぶ気持ちが落ち着いた。

その夜、アナベスは個室で食事をしながらようやくこう言った。「父の告白がミスター・アスキスの求めている情報とどう結びつくのか、まだわからないの。昔の恐ろしい事故が、戦争やフランスやミスター・アスキスが暴きたい敵のスパイの親玉と、どういう関係があるの?」

そしてスローンを見たが、彼は首を振っただけだった。「アナベス、その件はもう忘れたほうがいい。考えてもつらくなるだけだ。頭から追いだしてしまうんだ」

「どうすれば追いだせるの?」アナベスは言い返した。「あの文書の残りも読みたいわ。シンプソンのところで目を通したのは最初のほうだけだったの。自分のもとにある文書に何が書いてあるのかにまったく気づかず、父を慕い、懐かしがっているシンプソンの前では、とても読み……続けられなくて」

「アナ……」スローンはつらそうに見えた。「すべてに目を通す必要はないよ」

「読ませてくれないつもり？」アナベスは驚いて尋ねた。「ほかにも何か隠しているの？」

「ただ……政府の機密だから……部外者には知らせられないんだ」

ふだんは落ち着き払っているスローンが、珍しく動揺している。アナベスは彼を見つめた。「その文書を見つけるためにあちこち駆けまわったのに、見せてもらえないの？　わたしが手伝わなければ、見つけることさえできなかったのよ」

「アナ」スローンは懇願するように言った。「きみは読まないほうがいい。あれには……」

「嘘はつかない約束よ。もうそれを破るつもり？」

スローンは低い声で毒づき、上着の内ポケットから回収してきた文書を取りだすと、惨めな顔でアナベスに差しだした。

スローンがひどく悲しい、絶望に近い表情を浮かべているのを見て、アナベスはちらっと迷った。だが、さきほどの事実より悪いことなどあるはずがない。

アナベスはそれを受けとり、それを開いて父の言葉を読みはじめた。

わたしは若かりしころ、とうてい許されない罪をおかし、これまでそれを隠し続けてきた。この罪が原因で、悔やんでも悔やみきれないほかの違法行為を重ねることになった。

ある夜、痛飲したあとで馬車に乗り込み、友達と競走したのだ。勝つことに夢中で、わたしはビリングコート村を通過するときも速度を落とさず、ひとりの男が道に出てくるのが目に入らなかった。男は馬車に跳ね飛ばされて死んだ。夜更けとあって、この事故を見たものはひとりもおらず、わたしは意気地なくもそのまま帰宅し、自分がしたことを誰にも話さなかった。

その時競走していた男の名前は言うまい。村の男を殺したのは彼ではなくわたしだったのだから、責任はわたしにある。

この出来事を種に脅されて、祖国を裏切ってフランスに情報を与えたことで、わたしはさらに深く恥じ入り、後悔することになった。ある男の介入によりこの強請《ゆすり》から逃れることができたが、自分がした行為はそれ以来ずっと、わたしを悩ませている。

わたしはもはや沈黙を守ることはできないと決意した。愛する家族には、この事実を公表することによって味わうにちがいない不名誉を心から謝ることしかできない。


ウィリアム・ハンター・ウィンフィールド・Jr.

動くことも話すこともできず、アナベスはひたすら目の前の紙を見つめた。ひどい耳鳴りがする。この場に存在しないかのように、奇妙に周囲から切り離され、まわりの世界が自分から遠ざかっていく気がした。

「アナベス！」スローンが名前を呼びながら立ちあがる。「頭をさげるんだ。しっかりしろ」

「ええ」どうにか答えたものの、べつの誰かがしゃべっているようだった。「大丈夫。気を失ったりしないわ。ただ……わたしには……」アナベスは立ちあがって告白文をスローンに突きだし、彼から離れた。

「アナ……こんなことになって残念だ」スローンが後ろから手を伸ばしてくる。

「いいえ、やめて――」

アナベスはあとずさった。何を感じているのかが説明できない。自分を囲む見えない壁が壊されたら、その場で砕けてしまうような気がした。

「父は反逆者だった。フランスの手伝いをしていた」胃をかきまわすひどい吐き気を抑えようと、お腹に手を当てる。「どうしてそんなことができたの？　どちらがひどいかわからなくなる――酔って競走し、村人の命を奪った夜のひどい判断力と、それを隠し続けた臆病さと弱さ？　それとも、家族と祖国を裏切っていることを知りながら、何週間も何カ月も、ひょっとすると何年もみんなを欺いていたこと？　反逆罪をおかすなんて……どうしてそんなことができたの？」

「家族をスキャンダルから守りたかったんだと思う」

「自分を守りたかったのよ」

「ああ、それもあるだろうな。残念だよ、アナ。きみがこれを知らないですむことを願っていたんだが」

アナベスは凍りついた。「あなた……知っていたの？」スローンのうしろめたそうな表情がその証拠だ。「最初から父のことを知っていたのね」

「ああ」スローンはあきらめたように答えた。「フランス側から情報を強要されていることは知っていた。だが、脅迫の種については……ミスター・ウィンフィールドがどんな秘密を持っていたかは知らなかった。馬車の事故のことは」

「そう、嘘ではないことも、ひとつはあったわけね」アナベスの胸を新たな痛みが切り裂いた。「どうして父のことを隠したの？　愛していると言いながら、なぜ真実を話してくれなかったの？」

「愛しているからこそ、話せなかったんだ」スローンが怒って言い返す。「きみがどれほど傷つくかわかっていたから、言えなかった。その事実で、お父さんへのきみの愛を台無しにしたくなかった。きみがみんなに嘲られ、恥ずかしめられるのが――」

「だから嘘をついたの？　わたしは何ひとつ疑わなかった……」アナベスは顔をしかめた。

「あなたにはたしかにスパイの素質があるわ」

「くそ、アナベス、選択の余地などなかった。きみが傷つくくらいなら、まだぼくがきみの信頼を失うほうがましだった。何もかもきみを守るためにしたことだ。どちらに転んでも、きみはぼくを憎んだにちがいない」

「どういう意味？　何を〝した〟の？　スパイになったこと？　わたしを捨てたこと？」

「ああそうさ！」スローンは叫んだ。「ぼくがきみのそばを離れたかったと思うか？　きみのそばで満ち足りた人生を歩む代わりに、毎日この命を危険にさらしたかった、と？　ぼくが喜んで嘘をついたと？　きみを傷つけ、欺くのは胸を引き裂かれるようだった。だが、きみの父親を救うにはそうするしかなかったんだ」

アナベスはスローンを見つめた。「いまのはどういう意味？　どうやって父を救ったというの？」

「お父さんがフランスに情報を与えていることを知ったアナキスに、自分の下で密輪の隠れ蓑《みの》を使い諜報《ちょうほう》活動をしなければ、それを公表すると脅された。急にスパイになる理由をきみに説明するには、アスキスが何を種にぼくを脅迫しているか話すしかない。それを隠すためにスパイになることを承知したのに。いずれにしろ、きみはぼくを憎んだだろうな。婚約を破棄しなくても、アスキスの申し出をはねつければ、きみの目にはぼくがお父さんを破滅させたように映ったはずだから」

「真実を話しただけなのに、憎むはずがないわ」

「そうかな？」スローンは皮肉な笑みを浮かべた。「だったら、いまぼくのことをどう思ってる？」

「わたしが怒っているのは、あなたが嘘をついたからよ。真実を告げたからではないわ」

スローンは肩をすくめた。「ぼくは若かったんだよ、アナ。きみとの結婚は、ただの夢物語でしかないと心の底ではわかっていた。きみの家族はぼくたちの結婚に反対だった。彼らが正しかったのさ。ぼくに将来性はまったくなかったんだから。きみを養えるだけの金を稼げるようになるには何年もかかっただろう」

「それでもわたしは待ったわ」熱い塊が喉をふさいだ。「わたしを信じてくれなかったのね」

「きみのことは信じていた。ただ、ハッピーエンドが信じられなかったんだ」スローンはため息をついて、髪をかきあげた。「正直言って、これほど長生きできるとは思っていなかった。諜報活動には危険がつきまとう。それに、あのときみと別れるのと、数週間あとに別れるのには、どれほど違いがあった？」

「わたしには途方もなく大きな違いだったわ！」こらえている涙で喉が痛んだが、ショックが大きすぎて泣くこともできない。「あなたを愛していたのよ、スローン。あなたはわたしの胸を引き裂いた。わたしを傷つけたくなかったからだ、とそれを正当化するの？」

「スパイの家族だという事実が明るみに出れば、きみの世界は粉々になっただろう。お父さんへの信頼も失って――」

「だから、代わりにあなたがわたしの世界を粉々にしたのね」涙がにじんだが、アナベスは必死にそれを押し戻そうとした。二度とスローンのせいで泣いたりしない。「あなたは信じていなかったかもしれないけれど、わたしはあなたと結婚するものだと信じていた。あなたを信じていたの。その信頼をあなたは踏みにじったのよ。そのせいでどれほど泣いたことか」

涙が涸《か》れるまで泣き続け、まんじりともせずに過ごした暗い夜のこと、孤独な年月と、胸に居座り続けた鈍い痛みのことを思った。

「あなたは反逆者だとみんなが話すたびに、ネイサンがあなたの名前を呪いのように口にするたびに、わたしは傷ついたわ。あなたをかばいたかった。でも、できなかった。あなたが、真実を話す気になるほどわたしを愛していなかったからよ」

「いや、それは違う。きみは世界の何よりも大切な人だった。きみさえいれば、ほかには何もいらなかった。きみのためならなんでもしただろう」

「真実を告げるほどわたしを信じていなかったのに？　そんなものが愛と呼べるの？」

「真実を話したところで何も変わらなかったさ。どのみち、ぼくは国を出てアスキスの下で働かざるをえなかった。それが秘密を守るためのアスキスの条件だったんだ。お父さんとの絆《きずな》を台無しにされれば、きみはぼくを憎んだにちがいない。そしてきみは、ぼくとお父さんの両方を失うことになった」

「わたしは十七歳だったのよ。もう子どもじゃなかった。現実を受けとめられる一人前の女だったわ。父が反逆者だとわかっても耐えられたはずよ。たしかに傷ついたでしょうし、いまも傷ついているけれど、でも、世を儚《はかな》んではいない。生きることをやめてはいないわ。それに、いまは父のことを猛烈に怒っているけれど、父を愛することもやめないでしょう。父に欠点があることは昔からわかっていた。それもひっくるめて父を愛してきたんですもの」

「だが、事実が公表されれば、とんでもないスキャンダルになったはずだ。きみがどこへ行こうと、みんなから蔑みの目を向けられ、家族のことをひそひそ囁かれて」

「スキャンダルなど気にしなかったわ。もともと社交界はあまり好きではないし。あなたに捨てられたあとのように、冷静に対処したはずよ。婚約を破棄されたことが噂《うわさ》にならなかったとでも思うの？　あなたの命が危険にさらされるより、スキャンダルに耐えるほうがどれほどましだったか」

「いや」スローンは激しく言いつのった。「たとえきみにお父さんのことを告げたとしても、それが公にされるのを許すわけにはいかなかった。どちらにしろ、ぼくはアスキスが望むとおりにしたよ。きみに反逆者の娘という汚名を着せたら、自分が許せなかったにちがいない」

　アナベスは顎を上げた。「それは言い訳よ。あなたはわたしが恐ろしい真実には耐えられないと決めつけたんだわ。わたしがどう感じるか、何を受け入れられるか、ひとりで決めた。たしかにわたしはあなたに腹を立てたかもしれない。打ちひしがれたかもしれない。でも、それは自分の選択だったわ。その選択をさせてくれる代わりに、あなたはわたしの心を引き裂いて、置き去りにした。十二年もの歳月をふたりから奪ったのよ。幸せに暮らせたにちがいない十二年――結婚して、子どもを作れたはずの十二年を。生涯をともにできたはずなのに、そのすべてを奪ったんだわ。わたしがあなたを信じたように、わたしのことを信じてくれなかったから」

　アナベスはぱっと向きを変え、ドアに向かった。

「きみのことを信じていなかったって⁉」スローンがあとを追ってきて叫ぶ。

　アナベスはドアを開けようとしていた手を止め、背を向けたまま立ちどまった。

「ぼくが信じていたのはきみだけだ。くそ、アナ。きみのためにすべてをあきらめたんだぞ。何度も危険をおかし、愛と幸せを手にする望みをあきらめ、家名すら汚《けが》した。それなのに、ぼくがきみを愛していなかったというのか？」

「そんなこと、何ひとつしてほしくなかったわ！」アナベスは振り向いて、怒りに燃える目でスローンをにらんだ。「すべてをあきらめてほしくなどなかった。命を失う危険など、絶対におかしてほしくなかった。わたしのせいで死んでほしくなどなかった。わたしと生きてほしかったの。でも、あなたはわたしに選ぶチャンスすら与えてくれなかったのよ！」

アナベスは荒々しくドアを開け、部屋を出ていった。

33

スローンは椅子に沈み込むように座り、給仕を呼んでブランデーを頼んだ。今夜は強い酒が必要だ。この数日の幸せが長続きしないことはわかっていた。アナベスとともに歩む未来など存在しないことも。だが、それがわかっていても、背を向けられた苦痛は少しもましにならなかった。今度はこちらがアナベスに捨てられたのだ。まるで地獄に突き落とされたような気分だ。

アナベスの言うように、残される者のほうがつらいのかもしれない。少なくともスローンは自分がアナベスに背を向ける理由を知っていた。そのあと果たさなければならない任務もあった。だが、アナベスには何ひとつすがるものがなかったのだ。自分は愛されていなかった、スローンは自分より反逆者となる人生を選んだ、という絶望しかなかった。

子どものころからろくな人間にはならないと言われてきた男が、みんなの予測どおりになっただけ――その事実がアナベスのつらさを和らげてくれるにちがいない、と自分に言い聞かせたが、もしかすると、そのせいでアナベスにもっとつらい思いをさせたのかもしれない。ぼくはこの十二年、自分ばかりか唯一愛した女性のことも苦しめてきたのか？

スローンはテーブルに肘をつき、頭を抱えて髪をかきむしった。真実を話さなかったのは間違った判断だったのか。今朝、父親の告白を読んだときアナベスはこの胸のなかで泣いた。あの苦痛をもたらしたくないと願ったことが、間違いだったはずはない。愛する女性を守りたくないと思う男がどこにいる？

「お客さま？」トレーを手にした給仕係が戸口に立っていた。

スローンは顔を上げ、うなずいてテーブルを示した。給仕はトレーを注意深く置くと、横目でちらりと見て、急いで部屋から出ていった。すっかり酩酊《めいてい》していると思われたにちがいない。

スローンはグラスにブランデーをなみなみと注《つ》ぎ、腰を落ち着けて飲むために上着を脱いでネッククロスを緩めた。

どうやら意図したとおりの結果になったらしく、翌朝目を覚ましたときには個室のテーブルに突っ伏していた。注意深く頭を上げると、窓から斜めに射《さ》し込んでくる陽《ひ》が目を貫き、まぶしさで頭がくらくらした。

まるで十代の若者のように愚かな振る舞いだ。スローンは毒づきながら立ちあがり、ざっと服装を整え、髪を撫《な》でつけた。食堂の個室に髭剃《ひげそ》り台はなかったから、黒ずんだ顎はどうにもできない。さいわい、暖炉の上には鏡が掛かっていた。それを見ながらネッククロスを結び、上着に袖を通して多少とも体面を整えた。

アナベスが個室に入ってきて、空っぽのボトルが倒れたテーブルに目をやった。「まあ、スローン、ひどい顔！」

「うむ。見かけどおりの気分だと自信を持って言えるよ」

アナベスはため息をつき、テーブルに歩み寄ってボトルを立てた。「まさか、ここで寝たの？　あいている部屋がなかったの？」

「夫婦としてひと部屋に泊まったのに、べつに部屋を取るのは少しばかり……」

「気まずい？」目の錯覚か、アナベスの口の端に小さな笑みが浮かんだように見えた。

「あの部屋には、いまは誰もいないわ。だから二階に行って」彼に向かって腕をひと振りする。「そのあいだに朝食を頼んでおくわ。部屋にコーヒーを運ばせるわね」

二階で髭を剃り、水差しにあった水の半分を頭にかけて、コーヒーを二杯飲んでから着替えると、少しはまともな気分になった。階下でアナベスと話すのが待ちきれないわけではないが、それを避けて通ることはできない。

アナベスは個室でテーブルにつき、卵とソーセージを自分の皿にのせていた。

「食べるのを待っていてくれてありがとう」

アナベスは片方の眉を上げた。「正直に言って、あなたが朝食を食べたいかどうかさえ、わからなかったわ」

スローンは自分の皿にあるポーチド・エッグを見た。「そうだな」腰をおろし、皿に蓋をする。「きみが飲んでいるのと同じものを一杯もらおう」

「ええ、どうぞ」アナベスは紅茶を注ぎ、スローンの好みどおり何も入れずに差しだした。

アナベスの動作はぎこちなかった。スローンと同じように気まずいのだろう。ロンドンへ戻る旅が思いやられる。なんとか二日で戻れる方法がないものか？　スローンはちらっとそう思った。

「アナベス……」スローンは覚悟を決めて口を開いた。「きみに謝らなくてはならない」

「謝る？」

「謝りたいんだ」スローンは言い直した。「この十二年をもとに戻すことはできないし、ぼくがしたことも変えられない。だが、きみを信じていなかったわけではないよ。自分自身が信じられなかったんだ。心の底では、ぼくはきみと結婚できるほど立派な男でもないし、何かを成し遂げられる男でもないといつも恐れていた。だが、密輸やスパイ行為ならぼくにもできる、そう思ったのさ。十九歳の若造の浅知恵だ。親父《おやじ》がそばにいて、どうすればいいか相談したところで、なんの役にも立たなかっただろう。だから、自分にとって正しいと思えることをしたんだ」

「わかっているわ」アナベスはスプーンをもてあそびながら言った。「昨夜はひどいことを言ってごめんなさい」

「きみは自分の気持ちを口にしただけだ。自分が思ったことを」

「それは……そうよ」アナベスは少しのあいだテーブルを見つめていた。「でも、あなたがしてくれたことを、あんなふうに否定すべきじゃなかった。わたしのために払った犠牲や、わたしのためにしてくれたことをあっさり切り捨てはしないわ。悪意はなかったんですもの。わたしをあんなにひどく傷つけるつもりだったとは思ってない」

「ああ、そんなつもりはなかった」スローンは心をこめてうなずいた。ふたりのあいだのすべてが失われてしまったわけではないかもしれない。「きみを傷つけようと思ったことは一度もないよ」

アナベスはうなずき、顔を上げた。その目に浮かんでいる悲しみがスローンの胸を射抜いた。「あなたとわたしは、そのつもりなどないのにいつも傷つけ合うのね。わたしたちの喜びは、結局、悲しみに変わるんだわ」

「そうか」いや、やはり終わってしまったのだ。

「ふたりには未来などない、ふたりの過去は苦痛と結びついている、とあなたに言われたのに、わたしは耳を貸そうとせず、あなたをこの情事に無理やり引き込んだ」

「無理やりではなかったさ」スローンはかすかな笑みを浮かべた。

「そうかもしれないけれど、とにかくわたしはそうした。そのことを悔やんではいないわ。この数日はとても素晴らしかったもの。でも、このまま続けられないことがわかったの。

このままでは深みにはまってしまう。そして、もとの生活に戻るとき、昔のようなつらい思いをすることになるわ。あんな思いをするのはもういや。耐えられるかどうかもわからない」

スローンは言い返したかった。決して昔と同じではない、別れる必要も、もとの人生に戻る必要もない、結婚して死ぬまで幸せに暮らそう、と。だが、もちろん、そんなことは言えない。いまの自分の人生にアナベスを引きずり込むことはできない。

だから、ただこう言った。「わかった」


帰路の馬車のなかで、ふたりともほとんど言葉を交わさなかった。スローンには何も言うことがなかったし、アナベスもそうらしかった。最初は気詰まりだったが、敵を警戒しなくてはならないこともあり、退屈な馬車の旅を続けるうちにぎこちない雰囲気は和らいでいった。その夜の宿に着くころにはふだんどおりの――つまりアナベスと愛を交わすという間違いをおかすまえの状態に戻っていた。

その夜のうちにロンドンに着けないことはわかっていたが、スローンは往路で泊まった町を通り過ぎた。同じ場所で夜を過ごすことはできない。数日まえの夜に味わった歓《よろこ》びを考えたくなかった。そこでべつの宿の前に馬車を止め、自分でも驚くほどつらい気持ちでべつの部屋をとった。

食事が運ばれるのを待っているときに、アナベスが言った。「父と何があったのか、ありのままを話して」

「アナベス、どうしてまたそれを蒸し返すんだ？」

「知りたいからよ。何も知らずに生きていきたくないの。あなたは忘れているかもしれないけれど、この一件にはわたしの命がかかっているのよ。だから一刻も早く解決して、もとの生活に戻りたい」最後のほうは少し声が揺れたが、顎を上げ、スローンから目をそらさなかった。

「もちろん、きみの言うとおりだ。何を知りたい？」

「あなたが知っていることを全部。最初から順を追って話してちょうだい」

「昨日言ったように、あの文書にあった馬車の事故のことはまったく知らなかった。フランスが脅して情報を引きだすために、お父さんのなんらかの弱みを握っていたのはわかっていたが、それが何かはアスキスも知らなかった。お父さんが最初に盗んだ書類を受けとったフランス側は、今度はその書類を種にスパイ行為を強要したわけだ。それに気づいたアスキスは、ぼくのところに来て、〝イギリスのスパイになれば、ハンターの反逆行為を相殺する〟と言い、密輸に使う船をくれた」

「アスキスも脅迫という手段を使ったのね」

「ああ、国のためならなんでもする男だからね。何もかもこの国のため。将来使う必要がある場合に備え、情報を集めるのが彼の仕事なんだ。アスキスはきみに対するぼくの気持ちを知っていた。まあ、とくに秘密ではなかったと思うが」

「どうやら、政治的な権力を保つことにも関心がある人のようね」

「そのとおり。アスキスは自分が政府にとって重要な存在で、真の権力者たちが自分を必要とする、そういう状況を保っていたいんだ。手駒を好きなように動かし、問題を解決する、スパイ網の親玉という役割を楽しんでいる節がある。きみのお父さんの文書を見つけようと目の色を変えていたのは、それもあると思う。フランスが握っていたきみのお父さんの弱みを自分が知らなかったことが腹に据えかねるんだろう。フランスが最初に脅迫の種に使った弱みを。あいつはこの文書を使って、長年突きとめられなかった黒幕、自分の諜報員《ちょうほういん》たちの任務を邪魔してきた宿敵をいぶりだすつもりだ。そして最後に勝利を収めたいのさ」

「でも、なぜフランスが父を脅した弱みがふたつあったの？　馬車の事故だけでじゅうぶんだったでしょうに」

スローンは肩をすくめた。「たしかに、ふたつも弱みを握る必要はないように思えるが、こういうことかもしれないな。馬車の事故は、たとえ公になってもただのスキャンダルでしかない。お父さんが最初にフランスに渡した情報は、とくに重要なものではなかったんだ。だから、事故を公にしない代わりに指示された書類を盗むのは、悪い取り引きではない、と思ったんじゃないかな。もっと重要な情報を要求されていたら、しりごみして、考え直したのかもしれない。馬車の事故はスキャンダルになっただろうが、ずいぶんまえのことだし、伯爵の弟で多くの貴族を友人に持つ男なら、大した罪には問われなかったはずだから」

「ええ」アナベスはため息をついた。「ひどい話だけれど、そのとおりでしょうね」

「だが、政府の書類をフランスに手渡すのは反逆行為だ。反逆罪となれば、ただのスキャンダルより、はるかにひどい罪に問われる。伯爵の弟だろうが、どんな友人がいようが、書類を盗んでフランスに渡したのを事故だと言い逃れることはできない。裁判は免れなかっただろう」

アナベスは青ざめた。「そして縛り首になった」

スローンはうなずき、目をそらした。アナベスの顔に浮かんだ苦悩を見ているのは死に直面するよりつらかった。

しばらくして、アナベスは言った。「どうして彼らは脅迫を実行しなかったの？」

「脅迫は、相手に何かを強要するのが目的だ。その脅迫を実行に移せば、もはや相手を思いどおりにすることはできない。暴露してしまえば、〝暴露する〟という脅しは効力を失うんだ。いずれにしろ、お父さんが最初に盗みだした書類をぼくがフランスから取り戻したあと、お父さんは辞職した。フランスにとっては無用の人間になったわけだ」

「シンプソンが聞いたあなたと父の言い争いは、そのときのものだったのね？」

「まあ……少しばかり大げさに脅したかもしれないな。そのときはぼく自身いろいろあったから。ぼくらはお父さんの暖炉でその書類を燃やし、お父さんは内務省を辞めた」

「だから父は田舎に引っ込んだのね」アナベスはつぶやいた。「でも、父の告白がアスキスの役に立つとは思えないわ。脅迫者の名前は書かれていないんですもの」

「そうだな。お父さんは自分の罪しか告白していない。だが、事故のとき一緒だった男の身元は調べればわかるだろう。そうすれば、フランスにお父さんを売った相手もわかる」

「敵のスパイの親玉が、父と競走していた相手だということ？ ふたりが同一人物だと考えているの？」

「馬車の事故を知っていたのは、お父さんと競走していた相手だけだ。当夜、村の誰かが事故を目撃していれば、死んだ男の家族に知らせたはずだ。が、従者のシンプソンは明らかに何も知らなかった。だから、競走相手がお父さんを脅迫していた可能性はかなり高いと思う。あるいは、その男が脅迫者に情報を提供したか。だとすれば、そいつはスパイの親玉を知っていることになる」

「でも、なぜ誰かに事故の話をするの？ 競走相手は父の友人だったはずよ」

「そういう悲劇が友情を壊すこともある。それに、親しい友人だったとはかぎらない。たまたまその夜、酔って競走する気になっただけの相手かもしれない。ちょうどそのときクラブにいたほかの紳士、とか」

「だとすると、容疑者は大勢いるわね」

「残念だが、そのとおりだな」スローンは厳しい顔で言った。「しかし、それらしい人物はかぎられるはずだ。とても近い人間に」

「誰のこと？」アナベスが混乱したようにスローンを見て……はっとした顔になった。

「あなたのお父さま？」

「ああ」その疑いは、ウィンフィールドの告白を読んだときから頭の隅に居座っていた。

「馬車の競走で勝者に賭けようと言われてその気になるのは、愚かで賭け事好きの酔っ払いだ。いかにもマーカス・ラザフォードがやりそうなことじゃないか」

「ばかばかしい。あなたのお父さんのはずがないわ」

「なぜそう言いきれる？　道徳心などまったく持ち合わせない人だぞ」

「ええ。たしかに意志の弱い人よ。あなたのお父さまも、父のように衝動的な行動で、意図せず恐ろしい罪をおかした可能性はあるわ。でも、父を無慈悲に殺すなんて、まるであなたのお父さまらしくない。スパイ行為もよ。冷静に悪事を企《たくら》むとか、秘密を抱え続けられる人ではないもの」

「ぼくと違って？」スローンは片方の眉を上げたが、内心は少しほっとしていた。「きみの言うとおりだ。マーカスが何年も事故のことを黙っていられるはずがない。酒が入ればとくにしゃべりたくなるはずだ。それに、スパイの元締めができるほど有能でもないな」

「スローン……」アナベスは表情を和らげ、彼の手に自分の手を重ねようとして……膝に落とした。「あなたのお父さまはとてもよい父親とは言えない人だけど、悪人ではないわ。父のように、ただ意志が弱いだけ」

「マーカスに比べれば、きみのお父さんは意志堅固さ」スローンはそう言って口をゆがめた。「きみが生まれたあと、賭け事も馬車の競走もきっぱりやめたんだから。ぼくの父にはそれができなかった。ミスター・ウィンフィールドにも欠点はあったが、きみのことを心から愛していたのはたしかだ」

「ああ、スローン。自分は愛されていなかったなんて思わないで。あなたのお父さまも、彼なりにあなたを愛していたにちがいないわ」

「そうだな」

「あなたがお父さまを愛しているように」

「ぼくなりに？」スローンはかすかな笑みを浮かべた。

「お父さまの面倒をよく見ているのがその証拠よ」

「ああ、父が使う金は払っている。それくらい簡単なことさ。親父のせいで恥をかかずにすむし」

「ええ、あなたは世間の評判をとても気にする人ですものね」

そう言ってからかうような笑みを浮かべるアナベスを見て、スローンは鋭い棘《とげ》で胸を刺されたような痛みを感じた。こういうやりとり、気心の知れた会話や親密さを痛切に求め、状況がいまと違っていたらと願うのは、愚かだ。どれほど願おうと過去を変えることは誰にもできないのだから。

「きみのお父さんが馬車の競走をした相手は、レディ・ロックウッドに尋ねればわかるだろう」スローンは話題を変えた。

「ええ。お祖母《ばあ》さまかレディ・ドリューズベリーね」

「それと、きみのお母さん」

「いいえ、この件を母に話すことはできないわ。そんなショックを与えたくないの」

スローンは片方の眉を上げ、辛辣な視線を投げた。

アナベスは赤くなった。「そうね。たしかに昨夜は、父のことを教えてくれなかったあなたを非難した。でも、それとこれとは違うわ」

「なるほど」スローンはつぶやいた。

アナベスは弁解した。「わたしが母に話さないのは、まったくべつの理由からだもの。これは母が知る必要のないことだから。母はいやなことは知りたくない人なの。それに母に話せば、エジャートン卿《きょう》にも筒抜けになるわ。父がしたことをエジャートンに知られるのは絶対いや。そうでなくても、父の悪口しか言わないのに……」

「ぼくもお母さんには話さないほうがいいと思う。事実を知る人間はできるだけ少ないほうがいい。話すのはレディ・ロックウッドだけにしよう」

「それとネイサンね」アナベスは静かに言った。「ネイサンには隠しておきたくないの。彼には知る権利があるわ。婚約を解消したあとも、ストーンクリフに留《とど》まってお芝居に付き合ってくれているんですもの。ネイサンはこの作戦には欠かせない人だったのよ」

「たしかに」スローンは認めざるをえなかった。「ネイサンとヴェリティにも話すとしよう。チームの一員として信頼するしかない」

「あなたには異質の概念ね」アナベスはまたしても辛辣な皮肉を口にしたが、からかうような笑みで和らげた。

身を寄せて、口の隅にできたくぼみにキスしたい。そう思いながら、スローンはアナベスから顔をそむけた。

「では、明日ロンドンに着いたら、すぐにストーンクリフに向けて発《た》つことにしよう」

34

だが、ストーンクリフに行く必要はなかった。翌日の午後、ロンドンのロックウッド邸に到着すると、女主人はすでに戻っていたからだ。

「お祖母《ばあ》さま！」アナベスは驚いて叫んだ。

「ええ、ええ、わたしですよ。戸口に突っ立ってばかみたいに口を開けていないで、入ったらどうなの？」レディ・ロックウッドはスローンにもうなずいた。「あなたもですよ、ラザフォード」

「ここで何をしているの？」アナベスは、かん高い声で鳴きながら駆けてきたペチュニアをかがみ込んで撫《な》でながら尋ねた。

近くのソファから立ちあがったネイサンがそれに答えた。「ミス・コールがストーンクリフを立ち去ることに決めたので、ぼくたちも残っている意味がなくなったんだ」

「ネイサン」アナベスは心配そうに彼の表情を探りながら、進みでて片手を差し伸べた。少し元気がないようだが、それ以外とくに変わった様子はない。とはいえ、常に完璧な英国紳士のネイサンのこと、傷心を上手に隠しているだけかもしれない。

「アナベス」ネイサンはその手を取り、軽く頭をさげて、近しい友人として適切な挨拶をした。

かたわらの男ではなく、なぜネイサンと恋に落ちることができなかったのか？　またしても悔いに似た思いを噛《か》みしめた。そのほうが誰にとってもはるかに幸せだったろうに。

「カーライルとノエルが戻ってきたのよ」祖母が説明した。「新婚夫婦の邪魔はしたくありませんからね」

「それに事件の進展も知りたいですしね」ネイサンは祖母を見て小さくにやっと笑い、付け加えた。

「お黙りなさい」

そう言った祖母の甘やかすような口ぶりに、アナベスは少し驚いた。どうやら祖母とネイサンの仲は、彼が孫娘の婚約者ではなくなったとたんに好転したようだ。ネイサンは祖母にも婚約解消の話をしたのだろうか？

「ヴェリティはどこ？」

ネイサンは肩をすくめた。「さあ。じっとしているのに疲れたから知り合いに聞き込みに行く、と出かけたんだ」

スローンは顔をしかめた。「ストーンクリフに滞在していろと言ったのに。どうして引き留めておかなかったんだ？」

「引き留める？」ネイサンは眉を上げた。「どうやって？　椅子に縛りつけて、か？」

「まあ、それくらいじゃ無理だっただろうな」

「ストーンクリフに留《とど》まれと指示されていることは指摘したよ。ヴェリティがそれにどんな反応を示したか、想像がつくだろう？」

「いまいましい女だ。なんだっておとなしく命令を聞けないんだ？」スローンは険しい顔でつぶやいた。

「スローン……」アナベスはおずおずと尋ねた。「まだ……ヴェリティが黒幕だと思っているの？」

「なんだって！」ネイサンが驚いて叫んだ。「いったいなんの話だい？　なんの黒幕だ？」

「ええ、すっかり話してちょうだい。何があったの？」祖母が要求した。

「ぼくらは誰かに二度も襲われたんです」スローンがいきなり言った。「それと、ハンター・ウィンフィールドは事故死ではなかったことがわかりました。ハンターは殺されたんです」

アナベスの祖母とネイサンはスローンを見つめ、それから同時に口を開いた。

「いったい――」「冗談はやめなさい」

「冗談ではないのよ、お祖母さま」アナベスが口をはさみ、スローンをにらんだ。「まあ、もう少し違う言い方があったと思うけれど」それから父の作業場を訪れたことと、そこで何を発見したか、そして二度の襲撃についてざっと説明した。

またしても沈黙が落ち、今度は少し長く続いた。

やがてネイサンが言った。「すると、ミス・コールがきみたちを襲ったと思っているのか？　だが、彼女はきみの同僚じゃないか」

「ミスター・アスキスは、自分の組織に裏切り者がいると思っているの。スパイ網のなかに」アナベスは説明した。「それがミス・コールだという可能性があるそうよ」

「ばかな！」ネイサンが叫んだ。「彼女はずっとぼくらと一緒だった。どうすれば二箇所で襲撃できるんだ？」

「手下がいるのかもしれない」スローンが指摘した。「きみたちと一緒なら、自分には鉄壁のアリバイができるからな」

「ミス・コールはきみの友人だと思ったが」

「そうさ」

「きみが友人を平気で疑うような男なら、ぼくはきみの友人でなくてよかったよ」ネイサンが吐き捨てるように言った。

「ヴェリティだと思っているわけじゃない」スローンは答えた。「だが、何度かヴェリティが黒幕だと指し示すような出来事があったのも事実だ」

「アナベスを誘拐犯や不法侵入者から守ったのも、それに含まれるのか?」ネイサンが皮肉たっぷりに言い返す。

「あらゆる可能性を考慮する必要があるんだ」スローンはネイサンに言った。「闇雲に信頼しては、命取りになることもある。命がかかっているときは感情的に考えてはだめなんだ」

「きみらしい御託だな。きみが感情とは無縁の男だということは周知の事実だ」

スローンはかすかな笑みを浮かべた。「しかし、なぜヴェリティをそんなに熱心に弁護するんだ? ほとんど知らない女性なのに。いつからそんなにヴェリティの肩を持つようになった?」

「弁護などしていないさ。ミス・コールはとんでもなく苛立《いらだ》たしい女性だ。しかし、人を殺すような人間じゃない」

「ヴェリティが人殺しなどできないと思っているなら、きみはずいぶんおめでたい男だぞ」

「状況如何《いかん》では殺せるかもしれないが、きみやアナベスを殺そうとするとは思えない。ヴェリティはそういう女性ではないよ。もしもきみが、ヴェリティをそんな女性だと思っているなら、きみこそ彼女のことがほとんどわかっていないんだ」

祖母が杖《つえ》で床を叩《たた》き、みんなの注意を自分に向けた。「話がそれましたよ。問題は、なぜ誰かがアナベスの父親を殺す必要があったのか、です」

　アナベスはスローンと目を見合わせた。「探していた書類のせいではないかと思うの。父の書いた告白の手紙。それを政府に送られるのを阻止したい人間が、父を殺したのだと思う」

「告白の手紙？」祖母は切り捨てるような言い方をした。「ハンターに告白するような何があったというの？　あの男がした愚かな振る舞いは誰でもよく知っているのに」

「残念ながら、知らないこともあったようです」スローンは上着の内ポケットからたたんだ紙を取りだし、アナベスの祖母に手渡した。

「お父さまは人を殺したの」アナベスはつぶやいた。「もちろん、事故だったけれど」

　レディ・ロックウッドは渡された紙に目を走らせ、息を呑《の》んだ。「反逆ですって？　なんと愚かな男。事故のスキャンダルならどうにかやり過ごせたでしょうが、これは……」

「なんです？」ネイサンが声をあげ、レディ・ロックウッドからハンター・ウィンフィールドの書いた文書を受けとった。「なんと！」思わず叫んだあと、もう一度文書に目を通し、同情に満ちた目でアナベスを見た。「気の毒に。きみがどれほど傷ついたかを考えると……」

「ありがとう」父の所業がもたらした苦痛を真っ先に案じてくれるのは、実にネイサンらしかった。ちょうど祖母がまず家族の名誉を考えたように。

「すると、きみとミス・コールと政府がこの文書を探していたのは、このためだったんだな」ネイサンはスローンに言った。「ミス・コールの話では、アスキスという男が組織のなかの反逆者を探しているとか。アスキスは、ミスター・ウィンフィールドがこの文書にその男の名を書いたと思っているのか？」

「ぼくらが出かけているあいだ、ミス・コールはずいぶんいろいろとしゃべったんだな」

「わたしが問いただしたのよ」祖母がぴしゃりと言い、この会話を終わらせた。

ネイサンはスローンに皮肉な眼差《まなざ》しを向けた。「レディ・ロックウッドに問い詰められた経験はきみにもあるはずだぞ」

「ああ、どんな悪党でも自白することになるな」

祖母はふたりのやりとりを無視した。「でも、この文書には誰の名前もありませんよ」

「アナベスの父親を殺したのが誰にせよ、そこに自分の名前が書かれていないことを知らないのでしょう」スローンが言った。「それに、ここにある情報をもとにすれば、競走相手を突きとめることは可能です。だから、敵のスパイの親玉は安心できないんでしょう」

「とにかく、この文書の内容がもれることだけは防がなくては」祖母がそう言って、ネイサンの手から紙をひったくった。「これをどうするつもり、ラザフォード？　わたしなら燃やしてしまうわ」

「それはできません。証拠として使う必要が生じるかもしれませんからね。ミスター・ウインフィールドを殺した犯人を突きとめる手助けになるかもしれない。それにアナベスはまだ狙われているんです。事件の黒幕を見つけなくては。これを預かっていただけませんか、レディ・ロックウッド。たしか金庫をお持ちでしたね」

「いい考えね」祖母がにっこり笑った。「金と銀のお皿を収めてある部屋に、とても頑丈な金庫があるわ。部屋には鍵もかかる」

「獰猛《どうもう》な番犬もいるしね」ネイサンが付け加える。

「からかうのはやめなさい、ネイサン」祖母が説教するように指を振り立てた。「ペチュニアは実際、何ひとつ見逃さないのよ」

この言葉に、全員が祖母の足元でぐっすり寝ている小さなパグ犬を見た。

「なるほど」スローンが言った。「だったらよけいに安全ですね」

「ミスター・アスキスに渡すつもりだと思ったのに」

「いや」スローンはアナベスを見て首を振った。「少なくとも、まだ渡さない。アスキスの言うように仲間のひとりが裏切り者だとしたら、アスキスに渡せば盗まれる恐れがある。探していた文書が見つかったことはもちろん報告するが、きみのお父さんが起こした事故のことを知らせる必要はないと思う。まだ書きかけの状態で、ほかの人物の名前は書かれていなかった、と話す。スパイ網に裏切り者がいるとすれば、それを知ってほっとするか、文書を取り戻そうと姿を現すはずだ」スローンの冷ややかな笑みからすると、どちらの結果を望んでいるかは明らかだった。「レディ・ロックウッドの金庫を部下に見張らせよう」

「それがきみの作戦か？」ネイサンが非難した。「ここに座って、誰かが盗みに来るのを待つのが？」

「もちろん違う。ミスター・ウィンフィールドと馬車で競走した男を探すつもりだ。この事故が事件の核心であることは明らかだからな。その男自身がアスキスの組織に潜む裏切り者か、あるいは事故の真相を利用してアナベスの父親に反逆行為を強要した男だと思う」

「ねえ、お祖母さま、お父さまがよく馬車で競走していたのは誰だかわかる？」

「そうねえ。そういう競走を好んでいた男たちは何人もいたわ。あなたのお父さんは友達が多かったし。息子のスターリングもそのひとりでしたよ。もっとも、賭け事や馬にはそれほど夢中ではなかったけれど。フェリンガムもそう。あの人はハンターの親友だったから」

「ラッセル叔父さま？」アナベスは鼻を鳴らした。「叔父さまは違うわ」

「どうして？」スローンが言った。「あらゆる可能性を考慮すべきだ」

「叔父さまがお父さまの害になるようなことをしたはずがないもの」

「たしかに」ネイサンもうなずく。「フェリンガムがスパイの親玉だと考えるのも無理がある」

「あの穏やかな物腰は格好の偽装になるぞ」

「エジャートン卿《きょう》のほうが、まだ可能性があるわ」

「ばかをおっしゃい！」祖母が叫んだ。「エジャートンではありません。あの男は紳士よ。貴族ですもの」

「お言葉ですが、容疑者は下層階級の者だとはかぎりませんよ」スローンが皮肉たっぷりに言った。

「きみの父親に訊《き》いたらどうだ」ネイサンが言った。「ミスター・ウィンフィールドとよく一緒にいたぞ。馬車の競走をするような相手には心当たりがあると思うな」

「ああ。だが、父はコーンウォールに戻っているんだ」

「いや、ここにいる」

「なんだって？　ロンドンにいるのか？」スローンが顔をしかめた。

「ここにいるんだよ。この邸《やしき》に。疲れたからと、居間の寝椅子に横になっている」

祖母が鼻を鳴らした。「疲れただなんて。酔いがまわったのよ。わたしの忠告を無視して、陽《ひ》の高いうちからブランデーを飲みはじめるから」

ネイサンが顔をしかめる。「せっかくきまりの悪い思いをさせないような言い方をしたのに」

「きまりが悪い？　どうしてわたしがきまりの悪い思いをするの。マーカスはカードがへたなのと同じくらい、お酒に弱いのよ」

「レディ・ロックウッド、ネイサンが慮《おもんぱか》ってくれたのは、ぼくの気持ちだと思います」スローンがあっさり言い、ネイサンにうなずいた。「ありがとう。だが、父に関するかぎり、そういう気持ちを持つ段階はとっくに過ぎている」だが、かすかに染まった頬は、それとは逆の事実を物語っていた。「いずれにせよ、ミスター・ウィンフィールドがしたことは、父には話せない」

「もちろんです。ハンターが昔、誰と競走していたか訊くだけになさい。何もかも話すことはないわ」

「わたしに何を話すんです？」

マーカスが戸口から尋ねた。少々足元がおぼつかないのと、クッションに顔を押しつけて眠っていたらしく頬に赤い点があるほかは、いつものように余裕たっぷりだ。白い髪はきちんと撫でつけられ、服装も非の打ちどころがない。

「おや、お客がいたのか。どうりで騒がしいはずだ。スローン、おまえがここにいるとはな。田舎を走りまわっているとばかり思っていたが」

「ついさっき戻ったんです」スローンはそっけなく言った。「それより、コーンウォールに行ったはずのあなたが、なぜここにいるんです？」

「うむ。みんながストーンクリフに行くと聞いて、気が変わったんだ。気心の知れた相手といるほうが楽しいからな」

「レディ・ロックウッドとホイストができるし」

「小銭で相手をしてくれるのは、この人くらいのものなんだ」マーカスは悲しそうに嘆き、息子をにらんだ。

「小銭でよかったじゃないの」祖母が口をはさんだ。「さもなければ、何千ポンドも負けているところですよ」

「たしかに」マーカスは機嫌よく認め、ほかの人々に挨拶しようと進みでた。「アナベス」頬にキスされ、アナベスはブランデー臭い息にたじろぎそうになった。「親愛なるレディ。きみは日に日に美しくなるな」それからネイサンに挨拶して腰をおろした。「で……わたしに話さないこととはなんだね？　カーライルとノエルが巻き込まれたような長くて複雑な話なら、聞きたくないぞ」

「退屈きわまりない話ですよ」スローンが言った。「ぼくらはミスター・ウィンフィールドと馬車で競走していた、彼の友人たちの名前を知りたいんです」

「何人かいたな」マーカスは即座に言った。「わたしは競走自体には興味を持てなかったが。むしろ、どちらが勝つかクラウン金貨を賭けるほうが面白かった」

「そうでしょうね」スローンがつぶやく。

「ええと、まずジェイミー・キドリントンだな。あの男は鞭《むち》の使い方が絶妙で、フォー・

ホース・クラブの初期メンバーになった。ハンターはあのクラブができるずっとまえに競走はやめていたがね。気の毒に、もう死んでしまったコングローヴも競走仲間だった。スミスという男もいたが、苗字《みようじ》は思い出せん。いやな男だったよ。八百長をしたとキドリントンに食ってかかったことがあった。だが、証明はできず、そのあと姿を見せなくなった。それから、アレクサンダー。ああ、軍人のピーター・アレクサンダーもよく競走していたんだ。軍隊にいたから、ときどきしか顔を見せなかったが」

「ほかには？」父が言葉を切ると、スローンは促した。

「ときどきその気になる者もいた。わたしも一、二度競走したことがある」

「エジャートン卿は？」

「あの頑固と傲慢を絵に描いたような男が？」マーカスは笑った。「いいや、あいつは仲間ではなかった。あいつが勝負を挑んだのはハンターだけだ。ふたりは何度か競走したよ。もちろん、ふたりが争う目的はべつにあったんだが。エジャートンはマーサを自分から奪ったハンターを決して許さなかったんだ。ほかにも二、三いたと思うが。すぐには思い出せん。ああ、当然、フェリンガムもそうだな」

「フェリンガム？」スローンはちらっとアナベスを見た。

「でも、ラッセル叔父さまは馬車の競走をしたはずがない。ハヴァーストック家で会ったときも、一度もしたことがないと言っていたわ」

「ふだんはしなかったさ。なにせ馬を御すのがからっきしへただからな。本人もそれをよく知っている。だが、ときどき加わった。酔ったあとハンターに誘われると、その気になったものだ」アナベスたちが互いに顔を見合わせているのを見て、マーカスは言葉を切った。「どうした？　わたしが何かへんなことを言ったか？」

「べつに。ただ、少しばかり納得がいかなくて」

「なるほど」マーカスは明らかにわかっていない顔で相槌《あいづち》を打った。「まあ……そんなところだ」言葉を継ぎ、期待するようにレディ・ロックウッドを見る。「夕食のあとで、ひと勝負どうです？」

「ぼくと一緒に家に帰ったほうがいいと思いますよ」スローンがきっぱり告げる。

マーカスがため息をついた。「そう言うと思ったよ。おまえのその髪がなければ、妖精にわが子をすり替えられたと思うところだ」

スローンが微笑《ほほえ》んだ。「今夜、ぼくが相手をしてもいい」

「ホイストの？」マーカスが顔を輝かせる。

「なんでも好きなものを」

マーカスはアナベスを見た。「きみはわたしの息子をすっかり変えたようだな。ずいぶん付き合いやすくなった」

「明日、またお邪魔するよ」スローンはアナベスに言った。「そのとき話し合って、計画を立てよう」アナベスが顔をしかめると、首を振って続けた。「いや、ひとりで行動するつもりはない。ただ……みんな少し休んだほうがいいと思うんだ」

「では、明日」

スローンとマーカスが引きあげたあと、ネイサンも立ちあがった。「ぼくもそろそろ失礼します」

「ちょうど時間だから、夕食をとっていきなさい」祖母が言った。

「ありがとうございます。でも、今日は用事があるんです。よろしければ、明日の話し合いに同席させてもらいます」

「もちろんよ。あなたはいつでも歓迎するわ」アナベスはそう言いながら玄関まで送った。

「元気なの？　祖母には聞こえないから、本当のことを言ってちょうだい」

ネイサンはかすかな笑みを浮かべた。「元気だよ。ミス・コールと、きみのお祖母さまと、マーカスが言い争いを始めないように気を配るので忙しくて、自分の気持ちを心配するゆとりなどなかった」

「ええ、想像がつくわ」アナベスも微笑した。「何もかもあなたに任せてしまってごめんなさい。本当に、あなたを傷つけたいとは決して思っていなかったのよ」

「わかっている。心配する必要はないさ。ぼくはふさぎ込んでいるわけではないんだ。本当のことを言うと、ある意味では、ほっとしたくらいだ」

「ほっとした？」アナベスは驚いて繰り返した。

その顔を見て、ネイサンが笑う。「いや、きみと別れてほっとしたわけじゃない。それに、つらくなかったわけでもない。ただ……解放感がある、と言えばいいかな。ひとつの区切りがついたわけだから。ぼくはスローンに勝ちたかっただけだと、ミス・コールは言うんだ。もちろん、もっと辛辣な言い方だったが。ミス・コールが正しいとは思わないが、そろそろ自分の人生を歩みはじめるべきだという気がしている。過去にしがみつくのはやめて、いまをどう生きるかを考える潮時だ、と」

「よかった」アナベスに鉛のように胸にのしかかっていた罪悪感が消えていくような気がした。「あなたには幸せになってほしいから」

「なるとも。その自信がある。ぼくらはふたりとも幸せになるよ。だが、この事件が解決し、きみが安全だとわかるまではロンドンを離れられない。そのあとは、ハバードを訪ねて……きみに話したかどうか忘れたが、オックスフォード時代の友人なんだ。数カ月まえにイタリアに引っ越して以来、しばらくフィレンツェに来いとうるさく言ってきてる。そのついでに、いろいろな国をまわろうと思って」ネイサンは目を輝かせた。「実は、母と叔母が領地に住むことになったんだが、ぼくが外国へ行こうと思ったのはそのせいじゃないよ」

「あらまあ、本当に？　ふたりとも領地の邸に住むの？　この先ずっと？」

「そうではないことを祈りたいね。母はともかく、シルヴィー叔母の説教は耐えがたい」

アナベスは笑った。「だったら、イタリアに長く滞在するのね」

「ありがとう。そうすると思う」ネイサンはそばに控えている召使いから帽子を受けとり、アナベスの手を取って頭をさげた。「さようなら、アナベス」

35

アナベスは暖炉のそばの揺り椅子に座り、髪を梳《と》かしていた。この数時間は、短期間のストーンクリフ滞在に関する祖母のぐちを延々と聞いて過ごした。そのほとんどが、祖母の厳しい叱責をまったく無視したヴェリティ・コールに関する批判だった。

ヴェリティはどうやら祖母の曾孫《ひまご》であるギルとの遊びに精を出し、その遊びには、けたたましく吠《ほ》えて走りまわるペチュニアも加わっていたらしい。ヴェリティが祖母の助言にいっさい敬意を払わず好き勝手に振る舞い、マーカス・ラザフォードと大声で笑い、ネイサンとはしょっちゅう言い争っていたことが祖母のぐちから伝わってきた。祖母にとって何より苛立《いらだ》たしかったのは、娘のアデリーンがそんなヴェリティとすっかり仲良くなり、ヴェリティの滞在を喜んでいたことらしい。

祖母がようやく部屋に引きあげるまで、アナベスはひたすら穏やかな相槌《あいづち》を打ち続け、心からほっとして自分も部屋に引きとった。夜着に着替えたあと、お馴染《なじ》みの夜の支度がぴりぴりした神経を静めてくれることを祈りながら、座って髪にブラシをかけはじめた。

べつに不安を感じているわけではない。スローンがどう言おうと、厳重に戸締まりをした祖母の邸《やしき》は安全な気がする。スローンが金庫のある部屋と玄関扉の外に警備員を配してくれたとあればなおさらだ。

気持ちが落ち着かないのは、ひとりでいるからだった。これまでは、ひとりで過ごす時間が楽しみだったのに。読書をしたり手紙を書いたり、静けさに包まれているだけでもくつろげたものだ。ところが、いまは……スローンと過ごしたのは二週間にも満たないあいだだったが、そのあとではひとりのわびしさが身に染みた。これほど短いあいだに、彼がそばにいることに慣れ、彼がいないと何かが欠けているような気がするなどということが、どうすれば可能なのか？

たしかに、昔は彼のことをよく知っていた。でも、それは十二年もまえの話、いまのスローンはそのころとは違う男だ。昔よりずっと気難しく、非情で、皮肉屋になっている。アナベスがまるで知らない世界に身を置き、ふたりの人生が交わることはない。だが、どんなに頭から追いやろうとしても、なぜか昔と同じように、常に彼のことばかりを考えてしまう。スローンにも、周囲にも、自分自身にもそれを否定しようとしたが、結局アナベスはスローンを愛しているのだった。昔からずっと、捨てられた怒りと苦痛の下には、決して消すことのできない愛が残っていた。それがスローンをひと目見ただけで、再び燃えあがったのだ。

再びスローンと愛し合いたくてたまらない。たくましい腕に抱かれ、少しかすれた低い声を聞き、あの唇にキスされたかった。この二日間の、なんと惨めだったことか。ふた晩とも泣きながら眠りについたくらいだ。最悪の苦痛は少しすれば和らぐ——そう願っていたが、和らぐどころか、いっそうつらくなるばかり。だが、誰を恨むこともできない。スローンを遠ざけたのはアナベス自身なのだから。

ロンドンに戻る旅のあいだ、何度自分の決断を後悔しただろう。スローンから聞いた昔の経緯を落ち着いて考えてみると、たしかに彼がこちらに真実を隠したのは、よかれと思ってのことだった。実際スローンが指摘したように、自分も母につらい思いをさせたくなくて、父の過ちを母に告げないことにしたではないか。ただ、アナベスが愛する人に望んでいたのは、嘘や隠し事のない、互いを信頼できる関係だった。不快な真実から守ってもらうのではなく、よいことも悪いこともすべて分かち合いたい。

スローンはそういう関係を築くことができる相手だろうか？　いや、そもそもどんな関係にしろ、築くことができる相手だろうか。いまの彼は独身生活に満足しているように見える。ひとりを好み、誰も信頼せず、あの堅固な家と同じように自分の心をしっかりと守っている。激しい情熱をぶつけ合っているときにも、そのあとにも、一度として愛や結婚の話はしなかった。アナベスが彼から身を引いていなければ、やがては彼のほうからそうしていたのでは？

それがアナベスのジレンマの核心だった。ふたりの未来――厳密に言えば、未来がないことが。どれほどスローンを欲しいと思っても、どれほど彼を求めて胸が、体がうずいても、結局は互いを傷つけてしまう、そんな関係に自分は我慢できるのか？

ふたりの愛は激しく深い。燃え尽きることはなくても、そういう愛は決して安らぎを与えてはくれない。スローンのように自制心が強く、自分の気持ちを隠すことが上手で、孤独に慣れている男は、人生をともにする相手には向いていない。それに、アナベス自身ももう昔のようにうぶな若い娘ではなかった。恋人の欠点が見えず、見たいとも思わずに彼を無条件に崇拝し、唯々諾々と従うだけで満足して、愛されているかぎり幸せだと感じることはできない。

ふたりの個性がぶつかることもあるだろうし、失望や悲しみ、苦痛もあるだろう。スローンの嘘や欺きを知ったいま、彼を完全に信じることがどうしてできよう？　ある日、突然、また背を向けられるかもしれない。捨てられるかもしれないのだ。自分があのときのような苦しみに再び耐えられるとは思えなかった。

スローンは結婚しないと決めているようだ。昔のアナベスなら、愛人でもかまわないと思っただろうが、いまはそんな影の生活を受け入れることは自尊心が許さない。情熱的な情事と、結婚に値しない女だと思われていると知りながら生きていくのとは、まったく別物だ。

いま身を引くほうがまし——アナベスはそう自分に言い聞かせた。ともに過ごす時間が長くなればなるほど、傷も深くなる。なんとしても、この決心を貫かなくては。スローンといるときに体が示す反応に屈してはいけない。別々の人生を歩むことが最善の道なのだ。

翌日の午後、アナベス、スローン、ネイサンが客間に集まり、容疑者について意見を交わしていると、ヴェリティがまたしてもメイドのお仕着せ姿で颯爽《さっそう》と客間に入ってきた。

「何か進展があったかしら?」

「いったいどこにいたんだ?」スローンが声を張りあげた。「きみはストーンクリフに滞在していることになっていたはずだぞ。それなのに勝手な行動をとるとは、どういうつもりだ?」

「でも、あの邸で何も起こらないのは明らかだったわ」ヴェリティはドアを閉め、腰をおろした。「それはこの人が証言してくれるはずよ」ネイサンを顎で示す。「わたしたちの芝居を早々に見破られたか、ストーンクリフでアナベスを狙おうとしても無駄だと早々にあきらめたのか。とにかく、ふたりで一日二度も庭を散歩したのに、一度も襲われなかった」

「がっかりしたよ」ネイサンがうなずく。「ぼくはともかく、ヴェリティは、若い女性の社交界デビューの話を夕食時に延々と聞かされるよりも、誘拐されるほうがましだと思っていたようだ」

「当然でしょ。まあ、派手にやり合ってあなたを言い負かすのはなかなか楽しかったけど」

「派手にやり合った？　きみの威嚇には、いまやそういう呼び名がついているわけか？」ネイサンの笑いを含んだ瞳が、辛辣な言葉を和らげている。

ヴェリティは落ち着いた目をネイサンに向けたあと、スローンに尋ねた。「で、そっちは進展があったの？」

「告白が書かれた文書を見つけた」スローンは、ハンター・ウィンフィールドが殺されたという発見に始まり、ついに手に入れた文書の内容まで、この数日でわかったことをヴェリティに説明した。

ヴェリティは目を輝かせ、身を乗りだした。「すると、その競走相手がアスキスの探している裏切り者ってこと？」

「その可能性はかなり高いと思う」スローンが応じる。

「もちろん、きみを除けば、だよ」ネイサンがヴェリティに言い、スローンに皮肉たっぷりの眼差《まなざ》しを投げた。「反逆者だと疑っている相手にすべての情報を与えるなんて、ずいぶん太っ腹だな」

「わたし？」ヴェリティが眉を上げた。

「ヴェリティが裏切り者だと言った覚えはないぞ」スローンは指摘した。「あらゆる可能性を検討すべきだと言っただけだ」

「ええ、それは当然ね」ヴェリティは落ち着いた声で同意した。

「平気なのか？　友人であり、かつて同僚だった相手に疑われているのに」

ヴェリティは肩をすくめた。「この状況なら、わたしも同じことをするわ。わたしたちの仕事では、間違った相手を信頼すれば殺されるんだもの」スローンに目を戻して尋ねた。「その、馬車の競走相手だけど、候補者はいるの？」

「父が何人か名前を挙げてくれた。ひとりはすでに故人だ。いちばん可能性のある男は、残念ながらスミスという名前だけで、苗字《みようじ》のほうはわからない。その点では、父は例によって役に立たなかったが」スローンは首を振った。「ピーター・アレクサンダーという軍人と、馬車を走らせるのが格別うまいジェイミー・キドリントン。この名前に心当たりはないか？　スパイ組織との関連で耳にしたことは？」

ヴェリティは首を振った。「スミスなら、ひとりかふたり。まあ、本名かどうかはわからないけど。でも、あなたのほうのスミスとは綴《つづ》りが違う。アレクサンダーという軍人を調べてみましょうか。軍の上層部にコネがあるの」

「きみにはキドリントンを頼みたいんだが」スローンはそう言ってネイサンを見た。「交友範囲が同じだからな。ぼくは紳士のクラブに入れない」

ネイサンは驚いたようだが、まんざらでもなさそうにうなずいた。「いいとも。喜んで引き受けるよ」

「ほかにもいくつか名前があがっているが、探りを入れるのが難しい相手ばかりだ。ミスター・ウィンフィールドの親友だったラッセル・フェリンガムとか」

「ラッセル叔父さまは違うわ」アナベスはまたしてもフェリンガムを弁護した。

「だが、一応調べなくてはならない。フェリンガムは酔うとときどき誘いに乗った、と父は言っていた」

「ええ。でも、ラッセル叔父さまのことはあなたも知っているでしょう？　冷酷に人を殺せる人ではないし、スパイの親玉ができる人でもないわ」

「いかにもそれらしい男は、スパイの親玉にはなれない。それに二、三、フェリンガムを指している状況もある。きみが狙撃されたとき、フェリンガムも領地に戻っていた。お父さんの作った箱にきみが興味を持っていることも、作業場に行くつもりだということも知っていた。それに、あのわずか数日後にはロンドンに戻っている」

「わたしたちも戻ったわ」

「ああ、ぼくが言いたいのもそれさ。せっかく領地に帰ったのに、わずか数日しか滞在しなかったのは少し奇妙じゃないか？」

「祖母もストーンクリフを訪れたけれど、数日しか滞在しなかった」

「でも、レディ・ロックウッドがきみを狙っていなかったのは明らかだ」言い争うふたりをなだめるように、ネイサンが軽口を叩《たた》いた。

「ラッセル叔父さまがわたしを殺そうとするはずがないわ」アナベスは抗議した。「小さいときからとても優しかった。父が死んだあとも、いつもわたしたちを助けてくれたわ」スローンの顔に浮かんでいる表情を見て、アナベスはこう付け加えた。「それに、貸していた家に来て、父のものを整理する手伝いをしてくれたのは、父の告白文を探すためではなかったわ」

「だが、あのタウンハウスにあったお父さんのものに目を通したがっていたぞ」

「手伝うためよ。親切で言ってくれたの。わたしにとっては本当の叔父のような人なのよ」

いいかげん、引きさがるべきかもしれない。これではまるで、自分自身を説得したがっているようだ。だが、あのラッセルが父を殺し、自分を殺そうとしたとはどうしても思いたくなかった。

「従者の話では、ミスター・ウィンフィールドが殺されるまえの週、会ったのはフェリンガムだけだった」

「ふたりは親しい友人だったのよ。しょっちゅう行き来をしていたわ」アナベスは前のめりになっていた体を起こし、落ち着こうとひと息ついた。「いいでしょう。どれほどありれ、全員検討すべきでしょうね。でも、それならエジャートン卿《きょう》もリストに入れなくては。ここにいる全員が同意すると思うけれど、あの人のほうがはるかに冷酷になれるもの。当時も母を愛していたのは明らかだし、政府の中枢に知り合いも多い。ほら、先日あなたと訪ねたときも、その夜、政府のお偉方の集いに招かれているような口ぶりだったわ」

ネイサンが言った。「きみはエジャートンが嫌いだからそう思いたいだろうね。たしかに殺人という大罪にはミスター・フェリンガムよりエジャートンのほうが適役かもしれない。だが、その男はきみのことも殺そうとしたんだ。エジャートンが自分の継娘《ままむすめ》を撃ち殺そうとするはずがない」ヴェリティが鼻を鳴らしたのを聞きつけ、そちらに顔を向けた。「きみが貴族の男に道徳観念などないと思っていることはわかってる。しかし、仮にエジャートンがアナベスに愛情を持っていなくても、愛ゆえに恋敵を殺したとしたら、その愛ゆえに、あの男がアナベスに危害を加えることはありえない。エジャートンはアナベスの母親を愛している。妻を悲しませるようなことをするはずがない」

「でも、先日エジャートン卿と話したとき、父が殺されたことも、誰かがわたしを狙撃したことも、母には言うなと釘《くぎ》を刺されたの。あの人は母にこの件を知られたくないのよ。それに、彼がわたしを狙撃しても、あるいは誰かに殺しを依頼しても、母に知られなければ問題はないはずよ」

「ネイサンに同意するのは癪《しゃく》だが、彼の言うとおりだぞ」スローンが言った。「きみに万一のことがあれば、それをお母さんに隠しておくことはできない。たとえエジャートンが手をくだしたことを知らなくても、お母さんはとても悲しむ。ぼくはエジャートンをよく知らないが、あの男が決してきみのお母さんを傷つけないことだけはたしかだ」

「わたしの母を愛しているからという理由で、エジャートン卿を容疑者のリストからはずすことはできないわ」

「ああ、もちろんだ。フェリンガムと同じように、エジャートンのことも調べるとしよう」スローンはヴェリティを見た。「きみの成果は？」

「何ひとつないの」ヴェリティがうんざりした声で答えた。「ストーンクリフのありとあらゆる場所を調べたけれど、なんの秘密も隠されていなかった」スローンから預かった手帳を取りだし、テーブルに投げる。「それに、あなたたちがタウンハウスで見つけた手帳の暗号もさっぱりわからない。必死に解こうとしたけど、お手上げだわ」

「ぼくも試させてもらったが、だめだった」ネイサンが横から言い添える。

「だから、昨日、暗号をよく知ってる人に見せたの。でも、解読できなかった。意味を成す文章を何ひとつ思いつけなかったのよ。これは暗号のように見えるだけで、ただの記録じゃないかしら。数字は金額かもしれない。買ったものとか、支払った額？　文字のほうは品物の、さもなければ支払った相手の頭文字かもしれない。同じ組み合わせの文字が頻繁に出てくるけど、数字はそのつど違う」ヴェリティは肩をすくめた。「頭文字はミスター・ウィンフィールドの部下で、数字は自分が受けとった情報か、そのために支払った金額を示しているのかもしれない。日付がひとつもないところをみると、たんに服や、飲み物、葉巻のリストだということもありうるわね。いずれにせよ、頭痛の種にしかならなかったわ」

アナベスは手帳を手に取った。何が書かれているにせよ、父がこれを隠したのはそれだけの理由があったからだ。ゆっくりとページをめくり、目を通していく。どのページにも同じように文字の欄と数字の欄、そして文字の終わりには三角形か丸のどちらかがつけてあった。ヴェリティの言うように暗号ではないとすれば、何かの記録にちがいない。父が隠す必要があると思うほど重要な記録とはなんだろう？　スパイ行為と馬車の事故以外にも、まだ秘密があったのだろうか。

ふいにある考えがひらめき、アナベスは手を止めた。最初のページに戻り、頭文字に指を走らせる。「これは……賭け事の記録で、文字は父が賭けをした相手の頭文字ではないかしら」

「あるいは競走した相手か」スローンがアナベスと目を合わせ、椅子の背から体を起こした。

「ええ。ＰＬＡやＳＱＳは」ページをめくり文字の欄に目を走らせる。「何度も出てくるわ」

「ピーター・L・アレクサンダー。それにこっちはS・Q・スミスか」スローンがうなずく。

「ええ。ここにもSで終わる頭文字がある。APS、LMCのCはコングローヴかもしれない」

「そこにある頭文字が誰を指すのか、突きとめる必要があるな」ネイサンが言った。

「これはわかるわ——MFBE。マイケル・フレデリック・ビリンガム・エジャートンよ。頭文字の横に丸がある。このしるしは勝ち負けを示しているんじゃないかしら。丸は負け、三角は勝ち、とか。JHKはきっとジェイミー・H・キドリントンよ」

「そのリストの最後の名前は?」スローンが緊張をはらむ声で尋ねた。

アナベスは彼を見上げた。「やめる原因になったレースね」

「ああ、おそらく」

アナベスは急いでページをめくり、最後に書かれている頭文字に目を走らせ、凍りついた。「REF……ラッセル・エドワード・フェリンガムだわ」

36

「フェリンガムが犯人だと確定したわけじゃない」

スローンはロックウッド邸をあとにしながら、アナベスに言った。少し話し合ったあと、ヴェリティとネイサンがアレクサンダーとキドリントンから、スローンとアナベスはラッセル・フェリンガムから話を聞くことになったのだ。

「わかっているわ。何度も言わないで。でも、疑いが濃厚なことはたしかよ。最後の行には勝ちも負けも記されていなかった。つまり、勝負がつかなかったんだわ」

「フェリンガムとの勝負には賭けなかっただけかもしれない。ふたりは親友だったし、どちらが勝つかはわかりきっている。フェリンガムの腕はひどいからな」

「ええ」アナベスはスローンを見た。「どうして叔父さまをかばうの？　あなたはラッセル叔父さまの仕業だと、ほぼ確信したじゃないの」

「きみの悲しい顔を見たくないんだ。ぼくだって、そこまでの確信はない。フェリンガムがきみのお父さんを殺し、きみの命を狙っているとは……とても信じられない。これほど長い年月、愛すべき友人の役を演じてきたのだとしたら、舞台俳優も顔負けの演技力だ」

「そうね。どの手がかりも確かな証拠とは言えない」アナベスは少し明るい表情になり、微笑《ほほえ》んだ。「気遣ってくれてありがとう」

そしてスローンの手に自分の手を重ねた。スローンはてのひらを返し、その手を握りしめずにはいられなかった。悲しい顔でも幸せな顔でも、スローンにとってアナベスは誰よりも美しい女性だった。この数日はどれほど苦しかったかわからない。報われぬ欲望を抱え、アナベスに焦がれるのもつらかったが、最悪なのはこの十二年耐えてきた、胸を凍らせる苦痛がよみがえったことだった。

アナベスを取り戻すことなどできないとわかっていたのに、愚かにも警戒を解き、本心をさらけだしたせいだ。ハンターを殺し、アナベスを狙っている男を捕らえたあと、再びアナベスのいない世界に戻ることを思うと、胸が引き裂かれるようにつらかった。昔と同じ苦しみをもう一度味わうと思っただけで心が枯れていく。少なくとも諜報員《ちょうほういん》として働いているあいだは、常に危険にさらされ、気をまぎらすことができた。だが、いまの自分には何もない。

とはいえ、アナベスに愛想をつかされたいま、その件に関してこちらに選択権はなかった。たしかにアナベスの言うとおりだ。望んだことではないが、自分は昔からアナベスを傷つけてきた。現にいまも、父親の友人としてアナベスを愛し、必要なときに支えてきた男が、恐ろしい殺人犯であることを証明しようとしている。

馬車に乗っているあいだ、アナベスはスローンの手から自分の手を引こうとはしなかった。

独身を通してきたフェリンガムのロンドンの住まいは、戸建てではなく集合住宅の一室だった。が、内装は豪華で、快適で趣味のよい家具や調度を備えている。

従者が玄関の扉を開け、ふたりを見て少し驚いたものの、黙って客間に通すと、主人に来訪を告げに行った。

まもなくフェリンガムが満面の笑みで入ってきた。「思いがけない客人だな。しかも、とても喜ばしい客人だ。親愛なるアナベス。それにミスター・ラザフォード」

フェリンガムはアナベスの頬にキスし、スローンの手を握った。目を輝かせ、好奇心を浮かべながらも、彼はまずアナベスの母親と祖母のことを尋ねた。

「レディ・ロックウッドがこれほど早くロンドンに戻ったのを知って、正直言って少し驚いた」

「あなたもとんぼ返りでしたね」スローンがじっとフェリンガムを見ながら言った。

フェリンガムは鷹揚《おうよう》に答えた。「ああ、そのとおり。牧歌的な生活を讃美《さんび》する詩人の気持ちが、わたしには理解できたためしがない。木を眺めるのがどうしてそんなに楽しいのか、さっぱりわからんよ。わたしには死ぬほど退屈だ。昔は違ったよ、ハンターがいたから」

「実は、父のことでお話をうかがいたくて」アナベスが固い声で言った。

「そうか？　いいとも、何が知りたいんだね？」

「ぼくらはミスター・ウィンフィールドの従者だった男に会いに行ったんですよ」

「シンプソンに？」

気のせいだろうか、シンプソンと聞いてフェリンガムの顔が少しこわばったような気がする。

「ええ」スローンは、ほんの少しの変化も見逃すまいとフェリンガムの目を見て言った。「ミスター・ウィンフィールドが持っていた、折りたためる机のことで」

「ああ、あれは美しい机だった」フェリンガムはそう言って微笑んだ。

「父が死んだあと、母はあれをシンプソンに与えたの」アナベスは言った。「それを見に行ったんです。あの箱にあった紙に……」突然言葉を切る。いまや間違いなくフェリンガムの目には警戒の色が浮かんでいた。「馬車の競走のことが書かれていたの」

「なんてことだ」フェリンガムは椅子に沈み込んだ。「それじゃ、ハンターは本当に告白したのか。何年もあとで、まさかそんなものが出てくるとは」

「もう一台の馬車を走らせていたのは叔父さまだったのね」アナベスが涙にかすれる声で言った。

「ああ……そうだ」フェリンガムはうなずき、アナベスから目をそらした。「頼むからわたしを憎まないでおくれ、アナベス。ハンターとわたしは――決してそんなつもりはなかった。あれは事故だったんだ。わたしたちはすっかり震えあがって、わたしの邸《やしき》に直行した。ふたりとも……どうすればいいか途方に暮れた。もしも……スキャンダルになっても、わたしの場合はそこまでひどいことにはならなかったと思う。汚名に苦しむ家族もいなかったからね。だが、きみはまだほんの赤ん坊だった。ハンターは自分が村人を轢《ひ》き殺したというスキャンダルで、きみとお母さんをつらい目に遭わせるのを恐れたんだ。ふたりとも苦しんだが、とくにハンターは苦しんだ。そして少しでも償おうと、シンプソンを雇い、葬儀の費用を払った。それでも、ずっと罪悪感に悩まされ続け、何年も経《た》ってから罪を清算したいと言いだした。わたしが関わっていたことは決して誰にも言わないと約束したが……」

「父はその約束を守ったわ」アナベスは苦い声で言った。「競走相手の名前はなかったの。でも、わたしたちは……推測したんです。叔父さままでなければいいと願っていたのに」

「だが、あなたの反応でわかった」スローンが言った。打ちひしがれているアナベスを見るのがつらくて、つい声が尖《とが》る。

「わたしも、わたしでなければよかったと思う。あの事故は片時も忘れたことはない。もうずいぶんまえのことだが、罪悪感は少しも薄れない。ハンターはもっと苦しんでいた。

事故が起きたときシンプソンはまだ十六だったという話をしながら、ハンターはきみのことを考え、自分を責めていた。ハンターが死んだあと、彼があの恐ろしい記憶にもう苦しめられずにすむのは神の恵みだとさえ思うこともあった。わたしも同じように死んだほうがましではないかと思ったこともある。だが、臆病者だからね、考えるだけでそれを実行に移す勇気はなかった」

フェリンガムは何を言いたいんだ？　ハンターが自殺したと思わせようとしているのか？　それとも、親友を殺すのは、ある種の高潔な行為だったのだとずっと自分に言い聞かせてきたのか？

「すべて嘘だったの？」アナベスがいきなり問い詰めた。「ずっとわたしたち母娘《おやこ》を思いやるふりをしていたの？　父が罪を告白した文書を探すために？」

「それは違う！」フェリンガムはショックを受けたようだった。「アナベス、決してそんなことはない。わたしはきみを愛している。きみは……わたしが持てなかった娘のようなものだ。それはわかっているはずだよ」

「わからないわ！」アナベスは頰を伝う涙を拭おうともせずに叫んだ。「叔父さまのことが、わたしにはまったくわからない。どうしてあんなことができたの？　父は親友だったはずよ。どうして父を殺したの？」

フェリンガムはあんぐり口を開けた。顔からいっぺんに血の気が引く。「わたしがハンターを殺した⁉　なんの話だ？　そんなことは決して……あれは事故だった。ハンターは階段から落ちたんだ」身を乗りだし、懇願するような目でスローンを見た。「ハンターは落ちたんだ」

スローンが何も言わないままでいると、フェリンガムの息が荒くなった。いつもの冷静で上品な物腰が消えていく。

告白を引きだせるか？　フェリンガムは自分がしたことを認め、この事件はついに解決するのか？

アナベスの安全のために、そうであることをスローンは祈った。アナベスをこれ以上、苦しませたくない。だが、事件が終われば、二度とふたりで過ごすことはできなくなる。この思いがスローンの頭を駆けめぐった。

くそ、アナベスがこれほど苦しんでいるというのに自分のことしか考えられないような男は、明らかに彼女には相応《ふさわ》しくない。親密な関係を終わらせようというアナベスの決断は正しかったのだ。

フェリンガムは激しく首を振り、スローンとアナベスを見比べた。どちらも何も言わないと、その目から拒絶が消えた。事実が頭に染み込んだのだ。フェリンガムは体をひねり、両手で顔を覆った。

しばらくしてスローンは、フェリンガムが非難されたショックで震えているのではないことに気づいた。まるで魂の内側から引き裂かれたように、肩を震わせ、声を殺して泣いているのだった。

「ああ、なんということだ……ハンターが殺されたなんて」フェリンガムの声が涙でかすれた。

スローンはちらっとアナベスを見た。同じように驚き、途方に暮れている。これがスパイの親玉か？　冷酷に親友を殺し、その娘を撃ち殺そうとした男か？　馬車の事故に関わっていた男は見つかった。だが、残念ながらその人物は今回の事件の犯人ではなかったようだ。

「すまない」ハンカチを取りだし、涙を拭くと、フェリンガムはいつもの紳士然とした物腰を必死に取り戻そうとした。まるでそうすることで、強くなれるかのように。「本当に失礼した」そう言って、自分が取り乱したことを謝るように手を振った。「あまりにもショックだったものだから」

「ラッセル叔父さま……」アナベスは身を乗りだし、慰めるように手を取った。

フェリンガムはその手を握りしめた。「どんな形でも、わたしがハンターに危害を加えることなどありえない。ハンターは……実に聡明《そうめい》で、素晴らしい男だった。わたしは……ふたりが分かち合っていた恐ろしい秘密、あの事故のことは、死ぬまで後悔し続けるだろう。だが、ハンターを傷つけたりするものか」

「ミスター・ウィンフィールドは告白するつもりだと言ったんですね？」スローンは続きを促した。

　フェリンガムがうなずく。「ある晩、死ぬ少しまえのことだが、ふたりで飲んでいるときだった。これ以上、罪悪感に耐えられそうもない、告白してしまいたい、と言ったんだ。わたしの名前は書かないと約束してくれたよ。もちろん、わたしはハンターを信じた。だからといって、気が軽くなったわけではないが。それに、ハンターが階段から落ちたとき……どれほど悲しくても、安堵《あんど》する気持ちもあった。わたしの過ちをハンターが暴露する心配はもうしなくてもいいと知って、肩から重荷が取りのぞかれたような気がしたんだ。そして、そんなふうに思う自分に嫌気が差した。ハンターの死に悲しみ以外の感情を持ったことは、決して許せないだろう。きみとマーサのこと、きみたちが愛する大切な家族を失ったことを考えるべきだったのに。だから、ハンターが望んでいたように、できるかぎりきみたちの力になろうと心に決めたんだよ。きみたちがもっともつらいときに安堵を覚えてしまったことを償うすべはないが、ほんの少しでも父親代わりになれればと願ったんだ」フェリンガムはアナベスの手を握りしめ、心から言った。「どうか、わたしを嫌わないでほしい」

　アナベスはその手を握り返した。「何があってもお父さまを嫌うことができないように、叔父さまのことも嫌うなんてできないわ。お父さまが殺された件に叔父さまが関わっていなくて本当によかった」

「もちろん、関わっているわけがない」フェリンガムはアナベスの手を離して深く座り直すと、過去を思い起こすような遠い目になった。「とくにこの数年は、ハンターがいないことが寂しくてたまらないんだ。ふとした拍子に、〝そうだ、ハンターにもこれを話さなくては〟と思い、そのたびに、もう二度と話すことができないのを思い知らされる。あんなに早く逝ってしまうことがわかっていたら、つまらないことで時間を無駄にせず、もっと頻繁に訪ねたんだが。後悔とはつらいものだ。過去に戻ってやり直すことが決してできないのは」ため息をつき、しばらくしてからスローンに目を戻した。「しかし、どうして急にハンターが殺されたなどと言いだしたんだ？　誤って階段から落ちたとしか思えないが」

「残った手すりの両端に、のこぎりで深く切り込みを入れた跡が残っていたんです。重みがかかったとたん折れるように」

「しかし、いったい誰が、なぜ、ハンターを殺したがるんだ？」

「ぼくらはミスター・ウィンフィールドの告白を恐れた人物の仕業だと思ったんですが、これでまたわからなくなりました」スローンはできるだけ曖昧に説明した。ハンターがしたべつの忌まわしい犯罪に関しては、知っている者が少ないほうがいい。

「ハンターが告白文のことを、わたし以外の人間に話したとは思えないが」フェリンガムは表情を曇らせた。「話すとすれば相手はマーサしか思いつかないが、おそらくマーサにも話していないだろう。ハンターはマーサを失望させるのをとてもいやがっていた。それに、事故の話を聞いたら、マーサは取り乱したにちがいないんだ。だが、誰かがハンターに危害を加えたがる理由が、ほかにあるとは思えない」途方に暮れた声でつぶやいた。「ハンターはみんなに好かれて――」突然、フェリンガムの目がきらりと光り、彼は飛びあがるように立ちあがった。「あいつだ！　エジャートンだ。あの男はハンターを憎んでいた。マーサが自分ではなくハンターを選んだことに我慢ならなかったんだ」

スローンは目の隅でアナベスを見た。すると継父《ままちち》に関するアナベスの主張は正しかったのだろうか？　アナベスが彼に対して抱いている嫌悪が判断を曇らせているのだと、無意識にエジャートンを容疑者からはずしていたのかもしれない。自分なら、アナベスの愛を手に入れるためならば、邪魔者を殺すのに良心の呵責《かしゃく》など感じないだろう。実際、パーカーがアナベスを誘拐したと思い込み、もう少しであの男を殺すところだったのだ。

「エジャートンはハンターがいなくなれば、マーサと結婚できると思ったにちがいない。実際、そのとおりになった。欲しいものを手に入れた」フェリンガムはスローンに向き直った。「あの男を捕まえて、刑務所に入れてくれ」

アナベスが立ちあがってフェリンガムに歩み寄り、優しくなだめた。「わたしも同じことを考えたの。でも、証拠がひとつもないのよ。何もかも憶測に過ぎないの。証拠がなければ警察は逮捕してくれないわ」

「証拠なら見つかるとも」フェリンガムはスローンに人差し指を突きつけた。「きみなら見つけられる。きみは賢い男だとハンターが言っていた」

「ミスター・ウィンフィールドが？」

「ああ。きみは手段を選ばず、なんでも掘り起こす、と」

「ラッセル叔父さま……」

「いや、きみのお父さんの言ったとおりだ」スローンは立ちあがり、フェリンガムに約束した。「誰がアナベスを殺そうとしているか突きとめるまでは、決してあきらめません。きっと罪を償わせてみせます。だが、この件には嫉妬以外にもほかの要因が関わっているんです。ミスター・ウィンフィールドは自分が関わっていることについて何か言っていませんでしたか？」

「関わっている？」フェリンガムがけげんそうな顔になった。「どういう意味だ？　ビジネスの投資か？　そんなことは何も言っていなかったぞ」

「ミスター・ウィンフィールドは死ぬまえ、何かを心配している様子だったようですね。馬車の事故のほかにも悩みがあったんじゃありませんか？　不安そうでしたか？　誰かの名前を口にしませんでしたか？」

「まあ、言うまでもないが、告白がもたらすスキャンダルのことは心配していた。しかし、ほかの人間のことを聞いた覚えはないな。ちょっとした噂話《うわさばなし》、ほら、共通の知人の近況みたいなものは話題になったが」

「その話に出てきた人々の誰かに反発したり、怒ったりしたことは？」

「そうだな、こう言ってはなんだが、きみのことはあまり好きではなかった」フェリンガムが申し訳なさそうに口にした。

「ええ、それは想像がつきます」スローンは苦笑した。「ミスター・ウィンフィールドが亡くなる少しまえに、訪ねてきた人間はいませんでしたか？」

フェリンガムは考え込んだ。「誰かに会った覚えはないな。しかし、昔のことだから忘れている可能性もある。常にハンターと一緒にいたわけではないし。だが、訪問客があったという話を聞いた覚えはない」アナベスに視線を移して尋ねた。「どういうことなんだね？　エジャートンのほかに誰を疑っているんだ？」

「問題はそれなんです」スローンが厳しい声で言った。「ぼくらは影を追いかけているんですよ」

37

馬車に戻るとすぐに、アナベスが言った。「わたしは彼を信じるわ。あなたはどう？」

そしてスローンの腕に手を置いた。

そのさりげない仕草に、スローンは心臓をわしづかみにされたような気がした。「ぼくも信じる。フェリンガムが何年も芝居を続けられたはずがない。今日だって、すぐに打ちひしがれ、自分が競走相手だとあっさり認めてしまった」

「このままエジャートン邸に行く？」

「この時間だとお母さんがいるだろう？　できればこの話は聞かせたくない」

「そうね」アナベスは唇の端を噛《か》んだ。「エジャートンが犯人なら、母の人生はめちゃくちゃになるわ」

「軽々しく糾弾すべきではない、ってことだな」スローンは顔をしかめた。「確かな証拠をつかんだうえで、きみのお母さんがいないときに対峙《たいじ》すべきだ」

「ええ、それならエジャートンがきちんと無実を証明すれば、母はわたしたちが彼を疑っていたことさえ知らずにすむわね」アナベスはため息をついた。「とはいえ待つのはいやだわ。母があの男と同じ家にいると思うと怖くなるの」

「エジャートンが何をしたにせよ、しなかったにせよ、きみのお母さんを傷つけるとは思えない。その心配はいらないさ」

「そうね。でも、このまま家に帰るのは気が進まない。お祖母《ばあ》さまと顔を合わせたくないの」

「もちろんだ、どこへ行く？　ぼくとふたりで公園を歩くわけにはいかないぞ。うちには父がいるから、そこもだめだ」

「あなたの仕事場はどう？」

「波止場を見たいのか？」

「ちょうどいい気分転換になるわ」アナベスはかすかな笑みを浮かべた。

「だったら波止場に行こう」スローンは身を乗りだし、御者に行く先を告げた。急に仕事場を見たいと言いだしたアナベスの気持ちがよくわからない。なぜ自分がそれを嬉《うれ》しいと思うのかもわからなかった。

ふたりは波止場で馬車を降り、歩きだした。ここは安全だ。パーカーが再び襲撃してきた場合に備えて、警備員の数は増やしたままだった。まわりにはたくさん人がいるし、カートや積み上げた荷箱が至るところにあり、離れた場所から銃で狙うのは難しい。スローンは注意深く、狙撃者が隠れているかもしれない建物と自分たちのあいだに大きな梱包《こんぽう》などの障害をはさみながら進んだ。

そして自分の船を指さした。二隻が桟橋に停《と》まり、一隻は積み荷をおろしている。もう一隻は荷物を積む最中だ。スローンは作業員たちに挨拶を返し、船長のひとりに声をかけた。アナベスはスローンの腕を取り、物珍しそうに周囲を見まわしながら、興味を引かれたものを指さしてはあれこれ質問してきた。

ふたりは立ち並ぶ倉庫に置かれた品物をのぞきながら歩き続け、ようやくオフィスのある倉庫に入った。スローンは、ハンターが書いた文書を見つけたこと、そこにはアスキスが探している敵国のスパイの黒幕の名はなかったことを、アスキス宛ての手紙に急いでしたためた。

「これでアスキスの組織内に反逆者がいたら、告白文が見つかったことを知り、自分が捕まる危険はないとわかるだろう」

「それが、アスキスが反逆者を見つける役に立つの？」

「見つける役には立たないが、きみを守る助けになる。ぼくにとって重要なのはそれだけだ」

スローンはアスキス宛ての手紙に封をすると、オフィスで働いている少年に手渡した。手紙を届けるために走り去る少年を見送ってから、二人は二階に上がった。そこは、奥の半分が倉庫、手前がオフィスになっている。

スローンは実用一点張りのオフィスを歩きまわるアナベスを見守った。どう思っているのか気になるが、訊《き》くつもりはない。急に自分の目にもひどく殺風景で質素に思えてきて、少し恥ずかしくなった。アナベスは窓の前に立ち、波止場に目をやった。

「このなかには何があるの？」そう言いながらオフィスの横にある、開いている戸口に近づいた。そのドアの先はベッドと洗面台しかない、オフィスより狭い部屋だった。「あら、ごめんなさい」アナベスはベッドを見てかすかに頬を染め、目をそらした。

「仕事で遅くなるときは、家に帰らずここで寝るんだ」

突然、部屋を占領するベッドしか目に入らなくなった。それに、帰宅するよりここで眠るのを選ぶこと自体、自分の人生がいかに味気ないものかを告げている気がする。スローンは目をそらした。ぼくの世界をどう思う？　それを見たいま、ぼくをどう思う？　そう訊いてみたかったが、代わりにこう言った。

「エジャートンがきみを襲ったとは信じられない」

「ええ」アナベスはため息をついた。「わたしが死ねば、母がどれほど悲しむかわかっているんですもの。でも、本気で怪我《けが》をさせる気はなかったとしたらどうかしら？　怖がらせて、父が告白している文書を探すのをあきらめさせようとしただけかもしれない」

「ああ、怒りに駆られて行動するよりも、自分が望む結果を引きだすために巧妙な作戦を練るほうが、まだ彼らしいな」

「ええ。容疑者がどんどん消えていくわね。わたしもエジャートン卿《きょう》が犯人であることを願ったわけではないのよ。母のことを思えば、あの人でないほうがいいに決まっているわ。ただ、馬車の競走相手はラッセル叔父さまだったわけだから、容疑者のうち三人ほどが消えてしまう。残った手がかりは、あの事故がフランス側に情報を渡す強請《ゆすり》のネタに使われたことだけね」

「しかし」スローンが考え込むような顔で言った。「このスパイの親玉が誰にせよ、どうやってお父さんの事故のことを知ったんだろう？　お父さんとフェリンガムしか知らなかったのに」

「村の誰かが見たのかもしれないわ」

「だとしたら、なぜ家族に何も言わなかった？　脅迫の種にして金をせしめるつもりだったのなら、黙っていたのも納得できる。だが、お父さんが村人に脅迫された形跡はなかった」

「父はあまりお金を持っていなかったわ」

「まあね。しかし、大金をせしめられなくても、小金をちょくちょくもらうことはできた。それにフェリンガムは裕福だぞ。どうしてフェリンガムを脅迫しなかった？」

「しなかったかどうか、わたしたちにはわからないわ」

「だが、もしも脅迫されていたとしたら、さっき打ち明けたと思う」

「父かラッセル叔父さまが誰かに話した、というのがいちばんありそうね。ある晩、酔った拍子にぽろりとしゃべったとか。父自身が例の〝スパイの親玉〟に話したのかもしれない」

「そうなると、お父さんの友人の誰かだ」

「友人とはかぎらないわ。お酒が入ったときの父は、誰とでも友達になったもの。あるいは父が誰かに話しているのを、耳にした人がいたのかもしれない。ラッセル叔父さまと話しているのを、誰かが偶然耳にした可能性もあるわ」

「エジャートンはいかにも黒幕らしい男だが……」スローンは口をつぐみ、それから静かな声で言った。「もしも彼だったらどうする？　エジャートンを裁判にかけたいかい？　お母さんがスキャンダルにさらされ、苦しむのに耐えられる？」

アナベスは涙を浮かべた。「いいえ、もちろん母をそんなことに直面させたくないわ。ああ、スローン……」

スローンが両手を広げて近づくと、アナベスはその腕に飛び込んできた。

「つらすぎるわ。父とラッセル叔父さまが起こした事故のことや、何もかも……恐ろしいことばかり。何ひとつ知りたくなかった」

「わかってる」スローンはアナベスを抱きしめ、彼女の頭に自分の頭をのせた。「こんなことになって残念だよ」恐ろしい事実からアナベスを守るためにすべてを捨てたのに、惨めに失敗してしまった。その事実に胸が痛み、アナベスにまわした腕に力をこめながら、つぶやいた。「愛してるよ、アナベス」

アナベスは少し身を引くと、涙をたたえた大きな目でスローンを見上げた。柔らかい唇が招くようにかすかに開いている。「キスして、スローン」

スローンは体をこわばらせた。何よりも聞きたい言葉だったから、聞き間違えたのかもしれない。「アナ……」スローンはアナベスにキスしたくてたまらなかった。周囲の世界が消え去るまでキスを続け、愛に溺れてしまいたい。「いや、だめだ。いまのきみは取り乱している。これはきみの望んでいることじゃないんだ」

「わたしが何を望んでいるか、勝手に決めないで」アナベスは爪先立って、そっと唇を押しつけた。

春のような、甘いさくらんぼのような味がする柔らかい唇は、この十二年、その存在さえ忘れていた素晴らしいものすべてを思い出させてくれた。それからアナベスが口を開け、舌をからませると、周囲の世界がまわりだし、かぎりない飢えへとスローンを引き込んだ。ひしと抱きしめ、温かい唇を貪る。押しつけられた柔らかい体が欲望をかき立てた。こちらがどれほど欲しがっているか感じてほしくて、スローンは片手をアナベスの背中に滑りおろし、ヒップに手を当てて彼女を自分に押しつけた。アナベスが低い声をもらし、腰を動かす。

鋭い欲望に貫かれながらも、スローンは顔を上げ、なんとかこの状況を制御しようとした。「きみの心が弱っているときにつけ込むのは、ろくでなしがすることだ」

アナベスは唇に焦《じ》らすような笑みを浮かべ、スローンを見る。「わたしは昔からろくでなしが好きなの」

この言葉は火口《ほくち》に火花を与えたようなものだった。スローンはつかのま凍りつき、欲望に抗《あらが》おうとした。自分がアナベスに相応《ふさわ》しくないことはわかっている。〝いつもわたしを傷つける〟と言ったアナベスの言葉が正しいことも。ふたりで過ごす時がまもなく終わり、二度とアナベスと会う機会はないことも。だが、この最後の瞬間をアナベスと過ごすのは、そんなに悪いことだろうか？ アナベスが去ったあとのわびしい未来を温めるために、せめてこの最後の歓《よろこ》びと幸せにすがるのは。この誘惑に屈しても、許されるのでは？ なんといっても、アナベスは自分の欲しいものを知っている女性なのだ。

「わたしを愛して、スローン」アナベスが耳元で囁《ささや》く。

スローンはこの言葉に屈した。

38

アナベスを抱きあげると、スローンはオフィスの横にある小部屋に入った。アナベスは両手を首にまわし、肩に頭をあずけていた。首にかかる温かい息が、いっそう欲望を高める。スローンは片足でドアを閉め、アナベスをベッドのそばにおろした。

一刻も早く嵐のような欲望を解き放ちたかった。ふたりの服を引き裂き、ベッドに倒れこんで激しく求め合いたい。だが、それよりも、アナベスと愛し合う時を味わいたかった。ゆっくり時間をかけ、できるだけ引き延ばしたい。アナベスと愛し合うのはこれが最後になるだろう。このあとは、この最後の愛の営みだけを糧に生きていかなくてはならないのだ。スローンは肉体の満足よりも、彼女の愛を切望していた。

時間をかけてアナベスの服を脱がせ、それを体から滑り落とす。外套《がいとう》を椅子の上に放り、続いて服に取りかかった。指がさまよいおりて胸の膨らみを撫《な》でる。薄布越しに、頂を囲む濃い円と、細い腰と、丸みをおびたヒップが見えた。

「あなたは?」アナベスがつぶやき、ベストのボタンに手を伸ばす。

「あとで」スローンは甘い笑みを浮かべた。「まずきみが見たい」手の関節で頂をかすめると、たちまち固くなった。「きみはとても美しい」

「あなたもよ」アナベスが笑みを返し、両手を脇におろす。わたしをあなたに捧《ささ》げます、と言わんばかりのその仕草が、スローンの心を揺さぶった。愛と信頼のしるし、情熱のまま振る舞うというしるしに思えたのだ。

スローンは息を呑《の》み、苦労して荒れ狂う欲望を抑えると、アナベスをベッドに座らせ、膝をついて、指で脚を撫でながらストッキングをゆっくり下へと滑らせた。最初に愛を交わしたときにもそうしたのだが、これが最後だと思うと、そのときの記憶が歓《よろこ》びをほろ苦いものに変える。

同じゆっくりした動作で、ひとつひとつを味わいながら、下着の残りをすっかり脱がせた。アナベスは両手を頭の下で組み、ベッドに横たわった。見ている彼と同じように、見られていることに感じていることが、瞳の輝きでわかる。

スローンは上着を脱ぎ、横に投げた。アナベスの美しい体を見つめ、服の残りも脱ぎ捨てる。それからその上にかがみ込み、胸骨の硬い線に沿って人差し指を走らせながら、くぼみや丸みをたどった。指が潤んだ箇所に滑り込むと、アナベスは彼のために脚を開き、巧みな愛撫《あいぶ》を受けて情熱に煙る瞳で小さなうめき声をもらした。

もだえながらスローンの名を囁《ささや》くアナベスを、指を使って愛撫し続けた。まもなくアナベスの体がこわばり、うめくような切迫した声がもれる。「スローン……」

スローンのものは石のように固くなり、痛いほど張り詰めていた。いますぐアナベスとひとつになり、激しく、深く、自身をうずめたかったが、それ以上にこちらの愛撫でアナベスが昇り詰めるのを見たい。

アナベスが声をあげ、歓びをもたらした手に向かって腰を上げる。全身をこわばらせ、それからぐったりして、快感に潤む目でスローンを見上げた。とたんにスローンの自制心は吹き飛びそうになった。

アナベスは物憂い、誘うような微笑を浮かべて手を伸ばし、腕をつかんだ。「ここに来て」そしてベッドに倒れ込んだスローンを仰向けにした。

スローンは抵抗せずにされるままになった。高まる期待であらゆる神経が驚くほど敏感になる。

アナベスは片脚を振り上げ、馬乗りになった。「今度はわたしの番よ」

美しい顔に浮かんでいるいたずらっぽい笑みに、欲望が体を震わせた。アナベスは両手で羽のように軽く体中を撫でていく。いきり立ち、脈打つものが、アナベスのどこよりも敏感な箇所を探り、押している。アナベスもそれを感じていた。体をずらし、太腿へと滑らせたとき、自身がどんな快感をもたらしたかもわかっている。そう思うと、スローンの欲望は何倍にも高まった。

焦《じ》らすような指先、まるで拷問のような愛撫が強烈な快感を生み、スローンのなかで燃えている炎をさらにかき立てる。こちらに触れたがるアナベスが愛《いと》しい。その愛撫でスローンが示す反応を見て、あらゆる敏感な箇所を見つけたがり、それを楽しんでいるアナベスがたまらなく愛しい。そのたびにスローンは強烈な欲望と快感に襲われ、体を痙攣《けいれん》させた。

スローンはアナベスを引き寄せようと腰に両手を置いたが、アナベスはふざけて腕を叩《たた》いた。「だめよ。わたしの番だと言ったでしょう？」

「ああ」アナベスの目に浮かんでいる欲望に、スローンの息はいっそう荒くなった。

「だったら、いい子にして、両手をここに置いて」アナベスは両方の手首をつかんで、頭の上に引きあげた。「わたしは好きなようにするの」

そう宣言し、かがみ込んで、長くゆっくりと、貪るようにキスした。スローンはヘッドボードの細い金属の棒を両手でつかみ、この拷問に耐えた。アナベスの唇が唇から離れ、耳たぶをしゃぶり、喉へとおりていく。唇と舌で味わいながら鎖骨を横切り、胸へと這いおりて乳首を含み、それを優しく吸われて、スローンはたまらずにうめいた。

「いますぐ」スローンはかすれた声で訴えた。「きみとひとつになりたい」

「もう少し待って。これがし<u>たい</u>の」アナベスの舌が胃の上を滑り、臍《へそ》をくすぐる。

スローンはうなるような声をあげ、アナベスと位置を入れ替えた。スローンが脚のあいだに収まるとアナベスは笑い声をあげたが、彼が一気に貫くとため息のようなうめき声をもらした。

スローンはゆっくり動きはじめた。アナベスとは今夜でお別れなのだ、一秒一秒をできるだけ長引かせたい。だが、アナベスがあげる声とその動きにまもなく自制心は吹き飛んでいた。肌を羽のように撫でる柔らかい手が、震えるほど強い快感をもたらす。すぐにその手に力がこもり、爪が背中に食い込んで、全身が弦のように張り詰めた。

スローンはついに抑えがたいほど膨らんだ情熱に身を任せ、鋭く、早く、夢中で腰を動かしていた。アナベスがあげる声が、いっそう鋭い快感をもたらす。スローンはアナベスが体をこわばらせ痙攣させるまで、歯を食いしばってわずかに残った自制心にしがみつき、それからようやく快感を解き放って、アナベスの上に崩れ落ちた。


アナベスが浅い眠りから覚めると、スローンの顔がすぐ上にあった。彼はかたわらに横になり、肘をついて、指で優しく頬の丸みをたどっていく。いつもは鋭い顔の線が柔らかくなり、紺碧《こんぺき》の瞳が深い感情をたたえている。アナベスはそれを見て、スローンがまだ自分を愛していることを知った。そしてスローンに微笑《ほほえ》み、てのひらを頬に当てて囁いた。

「愛しているわ」

即座に顔をこわばらせ、スローンは体を起こしてアナベスに背を向けた。「やめてくれ」

アナベスは顔をしかめた。目覚めたときの甘い安らぎと歓びが消えていく。「どうして？　本当のことよ。スローン……」背中に手を置くと、スローンはまるで火傷《やけど》でもしたようにたじろいだ。「どうしたの？」

苦痛が胸を刺す。わたしはひどい間違いをおかしたの？

「これはあなたにとってはなんの意味もなかったの？　わたしと同じ気持ちではないの？」

「アナ、頼む……」まるでうめくような言葉がもれた。「これ以上難しくしないでくれ」

「何を？」アナベスも体を起こした。「スローン、ちゃんと答えて。わたしを愛していないの？」

「もちろん、愛しているとも」スローンは吐き捨てるように言った。

「だったら、どうしてそんな態度をとるの？　もう昔とは違うわ。わたしたちは一緒にいられるのよ」

「いられるものか」スローンはベッドを離れ、乱暴に服を着はじめた。そのあいだも、ずっとアナベスに背を向けたままだ。「きみも服を着たほうがいい。急いでロックウッド邸に戻るぞ。遅くなると、疑われる」

アナベスはふいに一糸まとわぬ姿だと気づき、ベッドの端の下着に手を伸ばして、同じように急いで身につけはじめた。「祖母が疑《うたぐ》り深《ぶか》いのはいつものことよ。それがどうしたの？　ふたりとももう大人だし、わたしは自分が望む相手と結婚できる――」

「ぼくたちは結婚などしない」スローンは洗面台の鏡のところに行き、ネッククロスを結びはじめた。

「わたしたちの結婚がスキャンダルになるのを心配しているわけじゃないでしょうね。それがなんなの？　わたしは社交界などどうでもいいわ。二度とパーティに行かなくても、午後の訪問客がひとりもいなくなっても平気よ。それに、わたしとあなたの結婚を祖母が反対するという理由だけで、惨めな人生を送るのは絶対にいや。信じてちょうだい、祖母がばかげたスキャンダルで傷つくことなどありえない。陰で自分の悪口を囁かれたくらいで、あの人がめげるものですか。そんなのは嫉妬深い人間のたわごとだと決めつけるにちがいないわ」

スローンはネッククロスをうまく結べず、毒づいて、首から細長いシルクを引っ張った。そしてようやくアナベスに向き直った。「願っただけで過去を消すことはできない。ふたりともただ運命に翻弄され、傷つき、悲しんだだけじゃないんだ。過去は常についてまわる。ぼくらはいつもお互いに苦痛を与える。きみもそう言ったじゃないか」

アナベスは落ち着きを取り戻そうと息をついた。「わたしが間違っていたの。あのときは父がしたことに動転して、あなたに八つ当たりしたのよ。苦痛と悲しみをもたらしたのはあなたではなく、父だったのに。生きていくのに苦痛はつきものだけれど、愛はその傷を癒やしてくれる」

「ぼくらがいまこうしているのは欲望のせいだ。愛じゃない」

「つまり、あなたはわたしが欲しいだけで、愛してはいないと言うの？」

「ぼくがきみを愛していることは知っているはずだ。そのせいで、どれほど苦しんだことか」スローンは両手で髪をかきあげた。「これは――」ベッドを指さした。「――これは傷を癒やしたりしない。しばらくのあいだ傷を覆い、つらいことを忘れさせ、どんなことでも可能だと錯覚を抱かせるだけだ」

「でも、本当に可能なのよ」アナベスは懇願するように言い、一歩近づいた。「考えてみて。この十二年さまざまなことが起こったあとで、わたしたちはこうして一緒にいる。わたしたちは一緒にいるべきなのよ」

「だったら、運命は残酷なユーモアの持ち主だな。アナベス、きみが何を言おうと関係ない。ぼくがどれほどきみを愛し、欲しいと願っても、結婚することはできない。ぼくはきみが愛した若者じゃないんだ。嘘をつき、法を破り、きみがぼくから逃げだしたくなるようなことをしてきた」

「それは全部過去よ。あなたは変わったかもしれない。でも、わたしも変わったわ。昔のあなたと結婚しようとしているわけではないの。あなたがどういう人か、ちゃんとわかったうえで、いま愛しているのよ。あなたがいまのわたしを愛しているように」

「きみはぼくの世界を見た」スローンは両手を広げた。「ぼくがどういう生き方をしているかを。ぼくは過去にこういうことをしてきただけじゃない、いまだってときどき法をおかす。ネイサンに聞いてみるといい。あいつはぼくのやり方を見たから。

ぼくには敵が多い。過去の敵、それにいま争っている敵もいる。ぼくの身に何かが起これば、大喜びする連中がたくさんいるんだ。そいつらはぼく自身を襲う度胸はなくても、妻を傷つければぼくを破滅させられると知れば、躊躇《ちゅうちょ》せずにそうする。きみは常に危険にさらされることになるんだぞ。そんな暮らしを死ぬまで続けたいのか？　この数日のような暮らしを？」

「でも、わたしはどんな危険にも対処してきたわ」アナベスは言い返した。「弱くもないし臆病でもないことを証明――」

「きみじゃない！」スローンが大声を出した。「きみは弱くない。弱いのはぼくだ。きみがぼくの弱みになるんだ」

「ええ、たしかにそのとおりね」アナベスは外套をつかんだ。「あなたは弱い。わたしはあなたといるためなら、どんなことでもするつもりだけれど、あなたはわたしたちの愛のために闘うのが怖いんだわ」

そう言うと、アナベスはきびすを返して部屋を走りでた。

39

スローンは毒づいて、あとを追いかけた。「アナベス！　待ってくれ！」

もちろん、アナベスはその言葉を無視した。たしかにアナベスは危険を恐れていない。それにいまはスローンが何を言っても、その反対のことをするだろう。スローンは自分で追うのをあきらめ、職長に合図した。

「ウィルソン、あとを追って、彼女が無事に家に戻るのを確認してくれ」

あとは、追いついたウィルソンが激怒したアナベスに首を引きちぎられないことを祈るしかない。

頭に浮かんだ思いに苦笑しながら、スローンは再び階段を上がってオフィスに入った。窓の外に、走り去るアナベスと、小走りにそのあとを追いかけていくウィルソンが見える。まもなくどちらも角を曲がり、見えなくなった。スローンは椅子に沈み込み、机に肘をついて、両手で頭を抱えた。

これで完全に修復不可能になった。これからは、二度とアナベスに会えないことを恐れる必要もない。自分の手で、それを確実にしたのだから。欲望に屈したのは愚かのきわみだった。

最後にもう一度だけ、か。最後にもう一度苦しめた、というほうがしっくりくる。ついさっき、アナベスから一歩引いていたら……まっすぐロックウッド邸に送っていたら……どうなった？　あと数日、焦がれと不安と十代の若者のような白昼夢に襲われて、それですべてがきれいに終わっていたはずだ。いや、このほうがむしろすっぱり断ち切れるかもしれない。今後はスローンが何を言おうと、たとえひざまずいて懇願しても、アナベスは自分を受け入れてはくれないだろう。そうとも、このほうがアナベスは安全だ。

スローンは両手で顔をこすり、椅子の背に背中をあずけた。今日はもう、仕事ができそうもない。家へ帰ったほうがいいだろう。今夜は父に付き合い、ばかげたカードゲームで時間を無駄にすればいい。もっとも、父のことだ、必要なときにかぎっていたためしがないから、きっとロックウッド邸に出かけているだろうが。まあいい。ブランデーを飲んで、明日は頭が割れるほどひどい二日酔いに苦しむのもいいかもしれない。

スローンはオフィスをあとにし、波止場を離れて自宅に向かった。辻馬車《つじばしゃ》には乗らず、歩いて帰った。急ぐ必要はない。誰が待っているわけでもないのだ。襲いたい連中がいるなら、好きにするがいい。むしろ暴漢の相手をしたい気分だ。だが、残念ながら襲われることもなく、オフィスを出てきたときと同じ憂鬱な気分で家に入った。

「スローン、ちょうどお茶にしようと思っていたところだ」マーカスが客間から声をかけてきた。

父が家にいるのを喜ぶなんて、よほど絶望しているにちがいない。「ここで何をしているんです？　レディ・ロックウッドと小銭を賭けて、大好きなホイストをやっていると思ったのに」

「いや。あのくそったれ犬に靴の片方を食いちぎられてな。履き替えに戻ってきたんだ」

スローンはつい微笑していた。「穴をあけられるまえに、噛《か》まれているのに気づいてよさそうなものだけど」

「勝ち続けていたんだよ。鋭い牙が親指に食い込むまで気がつかなかった」マーカスは息子に紅茶のカップを渡し、椅子に座り直した。「今日は早かったな」スローンが肩をすくめると、息子をじっと見つめてうめき声をもらした。「このばかが！　どじを踏んだな」

スローンは苦い顔で父を見て、腰をおろした。「ええ。そのとおり。またしても」肩をすくめる。「でも、これでよかったんです。少しずつあきらめていくより、ばっさり切ってしまうほうがいい」

「そうか。わたしなら、どちらも避けようとするが」

「とにかく、このほうがいいんです」

「うむ。おまえはいつも楽なほうを選ぶからな」マーカスは、スローンを苛立《いらだ》たせるいつもの薄ら笑いを浮かべた。

スローンは父の言葉を無視することにした。今夜は言い争う気力がない。「アナベスはもうこの事件に関わっていない。二度と会う必要もないでしょう」

二度と会えないと思っただけで肺が凍り、息ができなくなる。だが、スローンはそれも無視した。

「今後はべつの方面から探ってみます。どうやら犯人はハンターの友人ではなさそうだ。もちろん、エジャートンが犯人ならべつですが、あの男が犯人の可能性は薄いと思うんです」

「エジャートンはなんの可能性が薄い、って?」マーカスが尋ねてから、首を振った。「いや、答えなくていい。本気で知りたいわけじゃない。おまえは誰かを追っているんだな?」

「ええ。見つけたら、殺してやります」

「当然だな」マーカスはため息をついて立ちあがった。「こういう会話には、紅茶より強いものが必要だ」小テーブルに行き、その下の扉を開ける。そしてボトルを手に戻ってきた。

「どうして客間の戸棚にブランデーが?」

「飲みたくなるたびに、おまえのサイドボードの鍵をピンで開けるのは、少しばかり面倒でな。ここに隠しておくほうが便利だ」

「せっかくのぼくの努力は、まったく無駄だったようですね」

「そのとおり」マーカスはふたりのグラスにたっぷりブランデーを注《つ》ぎ、ひと口飲んだ。

「うむ、このほうがずっといい。で……誰を殺そうとしているんだ?」

「アナベスの命を狙っている男です」

「なるほど」

スローンは肩をすくめた。「あるいは、捕まえてアスキスに引き渡すか。そのほうが、あっさり殺すより苦しめられる」

「いや、苦しめたいなら、レディ・ロックウッドに引き渡すほうがいいぞ」

スローンはかすかな笑みを浮かべた。「ええ。ペチュニアに嚙み殺されるなんて恐ろしい末路だ」

「しかし、そいつを追うのが、アナベスを〝ばっさり切る〟のとどういう関係があるのか、よくわからん」そこでマーカスは少し黙り、あとを続けた。「おまえたちはよりを戻したという印象を受けていたが。そのうち結婚するんだと思っていたよ」

「その印象は間違いです」スローンはそっけなく否定した。

マーカスは深いため息をついた。「今度はどんな言い訳を思いついたんだ?」

「言い訳?」スローンは驚いて、ぱっと乗りだした。「ぼくがアナベスと結婚するのを避けているというんですか？」

「まあ、そうだな。まだ結婚していないわけだから、そういうことになる」

スローンはうんざりして鼻を鳴らし、立ちあがって部屋のなかを歩きはじめた。「アナベスとぼくは結婚できないんです。父さんとアナベス以外の人間には、その理由は明らかだと思いますが」

「すると、アナベスはおまえの求婚を拒まなかったんだな」

「求婚などしてません」

「うむ。それがおまえの問題かもしれんな」

「冗談はやめてください」

「愚かな真似《まね》をする相手には、冗談を言うしかあるまい？」

「良識を働かせているのはぼくのほうです。アナベスは〝スキャンダルなど関係ない。自分の名前も、社交界も、ほかのすべてがどうでもいい〟なんて言うんです」

「おまえも同じだろうが」

「ええ。でも、アナベスは社交界につまはじきにされたことがない。〝あなたは怖がっている〟とも言われましたよ。このぼくが怖がっていると。彼女はパーティに呼ばれなくても気にしないそうです。家族の縁を切られることはない、と高をくくっているんでしょう。祖母はスキャンダルの嵐くらい耐えられる、とも言ってたな」

「その点は間違いないな。レディ・ロックウッドは、嵐に吹き飛ばされるより嵐を作りだすほうだ。アナベスには自分の欲しいものを自分で決める権利があると思わないのか？」

「思いますよ。でも、二年後にわれに返り、自分がおかした間違いを嘆くような真似はさせたくない。アナベスはぼくがどんな生活をしているか、どんな男かわかっていないんです。ぼくは役人に賄賂を贈り、警官や判事に金を渡してそっぽを向いてもらう。店で起こる犯罪には関与していないにせよ、それに目をつぶっているのは事実だ。ぼくの悪名は知れ渡っているし、敵も多い。ぼくには手を出せないやつが、アナベスに危害を加えようとするかもしれない」

「なるほど」マーカスはうなずいて、皮肉たっぷりに続けた。「残念なことに、そうなった場合、なんとかしようと努力する人間がそばにいないからな」

スローンは足を止め、父をにらみつけた。「危険すぎます。アナベスの身に何かが起こってからでは間に合わない」

「物事は、起こるときは起こる。おまえが留《とど》まろうが歩み去ろうが、アナベスは明日馬車に轢《ひ》かれて死ぬかもしれん。なあ、スローン、愛にせよ結婚にせよ、リスクが伴うんだ。おまえはそのリスクをおかすのが怖いだけだ。アナベスの言うとおりだぞ」

「ぼくがアナベスとの結婚を怖がっていると言うんですか？　ばかばかしい。父さんもアナベスもどうかしてる。覚えているかぎり昔から、彼女と一緒にいたいと思い続けてきた……この世の何よりもアナベスが欲しいのに」

「死ぬほど愛しているものを恐れることなどないと思っているのか？　わたしを見てみろ。おまえにコーンウォールに追いやられ、誘惑から遠ざけられるまでもなく、わたしは自分であそこに隠れている」

「賭け事への愛は、これとは違います」

「おまえにとってはな」マーカスは見たこともないほど真剣な顔で立ちあがった。「わたしを着るものとカードにしか関心のない、ばかな老いぼれだと思っているんだろう？　まあ、たしかにそのとおりだ。しかし、恐怖のことはよく知っている。身に危険がおよぶという具体的な恐れではないぞ。それについては誰もおまえを非難できない。わたしが言っているのは、このなかにある不安だ」そう言って人差し指で胸を軽く叩《たた》いた。「期待に応えられないかもしれないという不安。耐えがたい虚《むな》しさへの恐れ、偽りの見せかけを人に気づかれるのではないかという恐れだ」

スローンは父を見つめた。心臓が早鐘のように打ち、足が床に張りついたように動くことができない。全霊で父の言葉に耳をふさぎたかった。やめてくれと懇願したかった。

マーカスは容赦なく続けた。「アナベスがある朝目を覚まし、自分がひどい間違いをしたことに気づくのが怖いと言ったな。つまり、おまえはその危険をおかすのが怖いんだ。自分のような男がアナベスのような素晴らしい女性に愛されるはずがない、という気持ちが根底にあるんだろう。幸せになれると信じるのが怖いんだ。信じてすべてが崩れたら、何ひとつ残らない。いや、何もないよりもっとひどい状態になるからだ」

スローンは向きを変え、大股に部屋を出た。

「スローン、待ちなさい」マーカスの心配そうな声が追いかけてくる。「どこへ行くんだ？」

「少し歩いてきます」振り返ってそう告げ、玄関に向かったが、外に出るまえに足を止めた。「それに、ぼくは父さんをばかな老いぼれだなんて思っていませんよ」

スローンは背を向けたままそう言うと、家を出た。

40

アナベスは階段をおりはじめた。祖母はまだベッドのなか、ヴェリティは昨日耳にした噂《うわさ》について調べる、とすでに出かけていた。おかげでアナベスは、誰にも邪魔されずに計画を実行することができる。

昨日、邸《やしき》に着くころには気持ちが落ち着いていた。そしてひと晩ぐっすり眠ったあと、気持ちが決まった。涙も悲しみももうたくさん。もう若い娘ではないのだ。めそめそ泣いて、スローンの判断を受け入れるつもりはない。

スローンの態度には本当に腹が立った。なぜあんな態度をとるのかわからないが、彼の思いどおりにあきらめるつもりなどなかった。今回はふたりの愛のために闘おう。スローンに愛されていることはたしかなのだから。あとは、結婚について考え直すよう彼を説得すればいいだけだ。

でも、そのまえに少しばかり、あれこれ悩んでもらうとしよう。ひとりでいることがどれだけ楽しいか、身に染みてもらわなくては。おそらく、スローンは当分この邸には来ないだろう。もしかしたら、二度と来ないつもりかもしれない。だから、今朝はひとりで調査を進めるつもりだった。

父の知人には、もうひとり容疑者が残っている。スローン卿《きょう》に質問しに行くかどうかさえ、アナベスにはわからなかった。父を殺したのはアスキスのスパイ網に潜む裏切り者だと思いこんでいるようだから。たしかに、継父《ままちち》のエジャートン卿は馬車の事故には関わっていなかったが、父に嫉妬し、憎しみを抱いていたことは間違いないのだ。

愛は強力な動機になりうる。場合によっては、何よりも強力な動機になる。スローンがそう思わないのは、ことあるごとに愛を遠ざけようとしているからかもしれない。でも、たしかな証拠が見つかれば、父が私的な動機で殺されたことを認めざるをえないだろう。

それに、愛のほかにも理由はあったかもしれない。いまはまだその理由はわからないが、先日の会話で気になったことがひとつある。自分の一族と親しくないスローンは、大して重要なことではないとあっさり片付けたが、遠戚のメアリーがエジャートンを通じて父に遺産を贈ったという母の話は、とても奇妙だった。アナベスが知るかぎり、近い親戚はもちろん、遠い親戚にもメアリーという女性はひとりもいないからだ。

そこで昨夜のうちに母に手紙を届け、今日訪ねていくことを知らせた。娘と水入らずの時を過ごせるように気を利かせ、いつものように母がエジャートンにクラブに行くよう勧めてくれればありがたいのだが。

アナベスは母を説得し、ウィンフィールド家の古い家庭用聖書《ファミリー・バイブル》を見せてもらうつもりだった。聖書に書かれた家系図にメアリーという名がなければ、遺産の話は疑わしいことになる。

エジャートンが留守なら、彼の執務室にこっそり入ることもできるかもしれない。メアリーという女性が父にお金を遺《のこ》した話が本当なら、執務室にはその人の遺書があるはずだ。継父はきちんと記録をとっておく人だから、ほかの証拠が見つかる可能性もある。

スローンがいなくても、馬車で出かければ安全だ。裏切り者がスパイ組織内部の人間だというアスキスの読みが正しければ、その男はスローンがアスキスに届けさせた手紙の内容から、自分の名が告白文に含まれていなかったことをすでに知っている。だから、もうこちらが襲われる心配はない。もちろん、ひとりで外出するつもりもない。スローンが配置してくれた警備員のひとり、外に立っている男に一緒に来てもらおう。

階段を踊り場までおりたとき、玄関扉を叩《たた》く音がして、アナベスの心臓がドクンと打った。スローンだわ！　残りの段を駆けおりたが、アナベスがそこに着くまえに召使いが扉を開けた。残念ながら、扉の外に立っているのはスローンではなかった。

「ミスター・アスキス」

「ミス・ウィンフィールド」アスキスは帽子を取って礼儀正しくお辞儀をした。「お会いできて何より。少し話ができれば、と思ったのですが」

アナベスのほうはそんな気分ではなかった。そもそも、この男のことは最初に会ったときから快く思っていなかったのだ。スローンを脅迫してスパイ行為を強要したと聞いてからは、嫌悪のような感情さえ抱いていた。とはいえ、まさか率直にそう言うわけにはいかない。「ええ、もちろん」

アスキスの帽子を受けとるよう、召使いに小さくうなずくと、アナベスは彼を客間に案内した。だが、お茶を勧めるつもりはない。

「今日は雨模様ですな」

天気の話など、まったく興味がなかった。祖母がまだベッドにいて、ほかのみんなが戻らないうちに出かけたいのだ。

「ミスター・アスキス、ゆっくり話している時間はありませんの。もうひとりの容疑者と話すために出かけるところでしたのよ」

「もうひとりの容疑者?」アスキスが眉を上げた。「ラザフォードはほかの男を調べているとは言わなかったが。それは誰か、お訊《き》きしてもよろしいかな?」

「スローンは調べていません。わたしがひとりで行くんですわ」

「しかし、それは少しばかり危険では?」アスキスが警戒もあらわに言った。「ひとりで行くのはまずい。わたしがご一緒しましょう」

「いえ、その必要は——」

アナベスは言葉を切った。この男は嫌いだが、容疑者の尋問には慣れているだろう。容疑者のどういう仕草に目を配るべきか、遺産が作り話だとしたらそれが何を意味するのか、わかるかもしれない。

「その……ええ、ご一緒していただいたほうがよさそうですわね。そのまえに、今日のご用件をうかがいますわ」

「ふむ。単刀直入なところが好ましい」アスキスは笑みを浮かべた。「あなたのご協力には、非常に感謝しているのですよ。たいへんわが国の役に立ってくださった」

大げさな称賛に戸惑い、アナベスは祖母を見ならって鷹揚《おうよう》にうなずくことにした。

「ラザフォードの話では、お父さんが書いた文書はここにあるそうだが」アスキスは言葉を続けた。「それを見せてもらいたい」

「ミスター・ラザフォードからお聞きになったように、あれには誰の名前も書かれていませんでしたわ」この男にあれを見せて父が起こした事故のことを知られたら、祖母が激怒するにちがいない。

「だが、この目でそれを確かめたい。それがわたしのモットーでしてね」

「スローンの言葉を信用しないんですか?」アナベスは片方の眉を上げた。

アスキスは微笑した。「ミス・ウィンフィールド、わたしは誰の言葉も信用しない。スローンは平気で嘘をつく。あなたもよくご存じのように、あの男は勝手に話を作る傾向があるのですよ。このままお話ししたと思うが、内部に裏切り者が――」

「スローンがその裏切り者だと思っていらっしゃるの？」アナベスは怒りに頬を染めた。「父が残した書類をあなたのために見つけようと、あれほど危険をおかしたのに」

「そういうふうに見えますな。しかし、自ら調査に関われば、その方向性を好きなように変えられるのも事実だ」

「ここでお待ちになって」アナベスは固い声で言い捨て、客間を出た。

スローンは父の思い出を守ろうとしているだけなのに、この男に裏切り者呼ばわりされるのは黙って聞いていられない。父の起こした事故をアスキスが公にすればスキャンダルになるだろうが、祖母にはそれに対処してもらうしかなかった。それに秘密の好きなアスキスのこと、おそらく事故のことは自分だけの胸に秘めておくだろう。

優美なルイ十四世時代の机から金庫の鍵を取りだすと、部屋の外に立っている警備員が、ドアから離れろと言うアナベスを困ったように見た。

「しかし、ここには……ミスター・ラザフォードから誰も入れるなと言われてるんで」

「わたしは例外よ。家族ですもの。そもそも、あなたが守っているのはわたしのものなの。ミスター・ラザフォードが文句を言ったら、わたしが話すわ」

警備員はほっとしたように言った。「それじゃ、ここはあなたにお任せして、朝飯を食ってきます」

「ええ、どうぞ」

アナベスは手にした鍵でなかに入ると、ずらりと並んでいる金と銀の皿には目もくれず、壁に作りつけの金庫にまっすぐ向かった。

父が書いたものを手に客間に戻ると、ミスター・アスキスは勢いよく立ちあがった。表情のない顔に、かすかな喜びが浮かぶ。

アスキスはアナベスが手にしている紙を見た。「それだけですか？　ほかにはなかったのかな？」

「ほかには、というと？」アナベスは混乱して尋ねた。「告白を綴《つづ》ったこの文書のほかに、何があるんですの？」

「さあ。たとえば、メモとか？　暗号で書かれているかもしれないが」

アナベスは首を振った。「いいえ。ほかには何も……まあ、父の書き物机を隅から隅まで探したわけではありませんけれど」

「机？　机なら、とうに探したはずだが」

「旅行用の書き物机ですの。まっさらな紙とインクとペン、それしか目につきませんでしたわ。でも、よく見たわけではないので、ほかにも何か隠されていた可能性はあるかもしれません」

「では」アスキスはきびきびした調子で言った。「もっと徹底的に探す必要があるだろうな。しかし、まずはそれを拝見しよう」

差しだされた片手から、アナベスは一歩さがった。「ミスター・アスキス……この情報が公になれば、わたしの家族は破滅します」

「親愛なるミス・ウィンフィールド、あなたの父親が反逆者だったことは、とうに承知していますよ」

アスキスの言葉が棘《とげ》のように突き刺さり、アナベスは顔に血がのぼるのを感じた。「父が反逆者だったことだけではありません。ほかにもあるんです」

「馬車の競走のことなら、それも承知している。ウィンフィールドは村人を殺したのだったな」アスキスは苛立《いらだ》たしげに言い、手を突きだした。

「まあ」アナベスは驚いてアスキスを見た。この男は、どうして馬車の事故のことを知っているの？

アスキスは前に進みでて、アナベスの手から文書をひったくり、読みはじめた。

たしかスローンは、事故のことはアスキスも知らないと言っていた。スローンが知らなかったのは間違いない。これを読んだときの驚きは本物だった。アスキスは知っていたが、スローンには黙っていたのだ。秘密を収集し、大勢の人々の秘密を握っているというこの男が、父の秘密を突きとめたのは驚くにはあたらないのかもしれない。

でも、どうやって知ったの？　誰がアスキスに事故の話をしたのだろう？　あの事故を知っていたのはふたりだけ。アスキスは父の友人ではなかったから、一緒に飲んだときにうっかり口を滑らせたという可能性はない。もちろん、フランスのスパイがなんらかの方法で嗅ぎつけ、父を脅したという可能性はある。でも、父かラッセルがフランスとイギリスのスパイの親玉に口を滑らせた、などということがあるだろうか。

アスキスがうなずいて顔を上げた。「ありがとう」彼は上機嫌で言った。それともこれは安堵《あんど》？　あるいは両方だろうか。

アスキスと目を合わせた瞬間、アナベスは真実を悟った。犯人はこの男だ。部下のなかに裏切り者がいたわけではない。裏切ったのは、上司であるアスキス自身だったのだ。

「では」アスキスが告白文をたたみながら言った。「きみの容疑者に質問しに行くとしようか？　誰だと言ったかな？」

アスキスが上着の内ポケットに滑り込ませようとする告白文を、アナベスはひったくるようにして取り戻した。

「名前は言いませんでしたわ」手にした紙を自分のポケットに突っ込んだ。この男とはどこにも行くつもりはない。

「その男と話すとしよう。それから、さきほどきみが言った机をふたりでもう一度確認しようか」アスキスはにこやかに言った。

「ありがたい申し出ですけれど、お手を煩わせるのは申し訳ありませんわ」

人を殺したり、国を裏切ったりするので、さぞ忙しいのでしょうから。

「いや、都合はいくらでもつく。喜んでお供しますよ。さあ、帽子を取って、出かけようじゃないか」

アスキスが腕をつかもうと手を伸ばしてきたが、アナベスは横に寄ってその手を逃れた。

「いいえ、スローンを待つことにします。容疑者について彼と話し合うべきですもの」

「いやいや」アスキスは顎をこわばらせたものの、明るい調子で続けた。「容疑者の尋問にかけては、わたしのほうがスローンよりも役に立つ」

「頭が痛くなってきましたわ」アナベスは嘘をついた。具合が悪そうな演技をする必要はなかった。「二階に行って少し横になったほうがよさそう」

アスキスが目を細め、突然、にこやかな表情を消した。自分の秘密を嗅ぎつけられたことに気づいたのだ。彼は固い声で言った。「一緒に来たまえ」

「いいえ。気が変わりました。出かけるのはやめにします」

きびすを返したが、二歩離れたところで腕をつかまれた。相手の手を振りほどこうとしながら、アナベスは体をひねってアスキスを見た。

小さな拳銃が見えた。アスキスはそれをこちらに向けている。

「一緒に来てもらうぞ」

41

スローンは机に向かい、手紙をしたためていた。ロックウッド邸を訪れるにはまだ時間が早すぎる。それに、アナベスに落ち着く時間を与えたほうがいいだろう。もっとも、どれほど長く与えても、アナベスは疫病のようにこちらを避けるにちがいないが。それを思うと胃が絞られるように痛くなるが、何もかも自分のせいだから誰を恨むこともできない。なんらかの方法で対処するしかなかった。歓迎されていない場所に厚かましく顔を出すのは、昔から得意だ。

時間をつぶすために、書斎で仕事をすることにした。いくつか処理しなくてはならない案件がある。だが、一時間ほど経《た》ったころ、執事のアントワンが書斎に入ってきて、まるで執事らしくない口調で言った。「お客さんですよ。マーカスみたいな洒落者《しやれもの》です」

スローンは驚いて訊《き》き返した。「父のような？」

「ええ。ラッセルなんとかって、英国人特有の、おれには発音できない名前の男です」

「フェリンガムか？」フェリンガムがここになんの用だ？

つかのま、かすかな疑いが頭をよぎった。昨日フェリンガムの告白を信じたのは間違いだったのだろうか？　スローンは机の中央の浅い引き出しを開け、そこに入れてある拳銃に手をかけた。

「通してくれ」

アントワンが立ち去ってから数秒後、ラッセル・フェリンガムがおずおずと戸口に現れた。スローンは拳銃から手を離した。この男が自分を殺しに来たのなら、判断を誤ったせいで撃たれても仕方がない。

「ミスター・フェリンガム。座ってください」そう言って、机の前に置かれた椅子を示す。

「おそらく気のせいだとは思うのだが」フェリンガムがためらいがちに口を開いた。「きみを煩わせて申し訳ない……が、昨夜はあまり眠れなくてね。気の毒なハンターのことを考えて。それはともかく、実は、これをもらったのを思い出したんだ」

スローンは背筋を伸ばした。「何をです？」

「重要なものではないと思うが。きみたちからハンターが殺されたと聞いたあと、きみに訊かれたことを考えてみた。ハンターのところで誰かに会ったか、ハンターにふだんと違うところがなかったか。で、このメモを思い出したんだ」

「メモというと？」

「それを渡すときに言った、ハンターの言葉が少し……。持っていれば、お守りになるはずだとか、わたしを守ってくれる、とか。正確になんと言ったか思い出せないんだが。告白するつもりだと口にしたあとだったから、ひょっとして……」

「見せてください」スローンは立ちあがり、机越しに身を乗りだした。「持ってきたんでしょう?」

「ああ、持ってきた」フェリンガムは小さな紙の切れ端を取りだした。「ただの紙切れだよ。捨てずに取っておいたのは、そのときがハンターと会った最後だったからだ。わけのわからない、たわごとのような走り書きだ」

「暗号ですね……ぼくの知っている暗号だ」スローンは驚愕《きようがく》して紙切れを見つめた。

それは、ポルトガルにいる軍隊の動きを知らせろという指示だった。その下に、名前ではなく八本の脚を持つ生き物が描かれている。スローンがよく知っている絵だった。

「蜘蛛《スパイダー》か」アスキスのコードネームだ。

ハンターに指示を与えていたスパイの親玉、スパイ網のなかの裏切り者はアスキスだったのだ。アスキスこそ、アナベスを殺そうとした男だった。

「殺してやる」スローンはあんぐり口を開けているフェリンガムにはかまわず、家を飛びだし、辻馬車《つじばしや》を呼びとめた。アスキスはオフィスにいるはずだ。

どうりで、ハンターの告白文を熱心に探していたはずだ。最初にヴェリティを雇いたがらなかったのもそれで説明がつく。スローンがこの一件に加わったときは、肝を冷やしたにちがいない。自分ではなく、スローンが襲撃されたのかもしれないというアナベスの指摘は、おそらく正しかった。スローンさえいなければ告白文は見つからない――アスキスはそう考えたのだろう。明らかにアナベスのことをよく知らないのだ。スローンが真相を突きとめなくても、アナベスは父の書いたものが見つかるまで捜索を続けたにちがいない。

　犯人がアスキスなら、ハヴァーストック家に向かうスローンたちを尾行させる必要はなかった。スローンがハンターの仕事場に行くことを知っていたのだから。おそらくアナベスはヴェリティとストーンクリフにいると思っていたのだろう。そしてスローンの調査を阻止するために待ち伏せていた。あんがい、スローンたちが着くまえに、自分で作業場を捜索したのかもしれない。だが、何も見つけられなかった。ハンターの従者だったシンプソンを訪ねることを、アスキスに報告しなくて本当によかった。告げていたら、先回りしてシンプソンから無理やり机を取りあげていたにちがいない。

　スローンは馬車が止まったとたんに飛びおり、御者の手に料金を押しつけて、建物に駆け込んだ。

　アスキスのオフィスへと急ぐスローンを見て、秘書が顔を出す。「ちょっと、そこには入れませんよ」

　スローンは秘書を無視してドアの取っ手をまわしたが、鍵がかかっていた。くるりと振り向き、言った。「ドアの鍵を出せ。それともドアを蹴破ってほしいか?」

「いえ、ぼくは持ってません。それにドアを蹴破っても無駄ですよ。ミスター・アスキスは外出中です」

嘘をついているのか？　スローンは目を細めて秘書をにらんだ。が、いかにも得意げな表情からすると、嘘ではなさそうだ。「どこにいる？」

「それを申しあげるわけには——」

「そうか？」スローンは秘書の上着の襟をつかみ、床を引きずって目を合わせた。秘書は逃れようと身をよじったが、上着の襟を離さず、冷ややかな低い声で脅しをかけた。「結局は言うことになるんだ。痛い目を見ないうちに言ったほうが利口だと思うが」

「しかし……ミスター・アスキスに殺されます」

「いいや、アスキスはきみを殺さない。ぼくが彼を見つけたら、もうここには帰ってこないからな」

「行き先は……聞いてないんです」だが、スローンがネックロスをつかんでねじりあげると、首を絞められた鶏のような声で叫んだ。「でも、馬車を呼びとめたのはぼくですから。御者にロックウッド邸の住所を言うのが聞こえました」

秘書の言葉を聞いたとたん、恐怖で血が凍った。「アナベス」

スローンは身を翻して走りだした。

42

アナベスは、アスキスに腕をつかまれて玄関へと引きずられながら必死に抵抗したが、力ではとうていかなわなかった。とはいえ、机のありかを知っているのは自分だけだから、逃げたら撃つという脅しを実行するはずがない。それとも、さっきシンプソンの名前を口にしてしまっただろうか？　怒りと恐怖で頭がいっぱいで、はっきり思い出せなかった。さっきは机の話をしただけだと思うが、スローンがアスキスに届けた手紙に何か書いていたかもしれない。

どちらにせよ、机のありかを突きとめるまでは、この男には自分が必要なはずだ。撃たれる可能性が低いことに勇気づけられ、アナベスは反撃に出た。身をよじって相手の胸に体をぶつけ、渾身《こんしん》の力で平手打ちを食わせながら爪で顔を引っかいた。

怒りのおかげで自分でも驚くほどの力が出た。「父を殺したのはあなたね！　人殺し！」

アナベスは再び平手打ちを放ち、今度はまぶたを引っかいた。アスキスが慌てて飛びのく。たとえアスキスがこの闘いに勝ったとしても、引っかき傷を隠すことはできない。スローンは何があったか突きとめるだろうし、あきらめずに自分を探すだろう。

思いがけない攻撃から立ち直ると、アスキスはアナベスを押さえ込みにかかった。だが、片手に銃を持っていることが災いした。アナベスは彼を叩《たた》き続け、夢中で蹴りつけた。振りまわした腕がアスキスの手に当たり、銃が吹き飛ぶ。アスキスは大声で毒づいた。アナベスは彼の手から逃れて、玄関ホールの反対側に滑っていった銃に飛びついたが、アスキスが覆いかぶさってきた。

ふたりは銃をつかもうと取っ組み合った。アスキスがアナベスの手から荒々しく奪いとろうとして、再び銃が吹き飛び、ドア枠に跳ね返って大理石の床に落ちた。その反動で弾が飛びだし、ホールのテーブルにあった花瓶が粉々に砕ける。銃はくるくるまわりながら床を滑り、階段の下で止まった。

アスキスは急いで立ちあがり、アナベスを引き立たせ、片方の腕を腰にまわしてアナベスの両腕を押さえ込んだ。アナベスが息を吸い込んで叫ぼうとすると、首にナイフの先端が当たった。

「叫んでみろ、喉を切り裂くぞ」

「スローンがあちこちに武器を忍ばせているのは、あなたの影響ね」

アスキスはうなるように言った。「無駄口を叩くな。スローンはどうだか知らないが、わたしはウィットのある会話なんかには興味がないんだ。行くぞ」

そう言うと、アナベスが歩けるように腰を放し、腕をつかんできた。そのあいだも、ナイフは首に突きつけられたままだ。

背後の廊下であえぐような声がして、執事が叫んだ。「お嬢さま！」

階段の上から、ショックを浮かべたメイドたちが見ている。振り向くことはできなかったが、廊下にも何人かいるにちがいない。

「黙れ！　それ以上近づいたら、ミス・ウィンフィールドの命はないぞ」

この命令を強調するように、アスキスがナイフの先端をアナベスの首に押しつける。鋭い切っ先が皮膚を切り裂き、血が一滴、喉を伝った。

「もう一度生きているミス・ウィンフィールドに会いたければ、全員さがれ」

階段の上からメイドの姿が消え、廊下でも急いであとずさる衣擦《きぬず》れの音がした。

「さて、歩いてもらおうか」

アナベスはのろのろと歩きだした。

「もっと早く」アスキスが怒鳴る。「時間稼ぎをしても無駄だぞ」

「この姿勢では歩きにくいのよ」アナベスは言い返した。

「顔を傷つけたら、早足になるかもしれんな。醜い傷ができるだろうが」

アナベスは少し歩調を速めた。「こんなことをして、スローンは決してあなたを許さないわよ」

「ラザフォードなど——」

玄関の扉が勢いよく開き、スローンが飛び込んできた。だが、アスキスとアナベスを見て立ち尽くし、ちらっと階段と廊下に目をやった。

「どうやら、花瓶との決闘は拳銃が勝ったようだな」スローンは皮肉たっぷりに言い、アスキスに視線を戻した。

「こんなときに面白くもない冗談はよせ」アスキスがうなるような声を出す。「それが手だってことはわかってるんだ」

「だったら、いますぐアナベスを離さないとどうなるかもわかっているはずだぞ、スパイダー」スローンは青い瞳と同じように冷たく、厳しい声で言い捨てた。

「脅しても無駄だぞ、ラザフォード」

「愚かな男だ。一度だけチャンスをやろう。アナベスを離せば、あんたを見逃してやる」

アスキスが唇をゆがめる。「そこをどけ、さもないとこの女の喉を切り裂くぞ」

「そんなことをしたらきさまを殺す」

「若造が。わたしと争って勝てると思うのか」

「その答えは知りたくないはずだ」

「いったいなんの騒ぎです?」けたたましい鳴き声とともに大きな声が降ってきて、レディ・ロックウッドが階段の上に現れた。「こんなにひどい騒音や怒鳴り声のなかで、どうやって眠れというの？」

ナイフの先端をアナベスの喉に向けたまま、アスキスがちらっと声のするほうに目をやる。スローンはその隙を逃さず、きびすを返して邸《やしき》から走りでた。

「おや、わたしを殺すはずの勇ましい恋人が、尻尾をまいて逃げていくぞ」アスキスは上機嫌で笑った。「こうなることは最初からわかっていた。愚かな貴族の若造など、威勢がいいだけで何ひとつできん」

「スローンを脅迫して自分のために働かせたのは、役立たずだと思ったからなの？」アナベスは皮肉った。スローンが何を企《たくら》んでいるにせよ、アスキスをできるだけここに引き留めておく必要がある。

「あいつはかもだった」アスキスは偉そうに言った。「あいつを雇えば義務を果たしているように見える。作戦の失敗もあいつのせいにできる。届かないことを承知でメッセージを言付け、スローンと落ち合うと偽って諜報員《ちようほういん》たちをおびきだすことができた」

「でも、あなたの作戦は失敗した」

「ばかを言うな」

「あなたは間違った〝貴族の若造〟を選んだのよ。スローンは想定外に機転が利いたし、勇気もあった。しかるべき相手にメッセージを届け、あなたの罠《わな》を逃れ、仲間を救いだしたんでしょう？」

「だが、わたしが反逆者だとはこれっぽっちも疑わなかったぞ」

「スローンが誠実で信頼できる人間だからよ。だから、あなたが卑怯者《ひきょうもの》だと気づかなかったんだわ」

「黙れ。さっさと歩くんだ」

アナベスは言われたとおりにしながら、この男の気をそらす方法を探した。

「いったい何がしたいの？　わたしを殺すと脅しているけれど、父の机を見つけるためにはわたしが必要なはずよ。もちろん、用済みになればわたしを殺すでしょうね。でも、こんなにたくさんの証人の前でわたしを誘拐し、フランスのスパイだと暴露してしまったわけだから、もうこの国に留《とど》まることはできない」

「ギリシアに別荘がある。心配することは何ひとつない」

「スローンがいつ殺しに来るか、びくびくしながら暮らすの？」

アスキスは鼻を鳴らした。「来るものか。あいつはたったいま、きみを見殺しにして逃げ去ったばかりだ」

「逃げたわけじゃない」アスキスの後ろから冷ややかな声がした。スローンは手にした拳銃をアスキスの頭に押しつけていた。「はみだし者の貴族は、召使いの出入り口をよく知っているのさ」

「きさまが撃つまえに、この女の喉を掻《か》っ切るぞ」アスキスが脅した。

アナベスはナイフを持つ手が震えているのを感じ、うっかり喉を切り裂かれないことを祈った。

「それができるかな?」スローンが言い返す。「試したいか?　ぼくはあんたより若いし、すばやい。それにこの十二年、オフィスに座って過ごしてきたわけじゃない。この弾はあんたの脳みそを吹き飛ばすぞ」

アスキスはアナベスを突き飛ばし、走りだした。スローンが片手を伸ばし、倒れかけたアナベスを支える。アスキスは高価な靴で大理石の床を滑りながら、玄関扉へと向かった。

「わたしは大丈夫」アナベスはそう言って手を振った。「あの男を捕まえて」

スローンがうなずき、取っ手に手をかけたアスキスに左肩で体当たりを食らわせた。アスキスがその衝撃で大きく息を吐く。玄関扉に倒れ込むふたりの体がぶつかり、傘立てが倒れた。

アスキスは先に立ち直ったスローンに顔を殴られ、つかのまたじろいだ。それでもなんとかスローンの足を踏みつけたが、強烈な一撃を顎に食らい、目を閉じて床に崩れ落ちた。

執事と召使いが麻紐《あさひも》を手に駆け寄り、気絶しているアスキスをすばやく縛りあげる。べつの召使いが落ちている拳銃を拾いあげた。

スローンは急いでアナベスに駆け寄り、ひしと抱きしめた。

「あなたが来てくれるのはわかっていたわ」同じくらい強く抱きしめ返しながら囁《ささや》く。

「もちろん」スローンはアナベスの頭のてっぺんにキスした。「駆けつけるに決まってる」

「やれやれ」階段の上で吠《ほ》えているペチュニアを抱え、階下の惨状に顔をしかめながらレディ・ロックウッドがぐちをこぼす。「これで一件落着だといいけれど。不法侵入者も殴り合いもいいかげんうんざり。あのマイセンの花瓶は気に入っていたのに。近ごろの人たちときたら、適切な振る舞いがどういうものかまるでわかっていないんだから」

43

　スローンは、縛られて意識が朦朧《もうろう》としているアスキスを連れて立ち去った。祖母はすっかり動転したと言って部屋に引きとり、召使いたちが玄関ホールに飛び散った花瓶のかけらを片付けはじめた。アナベスは急に脚の力が抜け、客間のソファに崩れるように座り込んだ。

　その数分後ヴェリティが到着し、ホールを片付けているメイドのそばを通り過ぎて、客間に入ってきた。「何があったの？」

「アスキスがわたしを殺そうとして、スローンに殴り倒されたの」

　ヴェリティがあんぐり口を開けるのを見て、アナベスは少し溜飲《りゅういん》をさげ、さきほどの顛末《てんまつ》を説明した。

　ヴェリティも脚の力が抜けたのか、椅子に沈み込んだ。「あの根性曲がりの、嘘つきの、人殺しが。アスキスはみんなに嫌われていたのよ。だけど、少なくとも国王への忠誠は本物だと思っていた。でも……あいつが反逆者なら、今朝わかった事実も納得がいくわ」

「何がわかったの？」

「以前アスキスはオフィスを訪れたスローンとわたしに、フランスのスパイからミスター・ウィンフィールドの告白文のことを聞き、その文書を探す気になった、と説明したの」

「ええ」

「でも、捕まったスパイをアスキスが尋問したのは最近ではなく、何年かまえだったのよ。しかも、尋問したのはアスキスだけ。そしてアスキスが拘束しているときにそのスパイは死んだ」

「まあ、都合がいいこと」

その数分後、客間に入ってきたネイサンに、アナベスはまた最初から説明した。今回は部屋のなかを歩きまわり、ひと区切りごとに毒づくヴェリティの合いの手が入った。

「それはよかった！」ネイサンはほっとした顔で叫んだ。「では、すべて終わったんだね。きみはもう安全なんだ」そしてにこやかな笑顔でアナベスのそばに腰をおろし、その手を取って優しく握った。「とても嬉《うれ》しいよ」

「ありがとう。あなたは優しい人ね」

「それにきみの友人だ」それからネイサンは、少しばかり目を輝かせてこう付け加えた。「もっとも、ときどきは口説かせてもらいたいな。スローンが苛立《いらだ》つところが見たい」

アナベスは笑った。「ええ、かまわないわ。もしもスローンがこのあともまだここに来るとして、だけれど」

「来るに決まってる」「来るに決まってるわ」ネイサンとヴェリティの声が重なった。

「ぼくの話をしていたのか？」スローンがそう言いながら部屋に入ってきた。

「ええ」アナベスはにっこり笑って立ちあがり、彼に歩み寄った。本当は抱きしめたかったが、どうにか自分を抑え、片手を取るだけにした。

ネイサンが軽い調子で言った。「レディ・ロックウッドがアナベスを助けたきみを褒《ほ》め称《たた》えるか、玄関ホールを散らかしたことを厳しく非難するか、賭けをしていたんだ」

「レディ・ロックウッドの褒め言葉が聞こえたら、正気を疑うだろうな」スローンはアナベスの手を取ったままソファに向かった。

「アスキスをどこへ連れていったの？」アナベスは尋ねた。

「適切な機関に引き渡した」

「どういう意味？　監獄に放り込んだってこと？」

ヴェリティが鼻を鳴らした。「判事よりも上の人間でなければ、アナキスを裁けないわ」

「で、そいつはどうなるんだ？」ネイサンが尋ねた。「いくら政府でも、その男の所業を隠匿することはできないぞ」

スローンは肩をすくめた。「政府はこの話を公にはしたくないだろうな。〝十五年ものあいだ、わが国の諜報員《ちょうほういん》を束ねていた男が、実はフランスのスパイでした〟なんて外聞が悪すぎる。アスキスがぼくらを説得しようとしたように、きみがフランスの回し者だったと判明するほうが、政府にとってははるかに好ましい結果だったにちがいない」ヴェリティを見て言う。

「説得しようとした？」ヴェリティは片方の眉を上げた。「わたしの記憶では、あなたたちはそう信じたみたいだけど」

「ダンブリッジはきみが反逆者だとは信じなかったぞ」

「あなたはわたしを弁護してくれたの？」ヴェリティは驚いてネイサンを見た。「どうして？」

「祖国や友人を裏切る人には見えなかったからね」ネイサンは頭を掻《か》いた。「きみがこきおろされるのを黙って見ていられなかったんだ。どうしてそんなに驚くんだ？」

「あなたが紳士だからよ」

ネイサンはつかのまヴェリティを見つめ、首を振った。「紳士という言葉の定義は、きみとぼくではずいぶん違うようだ」

「彼らのひとり、ってこと。貴族の。わたしは……」ヴェリティはしどろもどろになって、頬を染めた。「ありがとう」それから話題を変えようとスローンに目を戻した。「すると、外務省はこのすべてを闇に葬るつもりかしら？」

「いや、反逆者を無罪放免にはできない。おそらく政府は、ほかの罪は不問に付すという条件を提示し、ミスター・ウィンフィールドの殺害を自白させるだろうな。アスキスが反逆者だという証拠はあるが、ミスター・ウィンフィールドを殺害したという証拠はひとつもない。だから自白をさせるしかないわけだが、アスキスは従うだろう」

「すでに反逆者の罪に問われているのに、そのうえ殺人を自白するかしら？」アナベスが疑問を口にした。「殺人犯も縛り首ではなかった？」

「そうだよ。反逆も殺人も縛り首だ。だが、殺人と反逆では汚名の度合いが違う。それに政府は死刑を終身刑にすることもできる。アスキスがそれで手を打たなければ……」スローンは肩をすくめた。

「監獄で不幸な事故に遭うでしょうね」ヴェリティが結論を引きとった。

「なるほど。アスキスは何か言った？　こんなことをした理由をあなたに説明したの？」アナベスはスローンに尋ねた。

「いや。おそらく金のためだろう。少なくとも、最初はそれが動機だったにちがいない。いまになって告白文を探していた理由だが、どうやら数年まえに、それを持っていると主張するフランスのスパイに脅迫されたらしい。そのスパイは不幸な死を迎えたようだ」

「アスキスの尋問後、独房で疑惑の死を遂げたスパイね」ヴェリティがうなずく。

「その男だ」スローンはうなずいた。「しかし、アスキスがその男の住居を捜索してもそれらしい文書は見つからなかった。以来、その件は解決ずみだと考え、放っておいた」

「ところが、タウンハウスに残っていた父のものをわたしが整理しはじめた」

「それで心配になり、誰かを送り込んでその文書を探させることにしたわけだ」

「しかし、なぜヴェリティを雇ったんだ?」ネイサンが頭に浮かんだ疑問を口にした。

「その文書に名前が書かれていれば、自分の正体がばれるのに」

「アスキスはわたしを雇っていないのよ」ヴェリティが答えた。「スパイ網とも外務省とも関係のない男を雇ったの。その男がわたしを雇ったわけ。それを知ったときは、激怒したにちがいないわね」

スローンはヴェリティを見た。「アスキスが誘拐したかったのは、アナベスではなくきみだったんだ。だが、アナベスが夢中で反撃したため、ふたりとも馬車に押し込むしかなかった」

「わたしを撃ち殺そうとしたのはなぜ?」アナベスが尋ねた。「あなたやヴェリティと比べれば、わたしは大した脅威ではなかったはずよ」

「きみが正しかったんだよ。アスキスの目当てはぼくだったんだ。実際、アスキスは告白文の件がなくても喜んでぼくを殺しただろうな。ぼくがあいつを嫌うのと同じくらい、ぼくを嫌っていたから」

「自分の計画に便利に使える駒だと思ってスパイに仕立てたのに、あまりに腕が立ちすぎて邪魔になったのね」

「自分が反逆者だという事実を暴かれはしないかと不安だったんだ。残念ながら、ぼくはあいつが思っていたほど賢くなかったわけだが」

「わたしも気づかなかった」ヴェリティがため息をついた。「戦争中、いくつも作戦が失敗に終わったのはあいつのせいだったのね」

スローンはうなずいた。「アスキスの本性を知っていたのは、ミスター・ウィンフィールドだけだった。彼はポルトガルに駐留する英国軍に関する情報を求められたメモを、手元に残していたんだ。暗号で書かれていたが」ヴェリティに視線を移す。

「わたしたちが使っていた暗号？」

「ああ。署名代わりに蜘蛛《くも》の絵が描かれていたよ。フェリンガムが今朝早く、それを持って訪ねてきた。ハンターが殺される少しまえにこれを預かった、と言って。それでようやく、アスキスが黒幕だったことがわかったんだ」

「でも、なぜ父を殺したのかがまだわからないわ。あなたのおかげで無事に抜けだしたあと、父はスパイ行為をとうにやめていたのに」アナベスはスローンの手を握りしめた。

「あいつはお父さんの動向を監視していたんだ。まずいことに、お父さんが告白するつもりだとフェリンガムに言うのを監視役が聞いていた。アスキスは自分の名前を書かれると誤解して、慌てたらしい」

アナベスは涙ぐんだ。「でも、お父さまは自分以外の誰の名前も書かなかったわ」

スローンに手を握られたアナベスは、ネイサンやヴェリティのことも、不適切な振る舞いだということも忘れて彼の胸に抱かれた。父が受けた不当な扱いを思うと胸が痛む。その痛みを和らげる言葉はなかったが、スローンの腕に包まれていると慰められた。

「だが、お父さんはきみとお母さんとフェリンガムを守りたかった。だから、死ぬ数日まえ、フェリンガムにアスキスが書いたメモを渡した。問題が生じたら、証拠として使えるように」

「アスキスが言っていたのはそのメモだったのね」アナベスははっとして顔をあげた。「父の書いたものを見せたとき、ほかにも何かなかったかと訊《き》かれたの。そのときも奇妙だと思ったけれど、そのあと父が起こした馬車の事故をすでに知っていると言われて、アスキスを疑いはじめたの。いったいどうやって知ったのかしら?」

「あいつは驚くほどたくさんの秘密を知っていたわ」ヴェリティが吐き捨てるように言った。「至るところに密告者がいたの。バーテンダーや居酒屋のメイド、召使い、紳士クラブや賭博場の従業員。そいつらに金を払うか、弱みを握ってスパイの真似《まね》をさせていた。蜘蛛という通り名のとおり、秘密の蜘蛛の巣をここかしこに張り巡らせていたのよ」

客間に静寂が落ち、みな疲れたように顔を見合わせた。

「さてと」ヴェリティがややあってつぶやき、立ちあがった。「事件はめでたく解決ね」

「そうだな」スローンがうなずく。

「それじゃ、荷造りしてくる……ここを出ていくのは、なんだかへんな感じだわ」

アナベスも立ちあがった。「あなたが辞めたら寂しくなるわね」

驚いたことに、ヴェリティはアナベスを抱きしめた。「わたしもよ」そして体をまわし、ネイサンに目をやった。「もちろん、あなたには会えなくても寂しくないわ。喧嘩《けんか》相手がいなくなって、少々物足りない気はするでしょうけど」

「ああ、ぼくもきみの辛辣な意見が恋しくなるだろうな」ネイサンが皮肉交じりに応じる。

「どこかでまた会うかもしれないわね」ヴェリティがにやっと笑う。「わたしは神出鬼没だから」

ヴェリティが客間を出ていき、ネイサンもちらりとふたりを見たあとで立ち去った。

アナベスはスローンを見つめた。今朝殺されかけるまえは彼に言いたいことが山ほどあったのに、いまはそのどれも、自分の気持ちを言い表すには足りない気がした。

気がつくと、アナベスはスローンのたくましい腕のなかで唇を重ねていた。情熱的なキスが、どんな言葉よりも雄弁に気持ちを語ってくれる。

「アナ……アナ……」スローンは顔中にキスの雨を降らせ、喉にも唇を押しつけた。「きみが玄関ホールで喉にナイフを突きつけられているのを見たときは、心臓が止まるかと思った。このままきみを失い、ついに言えないままになるのかと……」再び唇を覆う。

アナベスは唇を離し、肩にまわした手でしっかりと抱きしめながら、スローンの頬に、顎に、喉にキスした。「何を言いたかったの？」

「きみをどれほど愛しているかを。きみとどれほど結婚したいか、きみのいない人生がどれほど耐えがたいものになるかを」

「わたしがあなたの人生からいなくなることなどありえないわ」アナベスは熱のこもった低い声で言い、一歩さがってスローンの目をのぞき込んだ。「いくら追いやろうとしても無駄よ。昨日のようなばかげた拒絶で、わたしを遠ざけられると思ったら大間違い」

スローンは微笑《ほほえ》み、片手で髪をかきあげた。「きみはこの数年でブルドッグのようにしぶとくなったたな」

「愛している女性をブルドッグ呼ばわりするなんて」アナベスはにっこり笑い返した。幸せが胸の底から湧いてきて、全身を満たす。

「きみがブルドッグのようでもドーベルマンのようでも、ぼくの愛は変わらない。頑固でも、怒っていても、幸せでも、悲しくても……どんなきみでも大好きだ」スローンはきっぱりと宣言した。「出会った日から、ぼくはきみのものだった。これからもずっとそうだ。きみなしで過ごした年月、ぼくは空っぽだった。何度もいちばん危険な任務を買ってでて、愚かな危険をおかしたよ。殺されてもかまわなかったんだ。きみと別れたあとのぼくは抜け殻だったんだから」

「ああ、スローン」アナベスは涙ぐんで爪先立ち、スローンにキスした。「わたしもとても惨めだったわ。あなたがいないのがつらくてたまらなかった。あなたのことを想《おも》い、夢に見たものよ。恋しくて寂しくて頭がへんになりそうだった。あなたに騙《だま》された、あなたは反逆者だと思っていたときも、それでも愛さずにはいられなかったの」

　スローンはアナベスを引き寄せ、ひしと抱きしめた。

　しばらくして、体を離したアナベスはけげんそうな顔になった。「昨日とはずいぶん違うのね。とても嬉しいけれど、昨日の口ぶりでは――」

「ぼくがばかだったんだ。父と話してそれがよくわかった」

「お父さまと？」

「ああ。驚くだろう？　父に〝アナベスの言うとおりだ、おまえは怖がっている〟と言われた。何よりも欲しいものから逃げだす、愚か者だとね。で、頭を冷やすために散歩に出かけ、これまでの人生をじっくり振り返ったんだ。すると自分のまわりに張り巡らせている壁が見えた。きみとの結婚を不可能にしているのは、ぼくが自分で築いた壁だということがわかったのさ。いまのぼくは法の端っこをかすめるように生きる理由などひとつもない。敵を作る理由もないんだ」スローンは一歩さがり、長い息を吐きだした。「金は使いきれないほどある。だから密輸をやめ、賭博場も居酒屋もパーカーに売ることにした」

「パーカーに、ですって？」

「そうさ。昨夜のうちに会って話を決めたよ」

「なんですって？　ひとりで行ったの？　殺されたかもしれないのに」

スローンは肩をすくめた。「まあね。だが、パーカーはぼくをぶちのめすより、金儲《かねもう》けに興味を持つ男だからな。ぼくらは同意に達した。パーカーは賭博場と居酒屋を手に入れる。ぼくは倉庫を維持し、輸送業を続ける。もちろん、運ぶのは合法的な積み荷だけだ。パーカーは波止場の警備を受け持ち、ぼくは常識の範囲で保護料を払う。ほかの人々には保護料を強制しないと約束させた。もしも彼らのほうから頼んできたら、パーカーは適切な料金で見張りや警備員を提供する。この取り決めをひとつでも破ったら、契約は無効だと言ってある」

「それを全部、わたしと結婚するために決めたの？」

「きみと結婚するためなら、どんなことでもするとも。いくつか店を手放すくらいなんでもない。危険も金も必要ないんだ。きみさえいてくれればいい。アナベス、ぼくと結婚してくれないか？」

アナベスは涙ぐんでスローンを見上げた。「もちろんするわ」いたずらっぽい笑みを浮かべ、こう付け加える。「わたしの返事もわからないなら、腕のいいスパイとは言えないわね」

「わかっているが、きみがそう答えるのを聞きたかったんだ」

「あなたって人は」アナベスはふざけてスローンを押した。「だったら、明日結婚したいと言われても同意することもわかっているわね」

驚いたことに、スローンは首を振った。「駆け落ちはだめだ。特別な許可もとらない。まず教会に公示しよう。ちゃんとした手続きを経て結婚するんだ」

「でも……」アナベスはいたずらっぽく目をきらめかせて一歩さがった。「適切に事を運ぶとなると、一年は婚約期間が必要よ」

「いや」スローンは即座に首を振った。「ちゃんとした結婚式を挙げるつもりだが、ぼくは聖者にはなれない」そこでかすかに警戒するような顔になる。「きみと結婚するのに、レディ・ロックウッドの許可が必要かな？」

「自分のことは自分で決めるわ。そしてわたしはあなたを選ぶ」

アナベスはスローンの首に腕を巻きつけ、唇を重ねた。スローンはわたしのもの。わたしはスローンのものだ。ふたりはもうずっと昔に、決して切れない絆《きずな》で結ばれたのだ。

「運命ね」アナベスはつぶやいた。

「愛だと言ってほしいな」

訳者あとがき

お待たせしました。キャンディス・キャンプ新シリーズの二作めとなる『伯爵家から落ちた月』（原題A Rogue at Stonecliff）をお送りします。今回のヒーローは、一作め、『伯爵家に拾われたレディ』に格好よく登場した、翳《かげ》のある男スローン・ラザフォード。ヒロインはその昔スローンに婚約を破棄され、いまは祖母と暮らすアナベス・ウィンフィールドです。

スローンの倉庫が放火で燃え落ちるところから始まり、誘拐に強盗、さらには狙撃事件と、長年誰の目にも触れずに隠されていた告白文を巡り、次々に事件が起こります。一作めでは従順で内気なレディとして描かれていたアナベスが、本書ではとても活《い》き活《い》きとして、思いがけない勝ち気な面を見せるのが読みどころ。また、暗い影を持つスローンの魅力もじゅうぶん期待に応えてくれます。

さて、その物語ですが……幸せに満ちた若い恋人どうしのスローンとアナベスは、何事もなければ数年後には幸せな結婚をするはずでした。ところが、ある日、楽しい一日をおえて帰宅したスローンが、訪問者から驚愕《きょうがく》の事実を告げられたことから、ふたりの運命は大きく狂うことに。

十二年後、ネイサンと婚約したアナベスは、ノエルとカーライルの結婚式でスローンと顔を合わせ、自分の気持ちが激しく揺れるのを感じます。心のなかで不実なスローンを憎みながらも、テラスで待ち伏せていたスローンに誘われると、つい彼の手を取って懐かしい曲に合わせ、ワルツを踊ってしまうのでした。スローンを信じ、愛していたころの記憶が胸のうちで一気によみがえり、あやうくキスを交わしそうになるふたり。寸前でわれに返ったアナベスは、同じくわれに返ったスローンから、危険だからロンドンを離れたほうがいいと言われ猛反発するのですが、翌日、ならず者ふたりに襲われることに。

スローンが直前まで参加を迷っていた結婚式に顔を出したのは、アナベスに危険がおよぶのを心配したからでした。実は式の当日、新たに建てたばかりの倉庫を、パーカーという港の利権を欲しがっている男に焼かれたばかりで……。

著者のキャンディス・キャンプはロマンス小説界の大御所で、これまで世に出した名作は数知れず。今回の新シリーズは、とくにスリル満点のめまぐるしい展開が楽しめる趣向となっています。一九四九年、母は新聞記者、父は新聞社の営業部長という新聞一家の末っ子として生まれたキャンディスは、そのときどきの題材を取りあげて即興でお話を作り、両親の書斎でそれを演じてみせたとか。とにかく思い出せるかぎり昔から物語を作っていた、と後年語っています。

本書も創作するために生まれてきた著者の珠玉の一冊です。次々に起こる事件、その背後に潜む黒幕を突きとめようと、アナベスの父が残した文書を探す冒険の旅。ふとしたきっかけで燃えあがるふたりの熱い想《おも》いが、いつ、どんな形でクライマックスに達するのか？　ミステリとロマンスが盛り沢山の『伯爵家から落ちた月』を、ぜひお楽しみください。

そして、これは余談ですが、シリーズ最終作となる次作のヒロインの毛色がかなり変わっていて、礼儀正しく心優しい英国紳士のお手本のようなネイサン・ダンブリッジをけむに巻きそうな予感。ふたりの掛け合いが思い描くだけでもわくわくして、いまから待ち遠しいかぎりです。

佐野　晶

二〇二四年六月

訳者紹介　佐野 晶

東京都生まれ。獨協大学英語学科卒業。友人の紹介で翻訳の世界に入る。富永和子名義でも小説、ノベライズ等の翻訳を幅広く手がけている。主な訳書に、キャンディス・キャンプ『伯爵家に拾われたレディ』、カーラ・ケリー『風に向かう花のように』(以上、mirabooks)がある。

mira™

伯爵家《はくしやくけ》から落《お》ちた月《つき》

2024年6月15日発行　第1刷

著　者　キャンディス・キャンプ

訳　者　佐野《さの》 晶《あきら》

発行人　鈴木幸辰

発行所　株式会社ハーパーコリンズ・ジャパン
東京都千代田区大手町1-5-1
04-2951-2000(注文)
0570-008091(読者サービス係)

印刷・製本　中央精版印刷株式会社

定価はカバーに表示してあります。

Printed in Japan
ISBN978-4-596-63726-0

mirabooks

伯爵家に拾われたレディ
キャンディス・キャンプ
佐野　晶 訳
夫が急死し、幼子と残されたノエルのもとに、かつて夫を勘当した伯爵家の使いが現れた。氷のような瞳のその男は、後継者たる息子を買い取りたいと言いだし…。

貴方が触れた夢
キャンディス・キャンプ
琴葉かいら 訳
モアランド公爵家アレックスは、弟の調査所を訪れた黒髪の美女に心惹かれる。だが彼女はいっさいの記憶がなく、「自分を探してほしい」と言い…。

放蕩貴族と恋迷路
キャンディス・キャンプ
琴葉かいら 訳
堅物のライラと、変わり者揃いで有名なモアランド公爵家の末っ子コンスタンティン。いがみ合ってきた正反対の二人だが、実は互いに秘めた思いが…!?

公爵令嬢の恋わずらい
キャンディス・キャンプ
琴葉かいら 訳
科学を愛する公爵令嬢シスビーは、身分を隠して参加した公開講義で、ハンサムな青年に出会う。しかし、偶然屋敷にやってきた彼に素性がばれてしまい…。

初恋のラビリンス
キャンディス・キャンプ
細郷妙子 訳
使用人の青年キャメロンと恋に落ちた令嬢アンジェラ。だが周囲は身分違いの関係を許さず、二人は別れさせられた。13年後、富豪となったキャメロンが伯爵家に現れて…。

罪深きウエディング
キャンディス・キャンプ
杉本ユミ 訳
横領の罪をきせられ亡くなった兄の無実を証明するため、兄を告発したストーンヘヴン卿から真相を聞き出そうと決めた令嬢ジュリア。色仕掛けで彼に近づこうとするが…。

mirabooks

いまはただ瞳を閉じて

ローリー・フォスター
兒嶋みなこ 訳

12年前の辛い過去から立ち直り、長距離ドライバーとして身を立てるスター。彼女が行きつけの店の主はセクシーで魅力的だが、ただならぬ秘密を抱えていて…。

午後三時のシュガータイム

ローリー・フォスター
兒嶋みなこ 訳

小さな牧場で動物たちと賑やかに暮らすオータム。恋はすっかりご無沙汰だったのに、学生時代の憧れの人が、シングルファーザーとして町に戻ってきて…。

午前零時のサンセット

ローリー・フォスター
兒嶋みなこ 訳

不毛な恋を精算し、この夏は〝いい子〟の自分を卒業しようと決めたアイヴィー。しかし出会ったのは、〝ひと夏の恋〟にはふさわしくないシングルファーザーで…。

恋に落ちるスピードは

ローリー・フォスター
岡本 香 訳

お堅いマリーの新しい相棒は、危険な魅力あふれるセクシーガイ。24時間をともにするうち、ワイルドな風貌に隠れた、思いがけない素顔が露わになって…。

ハッピーエンドの曲がり角

ローリー・フォスター
岡本 香 訳

蒐集家の助手として働くロニーは、見知らぬ町でとびきりワイルドな彼に出会う。その正体は、品行方正だと聞いていた、24時間をともにする相棒候補で…。

ファーストラブにつづく道

ローリー・フォスター
岡本 香 訳

過保護に育てられ、25歳の今も恋を知らないシャーロット。ある日街角で出会ったワケアリの男性ミッチに、生まれて初めて心ときめいてしまい…。